SCARLETT SCOTT

O NOBRE GALANTEADOR

Traduzido por Nathália Róndan

1ª Edição

2024

Direção Editorial:	**Revisão Final:**
Anastacia Cabo	Equipe The Gift Box
Tradução:	**Arte de capa:**
Nathália Róndan	glancellotti.art
Preparação de texto:	**Diagramação:**
Marta Fagundes	Carol Dias

Copyright © Scarlet Scott, 2022
Copyright © The Gift Box, 2024

Todos os direitos reservados.
Nenhuma parte do conteúdo desse livro poderá ser reproduzida em qualquer meio ou forma – impresso, digital, áudio ou visual – sem a expressa autorização da editora sob penas criminais e ações civis.
Esta é uma obra de ficção. Nomes, personagens, lugares e acontecimentos descritos são produtos da imaginação da autora. Qualquer semelhança com nomes, datas ou acontecimentos reais é mera coincidência.

Este livro segue as regras da Nova Ortografia da Língua Portuguesa.

CIP-BRASIL. CATALOGAÇÃO NA PUBLICAÇÃO
SINDICATO NACIONAL DOS EDITORES DE LIVROS, RJ
Meri Gleice Rodrigues de Souza - Bibliotecária - CRB-7/6439

S439n

Scott, Scarlett
  O nobre galanteador / Scarlett Scott ; tradução Nathália Róndan. - 1. ed. - Rio de Janeiro : The Gift Box, 2024.
  278 p.   (Lordes inesperados ; 2)

Tradução de: The playboy peer
ISBN 978-65-5636-353-0

  1. Romance americano. I. Róndan, Nathália. II. Título. III. Série.

24-94945   CDD: 813
                      CDU: 82-31(73)

Para todos aqueles que precisam de um final feliz

CAPÍTULO 1

Outono de 1886

Izzy supôs que nada mais apropriado que, depois de dois anos de intermináveis cartas de amor trocadas entre ela e o Honorável Sr. Arthur Penhurst, ele tivesse escolhido terminar o noivado da mesma forma que havia conduzido a maior parte do cortejo. Mas a familiaridade dos seus garranchos masculinos, escritos com precisão comedida na página, proporcionava muito pouco conforto. É bem verdade que muitas das cartas haviam se tornado borradas a ponto de não poderem mais ser lidas pela profusão de lágrimas que choveram sobre a tinta durante as semanas desde que ela as recebera. No entanto, a maior parte das frases terríveis e de cortar o coração permanecia perfeitamente intacta.

Querida Isolde,

Lamento dizer que me vi atraído para um outro rumo. Ao que tudo indica, o tempo de preparação para o nosso casamento, considerado longo demais por você, foi uma bênção. Pois deu-me a oportunidade de perceber que tenho sentimentos pela Srta. Harcourt que não posso, em sã consciência, negar ou ignorar...

Senhorita Alice Harcourt.

Uma herdeira americana que estava participando da regata Semana Cowes, onde Arthur também vinha passando seu tempo. Ele estava respirando um pouco de ar marítimo para ajudar seus pulmões, a pedido de seu médico. E, aparentemente, participando de bailes. E se apaixonando por outra pessoa.

Traindo-a.

A reticência dele em relação ao casamento fez um sentido amargo e terrível quando agosto chegou ao fim, depois setembro também, e ele sequer fez menção de voltar. Em vez disso, ele lhe escrevera, sugerindo que adiassem as núpcias até quase o Pentecostes.

Agora, ela sabia o motivo.

O fato de ele ter se referido a ela como sua *querida* na saudação deixava tudo ainda pior? Claro que sim. Ele poderia tê-la chamado de qualquer outra coisa. *Prezada* teria sido suficiente. Um simples Lady Isolde também teria servido.

— Ah, Izzy, não está lendo aquela carta infame outra vez, está?

Isolde deu um pulo que deixou transparecer sua culpa, enfiou a odiosa epístola no livro que fingia ler e então o fechou com tudo. Ela olhou para cima a tempo de ver sua amada irmã Ellie, agora Duquesa de Wycombe, cruzando a soleira da porta com uma expressão de quem sabia muito bem o que estava acontecendo.

As irmãs sempre podiam sentir a tristeza uma da outra. Izzy tinha certeza de que essa era uma habilidade inata com a qual todas haviam nascido.

— Claro que não — mentiu ela, forçando um sorriso agradável para o bem de Ellie. — Estava apenas lendo um pouco de Shakespeare.

— Hmm. Isso mais parece um compêndio do jornal da Sociedade de Eletricidade de Londres do ano de 1884 — observou Ellie com astúcia.

Izzy olhou para o volume encadernado em couro e descobriu que sua irmã estava certa. *Raios.* De todos os tomos que ela poderia ter tirado da prateleira, fingir interesse por essa má escolha certamente a denunciou. Era o tipo de bobagem que somente Ellie, com seu amor por engenharia e eletricidade, leria. Se ao menos ela tivesse escolhido um tratado de história, seu disfarce teria sido muito mais convincente.

— Ah, sim! — Izzy tentou dizer com um tom alegre, mas era realmente difícil quando seu coração estava partido em um milhão de cacos irreparáveis e ela estava fungando discretamente para evitar que o ranho escorresse pelo nariz.

Sua visão estava embaçada.

Ela piscou rápido para afastar a nova onda de lágrimas teimosas que se acumulavam em seus olhos. Lágrimas que não iria derramar. Já havia chorado o suficiente por Arthur Penhurst. Não permitiria que nem mais uma...

A lágrima escorregou pela bochecha, quente e rápida, então caiu com um respingo no dorso de sua mão.

O NOBRE GALANTEADOR

— Eis uma lágrima — observou Ellie, acomodando-se ao lado dela no divã. — E seu nariz está bem vermelho, meu amor.

— Que horror você ter notado — ela murmurou.

— Está pingando também.

— Meu nariz não pinga — ela negou.

Porém, o ranho que Izzy estava se esforçando ao máximo para reter provou que ela estava mentindo ao escapar pela narina esquerda e deslizar pelo sulco labial antes de se acumular acima dos seus lábios. Foi humilhante e nojento ao mesmo tempo.

Ellie pegou um lenço e com batidinhas no nariz e boca de Izzy de maneira maternal secou os sinais detestáveis de sua fraqueza. Seu olhar era compreensivo, e para Izzy só lhe restava ficar quieta diante dos cuidados da irmã. Ela queria fugir e se esconder. Enterrar-se debaixo das cobertas em sua cama de hóspedes e nunca mais sair.

— Estava lendo a carta outra vez e estava chorando — disse Ellie baixinho.

— Sim — admitiu ela, pois não havia sentido continuar negando.

— Nem a carta nem o Sr. Penhurst valem seu tempo, suas lágrimas ou sua dor de cabeça.

Ah, Arthur. Como pôde fazer isso comigo? Conosco?

Izzy lutou contra outra rodada de lágrimas que ameaçavam cair.

— Diga isso ao meu coração.

Naquele exato momento, ela deveria estar em Paris, visitando a *House of Worth*, escolhendo o modelo e os enfeites de seu vestido de noiva. Em vez disso, estava na biblioteca de sua irmã em Londres, tentando a todo custo distrair-se de sua infelicidade ao perder-se em meio ao turbilhão social.

Uma tarefa quase impossível quando, em todos os lugares que ela ia, os sussurros e os olhares penalizados, acompanhados do ocasional riso escondido atrás de um leque, a perseguiam. Todos sabiam que ela havia sido abandonada. Assim como todos sabiam que Arthur se casaria com a Srta. Harcourt na primavera. Os jornais alardearam com alegria *o casamento do próximo ano*. Uma princesa americana havia fisgado o filho mais novo do conde de Leeland, antes prometido à Lady Isolde Collingwood. Os fofoqueiros estavam em rebuliço com o espetáculo que estava por vir. Os detalhes já estavam sendo relatados, inclusive o tamanho diminuto da cintura da Srta. Harcourt: inacreditáveis 48 centímetros.

Ellie terminou de limpar o nariz de Izzy e a observou com seriedade.

SCARLETT SCOTT

— Venha ao baile de Lady Greymoor hoje à noite, erga a cabeça e mostre àquele canalha miserável que é muito mais forte do que ele jamais poderia esperar. Você não precisa dele. Aliás, está muito mais feliz *sem ele*. Ele é um canalha de coração frio e um covarde por lhe enviar uma carta para trocá-la por outra. Na verdade, deveria jogar essa carta no fogo, querida.

Ela suspirou, medo e preocupação dando um nó em seu estômago.

— Sabe que não posso ir, Ellie. Arthur estará lá, assim como a Srta. Harcourt.

Seria a primeira vez que ela se encontraria com Arthur desde que a deixou e a primeira ocasião em que ela colocaria os olhos na Srta. Harcourt. No fundo, Izzy esperava que a mulher fosse maior do que uma vaca leiteira velha e robusta — mesmo que os relatos sobre sua cintura sugerissem o contrário —, que ela tivesse uma verruga peluda no queixo e zurrasse como um burro ao rir. Izzy sabia que esses pensamentos estavam abaixo dela, que ela deveria perdoar Arthur e seguir com sua vida.

Contudo, desde o momento em que viu Arthur Penhurst pela primeira vez, ela soube em seu coração que ele deveria ser dela. O pai dele era o amigo mais antigo e querido de seu pai. Izzy e Arthur se conheceram em festas em casas de campo enquanto cresciam. Ela tinha doze anos quando Arthur tirou uma mecha de cabelo de sua bochecha quando estavam subindo em uma pereira no Talleyrand Park, e ela se apaixonou.

Arthur, dois anos mais velho que ela, demorou mais para chegar à mesma conclusão. Foi apenas quando ela completou dezoito anos que ele começou a vê-la como uma mulher. Mesmo assim, foi necessário mais tempo para que ele a procurasse como pretendente. Eles passaram dois anos em momentos furtivos e uma enxurrada de cartas trocadas enquanto ela esperava sua vez de se casar. Como irmã mais velha, Ellie casou-se primeiro, garantindo o Duque de Wycombe como seu marido, mais por necessidade do que por desejo. No entanto, a ironia foi que o casamento de Ellie havia se transformado em um casamento por amor, enquanto o casamento de Izzy havia se transformado em nada mais do que traição e um coração despedaçado.

— Bobagem — Ellie estava dizendo agora, passando um braço reconfortante em volta dos ombros de Izzy. — É claro que pode ir ao baile. Acaso acha que gosto desses espetáculos bobos? É claro que não, mas, vez ou outra, todos nós temos de suportar aquilo que preferiríamos evitar em nome de um bem maior. Só há uma maneira de fazer com que as más línguas se calem, que é mostrar a todos que você não está tão arrasada com o noivado do Sr. Penhurst como eles supõem...

Se ao menos isso fosse verdade.

— Mas eu estou, Ellie. — Seu lábio inferior tremeu contra o presságio sinistro de mais lágrimas. — Estou completa e totalmente arruinada. Eu o amava com todo o meu coração. Não sei como poderei ser feliz outra vez.

Para sua vergonha, sua voz embargou na última afirmação. Por que continuar fingindo que não estava arrasada quando sua irmã havia percebido seu estratagema com facilidade? Nem uma noite se passara desde que estava sob o teto de Ellie e seu marido — o restante da família havia retornado a Buckinghamshire por um breve período para que papai pudesse completar sua máquina de controle e as gêmeas pudessem começar os preparativos para a sua apresentação — e ela já havia demonstrado como estava de fato se sentindo. Era por isso que ela nunca jogava cartas, pois não conseguia esconder nada de ninguém.

— Você não está arruinada de forma alguma. Está apenas com o coração partido, como é de se esperar quando o homem que você ama a abandona por outra mulher enquanto você planejava seu casamento — corrigiu Ellie com firmeza. — Mas não há melhor maneira de superar sua mágoa do que enfrentar seus medos. No final, você ficará feliz com isso e conseguirá superar os danos causados pelo Sr. Penhurst. Um dia, voltará a amar. Eu prometo.

Nunca.

Izzy nunca, jamais, poderia amar alguém da maneira como amou Arthur: total e completamente, como se ele fosse a outra metade dela que estava faltando. Mas ela não suportava dizer essas palavras em voz alta, com medo de se desfazer em lágrimas mais uma vez.

Em vez disso, ela engoliu o nó de desespero que surgiu em sua garganta. Ela iria ao baile, mas apenas porque Ellie queria que ela fosse.

— Muito bem — ela cedeu. — Eu irei.

Lady Isolde Collingwood estava completa e totalmente embriagada.

De onde estava, às sombras do salão azul de seu amigo Greymoor,

Zachary Barlowe, o relutante novo conde de Anglesey, observou a saída dela do salão de baile e constatou o fato sem sombra de dúvida. Ela se inclinou para a esquerda, depois tropeçou para a direita, antes de tropeçar em sua bainha e quase cair nos tapetes. No último instante, ela se endireitou e, com um soluço e uma risada que soou um pouco nervosa, cruzou a soleira da porta, fechando-a atrás de si.

Ele reprimiu um suspiro, não querendo revelar sua presença ainda. Ou de forma alguma, se possível. Vigiar inocentes bêbadas sem sombra de dúvida não era uma de suas propensões. Havia apenas uma maldita razão para ele ter comparecido a essa execrável perda de tempo, e era porque a mãe de Greymoor havia pedido que ele o fizesse. Nenhuma viva alma diria não a uma mulher que mais se assemelhava a um dragão. Nem mesmo Zachary. Certamente não o marquês, que organizara esse evento elaborado apenas por causa dela.

É verdade que também havia a presença certa da companhia preferida de Zachary no momento, Lady Falstone. Letitia era a dama que deveria se juntar a ele para um encontro rápido e proibido, não Lady Isolde. Ela havia lhe dito que o encontraria aqui em quinze minutos. Dado o seu estado de tédio induzido pelos salões de baile, a perspectiva dos lábios exuberantes dela envolvendo seu pau enquanto os demais foliões degustavam champanhe e dançavam quadrilha do outro lado do salão tinha sido uma cura rápida. Ele não perdeu um segundo para encontrar o caminho até aqui e se acomodar em uma poltrona de canto.

Para dizer o mínimo, a intrusão de Lady Isolde era indesejada. Irritante, de fato. Ele já estava meio duro em antecipação a...

Ah, meu Deus. Era o som de um choro feminino que ecoava do outro lado do cômodo?

Mas que inferno, era mesmo.

Com grande relutância, ele se levantou, tirando um lenço do paletó ao fazê-lo. Embora fizesse o possível para manter uma péssima reputação, não era desprovido de coração por completo. Uma mulher soluçando não era nada bom em qualquer circunstância e, em especial, quando uma amante ansiosa o encontraria aqui em cerca de dez minutos.

Lady Isolde estava de costas para ele, e estava consumida demais por qualquer torpor que a estivesse afligindo para ouvir sua aproximação. Seu cabelo cor de ébano estava enrolado em uma espécie de espiral e seus ombros tremiam. Seus soluços eram altos, graves e pungentes. Isso era sem

O NOBRE GALANTEADOR

dúvida muito desconfortável. Seria ela o tipo de mulher que bebia e depois de um tempo mais alegrinha começava a chorar? Teria ela enlouquecido?

Quando ele a alcançou, lembrou-se por alto de algo. Ela havia sido abandonada recentemente, não havia? Por algum filho sem importância que estava se casando com uma herdeira americana. Sim, ele se lembrava agora. A herdeira estava presente nesta noite, enfeitada com pedras preciosas e fazendo a corte como se fosse uma rainha.

Gentilmente, ele colocou a mão no cotovelo de Lady Isolde.

Ela se virou com um suspiro, levando a mão ao coração:

— Oh, senhor! O que faz aqui? Eu... eu achei que estivesse sozinha.

As lágrimas brilharam em suas bochechas e se acumularam em seus cílios escuros. Apesar do brilho fraco de uma lâmpada solitária, ele podia discernir a mancha rosa em sua garganta pálida. Seu nariz também estava vermelho.

Ele lhe ofereceu o lenço:

—Talvez a senhorita precise disso, Lady Isolde.

— Não estou... — Suas palavras arrastaram-se quando ela soluçou. — Chorando.

Apesar de suas palavras, outra lágrima grossa escorreu por sua bochecha.

— É claro que não está — ele concordou, pegando a lágrima com o pedaço de linho.

Ela bateu na mão dele como se fosse uma abelha errante, zumbindo em sua cabeça.

— Por favor, deixe-me a sós.

Ele guardou o lenço úmido de volta no casaco. Deixá-la sozinha não seria suficiente. Letitia chegaria em breve. Ainda estava muito ansioso para que as promessas ímpias que ela havia sussurrado em seu ouvido fossem cumpridas.

— Quer que eu vá chamar sua irmã? — ele ofereceu, tentando ser útil. — Talvez uma saída discreta, nesse caso, seja necessária.

— Por que eu deveria querer fugir como se tivesse feito algo errado? — perguntou ela, inclinando o corpo para a esquerda.

As mãos rápidas dele pousaram na cintura dela, impedindo que ela caísse de lado em uma mesa com um busto de mármore e repleta de outros objetos decorativos.

— Calma, senhorita. Parece-me que tomou champanhe demais. Não há vergonha nisso; eu já bebi mais do que deveria em muitas ocasiões.

A mais recente delas foi quando ele soube que seus dois irmãos mais velhos haviam se afogado, o que fez dele o conde de Anglesey. Seu estupor de embriaguez durou três dias inteiros.

SCARLETT SCOTT

— Atrevo-me a dizer que sim, meu senhor. Sua reputação o precede. — Ela piscou, uma expressão adorável de perplexidade obscurecendo suas feições. — Digo, precede o senhor.

— Tenho certeza de que sim.

Ele fez uma pausa, lutando para pensar em qual passo deveria dar em seguida, se é que deveria dar algum.

Provavelmente, ele deveria tirar as mãos do corpo dela. Ela era a cunhada de seu bom amigo, o Duque de Wycombe, pelo amor de Deus. E, no entanto, as curvas quentes sob suas mãos eram estranhamente agradáveis.

Ele percebeu vagamente o motivo. Não havia a moldura rija de hastes de ossos de baleia entre suas mãos e sua pele macia. Lady Isolde não estava usando um espartilho. Escandaloso. Mas talvez isso também explicasse o caimento desajeitado de seu vestido, que era de um tom infeliz de seda amarela, adornado com uma abundância de margaridas e outras flores. Parecia que ela havia entrado em um prado e rolado pelo campo.

— Sua reputação — disse ela, com os olhos arregalados, pontuando as duas palavras com mais um soluço. — Sim, é exatamente disso que preciso.

Ela precisava da reputação dele?

Que diabos ela…

Antes que ele pudesse completar o pensamento, os lábios de Lady Isolde estavam nos dele.

O NOBRE GALANTEADOR

CAPÍTULO 2

Os lábios de Anglesey eram...

Quentes, por um lado.

Imóveis, por outro.

No entanto, eram deliciosamente macios. Nada parecidos com a boca dura, fria e de lábios finos de Arthur, pela qual ela muitas vezes quase desmaiara sem motivo. Seu maior charme estava em suas cartas. Sempre que Izzy o beijava em seus raros momentos juntos, ele sempre dava um passo para trás e soltava uma risadinha estranha. Antes, ela havia achado aquilo encantador, pensando que ele era tímido de um jeito adorável, mas agora ela se perguntava o motivo daquela risada. Teria sido *ela* o motivo?

Por outro lado, por que ela deveria continuar a se importar?

Ele e a Srta. Alice Harcourt que se afogassem em todos os diamantes que estavam adornando o cabelo, orelhas e garganta dela esta noite. Ela esperava que ele se engasgasse com um!

Enquanto isso, ela estava *beijando* o Conde de Anglesey. É verdade que ele não estava retribuindo suas atenções, mas isso era um mero detalhe. O escândalo seria dela, garantido apenas com um mínimo de dificuldade. Não era como se o conde fosse um homem desagradável de se beijar. Muito pelo contrário.

Ele tinha um rosto que não era apenas bonito, mas interessante, com maxilares bem desenhados e uma mandíbula larga, um nariz sisudo e a boca de um pecador. Seu cabelo dourado era um pouco comprido demais, elegante e com uma leve ondulação que fazia parecer que os dedos de uma dama haviam passado por ele há pouco. É claro que provavelmente haviam mesmo.

Era alto, de ombros largos e fortes e cheirava a sabonete de barbear e frutas cítricas — preferível à pomada e à fumaça familiares de muitos cavalheiros. Também era um libertino e tanto. Ela havia escutado seu pai e seu irmão conversando em particular, mencionando que haviam pegado o conde em... Quais foram as palavras de seu irmão?

Ah, sim.

Uma *maldita* orgia.

Anglesey era o oposto de Arthur em todos os sentidos. O último tipo de homem que ela normalmente desejaria beijar. Ela preferia direcionar seu afeto ao tímido, doce, de coração terno...

Não! Essa descrição não se aplicava mais a Arthur, não é mesmo? Em vez disso, parecia que ela havia dado seu afeto a uma cobra traiçoeira.

E ela esqueceria aquela serpente traidora de uma vez por todas.

Arrancaria ele de sua mente.

Deixaria a fofoca correr solta. Um beijo de cada vez.

Se ao menos o conde retribuísse suas atenções. Ela se levantou, aproximando-se para tentar persuadi-lo a facilitar seu plano, quando um pensamento perturbador lhe ocorreu.

Ah, *raios*.

Alguém teria de *testemunhar* essa exibição vergonhosa para que as línguas se agitassem e a notícia chegasse a Arthur, mostrando a ele que seu abandono não a afetara nem um pouco.

Ela deveria ter deixado a porta aberta.

Sim, era isso que ela precisava fazer para que seu plano fosse eficaz. Ela precisava atrair a atenção de outra pessoa no baile. De preferência, várias pessoas.

Ela se abaixou até as solas de seus sapatos de seda bordados, encerrando o beijo unilateral. Anglesey estava olhando para ela com uma expressão de perplexidade tempestuosa. Por um breve e enlouquecedor momento, ela viu dois rostos belos, sua carranca franzindo o cenho e seus olhos se anuviando.

Talvez ela estivesse beijando o conde errado. *Ah!* Seu sósia era péssimo em sedução. Ela precisava descobrir qual dos dois era o libertino e beijá-lo em seu lugar.

A ideia ridícula a fez rir e depois soluçar.

— Quanto champanhe tomou esta noite, senhorita? — perguntou ele, com um tom quase fraternal.

Como se ela fosse uma criatura deplorável em vez da segunda filha mais velha do conde de Leydon, irmã da duquesa de Wycombe e do visconde de Royston.

— Não o suficiente — ela o informou, diminuindo a eficácia de seu pronunciamento ao perder o equilíbrio e dar três passos repentinos para a direita antes de recuperar a compostura sem cair para a sua desgraça iminente.

O NOBRE GALANTEADOR

Ela nunca havia mostrado as calçolas em um baile antes e, por Deus, hoje não seria o dia em que isso aconteceria.

— Calma, minha querida. — Ele se aproximou dela, com a mão pousada em seu cotovelo.

O toque dele era quente, assim como os lábios, e a sensação mais estranha tomou conta dela, começando no ponto de contato — a pele nua dele na dela — e subindo pelo cotovelo e depois para fora. Mais ou menos como as ondulações causadas por uma pedra atirada em um lago parado.

O champanhe a estava fazendo imaginar coisas, era verdade.

E deixando-a um pouco instável em seus sapatos. Mas isso não importava. Ela não iria cair.

— De forma alguma preciso de sua ajuda, meu senhor — ela disse, irritada com ele, afastando com brusquidão o braço de seu aperto e do efeito indesejado que isso tivera nela. — Posso me manter perfeitamente bem sem sua...

Ela se inclinou para a esquerda e quase caiu nos tapetes, que estavam girando sob ela de uma forma estranha. *A sala estava se movendo? Ou era apenas ela?*

— Nem sequer consegue manter-se em pé, madame — rebateu Anglesey, com a voz baixa, grave e quase severa atrás dela.

Ela sentiu um arrepio na coluna, embora estivesse irritada com ele.

Provavelmente culpa do champanhe.

Ela virou-se para encará-lo outra vez, aprumando os ombros para trás no que ela esperava ser uma pose adequadamente majestosa.

— E o senhor nem sequer sabe beijar bem. Seus lábios mal se moveram.

Na verdade, dizer que eles *mal* se moveram foi generoso. Eles não haviam respondido aos dela de forma alguma. Deveria ser necessário que um homem se destacasse na arte de beijar antes de ser considerado um libertino escandaloso. A menos que as orgias não envolvessem beijos... Ela supôs que houvesse um acordo tácito de que não deveria haver beijos em tais circunstâncias.

— Porque eu não beijo inocentes — proclamou Anglesey, seus lábios muito ponderados se contorcendo em uma curva irônica. — Nem beijo mulheres que não se lembrarão de suas ações no dia seguinte, quando acordarão com a cabeça doendo e a boca com gosto de vinho azedo e arrependimento. Acredite em mim, já estive nessa posição lamentável muitas vezes para entender a necessidade da cortesia que lhe faço, Lady Isolde.

— Que novidade. Está fingindo ser um homem honrado. — Ela franziu a testa para ele, perguntando-se se acaso precisaria de óculos. Seu rosto estava muito embaçado agora. Ela fechou primeiro um olho e depois o outro, tentando se concentrar no nariz reto dele. — Não precisa, você sabe. Sei muito bem que homem nenhum é honrado.

Exceto pelo papai. Ele era nobre, honrado e carinhoso, à sua maneira. Seu irmão… bem, talvez Royston tivesse um pouco de honra. O novo marido de sua irmã, Wycombe, era um caso diferente. Não se podia encontrar um homem mais nobre. O que tornava realmente estranho o fato de ele ser amigo de um homem que tinha a reputação do conde.

Anglesey moveu-se com graça leonina para ficar diante dela e, mais uma vez, segurar seu cotovelo com delicadeza enquanto ela balançava. Ela tinha certeza de que era por causa dos malditos sapatos de festa. O salto deles era um pouco mais alto do que o necessário, apresentando sua silhueta em uma curva graciosa, e isso a desequilibrava. Seu orgulho a fez calçar os novos sapatos, sabendo que Arthur estaria presente. Ela queria que ele a visse e a desejasse, que a admirasse enquanto ela circulava pelo salão de baile com todos os cavalheiros presentes.

Em vez disso, ela havia se encolhido em um canto, com um vaso de plantas roçando seu braço, observando a Srta. Harcourt assumir o comando de toda a festa. A terrível ladra de noivos girava em torno do piso de parquet reluzente sob o lustre brilhante, os diamantes cintilando à medida que todos os outros apenas observavam enquanto terminava sua conquista da sociedade londrina.

Seu lábio tremeu e mais lágrimas quentes escorreram por seu rosto, aumentando sua humilhação. Seu coração era incapaz de se curar. Nada restava além de cinzas e, ainda assim, oh, como era doloroso ser confrontada com a evidência de sua traição completa. Onde havia mais champanhe quando se precisava?

Os olhos azuis-celestes de Anglesey examinaram seu rosto.

— Seja qual for a causa do seu desânimo esta noite, seja ele quem for, não vale a pena.

Ela era tão óbvia assim em sua desgraça?

Em um suspiro, ela limpou as bochechas com as costas da mão:

— Nenhum homem é digno das minhas lágrimas.

Especialmente um chamado Arthur Penhurst.

Ela deveria ter jogado o vaso de planta na cabeça dele.

O NOBRE GALANTEADOR

Teria sido incrivelmente satisfatório ver a sujeira chover ao redor da Srta. Harcourt. Melhor ainda, em seu cabelo ou manchando o dourado pálido de seu vestido de seda.

— Está certa, minha querida. Ele não é. — O lenço de Anglesey voltou a sair de seu casaco, e o lenço úmido passou sobre as bochechas dela com um simples toque. — Fique aqui e eu chamarei sua irmã para lhe oferecer ajuda. Acho que não estou preparado para acalmar o choro ocasionado por preocupações femininas.

Choro ocasionado por preocupações femininas.

Que maneira bonita de se referir a um coração completamente partido. Mas esse não era o problema.

— Não vá atrás da minha irmã — disse ela, pois se ele o fizesse, levaria consigo a já insignificante chance que ela tinha de criar um escândalo.

Será que Arthur se importaria se ela fosse encontrada em um abraço apaixonado com o Conde de Anglesey? Era improvável. Ela tentaria de qualquer maneira? Sim.

Antes que ele pudesse responder, ela se atirou nele mais uma vez. Talvez não tenha sido seu melhor plano. Seu sapato de festa pouco prático ficou preso na bainha e ela tropeçou, caindo contra o peito dele. O conde foi rápido, mas não o suficiente.

Ele a pegou em seus braços e caiu para trás.

Os dois desabaram juntos, Izzy aterrissou em cima dele com tanta força que ficou sem fôlego. A estranheza do movimento dos dois — Izzy se contorcendo para tentar ficar de pé, o conde lutando para evitar que caíssem —, aliada à seda do vestido, fez com que ela deslizasse pelo corpo dele.

O que significava que o decote decadente de seu decote, que também havia sido escolhido com o objetivo de deixar Arthur com ciúmes, não estava lhe fazendo nenhum favor. Quando voltou a si, descobriu que o rosto do Conde de Anglesey estava firmemente pressionado entre seus seios. Sua bochecha, por sua vez, estava firmemente esmagada contra os tapetes, causando uma abrasão ardente na pele sensível.

E estava com cócegas nos seios. Os lábios daquele pecador perverso estavam se movendo sobre sua carne nua. Falando alguma coisa:

— Mmdy Mzowde plouflaflavo...

Não fazia sentido.

Ela não conseguia discernir uma única palavra que ele havia pronunciado. *Oh, meu Deus.* Ela não o havia mutilado, havia? Acaso os peitos dela o deixaram com uma concussão? Isso parecia absurdo. Ela não deveria rir, mas parecia não conseguir conter a onda incontrolável de leviandade que irrompia. Sua risada era alta, sem fôlego. Ela riu até que novas lágrimas brotassem dos cantos de seus olhos.

Riu quando as mãos dele se apertaram em sua cintura e ele a puxou pelo corpo até ficarem frente a frente. Até que seu belo semblante estivesse diretamente abaixo do dela, com aqueles olhos brilhantes focados nos dela.

— A senhorita está completamente fora de si — disse ele.

Ela teria concordado se tivesse sido capaz de banir o riso desenfreado que borbulhava dentro de si. Ela estava louca. Arthur a havia deixado assim. Ou quem dera o champanhe a tivesse deixado...

Mas, em vez de concordar, ela simplesmente selou os lábios sobre os dele para conter as risadas.

Ela o estava beijando.
De novo.

E, céus, Zachary não sabia se era o choque repentino de cair de bunda no chão, ter um par de seios tentadores empurrados em seu rosto, a risada surpreendentemente harmoniosa dela ou o entusiasmo natural dos lábios sorridentes nos seus, mas ficava cada vez mais difícil para ele não reagir. De assumir o controle dessa tentativa unilateral de — bem, ele não podia chamá-la de sedução — seja lá o que fosse esse *disparate*. Ele poderia mostrar a ela o jeito certo de se beijar. Os lábios dela eram exuberantes e cheios e, com a orientação adequada, ele não tinha dúvidas...

Não. Acaso ficara louco? Ele não podia corresponder. Não era hora nem lugar para isso. Além disso, Lady Isolde Collingwood definitivamente não era a mulher certa.

Suas mãos pousaram na cintura dela em um gesto instintivo. Ele não era um homem que se orgulhava de sua honra cavalheiresca, mas era um amigo leal, raios. E isso significava que ele não podia se dar ao luxo de se envolver com a irmã da esposa de Wycombe.

Ela também estava completamente bêbada. Mais bêbada do que um bêbado que passou um dia ingerindo sua bebida favorita. Ele nunca havia beijado uma mulher que não se lembrasse do ato. Fazer isso era desprezível. Uma violação em seu próprio direito. Ele tentou se desvencilhar dela, mas o fervor de Lady Isolde só aumentava.

Com o ardor de uma mulher que acabara de receber a notícia de que havia sido poupada da forca, ela pressionou sua boca com mais firmeza contra a dele, selando seus lábios. *Não é uma amante gentil, Lady Isolde.* Ele odiava imaginar o tipo de entusiasmo que ela aplicaria ao chupar o pau de um homem. Deus do céu, ela provavelmente morderia e arrancaria o benedito.

— Anglesey!

Ele reconheceu aquela voz.

Letitia.

— Como você se atreve, seu canalha miserável? — acrescentou ela.

Para complementar, ele supôs.

Inferno, ela parecia furiosa. E com razão, ao encontrá-lo com outra mulher em cima dele. Mal sabia ela que isso era totalmente contra a vontade dele. Bem, talvez não *totalmente*. Afinal de contas, ele era um homem. E Lady Isolde era muito bonita, mesmo que seu vestido fosse estranho, espalhafatoso e horrendo. E mesmo que ela estivesse fingindo e acreditasse que beijar não fosse nada mais do que um duro amassar de bocas. Ele se esforçou outra vez para se desvencilhar gentilmente de Lady Isolde sem machucá-la.

Mas parecia que a ira de Letitia só aumentava a diversão de sua sedutora inexperiente.

Lady Isolde levantou a cabeça, rindo descontroladamente até parar em um soluço, seu olhar de um tom surpreendente de esmeralda encontrando o dele:

— O senhor tinha um encontro planejado.

Por que tentar discutir? Era verdade.

E, para sua consternação, o encontro havia sido frustrado com muita facilidade pela aparição e... travessuras subsequentes dela. Quem disse que os salões de baile eram de uma monotonia de matar? De agora em diante, ele teria que estar preparado, para não se ver mais uma vez prisioneiro de uma mulher chorosa e bêbada. Mas, então, com que frequência a mãe de Greymoor enganaria Zachary para que ele participasse de um evento tão entediante como esse? Bailes eram para virgens, viúvas e lordes desesperados que precisavam de esposas, e ele não era nada disso.

— De fato, eu o tinha — admitiu ele para Lady Isolde, sentindo-se um pouco envergonhado.

SCARLETT SCOTT

E estranhamente comovido com a situação dela. A rejeição e a traição eram as mais dolorosas das dores. Ninguém sabia disso melhor do que Zachary, graças a Beatrice.

O diabo que carregue sua maldita alma infiel.

— Suponho que eu deva me descul... descul...— Mais uma vez, Lady Isolde caiu em um ataque de riso, incapaz de completar a frase.

Ele supôs que ela estava beirando o delírio agora.

Era melhor mesmo que ele nunca tivesse retribuído o beijo dela. Ele apostaria até a última libra dos cofres da família que ela não se lembraria de nenhum momento de sua presença neste salão quando acordasse pela manhã.

— Desculpar — concluiu ele, com um suspiro. — Sim, a senhorita deveria.

Mas agora tinham um público, um público que não parecia propenso a se retirar sem causar um escândalo.

— Acaso não tem nada a dizer em sua defesa? — Letitia exigiu, sua voz estridente ressoando da soleira do salão.

Ele levantou a cabeça dos tapetes, com um sentimento sombrio de que algo ruim estava por vir e afastando todas as outras emoções:

— Querida, entre e feche a porta antes que o baile inteiro escute.

A coisa errada a se dizer, ao que tudo indicava.

As sobrancelhas dela se ergueram quase até a linha do cabelo em sua irritação:

— Ainda se atreve a me repreender? Depois que eu o encontrei enroscado com... com... Lady *Isolde Collingwood*? É você?

Inferno, mas que maldição...

A sensação de que algo ruim estava por vir ficou mais palpável.

Ele não tinha certeza do que era pior, se Lady Isolde ainda deitada firme sobre ele, com as saias enormes de seu vestido terrível e chamativo sobre eles como a vela de um navio condenado, ou se Letitia que tinha começado a causar um reboliço.

Finalmente, o riso de Lady Isolde se dissipou:

— Sim, sou eu. Ou, pelo menos, eu pensei que fosse eu. — Ela olhou para Zachary, com uma expressão perplexa em seu semblante. — Perdoe-me, Anglesey. Eu não tinha a intenção de — ela soluçou — estragar sua noite. Muito provavelmente, essa foi uma — outro soluço — péssima ideia. Tão terrível quanto se apaixonar.

— Quanto a isso, estamos de acordo — ele rosnou para ela. — Agora,

O NOBRE GALANTEADOR

por favor, saia de cima de mim antes que o escândalo que causamos piore ainda mais.

O som de exclamações assustadas já podia ser ouvido vindo do salão, elevando-se acima dos sons distantes da orquestra. Era apenas uma questão de tempo até que esse desastre passasse do estágio de problema para um erro irreversível que mudaria sua vida.

Zachary havia passado os últimos oito anos como um solteiro feliz e não tinha a menor intenção de mudar isso.

Muito tempo depois do que deveria, Lady Isolde começou a se debater com as saias, e ele não sabia ao certo se ela estava chorando ou rindo, mas, fosse o que fosse, esse novo som era tão agradável quanto a cor do vestido dela. Ele supôs que estava chorando. Que bagunça lamentável. Ele teria simpatizado com ela se ela não estivesse prestes a arruinar o resto de sua maldita vida.

— Saia — repetiu ele, segurando a cintura dela e tirando-a de perto dele.

Ele não gostava de maltratar mulheres, mas não havia outro recurso. Aquela atrevida teimosa estava bêbada demais ou embebida demais em sua tristeza para perceber que precisava se levantar e tentar recuperar sua dignidade.

Ela rolou para o carpete e caiu de costas. A bainha de seu vestido havia se levantado para revelar sapatos de festa amarrados nos tornozelos, meias bordadas e as pontas da calçola com babados. Ela permaneceu onde estava, olhando para o teto com uma expressão atordoada que ele não duvidava que não fosse fingida. Quantas garrafas de champanhe a mulher havia bebido antes de tropeçar e chegar a este salão? E por que *esse* salão, quando poderia ter escolhido dentre tantos outros malditos cômodos?

Por que justo o lugar onde ele havia escolhido se esconder?

— Você é um canalha desprezível — acusou Letitia.

A sorte era sempre uma megera volúvel.

— Levante-se — ordenou para Lady Isolde, enquanto se levantava, pois sua simpatia anterior havia se transformado em irritação.

Mas Lady Isolde estava à deriva em seu próprio mundo agora, continuando seu...

Ela havia adormecido?

Ele olhou para ela, dando um empurrão em seus elegantes sapatos de noite.

— Milady?

Ela emitiu um leve ronco.

E foi aí que ele entendeu, com a certeza que um prisioneiro tem de enfrentar quando entra na prisão pela primeira vez, que tudo estava prestes a mudar.

— Sabia que era um libertino, mas isso é... sem precedentes — Letitia estava dizendo, a raiva tingindo suas bochechas.

Ele voltou toda a sua atenção para ela, pois sem sombra de dúvida Lady Isolde não o ouviria. Letitia, uma ruiva deslumbrante, em um vestido de seda cor de creme que deixava suas curvas à mostra. Ele sabia por experiência própria que ela guardava sua verdadeira ostentação para o quarto. E para o salão. Embora, infelizmente, ele não tivesse mais a oportunidade de experimentar esse último.

— Não é nada do que parece — ele tentou, passando a mão no cabelo e ajeitando o casaco. Ele gostava da companhia de Letitia, além de suas necessidades insaciáveis como amante. Ela era inteligente e espirituosa e o fazia rir, o que era um talento encontrado em um número cada vez menor de pessoas. Se ele pudesse explicar a ela, talvez nem tudo estivesse perdido. — Lady Isolde está... doente. Ela desmaiou e, infelizmente, caiu em cima de mim. Estava apenas tentando ajudá-la.

— Sei muito bem o que vi — rebateu Letícia, com os olhos faiscando de fúria. — Ela o estava *beijando*.

Ajudaria ou pioraria apontar que os beijos de Lady Isolde tinham sido unilaterais?

Como se quisesse zombar dele, outro pequeno ronco veio dos tapetes.

Ele sustentou o olhar de Letitia, na esperança de que ela entendesse, mas já antecipando que seria em vão:

— Lady Isolde bateu a cabeça quando caiu, e temo que ela ainda esteja bastante confusa.

Como desculpa, foi patética de tão ruim. Ele deveria ter inventado uma história melhor. Mas ele não estava acostumado com o fato de uma dama bêbada cair em cima dele e lhe dar beijos, enquanto a mulher que ele estava tentando envolver em uma transa apressada aparecia momentos depois.

E trazendo um público consigo.

Maldição.

Mais foliões haviam se reunido além de Letitia, tentando espiar ao redor dela. Ele viu os olhos arregalados da Condessa de Milton. Viu o olhar sombrio de Lorde Smithfield percorrendo a sala por cima da cabeça de Letitia, enquanto Lady Smithfield arfava de horror.

— Deus do céu — disse alguém do salão para um coro de ofegos chocados. — Anglesey violou Lady Isolde Collingwood.

O NOBRE GALANTEADOR

Pela manhã, a notícia do que havia acontecido nesse salão já teria percorrido cada centímetro de Londres. E, em se tratando de fofoca, seria completamente, completamente errado. Mas ele ainda teria que pagar o preço, assim como Lady Isolde.

Mordendo os lábios para não soltar uma maldição mais cruel, ele atravessou a sala.

— Já que não vai fechar a porta — ele gritou para Letitia, perdendo a paciência —, então eu fecharei.

Ele chegou à soleira da porta. Com muita cautela, ele colocou as mãos na parte superior dos braços dela, onde a pele era quente e macia, uma carne que ele já havia acariciado dezenas de vezes antes. Com a maior delicadeza possível, ele a empurrou para dentro do salão junto com a multidão que se aglomerava.

Com um semblante severo, fechou a porta diante de todos os rostos curiosos e maliciosos.

Enquanto Lady Isolde roncava no chão, um plano foi formulado em sua mente. Um plano ousado. Um plano muito estúpido. Mas depois do que havia acontecido esta noite tudo já tinha ido longe demais para que ele se preocupasse com delicadezas. Ele não tinha mais escolha; as ações de Lady Isolde já haviam garantido que ela estivesse arruinada e ele era o responsável. No entanto, já que ele seria lançado às chamas, poderia muito bem aproveitar ao máximo.

O lado maligno de Zachary se apressou em imaginar como seria o rosto de Beatrice se ele o fizesse. E aí estava sua resposta. Decisão tomada, ele se dirigiu para o lado de Lady Isolde.

CAPÍTULO 3

Agonia.
Pura.
Horrenda.
De rachar o crânio.
Agonia.

Foi com essa sensação que Izzy acordou, além do branco ofuscante que queimava suas órbitas oculares e a impressão de que não estava sozinha. Isso sem falar na dor em sua barriga, que ela reconheceu como a mesma que tivera em uma doença terrível que havia tido há alguns anos e que, felizmente, não a havia acometido desde então.

— Estou morrendo — gemeu ela, segurando um travesseiro sobre a cabeça para abafar o terrível brilho da luz e desejando que a náusea fosse para o inferno, onde sem dúvida alguma pertencia.

E, afinal, qual era a fonte da terrível iluminação que amaldiçoava seu quarto esta manhã?

Ela não tinha a menor ideia de onde poderia vir. Sempre pedia que suas cortinas fossem mantidas bem fechadas, pois tinha um sono sensível e seu quarto precisava estar escuro como uma tumba. Até mesmo o mais leve sinal de sol por entre as cortinas ao amanhecer poderia interromper seu sono. E desde de que Arthur a deixara, ela vinha dormindo muito pouco, nada mais do que três ou quatro horas por noite. Essas horas deveriam ser protegidas como se sua vida dependesse disso.

Onde estava Murdoch? Por que sua criada de confiança não se certificou de que as cortinas permanecessem fechadas tão cedo pela manhã? No dia anterior mesmo ela se preocupara com a falta de sono de Izzy, sugerindo que colocassem mais uma camada de cortinas nas janelas e, assim, protegessem ainda mais a ilusão de escuridão de Izzy.

Nada fazia sentido. Nem suas dores, nem o incessante latejar de sua cabeça, nem a luz, nada disso.

Ela tentou olhar por baixo do travesseiro, os olhos inchados e doloridos se abriram apenas um pouco. Mas era demais. Ela os fechou com força. O estômago de Izzy se remexeu com uma ameaça. Sua cabeça doía. Todo o seu corpo parecia ter sido pisoteado por uma carruagem de diligência. Ora, ela sentia como se estivesse girando. Ou o quarto estivesse girando. Não, talvez fosse apenas sua cabeça que estivesse girando.

O que era esse terrível mal-estar? Ela deve ter ficado terrivelmente doente de alguma forma. Estava com calor, a transpiração fazia com que a roupa de cama grudasse nela, grampos de cabelo cutucavam seu couro cabeludo, as raízes de seu cabelo doíam muito e...

Grampos de cabelo?

Algo não estava certo. Deveriam ter sido removidos.

Por Deus, ela ainda estava usando os sapatos? Uma rápida esticada dos dedos dos pés confirmou que sim. Izzy se deu conta do sofrimento que irradiava daquela parte do corpo em uma nova onda de dor. Seus pés estavam apertados e com cãibras e, a menos que ela estivesse enganada, bolhas haviam se formado na parte de trás dos calcanhares e, em seguida, estouraram. Sua carne estava queimando.

Piscando os olhos sonolentos, ela se levantou do travesseiro, tentando determinar o que havia acontecido. Ela teve um breve vislumbre das janelas com painéis antes que a luz ficasse muito forte e suas pálpebras se fechassem. Ela pousou o antebraço sobre o rosto, atenuando parte da ferocidade.

Sua cabeça tentava processar tudo em um ritmo febril, lhe forçando a se lembrar do que havia acontecido na noite anterior. De repente, tudo a atingiu em um lampejo, como um raio atravessando o céu em uma tempestade de verão.

Houve um baile. Arthur estava lá, junto com a terrível Srta. Harcourt. Ela estava coberta de diamantes e era odiosamente linda. Arthur estava caindo de amores por ela, trotando ao seu lado como um cachorrinho leal e só tinha olhos para a Srta. Harcourt.

E Izzy? Ora, ela havia encontrado o champanhe. Uma quantidade generosa, aliás. Ela se lembrava de ter se escondido em um canto onde ninguém a notou, com um vaso de plantas — uma samambaia, talvez — roçando seu cotovelo. E então... escuridão.

Nada.

Ela não conseguia se lembrar de um único momento além daquela maldita planta e da Srta. Harcourt brilhando com diamantes.

SCARLETT SCOTT

— Eu morri — proclamou ela, pois era a única resposta possível.

E, segundo indícios, não havia sido boa o suficiente em sua vida, pois, em vez de subir ao céu, ela despencou para o inferno, um lugar de luz solar ofuscante, onde grampos de cabelo apunhalavam seu couro cabeludo, sapatos de festa beliscavam seus pés, ainda era atormentada pela vontade de vomitar e por bolhas nos calcanhares. Sim, era ali que ela havia terminado.

Hades.

— Você não está morta, eu lhe asseguro.

A voz grave, profunda e masculina lhe deu um susto tão grande que ela gritou e se sentou, piscando e se contorcendo enquanto sua cabeça latejava ainda mais forte e o ambiente ao seu redor girava.

— Meu Deus, mulher, isso foi alto o suficiente para acordar os mortos.

A voz tinha um dono. Um nome.

O conde de Anglesey.

E ele estava sentado em uma poltrona, repleto de ousadia, seu olhar encontrando o dela de forma avaliadora. Bonito, cabelo dourado, olhos azuis, nenhum fio de cabelo fora do lugar nem um amassado em seu casaco impecável.

Sua mente, que parecia ter sido envolvida em lã, se esforçou para compreender como aquela criatura maravilhosa poderia estar sentada em seu quarto. Isso foi antes de ela perceber que não estava em seu quarto.

E antes que lembranças nebulosas começassem a colidir com o presente, invadindo sua mente.

Vagamente, ela se lembrou do rosto dele se movendo diante dela na noite anterior. A sobrancelha franzida, a preocupação estampada em seu semblante. As mãos dele em sua cintura. *E mais.* Os lábios dela nos dele.

Deus do céu!

Ela beijara o conde de Anglesey na noite passada, não? O que ela estava pensando? O que, em nome dos céus, ela havia feito? Quanto champanhe ela havia tomado para acreditar que beijar um libertino em um baile seria sensato?

Infelizmente, sua mortificação não foi completa. Seu estômago se revirou e ela quase vomitou.

— Ah, isso é ruim, não é? — Com uma careta, ele se levantou e pegou um vaso de porcelana do chão em um movimento gracioso antes de entregá-lo a ela e virar as costas.

Ela aceitou o recipiente bem a tempo.

Golfou mais uma vez, só que dessa vez ela não conseguiu engolir a bile.

O NOBRE GALANTEADOR

Ela vomitou. Vomitou até seus olhos lacrimejarem e o líquido em seu estômago ter sido completamente expelido. Depois vomitou mais um pouco.

Quando enfim a ânsia diminuiu, suas mãos tremiam na borda da cerâmica, e a humilhação tomou conta dela, substituindo a terrível onda de náusea. Embora Anglesey tivesse se comportado como um cavalheiro e não tivesse assistido ao caso desprezível, ele poderia muito bem tê-lo feito. Ela nunca havia vomitado diante de outra pessoa, nem mesmo quando estava doente quando criança, e a novidade da experiência rivalizava com a humilhação de ver Arthur desfilar pelo salão de baile com sua herdeira americana.

Uma mecha de cabelo caiu sobre seus olhos, ela ajeitou-a atrás da orelha e, em seguida, lançou um olhar apressado em busca de um lenço para limpar a boca.

— Aqui está. — Um quadrado branco apareceu diante dela, cuidadosamente bordado no canto com o que ela supôs serem as iniciais dele. *ZB.* — E guarde-o desta vez, milady. Nunca se sabe quando voltará a precisar dele.

Ela teria recusado a oferta, mas parecia inútil naquela altura do campeonato.

— Obrigada.

Izzy aceitou, pegou o lenço e limpou a boca com batidinhas. Tinha o cheiro dele — de almíscar, com um toque de frutas cítricas — , trazendo consigo mais lembranças da noite anterior.

Ela caiu. Sim! Ela se lembrava muito bem disso, da sensação de cair rumo ao seu fim. E o seu destino tinha sido… o próprio Anglesey. Ela havia caído e aterrissado em cima dele.

Ou teria ela sonhado com isso?

Por favor, por favor, por favor, meu Deus, que eu tenha sonhado com isso. Por favor, diga-me que eu tive mais juízo do que beber tanto champanhe que caí bêbada em cima de Lorde Anglesey e o sufoquei com meus peiti… não, perdoe-me, Senhor. Por favor, diga-me que estava tão fora de mim a ponto de beber tanto champanhe que caí bêbada em cima de Lorde Anglesey e o sufoquei com meu corpo.

Pronto. Afinal, não se pode dizer *peitinhos* para o Senhor. *Oh, céus.* Ele ainda estava ouvindo? Ela esperava que não, pois acabara de dizer a palavra indecente que estava tentando evitar.

Izzy olhou para o vaso de porcelana decorado com primor, agora horrivelmente profanado.

— Acaso tem tampa?

Mal tinha ela terminado a pergunta e aqueles dedos longos e elegantes de Anglesey já estavam colocando a tampa no lugar, protegendo-a misericordiosamente da evidência de sua indulgência.

Ele fez uma pausa.

— Já terminou ou precisará de outra rodada? Devo dizer que nunca vi ninguém chamar o Hugo com tanto… *vigor*.

Acaso ele estava se divertindo?

Ela não conseguia suportar olhar para ele.

— Eu já terminei.

Ao menos era o que ela esperava.

Izzy manteve a cabeça dolorida abaixada, com a visão limitada às roupas de cama amarrotadas e às suas roupas de baixo. De alguma forma, ela havia tirado o vestido na noite anterior, mas não havia tirado os sapatos. A constatação a fez lembrar outra vez que estava em um quarto estranho e não se lembrava de como havia chegado ali.

— Se sentir vontade, faça o favor de me avisar.

Sua voz era calma e precisa. Era de se supor que ele tratasse de senhoritas de coração partido que haviam se empanturrado de champanhe na noite anterior como uma ocorrência comum.

Ela engoliu com força, lutando contra a pulsação em seu crânio e o turbilhão da sala, sendo que este último havia diminuído um pouco agora que ela havia esvaziado seu estômago.

— Pode deixar, meu senhor.

Mais silêncio reinou, interrompido apenas pelo som dele cruzando os tapetes antes de voltar, com uma bandeja na mão. Ela estava carregada com uma única xícara de algo que parecia terrivelmente turvo.

— Um revigorante — disse ele. — Quando estiver se sentindo mais à vontade, Lady Isolde.

Ele sabia o nome dela.

Ao menos isso.

Ela cheirou a bandeja.

— Tem cheiro de limão e vinagre.

— *É* limão e vinagre — disse ele, alegremente. — Com um ovo cru, para garantir.

Izzy sentiu ânsia.

— Que horror.

— Dificilmente mais terrível do que vomitar em um penico.

Sua observação incisiva fez com que o olhar dela finalmente se voltasse para o dele.

— Perdoe-me minha falta de educação, meu senhor. Se não for muito incômodo, talvez possa me dizer onde me encontro e como vim parar aqui.

O NOBRE GALANTEADOR

Ele sorriu, revelando uma covinha solitária que era angustiantemente atraente.

— Por que não tornar isso mais interessante? Diga-me do que você se lembra, minha querida.

A intenção dele era torturá-la? Forçá-la a remoer sua vergonha e admitir o quão pateticamente ela havia se rebaixado na noite anterior naquele maldito baile? Ou isso era de fato uma forma de entretenimento para ele? Será que o Conde de Anglesey, cansado de ir para a cama com metade das damas de Londres, havia decidido saciar seu tédio humilhando as damas que haviam forçado beijos com ele nos bailes?

Suas bochechas ficaram quentes, e uma pontada na cabeça foi um presságio ameaçador. Sua boca estava seca, mas o que ela mais queria era água, e definitivamente não a mistura diabólica que o conde havia proclamado como revigorante. Seu estômago revirou-se.

— Lembro-me de estar presente em um baile — começou ela devagar, lembrando-se de sua chegada.

Ela e a irmã, juntamente com o marido de Ellie, o duque, tinham ido juntas. Ellie a incentivou durante todo o trajeto a manter a cabeça erguida, a mostrar a Arthur que não havia sido afetada pela traição dele e pelo noivado subsequente. Que se mostrasse imune. Mas Ellie se distraiu conversando com Lorde Smithton, que era um dos benfeitores da Sociedade de Eletricidade de Londres. E Izzy se viu naquele canto miserável, observando Arthur e a Srta. cheia de diamantes Harcourt...

— A senhorita estava em um baile, sim. — O tom de Anglesey era de diversão sombria. — Em algum momento, durante os entretenimentos da noite, a senhorita começou a beber. Só podemos supor que foi por causa de Arthur Bobalhão-que-ama-dinheiro e daquela sua herdeira americana obscenamente rica, Lucy Cheia-de-dinheiro.

Ela teria rido do fato de ele ter mudado seus nomes, mas tinha uma leve impressão de que precisaria do penico outra vez, sua cabeça estava girando e ela ainda não sabia onde estava ou por quê.

— Sr. Arthur Penhurst e Srta. Alice Harcourt — ela corrigiu, mas não sem uma pontada de amargura. — E talvez eu tenha exagerado no champanhe.

Ele ergueu uma sobrancelha.

— Talvez?

— Por favor, meu senhor — ela se irritou. — Precisa se divertir à minha custa?

A leviandade dele desapareceu, sua boca sensual se achatou em uma expressão sombria de desagrado.

— Depois dos problemas que a senhorita me causou ontem à noite, sim. Creio que devo fazê-lo. Se terei de aguentá-la pelo resto da minha vida, o mínimo que pode fazer é me proporcionar uma manhã de diversão em troca. De qualquer forma, essa nossa barganha dificilmente será justa, Lady Isolde.

Sua mente ainda enuviada pelo champanhe estava trabalhando em um ritmo mais lento do que o habitual, por isso Izzy levou mais um momento para perceber a magnitude inerente a essas palavras.

Se terei de aguentá-la pelo resto da minha vida...

Aguentá-la?

Pelo resto de sua *vida?*

O pânico aumentou, substituindo o mal-estar:

— Peço-lhe que se explique, Lorde Anglesey.

Aquele olhar de um azul de tirar o fôlego dele a percorreu:

— Metade do salão de baile testemunhou a senhorita em cima de mim no chão do salão azul de Greymoor, tentando me violar.

Não.

Seu estômago se revirou.

Ela se recusava a acreditar que poderia ter se envolvido em um comportamento tão escandaloso. Se ao menos ela pudesse se lembrar do que havia acontecido.

— Violar? — ela perguntou baixinho. — Isso parece uma escolha de palavras muito forte.

Ele inclinou a cabeça, considerando-a com um olhar intenso que ela não conseguia decifrar:

— Realmente não se lembra?

Ela se esforçou para vasculhar a escuridão de sua mente em busca de mais lembranças e, curiosamente, não encontrou nada:

— Eu me lembro... do beijo.

Ela se lembrou que ele não correspondeu, da suavidade quente de seus lábios sérios sob os dela. Como aquilo tinha sido diferente das vezes em que ela havia beijado Arthur. Antes de chegar ao salão azul, ela se lembrou de ter bebido outra taça de champanhe em uma série de goles apressados. Arthur estava sorrindo para a Srta. Harcourt como se ela fosse uma deusa entre os mortais, e a dor cortante no coração de Izzy tinha sido quase demais para suportar.

O NOBRE GALANTEADOR

Pelo andar da carruagem, aquele último copo havia sido um pouco demais. Ou talvez ela tivesse tomado uns cinco a mais do que deveria.

Ela certamente havia perdido a conta ao longo da noite e não havia comido nada. Era quase certo que ela havia perdido a ceia.

— O beijo — ele repetiu. — Qual deles?

Houve mais de um?

Ela se encolheu:

— Perdoe-me, meu senhor. Meu comportamento foi imperdoável. Juro que não tenho o hábito de me envolver em uma falta de decoro tão escandalosa.

— Se você tem ou não, é irrelevante neste momento. O dano já foi causado e não pode ser desfeito. Infelizmente para a senhorita, Lady Isolde, em breve será a próxima condessa de Anglesey. — Ele fez uma pausa, lançando-lhe um sorriso sombrio que deixava transparecer sua covinha de leve. — E, por isso, sou eu quem deve lhe pedir perdão. Imagino que esse papel não será nada agradável.

O horror no rosto de Lady Isolde à luz forte da manhã teria sido cômico se eles não estivessem presos em uma farsa criada por ela, e se ele não estivesse prestes a fazer dela sua esposa.

Zachary sabia que deveria ter pena dela e deixá-la entregue à miséria de acordar em um lugar estranho com dor de cabeça e náusea. Mas, considerando o grande espetáculo da noite anterior e o fato de que ele havia sido forçado a carregá-la roncando até sua carruagem, ele não estava propenso a oferecer-lhe misericórdia. Trazê-la até sua casa na cidade tinha sido o golpe final nos seus dias de solteiro, mas como sua escolha na questão de quem seria sua futura condessa já tinha lhe sido tirada, ele achou que poderia muito bem tirar algum proveito desse caso sórdido. Ele não tinha dúvidas de que irritar Beatrice seria infinitamente prazeroso.

Não tão prazeroso quanto outros atos com ela poderiam ter sido há muito tempo, mas Beatrice havia matado completamente qualquer chance de ele ficar de pau duro com ela ao se casar com seu irmão mais velho, Horatio. A única gratificação a ser extraída da presença dela em sua casa era a certeza de que ela ficaria furiosa ao saber que ele não apenas havia arruinado completamente uma dama na noite anterior, como também a havia trazido para passar a noite aqui.

Que ela imaginasse o que quisesse a partir dessa premissa.

Mas esse era um assunto para ser saboreado com calma — ele pegou o relógio de bolso e o consultou —, quinze minutos até que a viúva Lady Anglesey descesse para tomar seu café da manhã.

— Não posso me casar com o senhor — disse Lady Isolde, encarando-o como se tivesse acabado de anunciar sua intenção de levar os dois para as entranhas do inferno.

O que daria na mesma, diga-se de passagem.

Ele nunca havia se casado antes, não desejava se encontrar em tal situação desde que fora estúpido e inocente o suficiente para acreditar que estava apaixonado por Beatrice. E ele não tinha absolutamente nenhum desejo de se ver preso em um casamento agora.

— Receio que devesse ter pensado nisso antes de se jogar em meus braços na noite passada — disse ele a Lady Isolde com ironia.

Ela estava pálida como a neve recém-caída, mas sem o brilho cintilante. Seu cabelo escuro havia se desfeito parcialmente, seus olhos estavam vermelhos e inchados, e ela estava, em suma, horrível. Sua única melhoria em relação à noite anterior era que ela não estava mais usando aquele terrível vestido enfeitado com flores que ele havia ajudado a tirar da noite passada.

— Sinto muito — disse ela, mordendo o lábio como se estivesse reprimindo a vontade de vomitar ou chorar.

Talvez os dois.

— Guarde suas desculpas — aconselhou ele. — Já está feito. Metade de Londres acredita que eu a violei no salão azul do baile de Greymoor na noite passada. A outra metade ficará sabendo disso em breve. E, se não souberem, com certeza ficarão sabendo que o novo e escandaloso conde de Anglesey levou Lady Isolde Collingwood para sua casa, onde ela passou a noite.

Sua boca se abriu:

— Sua... casa?

— Minha casa — disse ele, observando-a com franqueza. — Precisa do penico de novo, milady? A senhorita está parecendo prestes a passar mal.

— Minha vontade de passar mal é um resultado direto de seu anúncio, meu senhor — ela respondeu. — Por que me trouxe aqui? E quanto à minha família? Acaso me sequestrou?

O NOBRE GALANTEADOR

Dessa vez, ele não conseguiu conter o riso. *Meu Deus*, que atrevida mais cheia de imaginação ela era.

— De forma alguma, minha querida. A senhorita adormeceu no maldito chão e eu tive que fazer uma escolha. Ou eu a tirava dali com o máximo de discrição possível ou permitiria que enfrentasse a humilhação de nossos convidados ouvindo-a roncar embriagada.

Ele sentiu uma pontada de pena à medida que ela ouvia suas palavras e a palidez dela aumentava. Ele provavelmente poderia ter dito aquilo de forma um pouco mais bonita. No entanto, ainda era a verdade. Eles estavam aqui, nesta sala, nesta situação difícil, diretamente por causa das ações imprudentes dela. Agora ambos teriam que pagar por elas.

— E quanto à minha família? Minha irmã? — ela perguntou baixinho, com a mão sobre o estômago.

Ele fez-lhe o favor de buscar o penico, oferecendo-o a ela mais uma vez, antes de dar-lhe as costas. Com o coração endurecido, ele se preparou para não se compadecer mais quando ela completou uma segunda rodada de vômitos.

Ele esperou um momento antes de encará-la:

— Sua irmã foi informada de sua presença aqui, assim como Wycombe. Estão cientes das circunstâncias e concordaram que trazê-la aqui foi a decisão mais sábia.

Isso não era bem verdade. A discussão — quando Wycombe e sua duquesa haviam chegado muito depois da meia-noite, recém-saídos do baile — não havia sido tranquila, e a duquesa também não havia sido lá muito receptiva no começo. Mas ela verificou como estava sua irmã, que já estava roncando alegremente no quarto de hóspedes, e decidiu não tirá-la dali.

— Quisera tivesse comprometido qualquer pessoa, menos a irmã da minha esposa — Wycombe disse com tristeza ao puxá-lo de lado.

— Eu gostaria de não ter comprometido ninguém — ele retornou, evitando apontar o óbvio, que era o fato de não ter comprometido quase ninguém.

O encontro que ele havia arranjado nunca havia acontecido, maldição. Em vez disso, ele tinha acabado com uma futura noiva bêbada e roncadora. A vida, Zachary havia descoberto há muito tempo, era na verdade um pandemônio.

— Sábia — Lady Isolde dizia agora. — Parece tudo menos isso.

Ele não poderia estar mais de acordo, mas tinha um compromisso urgente que se sobrepunha a fornecer a ela um penico para vomitar.

— Não obstante, eis onde nos encontramos, milady, e devemos tirar o melhor proveito disso. Vou deixá-la com suas abluções matinais. Sua irmã enviou a criada de milady e um vestido novo hoje cedo. Eu a encaminharei para a senhorita agora.

Lady Isolde começou a protestar:

— Mas, meu senhor...

— Até mais tarde — ele a interrompeu com delicadeza. — Eu a verei quando estiver mais disposta e poderemos discutir o feliz acontecimento nessa ocasião.

Feliz acontecimento.

Ah! Que diabos, ele estava prestes a casar-se.

Sem esperar por outras tentativas de impedi-lo de ir embora da parte de sua futura esposa, Zachary deixou o quarto às pressas, para não ser obrigado a ouvir mais uma sessão de Vossa Senhoria depositando os vestígios remanescentes do champanhe da noite anterior no penico do quarto.

O NOBRE GALANTEADOR

CAPÍTULO 4

Diferente de todas as outras manhãs desde que se tornara oficialmente o novo conde de Anglesey, Zachary optou por tomar o café da manhã às nove, a hora marcada por Beatrice, agora que ela havia retornado a Londres, vinda de Barlowe Park, em Staffordshire. Um pouco mais cedo, na verdade. Ele a aguardava na sala de jantar, ainda decorada com as obras de arte de péssimo gosto do seu irmão, com um prato repleto de bacon, ovos e uma variedade de frutas. Estava de muito bom humor para um homem que estava prestes a ser forçado a um casamento indesejado.

Soube no momento em que ela se aproximou da soleira da porta, pois mesmo oito anos depois de ela ter lhe dito que estava escolhendo o futuro conde em vez de um mero terceiro filho, ele não havia se esquecido da maneira como ela andava. Viu a graciosa aproximação da figura vestida de seda preta na periferia de sua visão e logo a reconheceu. Assim como notou a pausa surpresa que ela fez ao perceber que não estaria tomando seu café da manhã majestoso sozinha.

Ele a ignorou, é claro. Não se deu ao trabalho de se levantar nem mesmo quando ela entrou na sala.

A Condessa de Anglesey podia tê-lo enganado muito bem uma vez, quando ele era um garoto que mal sabia lavar as orelhas, tolo demais para perceber que ela o estava usando para cravar suas garras em seu irmão, mas ela não era uma dama. E ele não iria tratá-la como se fosse uma.

— Meu senhor.

A voz fria dela emitindo aquelas duas simples palavras carregava consigo um mundo de significado.

Ele ergueu o café para ela em uma saudação teatral:

— Lady Anglesey.

Horatio havia morrido há meses — o suficiente para que ficasse claro que não haveria nenhum herdeiro para dar continuidade ao título e que Zachary havia herdado oficialmente — e, ainda assim, Beatrice nunca o havia chamado por seu novo e indesejado título. Nem uma única vez. Por outro lado, ele *preferia* chamá-la pelo nome dela. Cada vez que o fazia era um pequeno lembrete de sua traição.

— Eu não o esperava — disse ela, parando perto do aparador onde o café da manhã estava bem arrumado, aguardando seu deleite.

Um eufemismo, diga-se de passagem.

Ele demorou a responder, engolindo um pouco de café primeiro:

— De fato.

Suas narinas se dilataram, a única indicação de que ela estava irritada. Seja por orgulho ou pela necessidade de controle, Beatrice quase não demonstrava uma ponta de emoção na presença dele. Houve tristeza depois que ela retornou a Londres, após Horatio e seu outro irmão, Philip, serem enterrados. No entanto, sua tristeza era por si mesma.

Desde aquele dia, ele certificou-se de que seus caminhos dificilmente se cruzassem. Como Horatio a havia deixado com a dilapidada casa de viúva na costa e pouco mais, ela morava em Londres, na casa da cidade, quando não estava no campo. Zachary não queria expulsá-la dali, apesar de seu ódio por Beatrice. Somente um ogro jogaria uma viúva nas ruas. A família dela não a ajudaria em nada, e a parte da viúva era modesta. Ele havia lhe dado tempo para cuidar da reforma da sua casa de viúva, mas sua paciência estava mais por um fio do que os tapetes daquele monte de pedra, sem dúvida infestado de aranhas, que ela chamaria de lar.

Beatrice se virou para o lacaio que fazia uma vigília silenciosa perto da porta:

— Isso é tudo, obrigada, Nelson.

O criado se despediu obediente.

— Não vai se levantar na minha presença, meu senhor? — ela perguntou quando ficaram a sós, com a mandíbula rígida.

Ora, acaso a dama não gostou? Excelente.

— Não — disse ele. — Não creio que o farei.

Seus lábios se comprimiram:

— O que significa isso?

— Desfrutar do café da manhã em minha própria casa, quer dizer? — perguntou ele, levantando uma sobrancelha.

Talvez ele tivesse cometido um erro em permitir que Beatrice ficasse. Ela certamente parecia estar enganada sobre a quem pertencia mais a este lugar. A escolha não tinha sido dele, mas ela não era mais a dona desta casa. E, em breve, outro habitante seria adicionado à sua desastrosa composição.

O NOBRE GALANTEADOR

— Sua presença na mesa do café da manhã — respondeu ela, melindrosa, mantendo a expressão tensa.

Pequenas rugas se formaram nos cantos de seus olhos onde antes não havia nenhuma, e um vinco de desagrado agora marcava sua testa. Ele só podia supor que Horatio a havia desagradado com frequência. No entanto, os anos haviam sido bastante gentis com ela. Beatrice era dez anos mais velha que ele, mas ainda era tão adorável como quando se conheceram. Ele apenas a via de forma diferente agora, com o olhar desapaixonado de um homem que havia sido ludibriado por ela.

— Esta é a minha mesa de café da manhã — lembrou-lhe ele calmamente, tomando outro gole do café bem devagar só para irritá-la ainda mais.

Ela inspirou bruscamente.

— Claro, meu senhor. Não quis sugerir que não é bem-vindo.

— Excelente. — Ele lhe lançou um sorriso insincero. — Porque não pode fazê-lo. De nós dois, eu sou o único que é bem-vindo aqui.

Ela estremeceu:

— Eu ficaria mais do que feliz em ir embora, se quiser.

De repente, a alegria de brincar com ela, que ele havia imaginado desde aquela interminável viagem de carruagem para casa na noite anterior com uma Lady Isolde roncando em seus braços, desapareceu. Beatrice parecia pequena e triste em sua roupa de viúva. E, embora ela merecesse sua penúria, pela primeira vez, o conhecimento de sua infelicidade não lhe trouxe nenhuma satisfação.

— Pode ficar se quiser — ele disse, seu tom seco. — É o que Horatio teria desejado.

Como se ele se importasse com o que Horatio teria desejado. Seu irmão maldito não se importou em roubar a noiva escolhida por Zachary, mas tomou pouquíssimas precauções para ela no caso de sua morte. Ela tinha o que lhe era devido, e isso era tudo. Uma ninharia em comparação com a vida a que estava acostumada.

E essa vida tinha sido a razão pela qual ela havia escolhido Horatio em vez dele.

A ironia não passou despercebida, mas, de alguma forma, quanto mais tempo se passava desde a última vez que ele havia sentido algo por Beatrice além de raiva, menos isso importava.

Ela inclinou a cabeça:

— Obrigada por sua gentileza, meu senhor.

SCARLETT SCOTT

— Anglesey — ele corrigiu, a necessidade perversa de que ela reconhecesse sua mudança de circunstâncias o estimulava.

Junto com aquela estranha e repentina bondade em relação a ela da qual ele não gostou. Desde quando ele a via com piedade? Ele ainda nem era casado, inferno, e já estava ficando fraco.

Isso o lembrou de que precisava informar Beatrice sobre Lady Isolde.

E o escândalo.

Ah, o prazer.

— Sim, meu senhor — disse ela.

Ele se levantou de repente, irritado com a recusa dela em se referir a ele por seu título. Um título que ele não queria, era verdade. Mas maldita seja ela por se recusar a lhe dar essa cortesia.

Maldita seja ela por ter escolhido o título em vez dele, todos aqueles anos atrás. Ele não era mais atormentado pela mesma amargura que o havia movido no passado, mas a lembrança das ações dela e o efeito que tinham nele permaneciam.

— A senhora me chamará de Anglesey — ele a informou. — Pode ser que não goste de ser lembrada do título pelo qual me traiu, ou do fato de que agora ele é meu e que todas as suas maquinações tiveram o mesmo fim que os ossos do meu irmão na terra, mas isso não o torna menos verdadeiro, senhora.

Os lábios de Beatrice se abriram. Antes, eram lábios que ele havia beijado com furor. Em alcovas escondidas, nos cantos sombrios de uma biblioteca... sempre que podia. Agora, aqueles lábios não lhe deixavam nada além de amargura. O desejo de senti-los sob os seus havia morrido há muito tempo.

Junto com seu amor por ela.

E seu coração.

— É... é claro — ela gaguejou.

— Lorde Anglesey — disse ele. — Experimente.

— Lorde Anglesey — repetiu ela por fim, fazendo uma careta como se as palavras doessem.

Ele esperava que doessem mesmo:

— E agora, *Lady Anglesey*. É melhor acostumar-se com essa também, pois a dirá com frequência quando eu me casar.

Ela ofegou:

— Vai se casar? Quando?

O NOBRE GALANTEADOR

— Em breve. — Ele deu um encolher de ombros indolente. — Suponho que ainda não tenha ouvido falar sobre o que aconteceu ontem à noite, então. Ah, eu a informarei. Eu me empolguei bastante no baile da Greymoor. Fui pego em flagrante delito com Lady Isolde Collingwood. Causamos um grande escândalo. Tenho certeza de que os detalhes chegarão à senhora em breve, portanto não irei aborrecê-la com eles.

Ela ficou ainda mais pálida:

— Acaso a desonrou?

Não por um desejo louco, mas a necessidade de que Beatrice pensasse que sim era forte, impulsionando-o. Ele sempre foi cruel quando se tratava dela. Essa manhã era a prova de que a velha ferida ainda estava infeccionada.

— Desonrei — confirmou ele, sorrindo. — Eu esperava que os criados a informassem da nossa nova hóspede, mas suponho que a lealdade deles esteja comigo, afinal.

Quando primeiro cruzou a soleira da Barlowe House como conde que recém-herdara o título, o odiado edifício parecia pertencer a *ela*. Ela havia passado os últimos oito anos governando-o. Mas quanto mais tempo ele passava aqui, relutantemente, mais ele notava todos os sinais de Horatio. Embora Zachary tivesse evitado intencionalmente a Barlowe House esse tempo todo, agora ele estava sobrecarregado com a maldita casa. Um tema bastante comum em sua vida atualmente, diga-se de passagem.

Mas, então, ele supunha que todo homem precisava de um ou dois albatrozes.

No caso dele, três.

— Hóspede? — Beatrice repetiu, franzindo a testa. — Não está querendo dizer que Lady Isolde está aqui, sob este mesmo teto?

— Estou. — O sorriso dele se aprofundou, pois assistir ao horror abjeto dela era moderadamente divertido, afinal de contas. — Ela está. Infelizmente, minha querida prometida está se sentindo um pouco... cansada esta manhã. É compreensível, considerando tudo o que aconteceu na noite passada. Quando a deixei, ela estava descansando.

Ele estava ciente da sugestão nada sutil que permeava suas palavras.

A repulsa de Beatrice era evidente:

— Você é realmente desprezível.

Ele pegou seu café, tomando um último gole antes de brindar a ela outra vez.

— Obrigado, querida cunhada. Faça o que fizer, não compartilhe sua má opinião de mim com minha noiva. Detestaria que a afugentasse.

Com essa frase de despedida, ele a deixou com seu café da manhã.

Izzy não estava se sentindo muito melhor quando saiu do quarto de hóspedes. Seu estômago ainda estava inquieto. Uma enxaqueca persistente continuava. Mas o pior de tudo era a vergonha absoluta que se apoderava dela pela exibição ignominiosa que deve ter feito na noite anterior. Ela havia se humilhado.

Sua criada de quarto tinha sido previsivelmente compreensiva quando chegou:

— Ah, minha pobre dama. A senhorita não tem culpa! Nada disso teria acontecido se não fosse aquele terrível Sr. Penhurst.

No entanto, as palavras dela não fizeram nada para aliviar a culpa de Izzy.

Tampouco as carinhosas atenções de Murdoch. Ela soltou o cabelo de Izzy, escovando-o para tirar os emaranhados, antes de restaurá-lo a uma aparência de respeitabilidade. Algumas abluções superficiais, um revigorante feito pela própria Murdoch — Izzy não estava disposta a beber a mistura miserável que Anglesey havia oferecido — e um vestido novo.

— Minha irmã está muito irritada comigo? — ela perguntou a Murdoch, estremecendo ao pensar na bronca que Ellie, sem dúvida, lhe daria.

Sem falar em sua mãe e seu pai.

Os Collingwoods eram conhecidos por suas excentricidades. Mas nenhum deles, antes de Izzy, havia causado um escândalo tão grande.

— Ela está preocupada com a senhorita, creio eu — foi tudo o que Murdoch disse.

O que significava, é claro, que Izzy estava perdida. Enquanto caminhava por um corredor decorado com retratos de antigos condes e condessas, ela estava mais do que ciente de que estava enfrentando um futuro que, de repente, era muito diferente do que havia sido ontem de manhã. Um casamento que ela não queria com um homem que mal conhecia. Uma família que, sem dúvida, ficaria furiosa com ela por suas ações.

Bem, havia seu coração partido.

Isso, pelo menos, continuava igual.

Izzy desceu as escadas, esperando que a carruagem da irmã estivesse esperando por ela, para que pudesse, pelo menos, ser poupada do constrangimento de uma nova conversa com o Conde de Anglesey até que tivesse um descanso adequado e tempo para pensar no que havia feito.

— Você!

A voz feminina furiosa a pegou de surpresa, mas foi a ameaça subjacente, mais do que a presença de outra mulher, que a chocou. Ela parou no último degrau quando uma elegante mulher loira vestida toda de preto aproximou-se dela, com as saias balançando em sua arrogância.

Izzy levou a mão ao coração, pensando por um momento que aquela mulher indignada devia tê-la confundido com outra pessoa.

— Eu?

— Sim. — A mulher parou diante dela, erguendo o lábio superior com desdém. — Você. A senhorita é Lady Isolde, não é?

— Sou — disse ela. — Receio que esteja em desvantagem, senhora.

— Eu sou a Condessa de Anglesey — sibilou a outra mulher. — Como se atreve a envergonhar não apenas o título, mas também esta casa?

A viúva do último conde. É claro. Izzy nunca havia sido apresentada a ela, embora ela supusesse que elas frequentassem os mesmos círculos.

Suas bochechas ficaram quentes ao perceber que essa mulher sabia algo sobre o que havia acontecido na noite anterior.

— Não foi minha intenção causar vergonha, milady.

— Não obstante, a senhorita o fez. — Seu tom era depreciativo. — Se acha que o casamento com Zachary será fácil para a senhorita, está enganada, milady.

Zachary.

Não passou despercebido por Izzy o fato de a condessa viúva ter se referido a Anglesey por seu nome de batismo. Qual era o relacionamento deles? A outra mulher parecia estar marcando território. Mas aquele não era o momento nem o lugar para investigar. Izzy ainda estava se sentindo péssima e tinha muito a responder quando enfrentasse a irmã.

— Lady Anglesey — disse ela com o máximo de calma que conseguiu reunir diante de um antagonismo tão evidente. — Estou cansada e quero mais que tudo voltar para casa. Talvez possamos nos conhecer melhor outro dia, um dia melhor.

— Não tenho intenção de conhecê-la, minha querida — disse a condessa. — Os pecados que você cometeu são indesculpáveis. Se sabe o que é bom para você, fuja para o campo e se esconda. Ou, melhor ainda, mude de continente. Não se atreva a arrastar esta família para a lama e manchar um título nobre e respeitado. Zachary nunca a amará.

Sua condescendência foi suficiente para fazer a coluna de Izzy enrijecer.

— Não hei de me esconder nem fugir, Lady Anglesey, embora eu agradeça sua preocupação. Quanto a *Zachary*, bem, suponho que ele possa decidir por si mesmo, não é? Cabe a ele, portanto, decidir. Não a senhora. Tenha um bom-dia, Condessa.

Onde estava Anglesey, afinal? Como ele ousa forçá-la a enfrentar a viúva irada sozinha?

— Minha querida.

Sua voz suave e grave, cheia de charme e autoconfiança, interrompeu o momento. Ele estava caminhando em direção a Izzy e à condessa com o passo tranquilo de um homem que sabia bem como era bonito. Seu olhar estava voltado para Izzy, e o sorriso em seus lábios só servia para aumentar seu apelo. A covinha havia reaparecido.

Mas Izzy não conseguia afastar a suspeita de que nem o carinho nem o sorriso eram para ela. A tensão que fervilhava entre o conde e a viúva de seu irmão era intensa, crepitando no ar como eletricidade.

— Meu senhor — ela e a condessa o cumprimentaram em uníssono.

— Acaso já se conhecem? — ele perguntou calorosamente, como se fosse um *tête-à-tête* qualquer.

Como se fosse normal ele trazer uma moça bêbada e solteira para casa, declarar que iria se casar com ela e depois deixá-la à mercê da esposa amargurada do irmão. Se Izzy não soubesse o contrário, teria suspeitado que estava sonhando com todo esse caso ignóbil.

— Não nos conhecíamos antes — disse a condessa em um tom de indisfarçável aversão, como se tivesse provado algo nojento à mesa.

Ao pensar nisso, o estômago rebelde de Izzy deu outro solavanco.

— Pois se verão com bastante frequência no futuro próximo — disse ele, com alegria, direcionando sua atenção para Lady Anglesey.

O fato de não ser mais o foco de seu magnetismo permitiu que Izzy respirasse mais aliviada. Nada poderia tê-la preparado para a situação em que, de repente, ela se viu irremediavelmente atolada.

— Estou ansiosa por isso, meu senhor — disse a condessa com uma falta de entusiasmo tão gélida que não havia dúvidas quanto à falta de veracidade de suas palavras.

— Excelente. — O olhar dele se voltou para Izzy. — Eu a acompanharei até a carruagem que a espera, minha querida.

O NOBRE GALANTEADOR

Graças aos céus.

Ela precisava sair dessa confusão. Precisava dormir. E nunca mais beber uma gota de champanhe.

Ela inclinou a cabeça:

— Obrigada, meu senhor. Bom dia, Lady Anglesey.

A condessa retribuiu com um bom-dia de lábios cerrados e relutante, e então Izzy pegou o braço oferecido pelo conde. Eles passaram por uma criada que desviou os olhos e por um lacaio descaradamente curioso.

— A viúva de seu irmão mora aqui? — ela não resistiu à pergunta.

— Por enquanto — ele disse de forma enigmática.

Ela não sabia ao certo se a resposta dele indicava que a condessa planejava partir no futuro ou se ele planejava expulsá-la. Havia muito que precisava aprender a respeito do homem ao seu lado se quisesse se tornar sua esposa.

Na verdade, ela precisaria aprender tudo ao seu respeito.

CAPÍTULO 5

— O que diabos vocês estavam pensando?

Se qualquer outro homem tivesse falado com ele dessa forma, a resposta de Zachary teria sido um rápido soco no nariz, seguido do necessário derramamento de sangue. Mas como a pergunta tinha vindo de seu amigo de confiança, Hudson Stone, o Duque de Wycombe, e como a pergunta de seu amigo era mais do que válida, Zachary se controlou.

— Eu estava pensando que encontraria Letitia para um encontro, se quer saber — ele deu uma resposta sincera. — Não esperava que Lady Isolde se juntasse a mim no salão azul. Tampouco esperava tudo o que aconteceu depois disso.

Ele estava sentado na sala de visitas da casa da cidade de Wycombe, com um chá e scones muito civilizados dispostos diante deles em uma elegante porcelana. Lady Isolde estava presente, ainda com a aparência de que poderia vomitar a qualquer momento. Embora, para ser justo, talvez fosse a perspectiva de suas núpcias iminentes que tivesse esse efeito sobre ela.

— E quanto ao que aconteceu depois disso — repetiu a Duquesa de Wycombe, seu tom sugerindo que ela não estava nada satisfeita com ele —, acaso está se referindo à parte desse infortúnio em que o senhor tirou minha irmã da casa de Greymoor e a levou para a sua?

Uma pena que toda essa ira tenha sido dirigida a ele. Ele e a duquesa tinham sido amigos até esse maldito desentendimento.

— Ellie, já conversamos sobre isso — interrompeu Lady Isolde antes que ele pudesse responder. — Nada do que aconteceu é culpa de Lorde Anglesey. Foi tudo culpa minha.

— Ele a raptou de um baile — disse a duquesa. — Ou já se esqueceu?

— Ela estava roncando — disse ele em sua própria defesa. Quando tentei acordá-la, ela me esbofeteou como se eu fosse uma mosca e me disse para ir ao diabo. Eu tive que tirá-la da situação de alguma forma.

Isso também era verdade.

Aparentemente, Lady Isolde ficava bastante irritada quando era acordada. A resposta de hoje de manhã não foi muito melhor.

— Foi o que o senhor disse ontem à noite — disse a duquesa. — Não estou propensa a acreditar em seu relato, exceto a última parte. Izzy sempre teve um mal humor terrível quando acorda.

Então ela a chamava de Izzy.

Hmm.

Zachary olhou de relance para sua recém-adquirida noiva, achando que o diminutivo combinava com ela. Ela estava com outro vestido chamativo, este em um tom horrível de âmbar queimado, coberto de franjas e rendas. Ele estava começando a suspeitar que ela não tinha lá muito bom senso no quesito de moda. Mas, apesar do horror que ela havia escolhido para disfarçar sua figura exuberante, seu rosto por outro lado era adorável. Ele ainda tinha que descobrir se a mente dela era afiada o suficiente para manter seu interesse. Como passaria o resto de sua vida preso a ela, ele esperava sinceramente que fosse. Sua irmã, a duquesa, era dotada de um intelecto animado. Só lhe restava esperar que Lady Isolde… Izzy… compartilhasse sua inteligência.

— Não sou mal-humorada — Izzy negou, franzindo a testa para a irmã. — Você é que não tem apreço pela privacidade.

— E você tem, depois de ter sido pega aos beijos em um salão por metade do baile ontem à noite?

As bochechas de Lady Isolde ficaram rosadas, e ele não podia negar que achava a cor adicional bastante cativante. Ele se perguntava o quanto ela era inocente. Seus beijos certamente sugeriam uma falta de experiência. As inocentes nunca o haviam intrigado antes, mas ele não sabia dizer se era a novidade ou o fato de saber que ela seria sua esposa que despertava seu interesse agora.

— Aquilo foi um erro — disse sua futura esposa. — Bebi champanhe demais e passei vergonha.

— A culpa também é minha — disse a duquesa baixinho, parecendo aflita. — Não deveria ter saído do seu lado para falar com Lorde Smithton.

— E a culpa é de Anglesey, que piorou muito a situação ao levá-la para casa com ele — acrescentou Wycombe, com ironia. — Posso ser um duque há pouco tempo, mas até eu sei que não se deve levar uma dama solteira para casa depois de um baile.

— O dano já estava feito — observou Zachary. — Letitia se certificou disso.

46   **SCARLETT SCOTT**

— Letitia? — Lady Isolde franziu a testa para ele do outro lado da mesa de chá. — Esse é o nome da condessa?

— Não — disse ele, seu tom seco, em vez de responder à pergunta que viu nos olhos dela.

Ele não lhe daria justificativas para o que havia feito antes de ter uma noiva jogada, de repente, em seu colo. Solteiros desimpedidos tinham o direito de viver como quisessem e com quem lhes conviesse. Às vezes, no caso dele, com *mais* de uma pessoa ao mesmo tempo.

Mas isso nada tinha a ver com o assunto.

— Temo que descobrirá que Barlowe, digo, Anglesey, tem uma lista incontável de damas às quais ele se refere por seus nomes próprios — disse Wycombe, sério, escorregando por um momento ao chamar Zachary pelo sobrenome, como costumava chamá-lo antes. — E isso não é a pior parte, Izzy.

Embora Wycombe não estivesse incorreto em sua avaliação, tal observação dificilmente persuadiria Lady Isolde a se casar com ele, não é mesmo? De fato, depois de seu confronto com Beatrice hoje de manhã, ele não culparia a moça se ela corresse até os confins do mundo só para escapar dele. Mas agora que não havia outra opção para nenhum dos dois a não ser o casamento, ele precisava garantir que a visita transcorresse sem problemas.

Ele franziu a testa para o amigo:

— Creio que minha fala aqui é *até tu, Brutus*?

— Estou do lado dos dois — disse-lhe Wycombe. — Você é meu amigo.

— Um amigo a quem você confiou sua esposa — ele fez questão de lembrá-lo, pois ele havia sido o único em quem Wycombe confiara o suficiente para levar sua duquesa de Buckinghamshire a Londres quando ele se viu no meio de uma investigação de assassinato. — Que não se diga que eu sou o único com um passado sombrio, meu velho amigo.

Talvez *sombrio* fosse um eufemismo em se tratar de Zachary.

Já para o duque, não. Wycombe havia sido inspetor-chefe da Scotland Yard antes de herdar inesperadamente seu título, e sempre fora um homem honrado e leal, ninguém tinha nada de ruim a dizer dele. Zachary, por outro lado, reservava sua lealdade para aqueles que ele considerava dignos, e sua honra, bem… há muito tempo ele tinha ido por um caminho sem volta neste quesito. Oito anos atrás, para ser mais preciso.

Wycombe inclinou a cabeça em sinal de reconhecimento silencioso pelos anos de sua amizade, que havia começado de forma improvável e, apesar de tudo, havia formado uma base sólida:

O NOBRE GALANTEADOR

— Você é um dos meus amigos mais próximos e confiáveis, é verdade. No entanto, nunca tive que lhe confiar a irmã de minha esposa. Para sempre.

Zachary reprimiu um estremecimento com a última palavra e a lembrança de que teria de se casar com Lady Isolde. Para um homem que sempre supôs que permaneceria solteiro, um terceiro filho que fez sua fortuna sozinho e que nunca deveria ser um conde ou tomar uma esposa e dar continuidade à linhagem, a mudança abrupta nas circunstâncias era um golpe e tanto.

Inferno, ele provavelmente ainda estava em choque. A única coisa que tornava tudo isso tolerável era pensar que ele poderia enfurecer Beatrice e — talvez, se tivesse sorte — vê-la chafurdar em um ciúme fútil. Sabia que estava sendo baixo. Mas o fato de ser trocado pelo irmão mais velho, careca, arrogante e presunçoso costumava ter esse efeito em um homem.

— Sim, para sempre é muito tempo, não é mesmo? — ele disse com a voz arrastada, tentando aliviar o clima e acalmar os pensamentos do passado, nunca distante desde que ele se viu de volta à Casa Barlowe.

Sob o mesmo teto que Beatrice.

Mas agora, ele também teria Lady Isolde.

Se o convite para o chá fosse como ele esperava, é claro.

— É verdade — disse Lady Isolde, sua voz saiu fraca.

Ele olhou de relance para ela, notando que ela mal havia tomado uma única gota de seu chá. Zachary também não, mas, ao que tudo indicava, por razões diferentes. Ele preferia café ou uísque a essa bebida insípida. Para ele, chá era a bebida de virgens e donzelas.

Zachary estava ficando impaciente.

— Estamos lutando contra moinhos de ventos. Vamos ao cerne desta conversa, por mais incômoda que seja.

— Parece que sequestrar a irmã da esposa de seu amigo em um baile o tornou extremamente erudito, Anglesey — brincou Wycombe. — Quem diria?

— Maldição, já me expliquei a cada um de vocês — retrucou ele, perdendo a paciência pela primeira vez desde que fora convocado. — Não sequestrei Lady Isolde. Eu a salvei de uma situação escandalosa. Serei sincero. Ela perdeu o equilíbrio e caiu em cima de mim.

— É claro que o senhor faria tal afirmação — interveio a duquesa de Wycombe. — Essa explicação certamente lhe cairia bem.

Ao imaginar aquelas palavras ditas por outra pessoa, elas realmente pareciam impossíveis. Mas ele não era um libertino desalmado, pelo menos não a ponto de seduzir a irmã da esposa de seu amigo em um maldito baile.

Ele se ressentia bastante do fato de estar sendo interrogado em vez de Lady Isolde. Foram as atitudes dela que os haviam levado a um escândalo. Independentemente de ele tê-la levado ou não para a Casa Barlowe, o estrago havia sido feito no momento em que Letitia chamou a atenção de metade do salão de baile e todos se aglomeraram para ver Lady Isolde em cima dele, com as roupas de baixo à mostra.

— De forma alguma isso me convém — ele esbravejou, enfim perdendo a paciência. — Realmente acredita que tenho algum interesse em me casar com uma dama cujas habilidades de beijar, ou a falta delas, rivalizam com seu péssimo gosto em vestidos?

No momento em que as palavras raivosas saíram de sua boca, Zachary desejou não tê-las dito. O rápido suspiro de Lady Isolde só serviu para aumentar sua culpa.

Ele se voltou para ela a tempo de ver como ela se levantava com dificuldade.

— Se é assim que me vê, meu senhor, então eu o absolvo de qualquer necessidade de tentar manter minha honra. Eu jamais sonharia em lhe amarrar à uma dama que não sabe beijar nem se vestir.

Ele não achava que as lágrimas que brilhavam em seus olhos de esmeralda antes de ela sair do cômodo, de cabeça erguida, tinham sido mera impressão. Um soluço surgiu quando ela aumentou o ritmo de sua fuga, seu pé se prendendo na bainha quando quase tropeçou.

A *crinolette* de seu vestido não era nada menos que uma monstruosidade, amarrado de um jeito cômico, coberto por algo ainda mais desastroso. *Deus do céu*, quem a havia persuadido de que esse tipo de loucura era bonito? A irmã dela se vestia com uma elegância conservadora demais para o gosto dele, mas mesmo assim sem uma multidão de rendas, fitas, laços, estampas berrantes e… acaso aquilo era uma maldita alcachofra enfiada no caimento das saias? *Por Deus*, ele achava que era. Uma alcachofra sedosa e recheada!

— Já não fez o suficiente, Zachary? — exigiu a duquesa, sua censura e condenação suficientes para tirá-lo de sua observação horrorizada da figura de Lady Isolde que partia. — Não foi punição suficiente o fato de você ter tornado o escândalo da noite passada muito pior ao levá-la para a Casa Barlowe? Agora a levou às lágrimas com suas palavras pouco caridosas.

Pela primeira vez, desde que se lembrava, uma dor brotou em seu peito. Não lhe parecia ser pena, na noite passada, ele sem dúvida tivera pena de Lady Isolde. A dor, no entanto, não estivera de forma alguma ali. Isso era novo. Nem culpa nem vergonha.

O NOBRE GALANTEADOR

Em vez disso, arrependimento, misturado com preocupação. De alguma forma, ao longo do último dia, ele havia começado a se sentir responsável por Lady Isolde, mesmo que de uma forma mínima. Ele se levantou de seu assento.

— Perdoem-me — desculpou-se com o duque e a duquesa. — Falarei com ela.

Sem esperar pela resposta de nenhum deles, ele saiu da sala, determinado a encontrar Lady Isolde.

Ela nunca se sentira tão miserável em toda a sua vida.

Mas Izzy não derramaria uma lágrima sequer.

Não, pelo menos, até chegar ao quarto onde estava hospedada. Então, ela poderia chorar o quanto quisesse. E muito feliz, também. Depois de tudo o que havia acontecido no último dia, ela tinha esse direito.

As palavras zombeteiras do conde de Anglesey estavam ecoando em sua mente enquanto ela fugia do chá.

Realmente acredita que tenho algum interesse em me casar com uma dama cujas habilidades de beijar, ou a falta delas, rivalizam com seu péssimo gosto em vestidos?

Ele a considerava uma péssima beijadora?

Não gostava de seus vestidos?

Ótimo! Excelente! Perfeito!

Porque ela o considerava totalmente desprovido de moral. E perturbadoramente perfeito. E irritantemente bonito. E tudo o que ela odiava em um homem.

Ah, a quem ela estava enganando? Todos os *homens*, enquanto espécie, eram tudo o que ela odiava. Primeiro, Arthur a trocou pela Srta. Harcourt e, depois, a humilhação de saber que ela havia se jogado bêbada em Anglesey, apenas para que ele a rejeitasse. Que ele rejeitasse sua habilidade de beijar e os vestidos que ela havia escolhido. Esse vestido era perfeitamente lindo.

E ele era perfeitamente horrível.

— Lady Isolde, espere.

A voz de Anglesey, grave, agradável e completamente enlouquecedora, a chamou enquanto ela se encaminhava para a escada. Ela pegou o vestido em cada mão — grandes punhados de seda laranja — e começou a dar dois passos de cada vez.

— Vá para o diabo — ela respondeu, sem olhar para trás.

— Eu me expressei mal.

Ah! Ele não havia se expressado mal, e ambos sabiam disso.

Quatro passos agora. Seis. Oito. Dez. Doze.

— Não preciso de suas mentiras ou tentativas de cavalheirismo. Pode levar ambos para o Hades — declarou ela.

— Lady Isolde, Izzy, por favor.

Os passos dele não estavam muito longe dela agora e, a menos que ela estivesse enganada, ele a estava seguindo pelos degraus, maldito seja.

— Não lhe dei permissão para me chamar de Izzy, meu senhor — retrucou ela, chegando ao patamar e decidindo não interromper seu progresso em algo tão digno de uma dama quanto caminhar. Em vez disso, ela começou a correr. Ela poderia trancar o quarto e ele não poderia forçar a entrada. Ela poderia cair em sua cama, enterrar a cabeça sob um travesseiro e abafar o zumbido de sua voz até que ele fosse embora.

Então, ela dormiria.

E, quando acordasse, começaria a arrumar seus pertences para uma longa viagem ao continente, talvez por *toda a vida*. Sim, ela viajaria para um lugar onde ninguém soubesse seu nome. Para um lugar onde esse escândalo não pudesse segui-la e onde ela nunca fosse obrigada a engolir seu orgulho e se casar com o belo conde que achava seus vestidos horríveis e seus beijos pouco melhores.

— Vamos nos casar — ele estava dizendo agora. — É lógico que devo chamá-la de alguma coisa. Sua família a chama de Izzy.

— O senhor não é da minha família, Lorde Anglesey — ela gritou, sem fôlego. E amaldiçoou seu espartilho por pinicá-la tanto nas laterais.

A probabilidade de que ela desmaiasse por falta de ar antes de chegar aos seus aposentos era grande. Mas ela estava correndo mesmo assim.

Correndo até não poder mais.

Até que a ponta de seu sapato ficou presa na bainha mais uma vez e, dessa vez, não havia como interromper seu movimento para frente.

Ela aterrissou com uma distinta falta de graça nos tapetes do saguão, sua desgraça completa.

O conde estava ajoelhado ao lado dela, virando-a para que ficasse de frente enquanto aquele olhar azul-celeste a examinava da cabeça aos pés.

O NOBRE GALANTEADOR

— Você se machucou?

Preocupação da parte dele? Ela não esperava por isso.

— Meu orgulho foi gravemente afetado. Talvez um ferimento mortal.

Um sorriso repentino transformou suas feições.

— Alguém já comentou sobre sua aversão a ficar de pé, milady?

Aquela covinha infernal estava de volta. Apenas uma. Seu coração bateu forte.

Seus joelhos ficaram trêmulos, e ela nem sequer estava de pé.

Ela deixou de lado todas essas reações inconvenientes.

— Alguém já comentou sobre sua incessante grosseria, meu senhor? Sua total falta de educação?

— Eu me arrependo do que disse.

— Mas estava falando *sério* — ela rebateu, pois acreditava na sinceridade acima de tudo.

Se Arthur tivesse dito a ela, há dois anos, que não havia chance de eles se casarem e serem felizes, ela teria respeitado suas palavras. Ela nunca teria depositado uma única esperança nele. Em vez disso, ele havia professado seu amor eterno, apenas para abandoná-la pela primeira herdeira americana que acenasse com seus dólares ianques na cara dele.

E agora ela se encontrava deitada nesse maldito chão.

— Estava com raiva e falei sem pensar. — O conde estendeu a mão para ela. — Deixe-me ajudá-la.

Mas ela não estava gostando nada do súbito desejo dele de bancar o galanteador. Ela deu um tapa na mão dele.

— Vá embora. Já não causou danos suficientes?

— Alguns dos danos causados foram seus, se bem se lembra, milady.

Sua réplica incisiva foi irritante. Principalmente porque ele estava certo.

— Sinto muito por tê-lo envolvido nessa confusão. Asseguro-lhe que não foi meu intuito. — Ainda ignorando a oferta de ajuda dele, ela se esforçou para se levantar.

O peso de seu vestido, junto do espartilho, tornava a tarefa muito difícil.

— Sua insistência teimosa em recusar minha ajuda é tão fútil quanto se recusar a aceitar a inevitabilidade de nosso casamento. — Ele agarrou os cotovelos dela com firmeza e começou a puxá-la para que se levantasse.

Quando ela estava de pé mais uma vez, sem fôlego, toda amarrotada e confusa, percebeu a proximidade de seus corpos. Ele ainda não a havia soltado, e ela se viu relutante em se afastar. Havia algo de hipnotizante no Conde de Anglesey.

— O senhor insultou meu vestido — ela deixou escapar, precisando se apegar a todos os motivos para estar com raiva dele.

Permitir que ela se sentisse atraída por ele seria muito imprudente. Mesmo que acabasse tendo que se casar com ele, depois do que havia passado com Arthur, ela não queria permitir que um homem tivesse qualquer tipo de poder sobre ela.

Nunca mais.

— Há uma maldita alcachofra nele — disse então Anglesey. — E só Deus sabe que outro tipo de vegetação está escondido em seus babados. Um homem mais corajoso do que eu se aventuraria a procurar.

— O que há de errado com alcachofras? — Ela olhou para o vegetal de seda, que havia sido costurado no lugar para ornamentar o drapeado sagaz de sua saia.

— Só nos restam suposições — ele se demorou em dizer.

Ellie a advertiu de que a alcachofra *era* um pouco demais. Izzy franziu a testa e olhou outra vez para o conde, que ainda estava perto dela. Ainda a estava tocando.

— Obrigada por me ajudar. Agora, pode me deixar entregue à minha miséria.

— Receio que, de agora em diante, estejamos presos juntos a essa miséria — disse ele, parecendo tão sério quanto suas palavras. — Sinto muito por minhas observações insensíveis. Não tenho nenhuma desculpa, a não ser o fato de que nunca planejei me casar e tenho sido conhecido por ser um idiota desde a época em que estava aprendendo a andar.

Ela podia acreditar nisso, mas se recusou a revelar o sorriso relutante que ameaçava se manifestar.

— Eu pretendia me casar, mas o senhor com toda a certeza não é o noivo que eu tinha em mente.

O sorriso dele voltou e, dessa vez, era mais encantador do que o anterior.

— Somos um belo par. Mas não vê como podemos transformar esse dilema amargo?

— Não — disse ela, rápido. — Não vejo.

Mas, apesar de negar logo, Izzy se viu imaginando. O que implicaria o casamento com esse homem maravilhoso? Ela mal conseguia imaginar. Não apenas porque ele era muito bonito — Arthur também era, à sua maneira, e a boa aparência não a intimidava nem a impressionava. Mas porque ele era diferente de qualquer outro cavalheiro que ela já havia conhecido.

O NOBRE GALANTEADOR

Ele simplesmente exalava uma qualidade indefinível que o tornava o centro de todos os aposentos em que estava.

Não era de se admirar que ela tivesse tentado beijá-lo na noite passada em seu estado embaraçosamente embriagado. Ele era magnífico. E, embora não conseguisse se lembrar dos detalhes do ato, ela sabia que o havia beijado por mais de um motivo.

— Apenas pense, Izzy — disse ele, usando o apelido dela com aquele jeito íntimo que fazia com que um arrepio a percorresse. — Seu coração foi partido pelo Sr. Penhurst, não foi?

Arthur.

Ela sentiu uma pontada em seu coração.

— Não quero pensar nisso, por favor. Estou cansada e ainda sofrendo os efeitos do excesso de champanhe e de ter acordado em um quarto estranho com um homem estranho que decretou que devemos nos casar.

As mãos de Anglesey ainda estavam nos cotovelos dela, e ele as desceu pelos antebraços, agora com um torpor enlouquecedor, até que seus dedos estivessem entrelaçados.

— Não pense no Sr. Penhurst em si, mas no lampejo de ciúmes que pode atiçar nele quando ele a encontrar casada com outro.

Arthur ficaria com ciúmes? Ela não tinha como ter certeza. A ideia era atraente, ela não podia mentir.

— Está pensando nisso agora, não está? — perguntou Anglesey, apertando os dedos dela com delicadeza. — Não, não se preocupe em negar, Izzy. Posso ver claramente que está. Casar-se comigo também vai acabar com algumas das fofocas e escândalos. Não posso afirmar que será uma cura, mas se não quiser manchar o bom nome de sua família, sabe que precisa fazê-lo. Soube pela duquesa que tem irmãs mais novas.

As gêmeas! *Maldição*, ela não havia pensado em como seu escândalo poderia afetar suas irmãs mais novas, Criseyde e Corliss, e suas chances futuras de felicidade. Seu coração ficou gelado. Como ela era egoísta. Como era orgulhosa, quando não tinha motivo para ser, depois da bobagem que havia feito ontem à noite.

Contudo, sem levar esse reconhecimento em conta, ela não pôde deixar de se perguntar por que um homem como ele, um libertino deslumbrantemente bonito, dotado de mais charme que qualquer outro homem deveria ter, capitularia com tamanha rapidez ao casamento. Se um artista tivesse levado o pincel à tela para pintar uma imagem intitulada *O libertino*, teria sido o Conde de Anglesey, exatamente como ele estava agora. Vestido com perfeição, cabelo dourado com uma mecha caindo sobre a testa, uma covinha solitária, lábios sensuais, maxilar forte e um olhar de intensa concentração reservado somente para ela.

— É claro que devo me preocupar com minha reputação e com o escândalo que poderia recair sobre minhas irmãs — ela admitiu. — No entanto, há uma questão muito mais importante: por que você se submeteria tão facilmente a um casamento comigo, Lorde Anglesey? Aparentemente, você não tem muitos motivos. De fato, nessas questões, a mulher geralmente é considerada culpada, enquanto o cavalheiro simplesmente segue em frente. Mesmo assim, o senhor me levou para sua casa, aumentando o escândalo em potencial que criaríamos. Por quê?

No momento em que ela fez a pergunta, a resposta lhe veio. Ela suspeitava do motivo. Deveria ter ficado claro para ela desde o momento em que a viúva Condessa de Anglesey a abordou em Barlowe House.

— Está apaixonado pela esposa de seu irmão — disse ela.

A boca dele se firmou em uma linha fina e dura, sua única reação:

— Ela é a viúva do meu falecido irmão, e a emoção que sinto por ela está longe de ser amor. Mas não posso negar que enfurecê-la e tirá-la de minha casa são prioridades unificadoras, e um casamento entre nós poderia realizar ambas.

Por alguma estranha razão, o efeito que a viúva Lady Anglesey tinha sobre ele incomodava Izzy, mas descobrir o motivo não era um fardo que ela desejava assumir agora, graças à dor de cabeça e à boca seca. A cada momento que passava, o futuro deles como marido e mulher parecia mais inevitável.

— Casamento — disse ela, com a palavra estranha em sua língua. Mais estranha ainda em sua mente, quando ela pensou no que isso implicaria. Casamento com o conde de Anglesey. Ainda ontem de manhã, ela teria rido e descartado a ideia como loucura.

Mas agora…

Agora, ele estava diante dela, segurando suas mãos nas dele. E ela não tinha mais nada a que se agarrar, nenhuma chance de que Arthur mudasse de ideia e voltasse rastejando até ela, implorando por seu perdão. Mesmo que ele o fizesse, ela jamais o aceitaria como marido. Ele já havia se mostrado inconstante e desleal. Um mentiroso, era verdade. Todas aquelas palavras de amor que ele havia escrito, as cartas que ela havia amarrado com fitas e guardado em uma caixa de madeira especial que ganhara de presente quando criança…

O NOBRE GALANTEADOR

Mentiras, cada uma delas.

E que futuro a aguardava no continente se ela fugisse? Pelo menos se ela permanecesse na Inglaterra e enfrentasse as consequências, não estaria tão longe de suas irmãs, irmão e pais. Sua família era importante para ela.

Mais importante do que seu orgulho.

— Casamento — repetiu Anglesey, com um sorriso irônico. — Não temos outra escolha. Mas, mesmo assim, cada um de nós poderia se beneficiar com uma união.

O pragmatismo dele a surpreendeu.

Ela até o admirava.

E, com relutância, ele também. Mesmo que só por enquanto.

— Como supõe que nos beneficiemos, meu senhor? — ela viu-se perguntando.

— Eu a ajudarei a fazer com que seu infiel Sr. Penhurst se afogue em um mar de ciúmes — disse ele. — Faremos com que ele se ressinta do dia em que decidiu trocá-la por uma fortuna ianque vulgar.

— E quanto ao senhor? — ela insistiu. — Devo fazer com que Lady Anglesey também se afogue?

— Não — negou o conde com frieza, soltando as mãos dela. — Ela não significa nada para mim. Sua presença em minha casa é mais um fardo do que um benefício. A senhorita me ajudará tirando-me da consideração e da especulação. Nenhuma dama poderá ter esperanças de se casar comigo se eu já for casado. Estarei livre para seguir em frente como quiser. E se eu precisar de um herdeiro em algum momento, terei a senhorita para me ajudar com isso.

Um herdeiro.

Um frisson de algo quente e totalmente indesejado percorreu sua espinha diante da perspectiva de compartilhar uma cama com Anglesey. De alguma forma, em todas as suas reflexões frenéticas desde que se levantara naquela manhã para uma série de problemas, a noção de intimidade — intimidade verdadeira, entre marido e mulher — com o conde não lhe ocorrera. Mas agora lhe ocorreu.

— Não há necessidade de se apressar nesse assunto, é claro — disse Anglesey, como se tivesse ouvido os pensamentos enlouquecedores dela. — Não estou com pressa para ter filhos. Só de pensar em crianças pequenas, especialmente as minhas, é suficiente para me causar urticária. E sou mais do que capaz de me entreter em outro lugar.

Ele se referia às amantes. Amantes como Lady Falstone. Claro que sim. Ele era um notório Lotário que tinha, como Wycombe havia dito educadamente, *uma lista incontável de damas às quais ele se referia por seus nomes próprios. E isso não é a pior parte...*

Qual seria a pior parte?

Será que ela queria saber?

Ela não se atreveu a perguntar, com medo da resposta. Anglesey tinha razão. Estavam envoltos nesta teia sórdida e emaranhada que ela mesma criara. Não havia escolha e, se tinham que se casar, por que não tirar o melhor proveito de uma situação terrível? Não era como se ela quisesse se casar por amor. Aquele navio havia se despedaçado nas rochas e afundado até o fundo do mar.

— O que está propondo — disse ela, perscrutando o olhar dele, precisando entender tudo nos mínimos detalhes para o próprio bem dela antes de concordar — é que vivamos vidas separadas como marido e mulher?

— É comum que isso seja feito, não é?

Sim, era. Ainda assim, não era algo que desejara. Seus pais tinham um grande amor um pelo outro, e ela esperava encontrar o mesmo em seu próprio casamento. Mas isso foi antes.

Ela acenou com a cabeça:

— É assim que as coisas acontecem para muitos, suponho.

— Podemos nos certificar de que nossa união seja mutuamente vantajosa, Izzy — disse ele, mais uma vez usando o nome pelo qual sua família a chamava. — O que acha? Quer se casar comigo?

E ela não sabia dizer se era o cansaço extremo que sentia, a dor ainda presente em sua cabeça ou a seriedade dos olhos do conde de Anglesey nela. Seja qual fosse o motivo, ela se viu concordando com a proposta de casamento mais maluca da história do matrimônio.

— Sim — disse ela. — Quero.

Ele se inclinou para a frente e beijou-lhe o rosto.

— Excelente escolha. Sou um bom partido, sabe.

O sorriso dele lhe disse que ele estava fazendo uma brincadeira. Mas ela não duvidava que houvesse muitas damas que se considerariam afortunadas por se tornarem a próxima Condessa de Anglesey. Ela, entretanto, não era uma delas.

— Então, está resolvido — disse ela, abrindo um sorriso fraco. — Se me der licença, meu senhor. Preciso desesperadamente de um cochilo.

O NOBRE GALANTEADOR

— Claro, minha querida. Vou acertar alguns detalhes com Wycombe e deixá-la descansar. — Ele se afastou e fez uma reverência principesca, e então, o Conde de Anglesey, um homem bonito de doer, e seu futuro marido, despediu-se.

CAPÍTULO 6

— Não precisa se casar com ela, sabe disso, não?

Sentado em frente ao seu amigo íntimo, Grey, o marquês de Greymoor, no clube Black Souls, Zachary ergueu sua taça de vinho em saudação.

— O senhor não seria a primeira pessoa a me aconselhar dessa forma. No entanto, se abandonasse Lady Isolde agora, teria de lidar com a ira de Wycombe e, embora creia que possa dar cabo dele em uma luta justa, não estou muito interessado em tentar.

Grey abriu um sorriso irônico:

— Erguer um porrete é uma maneira certeira de se acabar com uma amizade.

— Gosto de Wycombe. Somos amigos há anos. Está vendo? — Zachary deu uma garfada no linguado gratinado, saboreando a intensidade das trufas e da manteiga, combinada com a acidez cítrica e azeda do limão.

Deus do céu, o chef desse clube era muito bom. Clubes dotados de certa pompa, atendendo a senhores ricos, nunca o haviam atraído. Ele teria se sentido culpado, mas o Black Souls era o tipo de estabelecimento que Horatio jamais teria frequentado. Era propriedade de um homem de negócios, Elijah Decker, e não existia há um milênio, servindo apenas às esferas mais alta da sociedade, como o clube de Horatio.

— Creio que Wycombe lhe perdoaria a ofensa — Grey tomou um gole de seu vinho. — Eventualmente. Não é como se o coração de Lady Isolde ficasse despedaçado para sempre se desse para trás, ou qualquer outra coisa de mulherzinha.

— Aparentemente, o coração de Lady Isolde já foi despedaçado para sempre por outro — disse ele, a lembrança de Arthur Penhurst estragando seu entusiasmo pela refeição que tinha diante de si.

Só de pensar que Izzy desejara o charlatão magricelo que a havia trocado por uma pilha de dinheiro americano ele tinha vontade de pegar em um porrete de fato. E esmagar seu punho no nariz grande demais daquele monte de esterco de cavalo.

— Bem, nesse quesito, vocês dois formam um belo par — disse Grey.

A referência velada a Beatrice o fez enrijecer. Certa noite, após as mortes repentinas de Horatio e Philip, ele conseguira ficar completamente embriagado e contar a Grey o passado sórdido que compartilhava com a viúva do irmão.

— Indecente de sua parte me lembrar daquela noite estúpida — resmungou ele. — Eu falei demais.

— Sabe que seus segredos estão seguros comigo. Deus sabe que eu mesmo tenho a minha cota de segredos.

Grey era extremamente leal, e essa era uma das razões pelas quais ele era um amigo próximo e confiável. Não havia dúvidas quanto a isso.

Ele inclinou a cabeça:

— Sei disso.

Grey tomou outro gole saudável de vinho.

— Só estou dizendo, meu velho amigo, é que não deve se prender a Lady Isolde para o resto da vida apenas para deixar a viúva Lady Anglesey com ciúmes ao usar a nova Lady Anglesey. Você causou um escândalo no baile de minha mãe, um escândalo pelo qual ela provavelmente não me perdoará, embora já tenha perdoado o papel que você desempenhou nele, mas a memória da sociedade é muito curta. Eles passarão para a próxima fofoca e esquecerão o que viram e ouviram.

Zachary estremeceu:

— Sinto muito por sua mãe.

Grey levantou uma sobrancelha:

— O dragão está feliz que seu baile tenha se alastrado por tantas línguas. Ela já está atrás de mim para organizar outro no próximo mês. Eu lhe disse que não, é claro. Não posso suportar mais do que um ao ano. — Ele estremeceu.

— Amo sua mãe como se ela fosse minha — disse Zachary, e ele estava falando sério.

Sua própria mãe estivera sempre doente e teve pouco tempo ou energia para seus três filhos. Quando Zachary nasceu, ela estava tão debilitada que ele quase a matou. Durante o resto da vida dele, ela se tornou uma mulher pálida, fraca e com doenças crônicas. Ela morreu quando ele ainda era um menino.

Lady Greymoor, por mais autoritária, altiva e dominadora que fosse, havia tomado Zachary sob sua proteção quando ele era um mero jovem com uma reputação tão obscura quanto sua alma. Um bom coração se escondia por trás de sua fachada de aço.

— E ela o ama como a um filho — concordou Grey, erguendo o copo em sinal de reconhecimento. — Mais do que a mim, pelo menos é o que suspeito em alguns dias.

— Jamais. — O amor que a marquesa sentia por Grey era feroz e inequívoco. — Ela quer mandar em você porque acha que sabe o que é melhor, e vocês dois batem de frente feito carneiros. Enquanto eu, como um irresponsável que não saiu do ventre dela, sou apenas o destinatário de uma orientação gentil e maternal.

— Deus do céu. — Grey estremeceu. — Faça-me um favor e nunca mais fale do ventre de minha mãe.

Ele riu e, maldição, não fazia isso o suficiente ultimamente, depois da morte de seus irmãos e de herdar o título e todas as suas inúmeras responsabilidades. Precisava encontrar mais humor na vida, no mundo. Mais distração que não fosse apenas uma boceta disposta ou uma excelente garrafa de vinho.

— Perdoe-me, meu velho amigo — disse ele, sorrindo.

Os olhos de Grey se estreitaram.

— Está tentando mudar meu rumo, mas isso é uma façanha de Sísifo. Você sabe como eu sou quando me dedico a um assunto que me interessa muito.

— Maldito idiota cheio de opinião — resmungou ele, de forma bem-humorada, pegando a garrafa que havia sido deixada na mesa para o jantar e enchendo o copo.

A informalidade combinava com os dois e, quando pediram uma sala privativa para jantar no Black Souls, o dono do clube já sabia que isso significava que não queriam interrupções.

— Admito que sou mesmo. — Grey deu de ombros, sorrindo. — Semelhantes se atraem, amigo.

— É mesmo — reconheceu ele, antes de tomar um gole saudável de sua taça de vinho recém-enchida. — Nós dois somos idiotas cheios de opinião.

— Mas apenas um de nós vai se casar.

Ele sabia muito bem por que seu amigo tinha aversão ao casamento. Sua falecida esposa o havia torturado com sua falta de fé. Grey havia compartilhado isso com ele em outra noite de bebedeira. Guardavam os segredos um do outro.

— Por enquanto — disse ele incisivamente. — Nunca se sabe o que o futuro nos reserva, Grey. Talvez estejamos todos prestes a ter uma dama bêbada que se joga em nossos braços em um baile para sermos condenados à forca matrimonial.

O NOBRE GALANTEADOR

— Ela se jogou em seus braços? — O sorriso de Grey se aprofundou. — Ora, conte-me tudo.

Deus do céu, ele não tinha a intenção de deixar escapar aquela informação. E, por mais estranho que fosse, ele se sentia nitidamente protetor em relação a Izzy agora. Maldição, ela seria sua esposa, afinal. Embora nunca tivesse imaginado se casar com alguém depois da deserção de Beatrice, ele não podia negar que havia algo em suas súbitas núpcias com Lady Isolde Collingwood que parecia de alguma forma... certo. Ela o intrigava, com seu coração partido, seus grandes olhos verdes e seus vestidos ousados. Inferno, quanto mais pensava naquele vestido ridículo de alcachofra, menos se importava com ele.

— Ela estava com o coração partido e triste — disse ele em sua defesa. — Tomou uma taça de champanhe a mais do que deveria.

Ou cinco.

Mas não há necessidade de mencionar *isso*.

Ela era dele agora. Sua para proteger. Era dele para que a defendesse da sociedade, de Arthur Penhurst e de qualquer outra pessoa que lhe incomodasse.

E, mais estranho ainda, ele gostava de pensar em tudo isso. Ridiculamente adorável, vestida de forma pavorosa, completamente errada para ele, Lady Isolde Collingwood seria sua esposa.

— Vejo que você não tem intenção de compartilhar mais nada — observou Grey.

— Eu gosto dela — ele se chocou ao admitir.

Era verdade.

Havia... simplesmente algo em Izzy. Ela era estranha e desajeitada, bem diferente de qualquer uma das mulheres do passado dele. *Única*. Ela despertava seus instintos protetores. E ele não se iludia achando que a estava usando apenas para incitar o ciúme de Beatrice. É claro que isso tinha sido um atrativo. Mas quanto mais tempo ele passava na presença de Izzy, menos peso tinha a fúria de Beatrice.

Ele ainda gostava da indignação dela, é claro. Havia uma forte declaração no fato dele agora ter o título pelo qual ela o traiu e de vê-la observando-o se preparar para tomar outra mulher como esposa. Quando ela se casou com Horatio, Zachary ficou arrasado. Uma pequena parte dele ainda esperava que ela sentisse nem que fosse um pouco do mesmo desespero no dia do casamento dele.

— Gosta dela — repetiu Grey, com um tom duvidoso. — Quer se casar com Lady Isolde porque gosta dela?

— E por outros motivos — disse ele, recusando-se a enumerá-los.

— O beijo bêbado, quer dizer — acrescentou Grey. — Seguido por seu encontro do momento, que o descobriu com Lady Isolde em cima de você. Devo dizer, meu velho amigo. Sabe como se divertir.

— Diversão bastante duvidosa, na maioria dos casos.

— Os beijos não foram bons? — Grey ergueu uma sobrancelha.

Que cara de pau atrevido.

— Um cavalheiro jamais conta estes detalhes. — Ele bebeu mais um pouco de seu vinho. — Nunca tive a intenção de me casar, mas se preciso, e não há como apagar o que aconteceu em seu salão azul, então por que não se casar com uma senhorita excêntrica que não tem medo de usar alcachofras falsas em seu vestido?

— Por que não, de fato? — Grey riu antes de erguer o copo em um brinde. — À sua futura esposa.

— À Lady Isolde — concordou ele.

Izzy estava em pânico.

O casamento com Anglesey estava diante dela e, não só isso, uma vida inteira. Embora ela tivesse passado as últimas semanas se preparando para as núpcias atolada de coisas para fazer, sabendo que estava fazendo o que devia para poupar sua amada família de qualquer escândalo, suas dúvidas finalmente se tornaram fortes demais para serem ignoradas. Amanhã, eles partiriam para Staffordshire, onde se casariam em uma semana.

E era por isso que ela estava agora acomodada na sala de visitas do conde, aguardando seu retorno. Embora tivesse colocado um véu para a ocasião de se esconder em Londres, ela tinha quase certeza de que o mordomo não havia sido enganado. Ele não havia feito uma única pergunta, apenas a colocou na sala que, enquanto ela caminhava por seus limites durante a espera, parecia bem diferente do que ela esperava. A sala estava repleta de pinturas e sofás florais, e todas as superfície possíveis estavam forradas com objetos decorativos, flores e quadros dourados, incluindo vários da própria Lady Anglesey.

De fato, parecia que o cômodo inteiro era obra da viúva.

Era provável que tenha sido.

O pensamento trouxe uma indesejável onda de irritação. Felizmente, Lady Anglesey não estava em casa esta noite ou não tinha sido avisada da presença de Izzy. Durante a última meia hora, Izzy esperava que a viúva de língua ácida irrompesse pela soleira da porta em um turbilhão de seda preta e exigisse que ela saísse imediatamente. No entanto, sua espera até o momento havia sido muito tranquila. Chata, é verdade. Mas, por sorte, sem ser perturbada pela fúria da mulher que ela não tinha dúvidas de que se tornaria sua arqui-inimiga se ela fosse em frente com o casamento.

Ela não podia seguir em frente com o casamento.

A infelicidade fez seu estômago dar um nó. Tudo o que ela sempre quis foi ser a esposa de Arthur. Amá-lo e criar seus filhos. Não fora moldada como seu pai, como Ellie. Izzy nunca se interessou por invenções, eletricidade ou qualquer coisa relacionada à ciência. Em vez disso, ela sempre desejou o amor, sacrificando seu interesse por antiguidades quando Arthur lhe pediu.

Contudo, embora Arthur fosse se casar com a Srta. Harcourt no mês que vem e não houvesse esperança de que ela realizasse aquele sonho antigo com ele, casar-se com Anglesey parecia, de certa forma, uma morte. Parecia o fim daquele sonho da pior maneira possível.

Embora ele tivesse lhe demonstrado toda a bondade nas últimas semanas, Izzy não conseguia se livrar da sensação de que se tornar sua condessa havia sido um erro. Um erro terrível. Ela mal o conhecia. Seu coração ainda estava machucado. E Anglesey havia sido forçado a todo esse noivado por causa de suas ações imprudentes. Se ele não se ressentia dela agora, ela não tinha dúvidas de que um dia o faria...

— Izzy?

Seu coração disparou e ela inspirou bruscamente com a interrupção, que era esperada e, ao mesmo tempo, surpreendente. Ela estava tão envolvida em seus pensamentos loucos que não havia percebido que não estava mais sozinha. A voz familiar e grave do conde fez com que ela se virasse para encará-lo quando ele passou pela soleira, a porta se fechando após a entrada dele.

Ele era alto e imponente, seu cabelo dourado brilhava sob o candeeiro a gás, vestido impecavelmente em trajes de noite, e algo dentro dela — aquela parte mais fraca — se aqueceu. Não havia como negar o efeito que Anglesey exercia sobre ela; mas ela também não duvidava que era o mesmo efeito que ele tinha em todas as damas. Ele era um homem lindo.

SCARLETT SCOTT

— Meu senhor — cumprimentou ela, pressionando a mão em seu coração ainda palpitante. — Eu não o ouvi.

Ele se aproximou dela, seus passos largos o levaram até ela em poucos segundos.

— O que houve?

Seus olhos azuis procuraram os dela, a preocupação em seu semblante e em sua voz era inegável. Preocupação com ela? Por que essa perspectiva a aquecia ainda mais do que a presença magnética dele? Ela se afastou dos sentimentos inquietantes.

— Nada — ela se apressou em tranquilizá-lo, e então percebeu que isso era mentira. — Ou seja, aconteceu algo sim. Creio que não devemos nos casar.

As sobrancelhas dele se ergueram.

— Aventurou-se a vir à minha casa, *sozinha*, para me dizer que não devemos nos casar?

Ela estremeceu com a ênfase que ele deu à palavra sozinha e tentou se proteger do agradável aroma cítrico, de sabonete e de almíscar dele.

— Vim acompanhada de um cavalariço e trouxe uma das carruagens de Wycombe. Não precisa fazer parecer que vim em uma carruagem de aluguel ou carruagem coletiva.

— Sua irmã e Wycombe sabem para onde foi? — perguntou ele.

— Não — admitiu ela.

— É bastante travessa, não é, querida? — ele perguntou baixinho, estendendo a mão para tirar uma mecha de cabelo da bochecha dela.

Ela não podia mentir, o carinho emitido naquele barítono sedoso dele atenuou a dor de sua observação. E, de qualquer forma, ele não estava errado. Ela era travessa. Ela sem dúvida causou uma quantidade infinita de problemas aos dois. O toque dele, suave e quente como um sussurro, realizava proezas estranhas no interior dela.

Ela se derretia, ainda que só um pouco.

— Não precisa se casar comigo — disse ela, dando um passo para trás.

A proximidade dele não estava fazendo nada para acalmar o coração dela, que batia descontrolado; ela ficou bastante consternada ao reconhecer que não era mais a surpresa momentânea que estava causando seu desconforto, e sim o próprio Anglesey.

— Nunca pensei que viveria para ver o dia em que eu estivesse determinado a me casar e todos os demais se empenhassem em fazer-me desistir.

O NOBRE GALANTEADOR

Estou começando a me perguntar se acaso todos vocês sabem de algo que eu não sei.

Ela piscou os olhos:

— Você foi aconselhado a não se casar comigo por outra pessoa?

— Por dois outros, agora. Com você são três.

Uma segunda voz feminina veio da soleira da sala de estar, interrompendo-os:

— Zachary, por favor, se puder me ouvir, eu também queria falar com você sobre Barlowe Park... ah. Perdoe-me, meu senhor.

Izzy olhou ao redor de Anglesey para encontrar a condessa viúva, com as bochechas coradas, parada na entrada da sala, com os dedos entrelaçados em suas saias pretas. Seu olhar sombrio encontrou o de Izzy e suas narinas se dilataram, a desaprovação emanando dela.

— Vá embora, minha senhora — disse Anglesey, sem sequer encarar a condessa. — A senhora já disse o suficiente.

— Claro. — Seus lábios se comprimiram em uma linha fina de indignação, o olhar que ela dirigiu a Izzy disse mais do que meras palavras poderiam dizer. — Espero que pense em nossa discussão, meu senhor.

A discussão deles? Estava dolorosamente claro que a condessa viúva havia insistido para que Anglesey não se casasse com Izzy. Mas quem havia sido a segunda pessoa? Ah, por que isso importava? De qualquer forma, não era como se ela quisesse se casar com o conde.

Por fim, Anglesey se virou para a porta.

— Já pensei no assunto e discordo. Boa noite, milady.

A condessa fez uma reverência relutante.

— Sinto que é imperativo mencionar a natureza imprópria deste encontro.

— Certamente não é mais imprópria do que qualquer outra — rebateu Anglesey, seu tom incisivo. — Vá agora, milady. Sua presença como velha acompanhante aqui é totalmente desnecessária.

As entrelinhas em sua dispensa não passou despercebida por Izzy. E, dada à expressão tensa no rosto da condessa, ela também havia percebido. Ela tampouco gostou da alusão do conde à diferença de idade entre Izzy e a viúva, que ela imaginava ser de pelo menos dez anos.

— Entendo. — Com um aceno de cabeça majestoso, a condessa se despediu da sala, deliberadamente, ou pelo menos assim pareceu a Izzy, deixando a porta entreaberta.

Emitindo um som de irritação, Anglesey atravessou a sala, fechou a porta e colocou o trinco no lugar antes de se voltar mais uma vez para Izzy.

SCARLETT SCOTT

— Devo me desculpar pela intrusão.

— Não é preciso. — A intrusão foi um excelente lembrete do motivo pelo qual Izzy estava aqui. — Não posso deixar de pensar que Vossa Senhoria está certa, supondo que ela seja uma das duas que o incentivaram a não se casar comigo.

Para Izzy, estava claro o motivo pelo qual a viúva se opunha tão veementemente à união deles; ela queria Anglesey para si, de qualquer maneira que pudesse tê-lo.

Será que a outra pessoa que o havia aconselhado a não se casar com ela também era uma mulher? Ela não ficaria surpresa. Afinal de contas, ela havia sido repetidamente avisada de que Anglesey era um libertino. Ela conhecia fofocas suficientes que corroboravam essas afirmações.

Outro motivo para não ir adiante com o casamento, disse a si mesma com firmeza.

— O que ela quer é irrelevante — disse Anglesey, aproximando-se dela com sua elegância impecável. — O que qualquer pessoa quer, exceto nós dois, significa menos do que nada.

A proximidade dele era mais uma vez uma distração. Assim como a maneira com que ele a olhava, a intensidade era com certeza abrasadora. Nas últimas semanas, ele havia sido educadamente reservado. Haviam passado pouco tempo juntos, era verdade. Mas o conde educado e cavalheiresco que a visitara, sempre acompanhado por Ellie ou mamãe, estava muito longe do homem que estava diante dela agora.

— Não pode querer se casar comigo — disse ela, irritada por sua voz ter saído ofegante. Queria muito que ele acreditasse que não tinha efeito algum nela.

Ela queria muito permanecer indiferente.

— Por que não? — Ele sorriu, um sorriso verdadeiro, com a covinha aparecendo. — Quanto mais tempo passo pensando na ideia de ter uma esposa, mais atraente ela se torna para mim.

— Poderia encontrar outra com bastante facilidade — ela apontou. — É um conde charmoso e bonito.

— Eu me expressei mal. — Ele colocou as mãos atrás das costas, estudando-a com aquele seu jeito intenso. — Não é a perspectiva de uma esposa que me atrai. É especificamente você.

Ele poderia tê-la derrubado com uma pena.

— Eu? Mas por quê? Detesta a maneira como me visto, disse que não

O NOBRE GALANTEADOR

sei beijar e eu o forcei a me beijar em um baile, causando essa bagunça miserável em que estamos metidos. Se você ainda não se ressente de mim agora, posso garantir que o fará em breve. Não tenho pensado em outra coisa nas últimas semanas, e não importa quantas vezes eu tente me convencer de que esse casamento deve acontecer, todas as razões pelas quais ele não deve acontecer são tão fortes quanto, se não mais.

— Tem pensado nisso, não é? — Ele se aproximou mais, até que seus corpos estivessem quase pressionados um contra o outro.

Mas ele não a tocou.

— Sim. — Ela se esforçou para manter o juízo. — Tenho pensado muito em tudo.

— Beije-me.

Ela piscou novamente, certa de que o havia ouvido mal.

— Meu senhor?

— Você me ouviu, Izzy. — O sorriso dele se aprofundou. — Beije-me.

O coração dela ainda batia mais rápido.

— Aparentemente, eu já beijei — ela o lembrou, embora se lembrasse de muito pouco do que havia acontecido naquela noite. — O que um beijo tem a ver com o cancelamento do casamento?

— Tudo. — As mãos dele pousaram na cintura dela, puxando-a para mais perto até que, enfim, não havia mais espaço entre eles. — Você se arriscou ao vir aqui esta noite com sua lista de vários motivos pelos quais não devemos nos casar. Estou me oferecendo para verificar essa lista com você. Começando com um beijo.

Ela não sabia o que fazer com as mãos, então as apoiou levemente nos ombros dele. O que foi um erro, pois ela percebeu imediatamente o calor e a força dele. Sob o casaco, sua forma era sólida e musculosa. Como sua estrutura era diferente da de Arthur.

A comparação era indesejada.

— Anglesey, essa é uma péssima ideia. Já sabe que não gosta dos meus beijos. — As palavras deixaram o ardor da humilhação queimar suas bochechas mais uma vez.

— Não tive a oportunidade de apreciá-los — ele rebateu baixinho. — Você estava bêbada e não teria sido correto eu me aproveitar disso. Agora é nossa oportunidade de encerrar esse assunto.

— Mas...

O protesto dela foi abafado pelos lábios dele.

SCARLETT SCOTT

Seus lábios quentes e maravilhosos.

Lábios que estavam se inclinando sobre os dela em um beijo deliciosamente magistral, persuadindo-a a responder. Por um momento, ela não pôde fazer nada além de ficar paralisada, com o trabalho hábil da boca dele tão inesperado e carinhoso. Ela estava dolorosamente consciente de tudo, com os sentidos em alerta. A palma da mão dele subiu pelas costas dela, puxando-a para mais perto. Os seios dela foram pressionados descaradamente contra o peito dele, o calor e o perfume dele a envolveram enquanto ele a abraçava. E, ah, o modo como ele a segurava.

Ela nunca estivera nos braços de um homem dessa maneira. A maneira como ele colocou o lábio inferior entre os dela, incentivando-os a se entreabrirem, foi seu fim. Não se tratava de um simples beijo. Era uma sedução, e ele estava conseguindo. Ela se abriu para a língua dele e, de repente, a doçura do vinho estava impregnando o beijo deles. Ele a devorou.

Não havia outra descrição adequada. Sua boca, quente e faminta, consumia a dela, sua língua provocando a resposta dela. Os dedos de Izzy se apertaram nos ombros dele, enquanto ela o agarrava para se firmar. O desejo floresceu no fundo de seu ventre. Arthur não a havia beijado daquela maneira, roubando-lhe o fôlego, tirando-lhe a vontade de resistir, conquistando-a. Reivindicando-a.

Possuindo-a.

Anglesey levantou a cabeça, separando suas bocas fundidas:

— Isso deve resolver uma preocupação.

— Sim. — Ela lambeu os lábios, buscando o gosto dele mais uma vez, com os lábios ainda formigando. — Eu… eu suponho que sim.

Ele a beijou com malícia.

Lindamente.

Ela supôs que não o havia desagradado, pois ele estava sorrindo.

— Excelente. Agora, vamos às demais, pois já está tarde e quero uma noiva bem descansada para me encontrar na estação de trem amanhã para nossa viagem para o norte.

Como ele era capaz de pensar de forma coerente agora? O homem era um demônio. Ela se lembrou vagamente da necessidade urgente de sua presença aqui a essa hora da noite. Ele havia sugerido que se casassem na capela da sede de sua família. Assim, ela e sua família estariam viajando amanhã, partindo para Barlowe Park.

— Às demais? — Ela se esforçou para entender o que ele havia dito. Talvez ele estivesse falando dos convidados do casamento. — Nossos convidados?

O NOBRE GALANTEADOR

Ele balançou a cabeça devagar:

— Suas objeções, querida.

Ah, sim. *Essas*. Ela tentou se lembrar de suas objeções e achou sua mente curiosamente vazia como uma folha de papel antes de ser manchada com tinta.

— O ressentimento era uma delas, creio eu, não era? — Ele abaixou a cabeça, seus lábios roçando a orelha dela. — Não precisa temer que eu fique ressentido com você, Izzy. Eu ia me casar um dia. — Ele beijou-lhe a garganta. — É provável. O dia simplesmente chegou mais cedo do que eu esperava.

Ela estremeceu quando a boca talentosa dele encontrou seu pulso acelerado.

— Meu vestido — ela conseguiu. — A... arquitetura.

Ele roçou o cordão da garganta dela com os dentes e ela o sentiu sorrir contra sua pele.

— A alcachofra, você quer dizer?

Maldição, ele a pegara de jeito e ela não conseguia pensar direito. Ela havia se expressado mal. Sua mente lembrava bastante a maneira como ela acordara nesta casa com a cabeça latejando na noite seguinte ao baile em Greymoor. Como se estivesse cheia de algodão.

Ou talvez nuvens.

— Sim — ela conseguiu dizer. A língua dele passou pela carne dela agora, roubando-lhe o fôlego mais uma vez. — A alcachofra. Você se opôs a ela, se bem me lembro.

— Você pode usar toda a vegetação que quiser. — Ele voltou para a orelha dela, onde prendeu o lóbulo com os dentes para dar uma mordiscada. — Além disso, sempre preferi minhas mulheres fora de seus vestidos do que dentro deles.

Os joelhos dela tremeram.

As mulheres dele.

Sim, esse era outro argumento! Um que ela havia esquecido.

— Sem dúvida, o senhor tem uma legião interminável de mulheres — disse ela, contorcendo-se para que a boca enlouquecedora dele não estivesse mais em seu ouvido ou garganta, pois as ministrações dele estavam decididamente prejudicando sua capacidade de pensar. — É conhecido por ser um libertino.

— Isso significa apenas que sou excelente em agradar — provocou ele, endireitando-se e encontrando o olhar dela, com o sorriso mais uma vez no lugar. — Isso não é um impedimento, querida. Isso é um motivo.

— Libertinos partem corações.

A covinha voltou a aparecer.

— O seu já está partido. Por isso, o champanhe naquela noite no baile.

Ela estremeceu.

— Por favor, nunca mais quero pensar naquele líquido vil.

Ele ficou sério.

— Realmente não deseja se casar comigo, Izzy? Se me acha inaceitável...

— Não é isso — interrompeu ela apressadamente. Pois ele era muito, muito aceitável na maioria dos aspectos. — É apenas que eu... Você...

Ela hesitou. Pois parecia que agora, envolta no abraço protetor dele, com os lábios ainda inchados pelo beijo, seu corpo ainda pulsando de desejo, todos os argumentos dela não tinham importância. Ela não queria fugir para o continente. Ela amava sua família. Tampouco queria causar problemas para suas irmãs. E se Lorde Anglesey era tão persuasivo depois de meros beijos...

— Eu... — ele instigou. — Você?

— Tem certeza de que quer se casar comigo? — perguntou ela, perdendo o fôlego.

— Tenho. — Ele assentiu com a cabeça, estranhamente sério. — É a coisa certa, Izzy, e acredito que acabamos de provar que nos daremos bem o suficiente.

Ela ainda se sentia um pouco tonta por causa daquela boca perversa dele em sua garganta.

— Mas achei que não estava com pressa para... consumar.

A última palavra a fez corar até a raiz dos cabelos, ela tinha certeza. De alguma forma, a ideia de dividir a cama com o conde de Anglesey a fazia sentir um calor insuportável, desde o rosto até... bem, em *outros* lugares. Mas isso não significava que ela estava preparada para ser sua esposa, tanto em ações como em sobrenome. Ela precisava de tempo para isso.

Não precisava?

Ele deu uma risada suave:

— Depois desta noite, estou menos propenso a esperar. Entretanto, a escolha será sua, Izzy. Esperarei o tempo que for.

Ele estava dizendo que queria ir para a cama com ela?

Parte dela esperava que sim.

— Obrigada — disse ela, desviando o olhar do dele antes que fizesse alguma besteira, como beijá-lo outra vez.

O NOBRE GALANTEADOR

— Agora, então, isso está decidido. — Ele a afastou dele. — Eu cuidarei de seu retorno seguro e a encontrarei na estação de trem amanhã. Temos muito a nos esperar. E embora eu não possa prometer que serei o marido do seu coração, posso garantir que serei um esposo melhor do que seu noivo anterior, Artolo Penhurst.

Artolo?

Uma risada chocada escapou dela e ela a reprimiu colocando a mão sobre a boca. Ela engoliu a explosão de leviandade.

— Com certeza eu o ouvi mal, meu senhor.

— Não. — O sorriso que ele lhe dirigiu foi irredutível e, quando estava sendo perverso, o conde de Anglesey era realmente muito sedutor. — Eu lhe asseguro, Izzy. Não ouviu mal. É melhor chamar o sujeito pelo nome que ele merece, não?

— Sim — ela concordou, perplexa. — Suponho que sim.

Talvez suas dúvidas sobre o casamento com o conde estivessem erradas, pensou ela enquanto ele a acompanhava para fora da sala de estar. Mas talvez também fosse cedo demais para saber.

CAPÍTULO 7

Zachary deveria ter visitado Barlowe Park antes de descer com a família de Izzy, com Greymoor e sua mãe exigente logo atrás. Ele entendeu a magnitude de seu lapso pela primeira vez quando chegou à porta da frente junto de uma série de carruagens seguindo pelo caminho ladeado de carvalhos atrás dele e ninguém atendeu a maldita porta.

Ele bateu mais forte na porta. Tentou abri-la.

Trancada.

Maldição.

Bateu mais um pouco:

— Potter? — ele chamou, tentando atrair a atenção do fiel e velho funcionário que cuidava da mansão desde a juventude de Zachary. — Potter, é Lorde Anglesey. Por favor, abra a porta.

Ele levantou a voz na última frase, considerando que fazia anos que ele não via Potter e que o mordomo era um cavalheiro augusto e de cabelo branco. Era bem possível que ele estivesse com problemas de audição, o que explicaria a falta de resposta, se não a falta de boas-vindas que esperava. Pois ele havia sido muito preciso com as mensagens que enviou a Barlowe Park nos dias que antecederam essa viagem. Ele até mesmo pediu, a contragosto, a ajuda de Beatrice para planejar tudo o que seria necessário para os convidados, já que ela estava acostumada a se comunicar com o administrador de Barlowe Park, como havia feito quando Horatio era conde.

A comida e os criados adicionais precisariam ser trazidos da aldeia, disse Beatrice com frieza, sua expressão tensa enquanto oferecia seu conselho com relutância. Tudo havia sido preparado. Ou ao menos deveria.

Ele bateu mais uma vez, com a desconfiança lhe enlouquecendo as entranhas. Bateu com cada vez mais insistência. E ainda assim, ninguém chegou. Uma garoa constante começou a cair.

Inferno.

Estava prestes a se afastar da porta e encontrar algo com o qual pudesse quebrar a maldita janela — uma pedra conveniente da entrada, talvez — quando a porta se abriu lenta e hesitantemente.

Um homem de óculos, com alguns fios de cabelo da cor da neve recém-caída, desgrenhado e todo despontado à nuca, piscou para ele parecendo uma coruja.

— Quem está aí? — Quis saber o sujeito.

Ele se esforçou para conciliar a forma encurvada com o elegante mordomo de sua juventude. O homem diante dele, segurando uma bengala para se firmar, com as mãos retorcidas e manchadas pela idade, a pele fina como papel, estava muito longe do Potter que ele conhecera.

— Potter? — perguntou ele, a suspeita dentro dele espalhando-se como um câncer.

— E quem deseja saber, senhor? — respondeu o outro homem, com a voz carregada de desconfiança.

— Anglesey — disse ele, seco.

Ele colocou uma mão feito uma concha na orelha:

— Acresci?

— Anglesey — repetiu Zachary, mais alto dessa vez.

Potter franziu a testa.

— Aquiesci?

— Anglesey! — rugiu ele, cada vez mais impaciente. — O maldito conde.

Não que ele quisesse ser, mas era o que era agora. Não havia como evitá-lo. Não fazia sentido negar o fato.

Potter piscou mais uma vez, baixou os óculos, tirou um lenço manchado do bolso do paletó, limpou-os e os colocou de volta no nariz. A ação parecia ter deixado as lentes mais manchadas do que antes.

— Jovem Lorde Zachary?

Ele sorriu, pois pelo menos o mordomo finalmente o havia reconhecido.

— O conde de Anglesey agora — ele lembrou com gentileza. — Infelizmente.

— Meu senhor.— Potter fez uma reverência, seus óculos escorregando pelo nariz quando ele se inclinou para frente e quase caiu. — Essa é uma surpresa inesperada.

Zachary o pegou, ajudando-o a se endireitar.

— Calma, Potter. — Ele fez uma pausa, processando a segunda metade do que o mordomo havia dito. *Deus do céu.* — Uma surpresa inesperada, você disse? Não recebeu nenhuma das cartas que enviei com antecedência, avisando-o sobre os convidados e os preparativos que seriam necessários?

Mais suspeitas surgiram.

— Condados e presentes, meu senhor? — O olhar de perplexidade de Potter teria sido cômico se não fosse pela sensação de Zachary de que nenhum preparativo havia sido feito.

Ele olhou para trás para a fila de carruagens que chegava e depois de volta para o mordomo.

— Convidados e preparativos — disse ele em voz alta e da forma mais clara possível, indicando as carruagens.

— Ah, meu Deus. — Ainda segurando o lenço sujo em sua mão livre, Potter o usou para limpar a testa antes de olhar para trás e chamar: — Sra. Measly! A senhora já se preparou para os convidados?

— Que alvoroço é esse, Sr. Potter? Eu já lhe disse para não me chamar de outro salão e ao invés disso pedir a um dos rapazes para me buscar. É muito mais civilizado... — Uma jovem morena, jovem demais para ser uma governanta, embora estivesse usando o traje de uma, dobrou a esquina do grande salão, e sua voz sumiu quando ela viu Zachary parado sob o imenso pórtico de estilo jônico. — Perdoe-me, senhor. Em que posso ajudar?

— Sra. Measly, eu presumo? — Ele tinha vergonha de admitir o pouco que sabia sobre a propriedade e o pequeno número de empregados que permaneciam aqui quando seu irmão não estava na residência.

Por Deus, quando seus irmãos foram enterrados aqui no jazigo da família, ele não compareceu ao funeral. Eis o quanto de consideração ele tinha pelos dois. E era também a mesma consideração que eles tinham por ele. Mas sua ausência, todos esses meses depois, mostrou o quanto ele estava preparado para herdar o título de conde.

Ou seja, não estava de forma alguma.

— Sou a Sra. *Beasley* — corrigiu a mulher mais jovem, enfatizando o B em seu sobrenome enquanto fazia uma reverência. — Receio que o Sr. Potter esteja quase surdo.

Diante disso, o Sr. Potter levou a mão ao ouvido mais uma vez, com lenço manchado e tudo.

— O que foi, Sra. Measly? Fale mais alto, por favor.

— Eu disse que o senhor tem problemas de audição, Sr. Potter — repetiu ela, levantando a voz para o mordomo, antes de se voltar para Zachary. — E quem é o senhor?

— Sou o conde — anunciou ele, seco. — Mandei avisar com antecedência para se prepararem para um casamento.

O NOBRE GALANTEADOR

A boca da Sra. Beasley se abriu, a cor de seu rosto se esvaindo:

— O senhor é o conde?

Ele inclinou a cabeça:

— Receio que sim.

O olhar dela passou por ele, presumivelmente para as carruagens que se aproximavam:

— Um casamento?

Ele cerrou os dentes, com vontade de pular no pescoço dela.

— É isso mesmo.

Os ombros da governanta cederam:

— De quem é o casamento, meu senhor?

— Meu — ele disse.

Isso era coisa de Beatrice, ele bem sabia. De alguma maneira, ela havia interceptado as cartas que ele havia enviado. Sem dúvida, em uma tentativa de impedir seu casamento ou causar-lhe prejuízo. Depois de sua furiosa insistência para que ele reconsiderasse o casamento com Izzy na noite passada, ficou claro que ela se opunha veementemente à união. Ele deveria ter suspeitado da interferência dela mais cedo. Mas o ressentimento dela em relação a ele, aliado à necessidade perversa de provocá-la, o impediu de ver o óbvio.

No entanto, agora ele o via.

E ele mandaria a viúva de seu irmão de volta para Londres no lombo de um maldito burro.

Barlowe Park não estava pronta para um casamento.

Isso era evidente.

Tampouco havia sido preparada para os convidados.

Os móveis estavam cobertos. A poeira era abundante. Os empregados domésticos pareciam consistir em um mordomo nonagenário com problemas de audição, uma jovem governanta que se chamava Sra. Measly ou Sra. Beasley, dependendo de quem se perguntasse, dois lacaios, uma copeira, uma cozinheira e uma faxineira muito inexperiente.

A cozinheira tinha uma despensa escassa, não havia criados suficientes para atender aos convidados, que chegariam no dia seguinte, e Izzy estava disposta a apostar que não seria possível encontrar um número adequado no vilarejo. Enquanto estava no grande salão conversando com a governanta sobre o que precisava ser providenciado e quais mantimentos poderiam ser encontrados no vilarejo em tão pouco tempo, as dúvidas de Izzy voltaram. Não apenas por causa de sua hesitação em se casar, que seu futuro marido havia conseguido refutar com alguns beijos talentosos.

Mas por causa da condessa viúva que, no momento, estava envolvida em um debate furioso com Anglesey.

— Pelo menos meia dúzia de criadas deveriam ser encontradas no vilarejo — dizia a Sra. Measly ou a Sra. Beasley. — Por favor, perdoe-nos, milady. Depois do enterro do antigo conde e de seu irmão, fomos instruídos por sua senhoria a reduzir o número de criados. Não havia nenhuma indicação de que alguém fosse residir aqui em Barlowe Park tão cedo, do contrário estaríamos preparados para recebê-la. Devo me desculpar pelo estado lamentável em que nos encontra.

Não dou a mínima, Beatrice.

Eu lhe asseguro que não interceptei nenhuma carta...

...volte a Londres imediatamente.

Zachary, por favor...

Izzy forçou um sorriso, tentando fazer com que a governanta se tornasse o foco de sua atenção, mesmo quando permitia que trechos da conversa de Anglesey com a condessa a distraíssem.

— Tenho certeza de que tudo isso foi um terrível mal-entendido. Felizmente, temos algum tempo até que o restante de nossos convidados chegue.

E ela teve algum tempo para investigar a familiaridade preocupante entre seu futuro marido e a viúva do irmão dele. Algo desagradável e difícil de se digerir começava a despontar dentro dela. Algo muito parecido com o que ela sentia sempre que pensava em Arthur e na Srta. Harcourt.

Ciúme?

Como? Ela não amava Anglesey. Ele a havia beijado até deixá-la sem fôlego, era verdade. Mas ele era um libertino. A sedução perpétua era o meio em que ele passava todos os dias. Ele deveria ser excelente em beijar. Assim como ela deveria não se comover com suas proezas. Na noite passada, quando ficou acordada, revirando-se e procurando inutilmente dormir, ela chegou a uma conclusão. O casamento deles só daria certo se ela conseguisse manter o coração endurecido contra ele.

O NOBRE GALANTEADOR

— Espero que continue confiando na minha capacidade de supervisionar Barlowe Park quando for a nova Lady Anglesey — disse a Sra. Measly/Beasley, lembrando a Izzy que, se ela pretendia levar esse casamento adiante, precisaria, necessariamente, descobrir a pronúncia correta do sobrenome da governanta.

— Não precisa temer por sua posição por minha causa — assegurou à governanta baixinho, imaginando se a outra mulher era mais jovem do que ela.

E se perguntando como ela havia conseguido chegar em sua situação atual. Era muito incomum que uma governanta fosse mais jovem do que as criadas que presidia.

Mais partes da conversa de Anglesey flutuaram até Izzy, oferecendo mais distração.

Chega de suas interferências, maldição.

Eu só queria o melhor para você, meu senhor.

Só queria o melhor para você...

Deus do céu. O diálogo certamente estava ficando mais acalorado a cada momento. Izzy tinha uma certeza razoável de que Anglesey suspeitava que a condessa viúva tentara sabotar o casamento deles. Mas isso levantava as questões de por que e como. Será que ela via Izzy como uma rival para o afeto e a atenção do conde?

— Ou isso é tudo, milady? — perguntou a governanta, tirando Izzy de suas reflexões.

Era evidente que ela havia perdido uma parte do que a Sra. Measly/Beasley havia dito. Mas ela não queria ficar aqui no grande salão com a governanta ansiosa enquanto seu futuro marido discutia com a viúva do irmão.

— Isso é tudo — disse ela. — Obrigada, senhora... Obrigada.

— É Sra. Beasley, madame — informou a governanta com gentileza, antes de fazer uma reverência e desaparecer rapidamente em um corredor próximo.

Sua saída deixou Izzy sozinha enquanto Anglesey continuava seu impasse verbal com a viúva. Ela limpou a garganta, não gostando muito da natureza incômoda desse quadro. Ela havia adentrado aquele caos, ainda não era a senhora de Barlowe Park, mas tinha a tarefa de cuidar dos criados. Normalmente, essas tarefas seriam supervisionadas por uma mãe viúva ou, na falta dela, pela própria condessa viúva.

Incerta, ela estava prestes a sair do grande salão quando Anglesey a deteve.

— Lady Isolde, espere, por favor.

Ela parou:

— É claro. Eu estava apenas pensando em...

Dar a vocês dois um pouco de privacidade, ela estava prestes a dizer, mas parou no meio da frase. Isso implicava uma intimidade entre Anglesey e a condessa viúva que ela não desejava reconhecer.

— Bobagem. — Anglesey foi até o lado de Izzy, com a mandíbula cerrada e uma expressão de dor. — Perdoe-me, milady. Essas não são as boas-vindas a Barlowe Park que eu pretendia que tivesse.

Permanecendo onde estava, perto da lareira intrincadamente esculpida, a condessa viúva observou Izzy com um olhar malévolo, sua fúria quase palpável. Izzy nunca havia se sentido tão à deriva. Qual era o lugar dela nesse emaranhado? Será que ela deveria tentar encontrar seu lugar?

Por sorte, sua família, mais do que capaz, havia se dispersado por todos os cantos da propriedade, tentando fazer o possível para ajudar no problema iminente de como eles conseguiriam mantimentos e alojamento adequados com um número tão escasso de criados para ajudá-los. Sua mãe fora para a cozinha com Corliss e Criseyde, Ellie e Wycombe estavam supervisionando a abertura dos quartos dos hóspedes, seu pai provavelmente estava em algum lugar inventando um instrumento para ajudar a audição do mordomo, e seu irmão Royston tinha ido aos estábulos para ver o que precisava ser feito lá.

Ninguém estava disposto a testemunhar essa cena incômoda.

— Vamos tirar o melhor proveito da situação — disse ela com um brilho que não sentia. — Não quero me intrometer em sua conversa. Eu estava apenas indo me juntar à minha irmã e determinar o que deve ser feito com os aposentos dos hóspedes.

— É claro que você não estava se intrometendo — disse Anglesey calmamente, seu charme voltando à medida que algumas das linhas de raiva desapareciam de seu belo semblante. — Não há como se intrometer, minha querida. Esta será sua casa agora.

O enrijecimento dos ombros da condessa viúva diante das palavras de Anglesey não passou despercebido por Izzy. Ela não pôde deixar de se perguntar para qual das duas suas palavras haviam sido proferidas.

— Obrigada — disse ela. — Acredito que com o empenho de todos nós, e com a ajuda da Sra. Beasley, seremos capazes de restaurar a casa a uma ordem aparente.

Anglesey franziu a testa.

O NOBRE GALANTEADOR

— Você tem certeza?

— Se me der licença, meu senhor — interrompeu a condessa viúva, com a voz frígida. — Vou me retirar para meu quarto. A viagem até aqui me deixou cansada e quero descansar.

— A senhora não ficará aqui — disse-lhe Anglesey de forma brusca, mal se dando ao trabalho de lançar um olhar para a outra mulher.

A condessa empalideceu.

— Não é possível que queira realmente me mandar embora sem ter como voltar para Londres.

Anglesey deu de ombros:

— Tenho certeza de que encontrará uma maneira. Sempre encontrou, não é mesmo?

Havia algo nas entrelinhas do que ele disse que Izzy não entendeu. Ela olhou do conde para a condessa viúva, perguntando-se o que acontecera no passado que compartilhavam. Perguntando-se se ela realmente queria saber.

— O senhor não seria tão cruel — disse a condessa. — Por favor, meu senhor.

Que interessante que, quando ela tinha uma audiência, a condessa se referia a ele pelo título e não pelo nome.

— Eu o avisei — disse Anglesey, com a mesma frieza. — Agora sofrerá as consequências de seus erros.

Lágrimas cintilaram nos olhos da condessa viúva, e Izzy teve pena da mulher, apesar de não gostar dela. Parecia que Anglesey pretendia, de fato, mandá-la embora sem nenhum meio de chegar ao vilarejo, o que era uma viagem considerável além do caminho aparentemente interminável ladeado por carvalhos.

— É claro que a senhora pode ficar — intercedeu ela, embora esperasse que não se arrependesse nem de ter sido tão direta ao convidar a condessa para ficar, nem de sua bondade. Ela não duvidava que essa mulher se mostraria sua inimiga, se tivesse a menor chance.

— Não precisa demonstrar generosidade para com ela — disse Anglesey, sua expressão se endurecendo mais uma vez. — Ela não merece depois do que fez.

— Já lhe disse que não fiz nada — rebateu a condessa.

— A senhora pode ficar — repetiu Izzy. — Como a mais recente senhora de Barlowe Park, seu conhecimento será muito útil, tenho certeza. Agradeceria sua ajuda na preparação do casamento.

SCARLETT SCOTT

A condessa inclinou a cabeça, o único reconhecimento das palavras de Izzy que ela parecia disposta a oferecer. Izzy percebeu o olhar de Anglesey sobre ela, avaliando-a. O que ele viu, ela não sabia dizer. Mas, aparentemente, foi o suficiente para ceder.

— Vá para o quarto, então — permitiu Anglesey, seco. — Mas aviso que esta é sua única segunda chance. Se causar mais algum problema, minha reação será rápida e impiedosa, e nem mesmo meu profundo respeito por minha noiva a impedirá.

— É claro, meu senhor. — Com isso, a condessa fez uma reverência e saiu do salão nobre.

Quando ela se foi, o conde ficou de frente para Izzy, passando a mão pela mandíbula, onde pelinhos dourados começavam a querer despontar e brilhavam em alguns ângulos:

— Você foi muito gentil com ela.

Ela procurou o olhar dele, a curiosidade vencendo o orgulho:

— Há algo entre vocês dois, além da inimizade. Não há?

Ele suspirou, o som mais pesado do que deveria ser para um homem de sua idade e fortuna:

— Não há nada entre nós além da antipatia. Ela é meu fardo a carregar, mas não permitirei que ela cause problemas para nós. Para você. Você é minha prioridade agora, Izzy. Seja qual for a obrigação que eu tenha com a viúva de meu irmão, como minha esposa, você sempre virá em primeiro lugar.

Ele não havia respondido à pergunta dela. Não completamente.

— Ao seu ver ela é responsável pelo estado de Barlowe Park — ela adivinhou.

Ele passou os dedos pelos cabelos:

— Não deveria tê-la envolvido, mas, como você disse, ela foi a última senhora desse lugar maldito. Não ponho os pés aqui há anos e não sei absolutamente nada quanto a receber convidados. Vir aqui para o casamento foi um erro. Deveríamos ter ido para a casa de sua família, como sugeriu sua irmã.

Ele parecia angustiado de verdade com o desastre que os havia encontrado ao chegarem. Apesar de ter sido cruel com a condessa viúva há pouco, ele havia mostrado a Izzy que era capaz de ser gentil várias vezes.

Izzy pegou a mão dele, surpreendendo-se com a necessidade de confortá-lo, tão estranha e nova, especialmente com tantas coisas não ditas entre eles.

O NOBRE GALANTEADOR

— Minha família é muito capaz.

Como se fosse uma deixa, sua família turbulenta e excêntrica entrou no grande salão, todos falando ao mesmo tempo. Anglesey lhe lançou um olhar irônico, e ela soltou rápido a mão dele quando o olhar afiado de sua mãe se fixou ali.

— Tarde demais para nos escondermos — murmurou Anglesey, com um ar devasso e divertido.

Ela se viu lutando para conter o riso. Pelo menos seu novo marido parecia ter senso de humor.

Pequenas misericórdias, pequenas vitórias.

Um dia de cada vez.

— Eu vi um rato — anunciou Corliss, estremecendo.

— Teremos que chamar alguns dos cavalariços de Talleyrand Park — disse Royston.

— Acredito que seu mordomo não escute muito bem, Anglesey — comentou seu pai.

— É melhor mandar chamar o mordomo e a cozinheira também — disse sua mãe.

Um dia de cada vez, Izzy repetiu para si mesma, firme.

CAPÍTULO 8

Seus pés doíam, suas costas doíam e sua maldita cabeça doía.

Ele nunca estivera tão cansado em sua vida. E, ainda assim, não conseguia dormir. Em vez disso, Zachary saiu perambulando pela antiga biblioteca de Barlowe Park, em uma tentativa de esquecer os acontecimentos do dia e os fantasmas do passado enquanto se afogava nos estoques de conhaque de Horatio.

Encontrar o conhaque tinha sido um bom momento.

O único até então.

Ao menos ele podia aliviar um pouco a dor derramando a bebida alcoólica do irmão goela abaixo. Todas as outras partes do dia haviam sido um fracasso abjeto. Não havia criados suficientes. Pouca comida. Ratos nas cozinhas. Poeira por toda parte. Uma governanta de experiência questionável. Um mordomo que talvez não estivesse dotado de plenas faculdades mentais, além de surdo.

E a lista continuava.

Incontável de tão extensa.

Até mesmo a variedade de livros na biblioteca era terrivelmente decepcionante, repleta de tratados sobre navegação, que tinha sido o amor de Horatio e Philip e que, como resultado, Zachary não dava a mínima. Ele e seus irmãos foram inimigos ferrenhos até o fim. No entanto, nem sempre foi assim.

E retornar a Barlowe Park foi um lembrete inesperadamente pungente disso. A casa e as terras pertenciam à família Barlowe há séculos, e Zachary havia passado grande parte de sua juventude entre essas paredes, correndo atrás de seus irmãos mais velhos quando eles o excluíam de cavalgar, caçar e pescar. Infelizmente para seu eu mais jovem, ele não tinha sido abençoado com o pressentimento para entender que a distância inicial entre Zachary e seus irmãos só se aprofundaria, aumentaria e se tornaria intransponível com o tempo.

— Perdoe-me. Não sabia que estava aqui.

A voz suave o assustou. E, no entanto, ele não podia dizer que lamentava tê-la ouvido.

Zachary conteve um sorriso ao se virar para a entrada da biblioteca, onde estava a mulher com quem ele se casaria em uma semana. Seus cabelos escuros estavam soltos, caindo pelos ombros, e ela estava envolta em um roupão estampado com rosas e lírios do vale. Não era nem de longe tão extravagante quanto seu traje de viagem, quando ela se assemelhava a um pavão, com todas as cores e plumagens ousadas.

— Izzy — ele a cumprimentou, fazendo uma reverência antes de se endireitar. — Estou surpreso por encontrá-la aqui. Não esperava que mais alguém na casa estivesse acordado a esta hora. — Ele pegou seu relógio de bolso e o consultou. — Uma e meia da manhã.

E amanhã, ele precisaria se levantar cedo para poder investigar melhor o estado da propriedade. Por que ele não conseguia dormir?

Ah, sim. Beatrice. Izzy. Núpcias iminentes. Memórias.

Esse também era um catálogo interminável, tão indesejado quanto o primeiro.

Lady Isolde se aventurou a se aproximar, segurando uma vela solitária que deve ter usado para guiá-la pelo labirinto de corredores e trazê-la até aqui.

— Veio em busca de silêncio e solidão? Entendo perfeitamente, depois do dia que passou. Não me sentirei insultada se me pedir para ir embora.

— Fique — disse ele, estendendo a mão para ela. — Não me importo com a companhia, ainda mais quando ela é tão agradável.

Ela prendeu o lábio inferior entre os dentes, mordendo-o, enquanto colocava a lamparina em uma mesa e se aproximava dele:

— Creio que não é apropriado que eu me demore.

Ele sorriu.

— Apropriado é para dois tipos de pessoas, querida. Os chatos e os mortos.

— Está sendo herege, meu senhor.

A mão dela pousou na dele, as palmas se conectando, o calor da pele macia dela provocando uma onda de reconhecimento que o percorreu.

— Zachary. — Ele levou a mão dela aos lábios para um beijo. Depois, incapaz de resistir, deu outro beijo na parte interna do pulso dela. — E eu me esforço ao máximo para ser profano sempre que posso. Isso torna a vida muito mais palatável.

Por falar em palatável, seu pulso se acelerou contra os lábios dele, e o cheiro dela permanecia doce, como se ela tivesse passado um pouco de seu perfume ali antes. Ele inalou lírios e violetas e beijou mais uma vez a parte interna do pulso dela.

— Você é incorrigível — disse ela, mas suas palavras não eram de repreensão, elas as proferiu com um sorriso.

Ele sorriu para ela e se recusou a soltar sua mão:

— Sou interessante.

Ele a mordiscou com os dentes.

Ela inalou rapidamente.

— E devasso.

Ele levantou a cabeça, encontrando o olhar dela.

— Sou mesmo, temo lhe dizer. Mas tampouco lamento o fato.

— Eu deveria ir para a cama — disse ela, baixinho.

Mas ela não se mexeu.

Que bom.

Ele não queria que ela fosse embora. Ainda não.

— Há coisas que devemos fazer e coisas que não devemos fazer nesta vida — disse ele. — As coisas que *não devemos* fazer são geralmente muito mais agradáveis do que as que *devemos* fazer.

As sombras dançavam ao redor deles, trazendo uma sensação inebriante de intimidade e expectativa. Ele não se lembrava de quando havia seduzido devagar uma mulher pela última vez. Talvez fosse o conhaque ou a falta de um vestido ridiculamente ornamentado ou o fato de que Lady Isolde logo seria sua esposa e eles estavam juntos, sozinhos, na casa que ele considerava o único lugar ao qual realmente pertencia. Até que Horatio lhe roubou isso.

Que seu irmão fosse para o diabo, que era o lugar dele.

Zachary não se preocupou com o motivo. Ele queria Izzy aqui com ele, estava cansado demais para dormir e estava começando a ficar excitado.

Ah, que inferno.

De repente, o motivo de sua insônia ficou evidente.

Ele não se deitava com uma mulher há muito, muito tempo. Não desde bem antes do baile de Greymoor. Não era de se admirar que ele estivesse se debruçando sobre a mão de Lady Isolde como um rapaz apaixonado. *Céus*, ele era patético.

— Vim procurar algo para ler — disse Lady Isolde, soando deliciosamente sem fôlego.

O NOBRE GALANTEADOR

Isso e o rubor em suas bochechas lhe disseram que ela não estava indiferente. Seu cabelo era longo, quase até a cintura, não era encaracolado, mas tinha uma ondulação que parecia natural, em vez de ter sido obtida por qualquer penteado que sua criada tivesse feito antes.

Ele ainda tinha a mão dela na sua, então a apertou gentilmente.

— Está sugerindo que prefere ler um livro velho e chato a beijar seu noivo?

Ela lambeu os lábios, e aquela língua rosada passando pela boca cheia foi o suficiente para fazê-lo conter um gemido.

— Você... você quer me beijar de novo?

— E de novo — ele admitiu sem vergonha. — E mais uma vez. E não apenas em seus lindos lábios.

As sobrancelhas escuras dela se ergueram:

— Onde mais?

Ela havia perguntado, que atrevida.

Ele gostou daquilo, assim como também estava se deliciando com esse jogo inesperado. A sedução era sua diversão favorita. Além de transar. Talvez mais do que transar, dependendo da mulher em questão. Com Izzy, cada momento o fazia sentir tudo à flor da pele de uma maneira que ele não sentia há muito tempo...

Não desde que ele era mais jovem e muito mais inocente do que era agora. Muito menos cansado e cínico, de coração aberto.

Ele beijou os nós dos dedos de Izzy:

— Aqui.

— Ah.

Será que ele detectou decepção em sua voz?

Ele poderia fazer melhor.

Zachary beijou a parte interna do pulso dela.

— E aqui.

— Sim.

Zachary passou o outro braço em volta da cintura dela, puxando-a para mais perto, enquanto pousava os lábios na pele sedosa da garganta dela:

— Aqui também.

Ela engoliu em seco e as reverberações foram absorvidas pelos lábios dele.

— Muito bem.

Ele beijou a mandíbula dela, e ela o agradou inclinando a cabeça para trás em um convite. Outra onda de desejo pulsou, quente e pesada. De repente, a cabeça dele se encheu de pensamentos de transar com ela aqui,

86   **SCARLETT SCOTT**

nos tapetes diante da lareira cujas brasas se apagavam pouco a pouco. Por que não? Ela seria sua esposa em breve.

Ela cheirava tão bem, e a sensação de tê-la em seus braços, com todas aquelas curvas celestiais se fundindo ao seu corpo de todas as formas corretas, era mais inebriante do que qualquer quantidade do valioso conhaque de Horatio que ele pudesse consumir cheio de rancor.

Ele beijou o caminho até a orelha dela:

— Aqui.

Os braços dela se enlaçaram nos ombros dele, prendendo-o a ela agora.

— Eu... ah, isso é muito bom.

Muito bom?

Ora, poderia fazer melhor do que isso, maldição.

— Eu poderia beijá-la em sua boceta — ele sussurrou em seu ouvido. — Você gostaria disso, querida?

Ela emitiu um som baixo, parte gemido, parte suspiro, uma combinação sedutora de desejo e choque:

— Onde? — ela sussurrou.

Ele pensou que ela talvez nunca tivesse ouvido essa palavra antes. Para ter certeza, não era uma expressão que se usava em salões de baile e durante o chá. Quão virginal ela era? *Céus.* Ele nunca havia se deitado com uma inocente. Nem mesmo sua primeira amante era virgem. E, naquele caso, foi ela quem o seduziu.

Anglesey expulsou todos os pensamentos do passado e de outras mulheres de sua mente, pois eles não tinham lugar aqui. Devagar, ele moveu a mão da cintura dela, deslizando-a pela barriga até encontrar o ápice de suas coxas. Ele a segurou ali. Foi uma façanha fácil, pois nada os separava, a não ser o tecido macio e esvoaçante do roupão e a camisola que ela, sem dúvida, usava por baixo. Sem espartilho, sem calçolas. Apenas o calor do sexo dela, bem torneado, e *dele*, provocando sua palma.

Meu Deus, como ela era gostosa.

Mais do que apenas gostosa.

— Aqui. — Sua voz falhou, prestes a perder o controle por causa de nada mais do que um simples toque.

Para onde tinha ido o famoso sedutor? Quem era esse rapaz inocente que tomara o seu lugar?

— Ah — disse ela, com os olhos arregalados.

— Sim. — Ele beijou seu pescoço outra vez. — Eu poderia lambê-la,

O NOBRE GALANTEADOR

beijá-la até você gozar. Gostaria disso, querida? Já experimentou algo assim? Eu lhe asseguro que é melhor do que um mero "*muito* bom". Alguns diriam que é maravilhoso.

— Arthur nunca teria...

— Que se dane Arthur — interrompeu ele, sentindo uma onda de irritação ao mencionar aquele pateta triste e patético que a havia trocado por uma fortuna americana.

— É claro — ela concordou. — Me perdoe.

Que estranho. Ele ainda estava com a mão no calor dela, e o corpo dela estava envolto no dele, com a respiração presa. Ele não se enganou com a fome dela ou com a reação dela a ele. Era uma paixão mútua que se transformava em uma chama incontrolável.

Ele inclinou a cabeça para trás, encontrando o olhar dela.

— Não há lugar para amantes do passado entre nós. Há apenas você e eu. Também não há lugar para polidez. Quer minha boca em você, minha língua em você? Diga-me, Izzy. Diga. Seja devassa comigo. Preciso de você esta noite.

— Sim — disse ela baixinho.

Foi a melhor coisa que ele já tinha ouvido na vida.

Ela não viera à biblioteca esperando encontrar Anglesey. Ou querendo ser seduzida. Estava sendo atormentada por uma incapacidade de dormir, apesar do dia árduo. E então ela viu o brilho vindo da biblioteca e foi até lá.

Levada para a soleira da porta, e assim levada até ele.

— Seja devassa comigo — ele dizia, sua voz carregada de pecado e suavidade. — Preciso de você esta noite.

Que outra resposta ela poderia lhe dar?

— Sim.

Sim porque ele a estava despindo, fazendo com que sua determinação ruísse, afastando suas preocupações. Sim, porque ele estava fazendo com que ela se esquecesse de tudo e qualquer coisa, menos dele, desse momento de sombras, promessas e desejo. Fazendo-a esquecer tudo, menos a mão dele, possessiva e firme, sobre ela, acariciando o lugar mais íntimo. *Boceta*.

O lugar íntimo tinha um nome. Ele o usara, e agora a estava tocando ali, trazendo sensações à tona.

Fazendo-a ansiar por mais. A languidez sensual que se apoderou dela desde o momento em que colocou a mão na dele ficou mais forte, mais pesada. Ela tomou consciência de seu corpo de uma nova maneira. Estava latejando, dolorida com uma necessidade indefinida que só ele parecia entender.

Ela se moveu contra ele, buscando fricção, e ele lhe deu o que ela queria, acariciando. Mas havia muitas camadas de tecido separando-os. Ela se chocou com seu próprio desejo. Ela queria a mão dele nela. Tocando-a. Acariciando-a.

E mais. Ela queria sua boca.

Ela estava ofegante, contorcendo-se contra ele, torcendo-se em um esforço para aumentar a pressão, o ritmo.

— Já se deu prazer, Izzy? — O polegar dele roçou em um local especialmente sensível. — Já se tocou?

As bochechas dela ficaram quentes. Os olhos dele queimaram nos dela.

— Sim.

Um som profundo que só poderia ser chamado de rosnado saiu da garganta dele.

— Quero ver. Quando for minha esposa, eu a quero na minha cama, nua, e você pode me mostrar o que faz consigo mesma. Como gosta de ser tocada.

Ela gostou bastante da maneira como *ele* a estava tocando agora. Exceto pela barreira de sua roupa de dormir e do roupão.

— Está bem — ela prometeu, pois ele poderia ter pedido qualquer coisa que ela concordaria.

Ele havia feito algo com ela. Esse desejo era mais potente, mais perturbador, do que qualquer coisa que ela já havia sentido com Arthur. Mas Arthur também nunca se atrevera a tocá-la tão intimamente. Talvez isso fosse o que aconteceria se qualquer homem a tocasse dessa forma.

Não.

Esse pensamento era absurdo.

O polegar de Anglesey girou por ela e o nó de prazer se apertou e repuxou, afastando a suposição de que qualquer outra pessoa pudesse fazê-la sentir uma alegria tão intensa com esse contato sensual.

— Há mistérios em você, não há? — Ele beijou o canto dos lábios dela, um eco do tormento que ele estava infligindo a ela em outro lugar. Uma provocação. Uma garantia de mais. — Encoste suas costas nas estantes.

O NOBRE GALANTEADOR

Sua diretriz foi abrupta. Tão abrupta quanto a retirada de sua mão. Sua liberação havia lhe escapado, mas ela ansiava por isso agora. Precisava disso da mesma forma que precisava de sua próxima respiração. Sua cabeça estava cheia de chamas e luxúria. Ela não sabia que dentro de si existia esse desejo selvagem, essa necessidade de paixão. Mas ele a havia trazido até aqui, à beira da loucura.

Ele a trouxe até aqui, e ela não fugiria.

Ela se viu se movendo, obedecendo a ele. Alguns passos para trás, e seu traseiro bateu na parede de livros. Ele a seguiu, a luz fraca cintilando sobre as maçãs do rosto angulares e a mandíbula forte, dançando em seus olhos e fazendo-os parecer quase tão escuros quanto o céu da meia-noite.

— Levante suas bainhas para mim, Izzy.

Ela engoliu um nó de desejo e agarrou um punhado de tecido, levantando-o até os joelhos. O ar frio lambia seus tornozelos e panturrilhas, mas ela estava em chamas. Ardendo por ele. Dominada por esse súbito e estranho desejo.

Ele baixou o olhar, observando os membros nus dela. Ela não estava usando meias e tinha plena consciência de que os dedos dos pés estavam à mostra. Como eles pareciam estranhos e simples contra os suntuosos tapetes da biblioteca. Que estranho.

Anglesey não se incomodou com eles. Ele se ajoelhou diante dela.

— Mais alto.

Sua ordem dita baixinho a incitou. As bainhas do roupão e do calção de noite deslizaram pela parte superior de suas coxas, onde ela parou mais uma vez. Certamente ele não queria vê-la por inteiro. Izzy não tinha certeza de como se sentia em relação a essa revelação. Será que ele não poderia simplesmente... beijá-la ali com os olhos fechados?

— Mais — ele insistiu. — Mais alto.

Aparentemente, ele queria vê-la por inteiro. E ela não tinha forças para parar esse trem desgovernado, agora que já estava em movimento. Seu corpo não permitiria, não até que ela encontrasse algum tipo de liberação.

Seu coração bateu forte, mas ela fez o que ele pediu, levantando as várias camadas de tecido até a cintura. Mais ar fresco saudou sua pele nua. Ela estremeceu quando os olhos dele a percorreram avidamente. Quando as mãos dele pousaram em suas coxas, o toque dele foi carinhoso, quase reverente.

— Linda — ele elogiou, depois depositou um beijo na parte interna da coxa dela. — Quero sentir seu gosto, Izzy.

Os joelhos dela quase cederam diante das palavras dele.

Acaso ele estava pedindo permissão? Ela já havia dado, mas talvez ele temesse tê-la chocado. E ele a *havia* chocado. Mas de uma forma tentadora que só serviu para fazê-la desejá-lo ainda mais. Ela era uma devassa? Como ela nunca soube que esse lado dela existia?

Ele não esperou pela resposta dela, o que foi muito bom, pois ela perdeu toda a capacidade de falar coerentemente quando a cabeça dourada dele mergulhou entre as coxas dela e ele a beijou. Beijou-a ali, onde ela ansiava por ele. Beijou-a, depois emitiu um profundo zumbido de satisfação e pressionou o rosto mais profundamente em sua boceta.

Sua língua passou sobre ela. Lambidas rápidas e leves.

O acúmulo de expectativa e desejo transbordou. O prazer a invadiu, fazendo com que seus joelhos fraquejassem até que ela deslizasse pelas estantes, seus músculos internos se contraindo enquanto a liberação febril a dominava. Sua visão era um redemoinho de escuridão e luz enquanto ela caía no chão, incapaz de ficar de pé. Anglesey a acompanhou, seus lábios e língua nunca a deixaram, mesmo quando as ondulações de seu clímax a percorriam.

Anglesey alternava entre lambidas e chupadas, atormentando e provocando sua carne agora excessivamente sensível. Um gemido escapou dela. Ela queria que ele acabasse com essa deliciosa agonia, que tirasse sua linda boca dela e, ao mesmo tempo, não queria que ele parasse.

Ele segurou suas coxas firme, porém com delicadeza, e de repente a puxou para si. A abrasão do carpete de lã em sua bunda e costas nuas ardeu por um momento, e ela não tinha dúvidas de que teria uma marca vermelha ali mais tarde como prova de seus pecados. Mas então ele segurou o traseiro dela com as mãos e chupou com força, e ela não se importou mais.

Zachary soltou outro gemido baixo de prazer, como se a estivesse saboreando. Era animalesco e bruto. Talvez, ao amanhecer, ela se envergonhasse, mas não havia tempo ou lugar para isso agora. Anglesey... Zachary era o centro de seu mundo. A língua, os dentes e os lábios dele a estavam levando rapidamente a outro pico de prazer.

Ela estava deitada de costas, o teto abobadado da biblioteca erguendo-se acima dela nas sombras, os sons úmidos dos lábios dele sobre ela ecoando no silêncio abafado da noite, misturando-se com suas respirações ásperas e o desejo que ela não conseguia abafar, por mais que tentasse ficar quieta.

E então ele mordeu de leve o monte de carne incrivelmente sensível que ela mesma havia tocado sob a privacidade das suas colchas na escuridão

O NOBRE GALANTEADOR

secreta. Ele a mordiscou, encontrando um ponto de sensibilidade tão intensa que uma segunda onda de prazer a invadiu. Ela se contorceu contra ele, gritando enquanto essa liberação, mais explosiva do que a primeira, a dominava.

Ela estava sem fôlego, com os ouvidos zumbindo, pequenas faíscas de luz perfurando a escuridão acima, o coração acelerado. Mas, ainda assim, ele não havia terminado. Ele permaneceu onde estava, lambendo para cima e para baixo sua fenda, em suas dobras, encontrando sua entrada e lambendo a umidade que ela não conseguia controlar.

— Isso, querida — ele cantou em sua boceta. — Goze de novo para mim. Seu gosto é tão doce. Eu poderia lamber você a noite toda.

Deus do céu. Se ele fizesse isso, ela morreria de prazer.

As palavras dele enviaram outra onda de desejo puro e derretido para o núcleo encharcado dela. Ele queria que ela fosse devassa com ele, e ela estava fazendo exatamente isso. Entregando-se ao homem, ao momento, à boca dele.

Sua boca pecaminosa e perfeita.

Quando ela pensou que não conseguiria mais suportar a tortura erótica dele, ele soltou as nádegas dela e acrescentou os dedos à mistura. Quando ele beliscou o botão inchado de seu sexo e enfiou a língua em seu interior, ela perdeu o controle.

Seus calcanhares se chocaram contra os tapetes quando ela se levantou, ondulando contra ele, com uma terceira liberação disparando através dela. A onda de êxtase foi tão intensa quanto as que a precederam. Ele permaneceu com ela durante todo o tempo, sem parar ou desistir, perseguindo cada onda de orgasmo com sua língua.

Ela estava ofegante.

Não conseguia pensar direito.

Mole.

Saciada.

Mal sabia que ele estava de joelhos entre suas pernas abertas. O rosto dele estava frouxo de desejo e escorregadio com os fluidos dela. Por um momento selvagem e frenético, tudo que ela conseguia pensar era "meu".

Esse estranho lindo e sedutor é meu.

E então ele se levantou com pressa, interrompendo o momento. Ele se afastou dela, dando-lhe as costas. Seu gemido baixo soou doloroso. Sombras dançavam em seu colete sob a luz fraca. Aos poucos, sua capacidade de compreender o que a cercava voltou. Ela não era mais um recipiente de prazer sem fim. Ele segurou o encosto de uma cadeira com uma das mãos, com a cabeça inclinada.

Houve um farfalhar de tecido, o movimento de seu braço direito diante dele, e a mente embriagada de prazer dela percebeu devagar o que ele estava fazendo. Buscando seu próprio alívio. É claro. Que egoísmo da parte dela não ter pensado nele, e ele estava sendo um cavalheiro, atendendo discretamente às suas próprias necessidades. Mas isso não era justo. De repente, ela se viu acometida por um novo desejo.

A necessidade de tocá-lo e de lhe dar prazer, como ele havia feito com ela.

Izzy se arrastou para se levantar e foi até ele com as pernas trêmulas. Ela tocou a manga da camisa dele:

— Zachary.

Ele se acalmou e lançou um olhar cauteloso na direção dela:

— Por Deus, Izzy. Vou enlouquecer se não gozar nos próximos dois minutos. Peço desculpas. Normalmente, consigo me controlar muito melhor, mas você me fez perder a cabeça.

A expressão dele era de dor.

Ela olhou de relance para o corpo dele e percebeu que ele estava de fato abrindo o cós da calça. Ele era comprido e grosso, colocou a mão em volta do membro em um aperto firme. Como ele era grande e bonito. Seu sexo pulsava.

— Posso lhe dar prazer como você fez comigo — disse ela, o convite se apressando a sair de seus lábios.

— Porra — disse ele em um gemido. — Não, não farei isso. Não aqui, não agora. Não seria certo tomar sua boca.

— Eu quero.— Ela o virou para encará-lo e se ajoelhou nos tapetes, como ele havia feito. — Você me disse para ser devassa.

— Foi o que eu disse. Mas eu não quis dizer… ah, diabos.

O protesto dele terminou em um rosnado abafado quando ela o beijou por inteiro, perseguindo os dedos dele e substituindo-os pela boca. Ela não tinha noção do que deveria fazer, então imitou as ações dele, alternando entre beijos e lambidas. Mas quando ela o tocou com os dentes, ele soltou um suspiro.

— Nada de dentes, amor. É diferente para um homem.

— Sinto muito. — Envergonhada por não saber o que fazer, ela se levantou com um impulso. — O que devo fazer? Pode me mostrar?

Ele fechou os olhos.

O NOBRE GALANTEADOR

— Maldição. Você não deve saber o que está pedindo.

Ela lambeu a ponta dele, encontrando uma fenda onde uma gota de umidade havia vazado. O gosto dele era salgado e terroso em sua língua.

Com outro rosnado, ele se agarrou, pressionando a cabeça do pau contra os lábios dela.

— Abra.

Ela abriu.

E então ele o deslizou para dentro de sua boca. Não todo, pois era grande demais. Mas o suficiente. Ele era gostoso, deslizando contra os lábios dela em movimentos superficiais, sua pele sedosa e firme. O mais agradável de tudo foi o gemido dele, que lhe disse que ele gostava de suas atenções tanto quanto ela gostava de dá-las.

— Chupe — ele instruiu. — Pegue o máximo que puder do meu pau e chupe.

Mais uma vez, ela ouviu, o linguajar vulgar dele aumentando seu próprio desejo. Seu sexo doía e latejava enquanto ela retribuía o prazer a ele. Ela encontrou um ritmo, movendo-se com o corpo dele, ouvindo os sinais de sua voz e de sua respiração acelerada. O ato era tão chocantemente íntimo e, ainda assim, ela não se envergonhava. De repente, ela se sentiu poderosa, sabendo que poderia deixar esse belo e experiente libertino tão desesperado por alívio.

— Porra, sim — ele rosnou. — Ah, Deus, Izzy. Sua boca está tão quente e molhada, assim como sua boceta. Eu vou...

O aviso chegou tarde demais.

O súbito jorro quente de sua semente atingiu o fundo da garganta dela quando ele gozou em sua boca. Ela engoliu, sentindo o gosto dele na língua, enquanto devagar ela voltava a perceber o ambiente ao seu redor, bem a tempo de ouvir uma voz feminina vinda da porta. Izzy se desvencilhou rápido, ficando em pé com um impulso, mas era tarde demais para tentar se esconder, pois passos se aproximavam.

— Zachary? Ouvi um barulho. Você está...? — A pergunta foi interrompida em um suspiro de choque.

— Mas que diabos? — disse Anglesey.

Izzy olhou para trás e viu que a condessa viúva os observava, parada bem diante de Anglesey. A humilhação tomou conta de Izzy.

— Deus — disse ele, abotoando apressadamente a calça.

Tentando conter um arfar, Lady Anglesey se virou e fugiu.

CAPÍTULO 9

Na noite passada, sua ex-amante havia assistido enquanto sua futura esposa chupava seu pau. Não tinha sido um dos melhores momentos de Zachary.

— Parece um pouco cansado esta manhã, meu velho amigo — observou Wycombe, sorrindo feito um maldito que, sem dúvida, havia feito amor com sua esposa na privacidade de um quarto como uma pessoa civilizada.

É claro que Wycombe jamais teria feito algo tão bestial e tolo. Wycombe, forjado na honra e determinação, era um verdadeiro cavalheiro. Ao contrário de Zachary. Wycombe jamais teria permitido que sua noiva se ajoelhasse para ele na biblioteca como se fosse uma cortesã experiente.

Sentindo-se como o maior canalha do mundo — e de fato ele era mesmo dada à sua terrível falta de moderação na noite anterior —, Zachary passou a mão pela mandíbula:

— Eu não dormi muito.

Por motivos óbvios.

E também pelos motivos não tão óbvios.

Ele havia ficado acordado até tarde demais tentando arrumar uma casa sobre a qual ele não sabia nada. E então ele foi à biblioteca para se distrair e acabou tendo um dos encontros mais eróticos de sua vida.

Até que foi interrompido.

— Eu também não — admitiu Wycombe, dando uma olhada ao redor do grande salão. — Costumo dormir feito uma pedra, mas estar em uma cama estranha nunca deixa de me manter acordado até que eu me renda à insônia e me levante.

Por sorte ninguém mais parecia estar acordado àquela hora obscenamente precoce, exceto ele e o duque. O fogo havia se apagado na lareira durante a noite e um frio intenso havia se instalado. Ou talvez fosse apenas a nuvem escura que pairava sobre sua alma. Se seu destino final já não estivesse predeterminado graças a oito anos de libertinagem, a noite de ontem teria sido o ponto decisivo.

Era melhor o diabo preparar a carruagem, pois ele estava indo para o inferno.

Maldição, ele já estava em um tipo de inferno agora, não estava?

— Camas estranhas são horrivelmente familiares para mim — brincou, mas havia uma amargura em suas palavras que ele não conseguia esconder.

A aversão a si mesmo, aquela maré sempre crescente, ameaçava afogá-lo. O que ele estava fazendo todos esses anos desde a traição de Beatrice? Tentando exorcizá-la, afundando seu pau em todas as bocetas que conseguia em Londres? Ele sentia nojo de si mesmo. Tanto tempo perdido. Tantas amantes com as quais ele nunca se importou, assim como elas não se importavam nem um pouco com ele. Uma tentativa vã de afogar suas mágoas.

Wycombe lhe lançava um olhar astuto.

— Eu me calei porque você é meu amigo e não cabe a mim intervir desde que a irmã de minha esposa concorde com esse casamento, mas você pretende ser fiel a ela, ser um bom marido?

Zachary poderia ter argumentado que os dois não eram sinônimos. De fato, não muito tempo atrás, ele teria feito isso. Mas agora, ele não tinha mais certeza. A noite passada havia mudado muita coisa para ele. De certa forma, essa mudança radical havia começado no momento em que ele aceitou que se casaria.

De repente tudo parecia assustadoramente claro.

— Eu pretendo ser fiel — disse ele. — Jamais esperaria algo de minha esposa se eu mesmo não pretendesse cumprir.

E ele exigiria a fidelidade dela.

Ele entendia isso agora. A vulgaridade da intrusão de Beatrice havia deixado isso bem claro. Queria proteger Izzy. Mas também queria que ela fosse dele e somente dele. A ideia de que outra pessoa a visse tão intimamente, no auge da paixão, dava-lhe vontade de vomitar. E a ideia de outro homem tocá-la tão intimamente, fazendo-a se desfazer sob sua língua, adorando suas curvas generosas com as mãos, afundando o pau em sua boceta quente e molhada — isso o fazia querer bater com o punho no rosto de um desavisado.

Mas ele não era, nem nunca tinha sido, um homem dado à violência. Mesmo quando Horatio riu na sua cara, zombando dele por supor que alguém escolheria um pobre terceiro filho em vez do herdeiro, Zachary se absteve de bater no irmão. Nunca houve, na história dos parentes desprezíveis, um irmão que merecesse mais uma surra.

— Admito que estou surpreso — Wycombe disse, trazendo-o de volta ao presente e tirando-o da escuridão do passado. — Esperava que não fosse querer mudar seus hábitos.

Ele lançou ao amigo um sorriso sombrio:

— Diga o que está pensando, velho amigo. Nós nunca faltamos com a verdade, não é mesmo? Achou que eu continuaria transando com metade das mulheres de Londres, apesar de ser um homem casado.

Seu amigo limpou a garganta e desviou o olhar, claramente envergonhado:

— Claro que não.

— Olhe para mim — disse Zachary. — Olhe nos meus olhos e repita o que disse.

Wycombe suspirou e olhou para ele:

— Você é como um irmão para mim, e você sabe disso. Confiei minha esposa aos seus cuidados. Mas quanto à maneira pela qual você pretendia se comportar em seu casamento, não tinha tanta certeza.

E Zachary não se ofendeu, teria pensado o mesmo em seu lugar. O que ele havia feito para provar que era um marido digno? Fazer com que uma inocente bêbada caísse sem querer em cima dele em um baile?

— Entendo que você tem uma obrigação com Izzy — disse ele com sinceridade. — Ela é sua irmã agora. Mas prometo que farei o máximo para ser o melhor marido que puder para ela.

Ocorreu-lhe então que esse era um discurso que ele deveria estar fazendo ao pai de sua noiva. Mas Lorde Leydon, o pai de Izzy, era um homem bastante excêntrico. Na única vez que conversaram, ele parecia mais preocupado com o contrato de casamento e a promessa de que a filha teria seus próprios recursos do que com as intenções de Zachary como marido. É claro que ele não podia afirmar que sabia o que normalmente acontecia em uma audiência com o pai da mulher com quem se pretendia casar. Ele nunca havia chegado a esse ponto com Beatrice.

Nunca tivera a chance, pois Horatio a havia roubado primeiro.

Entretanto, todos esses anos depois, esse pensamento já não o enchia de pesar. O que ele sentia agora, e já há algum tempo, era aceitação. Beatrice tinha feito sua escolha, e não tinha sido ele. E ele não queria uma mulher ao seu lado que escolheria um título, uma fortuna ou qualquer outra coisa em vez dele.

Queria começar de novo.

Com Izzy.

O NOBRE GALANTEADOR

Se ela ainda o aceitasse depois do que havia acontecido na noite anterior. Ele estremeceu.

— Você se importa com ela — disse seu amigo, tirando-o de seus pensamentos.

— De fato — ele concordou, um tanto alarmado com a facilidade com que fez a concessão. De alguma forma, Izzy havia conseguido passar por suas defesas. Assim como quando ela o procurou com dúvidas sobre o casamento deles e todos os motivos pelos quais não daria certo, ele se surpreendeu ao perceber que a queria como esposa.

Como *sua*.

— Fico feliz por vocês dois. — Wycombe sorriu. Ele não era um homem dado ao bom humor excessivo, e esse sorriso significava algo.

Aprovação, pensou Zachary.

— Fique feliz por nós quando formos oficialmente marido e mulher — disse ele com tristeza, pensando mais uma vez no que havia acontecido.

Depois que Beatrice fugiu, Izzy ficou abalada.

O ardor de sua paixão foi mutuamente apagado.

Ela nos viu, Izzy sibilou para ele.

Sim, ele concordou, não vendo sentido em hesitar.

Por quanto tempo ela ficou observando?

A pergunta seguinte o deixou perplexo. Porque ele não sabia.

Você sabia que ela estava lá?

Ele se esforçou para tentar se lembrar, com a mente confusa e o corpo em uma estranha conflagração de desejo saciado e indignação. Ele estava em outro reino, com a boca de Izzy sobre ele, a explosão crua de seu orgasmo tão inesperada e incontrolável que ele gozou na garganta dela, em vez de se libertar educadamente e se derramar em um lenço, como pretendia. Seu coração estava batendo forte devido às consequências de sua liberação. E ele se esforçou para encontrar uma resposta. Para ter certeza. Será que ele tinha visto Beatrice antes de gozar? Será que ele sabia que ela estava lá, observando? Que tipo de monstro ele seria se tivesse visto?

Izzy não esperou pela resposta dele. Com um som baixo, ela deu meia-volta e fugiu, sem se preocupar em levar a lamparina com ela. E ele a observou partir, mais cansado do que nunca.

Incerto sobre onde isso os deixaria.

À luz do dia, ele não estava mais tranquilo. Mas estava disposto a esperar que a distância e o sono a fizessem mudar de ideia. Que suavizassem a reação dela.

— Não precisa ficar com essa cara de quem comeu e não gostou. Os criados de Talleyrand Park chegarão em breve — disse Wycombe, interpretando mal sua preocupação.

E foi melhor assim. Quanto menos perguntas o amigo fizesse, melhor.

— A casa já parece bem arrumada — acrescentou o amigo, franzindo a testa para o fogo apagado da lareira. — Com exceção do fogo. Está muito frio aqui esta manhã.

O final do outono em Staffordshire pode ser muito frio, e o grande salão gelado era um lembrete disso.

— Se tivemos sorte, colocaremos esta bagunça em ordem até o final do dia.

Ontem, eles haviam conseguido um número surpreendente de melhorias. Mas hoje seria necessário mais. Muito mais.

A principal delas era consertar as coisas entre ele e sua noiva.

— Acha que há algum café para ser tomado nessa bagunça? — Wycombe perguntou com gentileza.

— Meu Deus, espero que sim — disse ele.

Ele precisaria de algo que lhe desse forças para enfrentar o dia.

E a mulher com quem ele pretendia se casar.

— Izzy.

Ao ouvir a voz familiar, Izzy parou no caminho entre os jardins que precisavam ser aparados, agarrando ainda mais a capa, como se fosse um escudo. Uma leve névoa começou a cair. Não chegava a ser uma garoa, mas era o suficiente para encher o ar com uma névoa encantadora.

Anglesey contornou uma curva na trilha emaranhada de videiras e apareceu.

Ele era alto, de ombros largos, bonito e perfeito, vestido como se tivesse se preparado para cavalgar. E talvez estivesse mesmo. Seu irmão havia relatado que tinha ficado agradavelmente surpreso com o bom estado dos estábulos. Era a única parte de Barlowe Park que não fora negligenciada e ficara sem cuidados. Ela se perguntou como Anglesey ficaria, montado em um dos belos árabes que Royston havia aprovado.

Isso não deveria importar, pois a própria Izzy só montava quando era absolutamente necessário e, no entanto, lá estava ela, absorvendo a visão dele. Um Adônis dourado, com mãos e lábios que sabiam exatamente como aprimorar o prazer de uma mulher. Um rosto que prometia delícias sensuais. Uma forma bem musculosa e graciosa. No momento em que seus olhares se encontraram, ela lembrou-se de tudo o que havia acontecido entre eles na noite anterior, fazendo com que suas bochechas ficassem quentes.

— Meu senhor — disse ela, pois, embora tivessem sido bastante íntimos um do outro na noite passada, ela não havia se esquecido da maneira como o interlúdio havia terminado abruptamente.

Ele lhe devia algumas explicações a respeito da condessa viúva. Havia... ou tinha havido... algo entre os dois, e ela estava determinada a descobrir o que era. Se eles fossem se casar, ela precisava pelo menos saber qual era a sua posição. E agora que conhecia o conde intimamente, Izzy entendeu, instintivamente, que não poderia apoiar qualquer envolvimento que ele pudesse ter com a viúva de seu irmão. A lealdade era uma virtude importante para ela, seja no amor ou em outros assuntos. No entanto, ela não havia percebido o quanto isso era imperativo em um futuro marido — no que diz respeito ao quarto de dormir — até a noite passada.

Anglesey a alcançou e parou, perto o suficiente para tocá-la.

Não devo deixá-lo me tocar, ela lembrou a si mesma. *Por mais tentador que ele seja.*

Ele a estudou com aquele seu olhar intenso e brilhante, sem sorrir.

— Foi realmente difícil de encontrá-la esta manhã.

Ela inclinou a cabeça e olhou para ele, agradecida pela aba do chapéu, que capturava a névoa e a mantinha longe do rosto:

— Está sugerindo que eu estava me escondendo de você?

Ele levantou uma sobrancelha:

— Você estava?

Ela estava? Um pouco. Talvez.

Oh, quem ela estava enganando? Sim. Ela estava. Estava sim.

— Não — ela disse a ele de qualquer maneira, recebendo um sorriso em resposta.

— Hmm — disse ele, juntando as mãos atrás das costas.

A postura estava rapidamente se tornando familiar. Fazia com que ele parecesse charmoso, sério e nobre, tudo ao mesmo tempo.

Ela respirou fundo, tentando dissipar o desejo traidor.

— Precisamos conversar. Sobre o que aconteceu. Sobre a esposa de seu irmão.

Ele olhou ao redor para ver se ainda estavam sozinhos. Felizmente, o trem não estava para chegar e, portanto, nem o restante dos convidados que chegariam ao Barlowe Park para o casamento. Agora era a hora.

Esse diálogo era necessário.

— Sim. — Ele estava solene. — Perdoe-me, Izzy. Se eu tivesse qualquer ideia de que ela teria entrado na biblioteca, nunca teria feito o que fiz.

— Diga-me quem ela é para você — disse ela, precisando saber. — Além de ser a viúva de seu irmão. Quem ela era... ela é... para você, Zachary?

As narinas dele se dilataram, o charme fácil fugiu de seu semblante e foi substituído por linhas duras e sombrias.

— Eu já lhe disse que ela não é nada para mim, além de um fardo.

— Um fardo que você já amou — ela adivinhou.

Ele parecia estar prestes a se opor, então Izzy ergueu a mão:

— Não, permita-me terminar, meu senhor. Você não pode me convencer de que seu desdém pela condessa seria tão forte se você não tivesse sentido algo mais por ela primeiro. Sua familiaridade é evidente em suas palavras e ações.

— Você realmente deseja saber?

A pergunta soou como se tivesse sido arrancada dele, emergindo de um lugar profundo e secreto em seu interior. Um lugar que ele normalmente mantinha enterrado sob a fachada do sedutor canalha.

— Quero — disse ela, seu tom seco. — Estamos prestes a nos casar com tanta pressa, dado o escândalo que causei. Mas, apesar de tudo, devemos saber que não vamos causar mais sofrimento um ao outro. Não concorda?

Ele inclinou a cabeça:

— Eu lhe asseguro, minha querida. Não há sofrimento que você seja capaz de me causar. No meu interior não me resta mais nada, eu me tornei apático, morto por dentro.

A ironia e a amargura marcaram a voz dele, e ela se viu estranhamente invejosa da condessa viúva por ter sido a única a causar tal reação nele. Não que Izzy desejasse ser a fonte de sua dor, muito pelo contrário. Mas inveja em um sentido completamente diferente. Como seria ser a mulher por quem ele sentia algo tão forte quanto deve ter sentido pela viúva?

— Eu exijo lealdade — ela deixou escapar. — Tanto em meu marido quanto em outras pessoas em minha vida.

— Você a terá.

— Fidelidade — acrescentou ela, incisiva. — Também preciso disso, meu senhor. Não tinha percebido o quanto a fidelidade era importante para mim em um casamento com você até a noite passada.

Ele não hesitou.

— Você terá isso também, contanto que seja recíproca.

A fácil aquiescência dele a fez parar.

— Você é conhecido por seus pecadilhos românticos. Quer mesmo sugerir que pretende ser fiel a mim durante todo o nosso casamento?

Ele assentiu com a cabeça.

— Enquanto você for fiel a mim, o favor será retribuído.

Izzy não tinha a menor intenção de compartilhar qualquer parte de si mesma com outra pessoa:

— É claro.

— E se, por qualquer motivo, você mudar de ideia e escolher um amante, avise-me.

Ele temia que ela tivesse um amante? *Céus*, só ele já lhe dava trabalho o suficiente. Ele e sua sedução devassa. Seus lábios, língua e dentes sábios.

Mas a pergunta que pairava no ar continuava sem resposta, mais insistente e persistente do que nunca. Ele ainda não havia revelado seu passado compartilhado com a esposa de seu irmão. E se ele não estava disposto a ser sincero com ela, ela não queria continuar com o casamento.

— Não precisa temer por isso, meu senhor. Não tenho interesse em procurar outro. Um coração partido é tudo o que posso suportar. Jamais me deixarei vulnerável a tal dor outra vez.

— E eu também não — concordou ele, com o olhar fixo e penetrante no dela.

— Já esteve vulnerável antes — ela o instigou.

— Acreditei nas promessas de outra. Me equivoquei.

Mas, ainda assim, ele não reconheceria o que ela precisava ouvir.

— A viúva Lady Anglesey — ela insistiu.

Ele suspirou, com um som pesado.

— Prefiro que o passado permaneça onde ele pertence.

A frustração dela aumentou:

— Não está vendo? O passado não está em outro lugar a não ser aqui. Ela tem intimidade com você, e eu não gosto disso. Ela nos *assistiu* juntos.

No momento em que as palavras lhe escaparam, ela desejou poder revogá-las, pois elas revelaram muito mais do que ela pretendia. E as intimidades que eles haviam compartilhado ainda eram novas, a causa da ardência em suas bochechas. Por mais que ela amasse Arthur, ele nunca havia tomado tais liberdades com ela, e nem ela com ele. É provável que se ela tivesse tentado fazê-lo, ele teria desmaiado.

A noção a fez morder o lábio para conter uma risada de espanto.

— Tudo bem.— A mandíbula de Anglesey se retesou. — Você deseja falar sobre isso, dissecar o passado? Nós o faremos. Mas não aqui. Venha comigo. Venha para longe de todos, onde possamos ficar sozinhos e onde não precisemos temer interrupções outra vez.

Ele estendeu a mão para ela.

Era enluvada, com palmas grandes e dedos longos. Muito masculina. Ela sabia por experiência própria como era ser tocada por aquela mão, ao percorrer sua carne nua, acariciando-a e segurando-a com tanta ternura que ela sentia dor com a lembrança disso.

— Izzy?

Com outro suspiro, este de aceitação, ela colocou a mão na dele:

— Muito bem, meu senhor. Leve-me para onde quiser.

O NOBRE GALANTEADOR

CAPÍTULO 10

Leve-me para onde quiser.

Essas palavras, apesar de sua inocência, encheram Zachary de um desejo ardente e escaldante enquanto ele caminhava com Izzy pela trilha que os levava para longe de Barlowe Park. O ar estava frio e úmido, e a névoa que o acompanhava deveria ter sido convenientemente refrescante. Mas desde que ele a sentira em seus lábios e passara a noite anterior dentro da boca dela, concentrar-se em qualquer coisa que não fosse repetir a dose estava se mostrando muito difícil.

O passado, ele lembrou a si mesmo. *Beatrice. Traição. Não está levando Izzy até as cachoeirinhas para seduzi-la, e sim para revelar os detalhes sórdidos do que aconteceu há tanto tempo.*

Sim, isso conseguiu amenizar um pouco da necessidade frenética. Nada como a traição para fazer o pau de um homem ficar mole.

— Para onde estamos indo? — perguntou Izzy, agarrando-se ao braço dele enquanto percorriam a trilha de paralelepípedos, que se tornara emaranhada de trepadeiras e outra vegetação densa de todos os lados.

Quando ele era garoto, o jardineiro-chefe mantinha os caminhos e os terrenos da mansão impecáveis. Eram o orgulho de seu pai de coração gelado. Como um jovem irresponsável, mais interessado em passear pelo campo atirando, cavalgando e pescando, ele não entendia o fascínio do pai. Retornar como um homem adulto trouxe um tipo diferente de apreciação, embora relutante, que ele não tinha antes.

— Vou levá-la ao que chamamos de cachoeirinhas — respondeu ele. — Cuidado onde pisa, minha querida. Parece que a casa principal não é a única parte da propriedade que está precisando de atenção. Lembro-me de que esse caminho já foi muito mais fácil de percorrer. Vamos dar meia-volta?

— Claro que não. Agora que você me prometeu as cachoeirinhas, quero vê-las.

Ele já deveria ter antecipado que ela não daria o braço a torcer.

— É um dos únicos elementos naturais que não foram tocados pelo arquiteto que projetou os acréscimos à Barlowe Park há mais de um século — ele se viu dizendo, como se fosse o mesmo tipo de presunçoso cheio de pompa que seu irmão havia sido.

Céus. Estaria ele se transformando em Horatio? Primeiro o casamento e agora retornando à sede da família? Ele se recusava a pensar nisso.

— Barlowe Park é importante para você — observou Izzy ao lado dele, passando com destreza por algumas raízes de carvalho que estavam no caminho dos dois.

— É — ele admitiu, pois aquelas velhas lembranças, a parte de sua juventude que havia sido feliz, estavam aqui. Essa tinha sido a razão pela qual ele queria que o casamento deles fosse realizado em Barlowe Park. — Ou, pelo menos, foi, uma vez...

Ele deixou a frase incompleta, pois ainda não haviam chegado ao destino e, para explicar tudo, ele teria necessariamente que revisitar o motivo pelo qual ele e seus irmãos haviam deixado de se falar. O motivo pelo qual ele não era bem-vindo em Barlowe Park há tantos anos.

Mas para chegar a esse motivo, ele precisava começar do início.

Ele se abaixou para passar por alguns galhos e por pouco não perdeu o chapéu. Por que diabos Horatio havia sido tão desleixado ao cuidar da propriedade? Aos olhos de Zachary, parecia que seu irmão mais velho não havia mexido um dedo sequer para manter Barlowe Park da maneira que merecia. Não se tratava de uma falta de cuidado que se seguiu nos meses após a sua morte. Aquilo era resultado da propriedade ter ficado jogada às traças por um bom tempo sob a supervisão de Horatio.

Por quê? Por despeito? Porque ele sabia o quanto Barlowe Park havia significado para Zachary? Conhecendo Horatio, isso era possível.

— Cuidado com essa raiz horrível — apontou Izzy, apontando para outro lugar onde o caminho havia se tornado traiçoeiro devido à falta de atenção com a vegetação rasteira. — Quando foi a última vez que você esteve na residência? Suponho que deve ter sido há algum tempo.

— Anos. — Ele passou por cima das malditas raízes, tomando cuidado para que ela também não tropeçasse ao se aproximarem do destino. — Há anos que não sou bem-vindo aqui.

A família Collingwood era bastante unida. Ele havia testemunhado a proximidade deles de várias maneiras nas últimas semanas. Eles eram atenciosos e leais e tudo o que uma família deve ser. A própria família de

O NOBRE GALANTEADOR

Zachary não poderia ser mais díspar. A ausência de sua mãe em sua juventude, após a morte dela, não foi amenizada por seu pai frio, que estava muito mais interessado em caçar do que em demonstrar afeto aos filhos.

Ele tinha plena consciência do olhar de Izzy ao seu lado, avaliando, vendo demais:

— Não é bem-vindo? — ela repetiu. — Mas Barlowe Park é a casa da sua família. A sede da sua família.

— Meu pai morreu alguns anos antes de meu irmão se casar. Meu irmão deixou bem claro para mim que eu não era bem-vindo e nem era mais considerado parte da família.

E que interessante era o fato de que, após todos esses anos, era ele o homem que detinha o título. A prova de que ele era, de fato, parte da família. O único remanescente de carne e osso que era puro Barlowe. O que quer que isso significasse.

— Deve ter havido um motivo.

Sim, e o nome dela era Beatrice.

Ele cerrou a mandíbula:

— Houve.

— Vai me contar? — ela perguntou baixinho.

— Contarei, sim. Mas primeiro, você pode se gloriar na serenidade das cachoeiras por alguns momentos. — Ao passarem por um grupo denso de árvores, o som familiar da água correndo podia ser ouvido. — Estamos quase chegando ao nosso destino.

Quando as árvores deram lugar a uma visão desimpedida das cachoeirinhas e do rio, ele parou. A partir desse ponto, o caminho era difícil de ser percorrido até mesmo quando jovem, pois a colina era íngreme e acentuada. O estado erodido do caminho, juntamente com o incômodo vestido e as botas pouco práticas de Izzy, o tornaria muito mais perigoso. Ele não a havia trazido aqui para que ela torcesse o pé, ficasse com as palmas das mãos arranhadas ou coisa pior.

Deus sabia que sua imprudência já havia causado danos suficientes na noite anterior.

Ou talvez aquilo tenha sido a ganância dele em relação a ela falando mais alto.

Fosse como fosse, ele pretendia protegê-la. Protegê-la de uma forma que aquele idiota que havia partido seu coração nunca conseguiu.

— Oh — disse ela baixinho, parando no caminho onde a pequena cachoeira se transformava em uma série de cachoeirinhas, com calcário antigo subindo do rio para criar as ondulações, os picos e as quedas.

Ele absorveu a visão das cachoeiras, familiares e, ao mesmo tempo, novas. Onde a água flui, mudanças estão sempre acontecendo. Algumas pequenas, outras grandes. Havia lugares em que o rio obviamente havia aumentado suas margens, talvez até mesmo recentemente, com a vegetação sendo arrastada pelas águas correntes. E ele não tinha certeza se era sua memória falha ou se o rio havia se movido ligeiramente para a direita, seguindo um novo caminho que estava corroendo a velha ponte que o cruzava rio abaixo.

— É lindo — acrescentou ela, com a voz carregada de uma discreta apreciação.

Ele olhou de volta para ela, sem se preocupar em esconder sua admiração:

— De fato, é.

Mas ele não estava falando apenas das cachoeiras. Esta manhã, ela estava usando um vestido de passeio que parecia ter sido vomitado em um jardim de rosas, com botões de seda pendurados em cachos sem nenhum cuidado aparente quanto à colocação. Felizmente, sua capa escondia um pouco do terrível tecido, e não havia alcachofras à vista. Mas, apesar de sua contínua devoção a se vestir com abominações, ela era assustadoramente adorável.

— Eu vinha aqui com frequência quando era jovem — ele se surpreendeu ao confidenciar. Parecia que fazia uma eternidade que ele não falava sobre sua juventude. *Diabos*, fazia uma eternidade que ele nem sequer pensava naquela época longínqua em que acreditava no melhor de todos ao seu redor.

O melhor da mulher que ele amava.

O melhor de si mesmo.

A voz doce de Izzy o arrancou de suas reflexões.

— Posso ver por quê. Céus, se eu tivesse um lugar assim em Talleyrand Park, teria passado o verão inteiro nadando e mergulhando. Você deve ter se divertido muito aqui. Estava sozinho? Detesto pensar no jovem Anglesey desfrutando das cachoeirinhas só.

— Eu não era Anglesey na época — ele a lembrou, evitando por pouco acrescentar que ainda não era. — Mas eu também não estava sozinho. Eu estava sempre com meus irmãos, ou melhor, seguindo-os em suas atividades.

— Tinha apenas os dois irmãos, não tinha?

Ele inclinou a cabeça.

O NOBRE GALANTEADOR

— Horatio e Philip tinham idades próximas e, como resultado, eram leais um ao outro, durante toda a vida. Até mesmo no final, ambos se afogaram no mesmo maldito iate.

Ele não tinha a intenção de falar da morte deles. De fato, desde o dia em que recebeu a notícia, ele havia feito o possível para não poupar um único pensamento sobre os dois, se pudesse evitar. Mas ele ainda sentia uma certa amargura e arrependimento pelo que havia acontecido. Ele estaria mentindo se dissesse que uma parte dele não desejava que eles tivessem pelo menos se acertado antes de Horatio e Philip morrerem. Suas mortes repentinas o chocaram, e ele não lidou bem com a notícia.

Nem com as consequências.

Pensando bem, quando foi que ele lidou bem com qualquer coisa relacionada à família ou às emoções? Ambos pareciam estar inextricavelmente entrelaçados, junto da dor, a desconfiança e a traição.

— Sinto muito por tê-los perdido. — Izzy tocou sua manga, com um gesto gentil e preocupado. *Atencioso.* — Estar mais uma vez em Barlowe Park é doloroso para você?

— Pelo contrário. — Ele colocou a mão sobre a dela, desejando não estar usando luvas para poder absorver diretamente o calor sedoso da pele dela. — Voltar aqui depois de tantos anos me fez lembrar o quanto eu já amei esse lugar.

E o quanto ele já havia amado seus *irmãos.*

Mas isso foi antes. Como ele se esqueceu facilmente, agarrando-se à sua raiva. E como ele se sentia vazio agora ao perceber isso. E se ele estivesse errado? Será que ele sentiria esse mesmo vazio se tivesse conseguido consertar suas diferenças antes da morte deles? Infelizmente, era tarde demais para saber. A separação deles era permanente, e agora também eterna.

— Por que você não era bem-vindo? — perguntou ela outra vez. O olhar de Izzy, verde como o musgo e a grama que cresciam nas margens e nas rochas do rio, o encarou.

Ele engoliu contra uma dolorosa onda de ressentimento:

— Horatio deixou bem claro para mim que eu não deveria voltar, e meu outro irmão ficou do lado de Horatio.

— Mas por quê? Se vocês já foram próximos, o que aconteceu para mudar isso?

Ele deu um suspiro pesado, relutante em começar esse discurso, embora soubesse que deveria. Havia tanta dor antiga, cicatrizes ainda entreabertas.

SCARLETT SCOTT

Tanta tolice e mágoa. E por quê? Horatio e Philip haviam partido. Seus pais também. De alguma forma, o filho rebelde era o único Barlowe que restava.

— Vai falar disso agora? — Izzy insistiu baixinho. — Vai falar do que aconteceu entre você e Lady Anglesey?

Ele não queria falar nisso, é claro, mas também devia uma resposta a Izzy. Ela seria sua esposa, afinal. E, embora a ideia de se casar tivesse lhe ocorrido inicialmente como um sonho febril do qual ele acordaria aliviado por não ter sido real, ele não achava mais a ideia tão aterrorizante. Como era estranho pensar que a última coisa que ele queria desde a traição de Beatrice havia se tornado, de repente, tão vital, tão necessária. Ele se recusava a pensar no motivo, mas a noção de que Lady Isolde Collingwood era sua o imbuía de um profundo senso de inefável justiça.

De fato, depois do que acontecera entre eles na noite anterior, ele não conseguia pensar em outra coisa.

Ainda assim, as palavras que Izzy esperava dele estavam se mostrando quase impossíveis de serem ditas, porque admitir suas fraquezas do passado era muito difícil. Mas também porque ele temia muito a reação dela. E se ela ficasse chocada? Horrorizada? E se, em vez de trazê-la para mais perto dele, ele estivesse apenas prestes a afastá-la?

Fale logo, ele disse a si mesmo.

Ele inalou devagar e depois exalou:

— Eu ia me casar com a esposa do meu irmão.— Quando a confissão lhe escapou, ele estremeceu. — Ela não era esposa dele na época, é claro. Tampouco era sua noiva. Ela era minha. Tínhamos um acordo particular, embora eu ainda não tivesse procurado o pai dela para obter a aprovação e anunciá-lo oficialmente. Até que ela decidiu que preferia o título que meu irmão lhe daria à vida que eu poderia proporcionar como terceiro filho. Isso mudou tudo. Fiquei furioso com os dois por terem me traído. Horatio e eu tivemos uma discussão terrível e chegamos a nos esmurrar. Eu disse e fiz algumas coisas das quais me arrependo agora. Philip nos separou, mas não antes que o estrago fosse feito. Nenhum de nós jamais perdoou o outro e, depois disso, nunca mais trocamos mais do que um punhado de palavras.

— Você deve tê-la amado muito se pretendia se casar com ela. — Não havia censura no tom ou no semblante de Izzy, apenas uma comiseração silenciosa e sombria.

E é claro que ela se compadeceu, pois ela mesma havia sido abandonada e estava com o coração partido no dia em que seus caminhos se cruzaram.

O NOBRE GALANTEADOR

O fato de ela ter se lembrado de que estava apaixonada por Arthur Penhurst fez com que ele sentisse uma pontada de irritação. Ele a reprimiu, concentrando-se em Izzy. Ela merecia saber a verdade.

— Estava apaixonado pela mulher que eu achava que Beatrice era — admitiu com relutância. Ele riu, o som amargo até mesmo para seus próprios ouvidos, totalmente desprovido de alegria. — Diabos, eu era tolo o suficiente para *acreditar* no amor naquela época.

— Não acredita no amor agora?

Antes, não muito tempo atrás, sua resposta teria sido um rápido e resoluto *não*. Mas as coisas ficaram confusas deste então. Sua mente, suas esperanças, seu futuro. Até mesmo o que ele sentia por Izzy era muito confuso.

— Acredito no egoísmo, no desejo e, certamente, no anseio por algo maior do que somos — disse ele cuidadosamente —, seja amor, Deus, riqueza ou qualquer outra coisa. Mas também acredito que machucamos uns aos outros com mais facilidade do que protegemos, cuidamos ou perdoamos. Não tenho certeza de que o amor, em sua forma mais pura e verdadeira, possa existir. Se existisse, por que nos machucamos tanto?

— Gostaria de saber a resposta para essa pergunta — disse ela baixinho. — Mas, por favor, confie em mim quando lhe digo que posso entender bem as emoções conflitantes que deve ter sentido. Eu estava apaixonada por Arthur, o Sr. Penhurst, há anos. Cheguei à idade adulta acreditando que seria sua esposa. Estávamos noivos, embora os contratos de casamento ainda não tivessem sido assinados. Uma mera formalidade, eu acreditava. Como eu estava errada...

As palavras dela se arrastaram e o olhar dela se desviou para algum lugar acima do ombro dele por alguns instantes, como se ela estivesse olhando para o passado e vendo-o novamente. Ele queria dar um olho roxo a *Artolo* pela mágoa que ele havia causado a Izzy. Mas Zachary também queria agradecer a ele. Se o maldito inconsequente não tivesse trocado Izzy pela herdeira americana, Izzy nunca o teria abordado no salão da Greymoor. E, se ela não o tivesse feito, ele provavelmente ainda estaria perdido.

Bebendo demais.

Transando demais.

Nunca dormindo o suficiente.

Sobrevivendo de forma sombria, sendo responsável pela viúva do irmão e pelas propriedades que não visitava há anos. Um título que ele nunca quis... E a lista continuava.

Ao diabo com o passado. Ele ia se apoderar do futuro, e o futuro estava diante dele. O futuro era essa mulher. Esse erro glorioso.

Izzy.

Ele abaixou a cabeça e selou seus lábios aos dela, e ela não tinha gosto de erro, nem se parecia como tal. Na verdade, ela parecia ser tudo o que ele havia perdido durante toda a vida. Ela tinha gosto de desejo. Um toque de sua boca na dela e ele estava perdido, caindo de cabeça no abismo.

Em um momento, ela estava definhando na mágoa de um passado não tão distante, pensando em Arthur, e no momento seguinte, Zachary a estava beijando, com a boca quente e imponente sobre a dela. Todas as suas preocupações com o passado mútuo fugiram, foram banidas para os confins de sua mente e substituídas pelo desejo. O calor a invadiu, e não tinha nada a ver com a luz do sol que finalmente aparecia por entre as nuvens.

Em vez disso, tinha tudo a ver com *ele.*

As mãos enluvadas dele envolviam o rosto dela enquanto ele devorava sua boca. Ela sentiu a frieza do couro, a força sutil dos dedos dele segurando-a com tanta delicadeza e ternura, como se ele temesse que ela se partisse. A dicotomia era deliciosa. Mas não era só isso que era delicioso. A língua dele mergulhou em sua boca, e ela a chupou, a necessidade desesperada a fazendo esquecer de se comportar.

Ela era uma devassa?

Ou seria ele o homem de que ela precisava para trazê-la de volta à vida?

Ela não sabia as respostas, e isso não importava mais quando ele a beijava dessa maneira, como se ela fosse o doce mais decadente e ele quisesse devorá-la. Suas mãos voaram para os ombros dele, agarrando-o. Buscando-o. Precisando dele desesperadamente.

Como eles haviam passado de uma conversa tão triste para isso? Outra pergunta sem resposta.

Ele gemeu e depois levantou a cabeça, olhando para ela com uma intensidade inesperada, com olhos mais brilhantes do que o céu de verão:

— Meu Deus, Izzy. Eu poderia beijá-la o dia todo.

Ela lambeu os lábios, sentindo o gosto dele neles e querendo mais.

— Eu não discutiria.

De fato, beijá-lo era muito melhor do que tentar restaurar a aparência de ordem em Barlowe Park enquanto a mulher que ele havia amado observava com um olhar de desdém. Ela se arrependeu muito de ter insistido para que ele permitisse que Lady Anglesey permanecesse e, agora que conhecia todos os detalhes do passado de seu noivo com a viúva do irmão dele, passou a desconfiar da outra mulher.

Mas a condessa viúva não estava em lugar algum, e graças aos céus por isso. Não havia ninguém para interrompê-los, a não ser os pássaros que voavam e chamavam acima de suas cabeças. A serenidade desse lugar era realmente surpreendente.

Ele lhe deu um sorriso malicioso, com a covinha aparecendo. Sem dizer uma palavra, ele a beijou novamente. Ela se agarrou a ele com mais força, levantando-se na ponta dos pés para se pressionar contra seu corpo. Ela se abriu para ele, ansiosa, desejosa, dolorida. Suas línguas se encontraram. O calor que fervilhava em suas veias se acumulou entre suas coxas, e ela se lembrou de como a língua e os lábios dele tinham sido muito bons ali, onde o calor derretido e o desejo se acumulava.

Isso estava errado.

Eles ainda não eram casados. Suas intimidades na biblioteca já haviam ultrapassado os limites do decoro. Eles estavam ao ar livre, em um caminho rochoso longe da mansão, onde a qualquer momento os convidados restantes começariam a chegar. É provável que sua família estivesse procurando por ela, perguntando-se para onde ela havia ido.

Mas ele a fez esquecer.

Ele distribuiu beijos ao longo de sua mandíbula, encontrando o caminho para os cachos que a criada de sua dama havia feito em sua têmpora, e seu hálito quente os eriçando:

— Deixe-me fazer as pazes com você pela noite passada, querida.

Ela deveria negá-lo. Eles deveriam voltar para a casa e para seus deveres.

No entanto, a confissão dele sobre o passado havia mudado algo entre eles. Ele havia confiado a ela uma parte muito profunda e oculta de si mesmo. Seus laços estavam mais fortes do que nunca. Podem ter se tornado noivos por uma série de erros, o caminho deles foi selado por seus corações partidos e pela imprudência dela. Mas quanto mais ela aprendia sobre Zachary, quanto mais tempo passava em sua presença magnética, quanto mais ele a seduzia com suas mãos e lábios conhecedores, mais conectada ela se sentia a ele.

Ela sabia que era perigoso sentir algo tão forte por um homem que mal conhecia, e tão pouco tempo depois de Arthur tê-la deixado arrasada com sua traição. Mas Zachary seria seu marido agora. Arthur havia deixado bem claro que escolhera a Srta. Harcourt em vez dela.

— Diga sim — disse Zachary, beijando sua orelha.

Arthur se dissipou.

Assim como a responsabilidade.

E tudo o mais que a impedia de se render ao homem que a segurava em seus braços.

— Sim — disse ela, esfregando a bochecha contra a dele, inalando profundamente seu perfume, que se misturava com a frescura da paisagem. Por que esperar? Por que negar o que ambos queriam tão desesperadamente?

Ele a beijou outra vez, rápido e intensamente, depois pegou as mãos dela com as suas:

— Venha.

Ele a estava levando para outro lugar? Mas para onde?

Não havia tempo para perguntas. Ele a estava conduzindo ao longo do caminho, o resto da descida da colina.

— Cuidado onde pisa, querida.

Ela o fez. Mais raízes se interpunham sinuosas pelo caminho. Em seguida, uma área em que o rio deve ter transbordado de suas margens e criado uma série de sulcos profundos no caminho durante alguma tempestade de verão. Mas ela continuou, seguindo-o. Porque, naquele momento, ela teria ido a qualquer lugar, desde que fosse com Zachary.

Ele a conduziu a uma área plana e gramada ao lado das lagoas mais baixas das pequenas quedas d'água antes de soltar as mãos dela para prender a ponta do dedo de uma luva nos dentes e puxá-la. Ele retirou a outra da mesma forma e, em seguida, tirou o casaco, espalhando-o sobre a grama longa.

Com um floreio, ele fez um gesto para o local que havia preparado:

— Sente-se.

Certamente ele não pretendia... fazer coisas devassas e proibidas com ela... aqui. Ou pretendia?

— Aqui?

— Onde mais? — O sorriso dele voltou, junto com a maldita covinha que nunca deixava de encantá-la. — Não há chance de interrupção aqui.

Ele pretendia, sim.

Um pulso de consciência respondeu e floresceu no fundo de sua barriga.

O NOBRE GALANTEADOR

— Oh — disse ela estupidamente.

— A menos que você prefira voltar?

E perder mais de sua boca depravada sobre ela? Nunca.

— Não. — Ela se sentou sobre o casaco dele, o que não foi fácil com as saias pesadas e a *crinolette* balançando ao redor dela, sem falar nas rígidas restrições do espartilho. Ele a apertava firme nas laterais do corpo, mas, apesar do desconforto, sua necessidade por ele continuava, um fogo em seu sangue que se recusava a ser contido.

O sorriso dele se aprofundou:

— Deite-se, querida.

Oh, de fato.

Sim, ela supôs que essa seria uma posição mais agradável.

Ela fez o que ele pediu, tomando cuidado para não bater com a cabeça na profusão de pedras que marcavam a grama. Ele já estava ajoelhado a seus pés, com as mãos como marcas quentes nos tornozelos dela por baixo do vestido e das anáguas.

— Você já fez isso fora de casa antes? — ela perguntou preocupada, desviando o olhar do belo rosto dele para o céu, as nuvens e as árvores acima.

Embora estivessem a uma distância significativa da mansão, ela estava ciente dos espaços abertos ao redor deles. A natureza era tão imensa.

— Sim. — Ele passou as bainhas dela pelos joelhos, com as mãos passando pelas panturrilhas. — A mecânica continua a mesma, eu lhe asseguro.

— Mas qualquer um poderia nos ver. — Ela se mexeu, olhando em volta para ver se ainda estavam sozinhos.

— Ninguém nos verá. — A cabeça dele se inclinou e o calor de seu beijo foi primeiro no joelho esquerdo dela, depois no direito, queimando as meias de seda e a calçola. Ele acariciou as coxas dela. — Deixe-me lhe dar prazer, querida. Estou em dívida com você.

Ele não devia nada a ela. Afinal, era por causa dela que eles estavam nessa situação difícil. Izzy e seu estúpido coração partido e a ideia de Ellie de que ela deveria ir ao baile da Greymoor de cabeça erguida e o terrível Arthur e aquela horrenda Srta. Harcourt com sua cintura impossivelmente minúscula e...

Ela inalou bruscamente, seus pensamentos fugiram quando os dedos conhecedores dele encontraram a fenda da calçola dela e ele a tocou ali. Apenas um toque fugaz sobre sua pérola no início, depois uma longa passada por seu sexo até sua entrada, onde ele brincou com ela.

— Tão molhada para mim — disse ele, com a voz baixa e profunda, enquanto beijava a parte interna da coxa dela. — Maldição. Ainda não lhe dei prazer adequadamente.

Eram os beijos dele, o libertino. Seu cheiro. Sua forma alta. Aquela covinha. O homem de coração partido que ele havia sido um dia. Aqueles olhos e a maneira como eles a devoravam. Aquela boca.

Era ele.

Apenas ele.

Apenas Zachary.

Suas mãos se juntaram às saias, puxando-as para cima. Sua localização deixou de ter importância. Os lábios conhecedores dele estavam se aproximando do local onde ela mais o desejava. E ela estava se lembrando de tudo o que ele havia feito com ela na noite anterior, todas as sensações que ele havia trazido à tona. As muitas vezes em que ela havia atingido o ápice, até que não passasse de uma massa trêmula de sensações, saciada e fraca.

— Mostre-me essa linda boceta — ele rosnou. — Levante mais as bainhas, querida.

Ela abriu as pernas e ergueu as saias, até que elas se juntaram em um turbilhão de rosas e babados de seda em sua cintura. Pela primeira vez, a noção de um vestido menos incômodo foi atraente.

E então os dedos dele estavam no cós da calçola dela, abrindo botões, puxando-a pelas coxas, passando pelos joelhos e... tirando-a! Ele as jogou para trás e elas caíram na água na base da cachoeira.

Ela ofegou:

— Zachary, minhas calçolas. Serão levadas pelo rio!

— Não precisará de calçolas como minha esposa, querida — disse ele, com as palavras ligeiramente abafadas pelas camadas do vestido e das roupas de baixo dela. — Eu lhe prometo isso.

Ele estava tão seguro de si.

E com razão.

Sua língua estava nela no momento seguinte, e um pensamento coerente tornou-se impossível. Calçolas? Nem sabia mais o que eram. Ele lambeu sua pérola em movimentos rápidos. Roupa de baixo? Que roupas de baixo? Ele a chupou com força, e pequenos pontos de luz explodiram na periferia de sua visão.

— Sim — disse ela.

— Sim, mais? — perguntou ele, provocando-a com uma leve passagem da língua pela fenda.

O NOBRE GALANTEADOR

115

— Sim, mais — ela repetiu, sem pensar. Sem conseguir pensar.

Dele. Ela pertencia a esse homem, a esse momento, a essa paixão, a esse frenesi, selvagem e fervoroso.

A língua dele mergulhou dentro dela, e ela gritou de puro prazer.

— Mmm.

O ronco de apreciação dele fez os quadris dela balançarem. Ela queria mais dele.

Mais. Agora. Para ontem.

— Deus — ela se engasgou.

— Você pode me chamar de Zachary — disse ele por baixo das saias dela.

Ah, canalha. Ela deveria ter dado uma resposta contundente para acabar com o orgulho dele. Mas ela estava muito além das palavras. E então, ele voltou às suas ministrações, com aquela língua esperta trabalhando em seu nódulo latejante. A boceta dela pulsava em pequenos espasmos incontroláveis, um precursor do que estava por vir. Ele a mordiscou de leve, depois acariciou a carne ingurgitada antes de sugar novamente.

Empurrando-se contra o rosto dele, ela arqueou as costas e gritou de prazer para os céus quando a liberação a atingiu. O êxtase, quente como o fogo e potente como uma droga, irrompeu nela, inundando-a. Ela tremeu com o resultado, mas ele ainda não havia terminado. A agonia era deliciosa enquanto sua boca ávida continuava a consumir sua boceta faminta.

Izzy estava ofegante, se contorcendo, com o coração batendo forte. Sem fôlego.

Ele era implacável, murmurando palavras devassas, lambendo-a e chupando-a em um novo frenesi.

— Linda, rosa e minha — disse ele. — Você tem um gosto tão bom, Izzy. Goze de novo para mim, querida.

Sim, ela queria gozar para ele. Precisava fazê-lo. Ela lhe daria tudo o que ele quisesse, desde que ele prometesse continuar a lhe proporcionar uma tortura tão deliciosa. Talvez ela tenha dito esses sentimentos em voz alta. Ou talvez fossem uma súplica silenciosa emitida em sua mente. Ela não sabia dizer. Pois os elogios dele, assim como sua língua sabida, eram demais. Quando ele se concentrou na pérola dela com os dentes, dando-lhe um mordiscar de leve, ela perdeu o controle outra vez.

Seu segundo clímax foi quase violento, seu corpo se retraiu no tremor do êxtase. Seus olhos se reviraram, as pálpebras se fecharam, enquanto ela se entregava à sensação. Não havia nada além do prazer e do homem entre suas pernas naqueles batimentos cardíacos desenfreados enquanto a sensação a inundava. Tudo e todos os outros deixaram de existir.

Até que a boca dele se foi e as sensações diminuíram para uma pulsação baixa, seu coração batendo forte enquanto ela voltava para os seus arredores. E se lembrou de onde estava, deitada na grama, ao lado das águas correntes da cachoeirinha, com os pássaros os sobrevoando, as nuvens se movendo devagar, o ar frio, as brumas tendo felizmente se dissipado.

Zachary se ajoelhou, pairando sobre ela, diabolicamente bonito, com os lábios sensuais brilhando com a evidência do desejo dela. Seus cabelos dourados estavam desgrenhados, o chapéu há muito descartado só Deus sabe onde.

— Maldição — disse ele, com a voz profunda e rouca de desejo. — Quero tanto estar dentro de você, Izzy. Quero afundar meu pau no doce calor de sua boceta molhada e fodê-la até você gozar outra vez.

As palavras dele eram vulgares, sem dúvida o tipo de frase que alguém usaria com uma amante, mas a excitaram. Seus mamilos estavam duros e empinados, escondidos pelos ossos do espartilho, e ela ainda era atormentada por um vazio em seu interior, uma sensação de que precisava ser preenchida.

— Então faça isso — disse ela.

Ele se acalmou, com o olhar fixo no dela.

— Você não está falando sério.

— Eu quero. Quero você. Quero você dentro de mim.

— Senhor amado. — Ele fechou os olhos, claramente lutando para se controlar. — Este não é um lugar para a primeira vez que fará amor.

Sentindo-se ousada, ela permitiu que suas coxas se abrissem em um convite:

— Por favor.

Os olhos dele se abriram, agora de um azul-pavão, ardentes de desejo:

— Izzy.

— Zachary. — Por que deveriam esperar? Iriam se casar em menos de uma semana. A intimidade deles já tinha ido muito além dos limites do aceitável. — Termine o que começou.

Ela estava ganhando rapidamente esse argumento; ela sabia disso quando ele acariciou suas panturrilhas e brincou com as ligas que mantinham suas meias no lugar.

— Nada disso foi minha intenção ao trazê-la aqui — disse ele, baixinho.

— Eu sei.

— Você tem certeza?

O NOBRE GALANTEADOR

Tão certa quanto ela estava de qualquer coisa:

— Preciso de você.

Ele não precisou de mais persuasão. Com um som baixo de necessidade, ele desabotoou as calças. Acima do monte quase cômico de suas saias, ela teve um vislumbre dele, longo, grosso e rígido, de sua mão acariciando todo o seu comprimento de cima para baixo. A visão aumentou seu desejo, levando-a ao limite com tanta facilidade que ela teria temido sua reação a ele se já não estivesse desesperada por mais.

Ele se abaixou sobre ela, alinhando seus corpos enquanto apoiava seu peso em seu antebraço. Suas mãos pousaram em seus ombros, segurando-o com força. Segurando-o perto. Ele esfregou seu pau por suas dobras e enterrou o rosto em seu pescoço, deixando uma trilha fervorosa de beijos até sua orelha.

— Prometo que tornarei nossa noite de núpcias muito mais memorável, querida — ele murmurou na sua orelha antes de lamber o espaço atrás dela.

— Nada poderia ser mais memorável do que isso — ela jurou, agarrando-se a ele, o mundo girando ao seu redor, tons de azul e cinza e o dourado brilhante do cabelo de Zachary. Houve o barulho da água, o sol dançando em seu rosto.

E então mais.

A cabeça de seu pau roçou sua pérola extremamente sensível, e seus quadris se ergueram para alcançá-lo. Ela inalou a sensação, o perfume dela em seus lábios se misturando com seus aromas cítricos e almíscares, a terra do rio e a grama. Ela esfregou a bochecha contra a dele, sentindo-se como um gato ao sol. Os caminhos que os trouxeram até aqui, literais e figurativos, deixaram de ter importância. Tudo o que importava era que eles estavam juntos, agora e neste lugar.

Então a cabeça do seu pau deslizou pela fenda de Izzy, desta vez parando em sua entrada. Ele se guiou para dentro dela. A invasão foi bem diferente do que ela havia previsto. Uma sensação de alongamento, uma pontada de desconforto. Ele era tão grande. O milagre da união de seus corpos era mais do que ela podia compreender. Ele se manteve imóvel, permitindo que o corpo dela se ajustasse à novidade.

Mas ela ficou impaciente, movendo-se por baixo dele, trazendo-o mais fundo.

— Devagar, querida — ele disse, beijando seu queixo, sua voz tensa. — Não quero machucar você.

Ele se moveu outra vez, deslizando mais fundo, o polegar roçando o clitóris dela, e a dor diminuiu. Em vez disso, havia apenas ele, preenchendo-a. Completando-a. Ela se remexeu, ansiando. E com um gemido, ele deu a ela o que ela pediu, movendo-se sem palavras, flexionando os quadris até que ele estivesse completamente alojado dentro dela, quente, grosso e duro.

— Você está dentro de mim — disse ela, maravilhada.

Como era estranho e lindo estar unido a ele dessa maneira.

— Sim — ele disse, beijando-a com intensidade e doçura. — Onde eu pertenço.

Onde ele pertencia.

Certamente parecia ser assim.

Ele acariciou mais uma vez, seu polegar rodeando sua pérola até que ela involuntariamente apertou seu pau:

— Consegue aguentar mais, querida?

Mais? Havia mais?

Louvado seja.

— Sim — ela conseguiu dizer. — Dê-me tudo, Zachary. Tudo de você.

Ele a beijou de novo, sua língua deslizando por seus lábios, e ela sentiu o gosto de si mesma. Provou ele. Desejo e paixão e tudo o que ela queria ter tido com Arthur, mas nunca encontrou. Ela respondeu a seus lábios, sugou a essência dela de sua língua.

E então, ele começou a fazer o que ela havia pedido. Dando tudo a ela. Tudo dele.

Seus quadris se moviam, encontrando um ritmo, seu comprimento deslizando dentro e fora dela com um torpor agonizante a princípio e depois com maior velocidade. Ela apertou-o, convulsões de prazer lambendo sua espinha e irradiando do lugar onde seus corpos se conectavam. Mais um golpe de seu polegar e ela desmoronou.

Seu clímax foi rápido e impiedoso. Ela quase o arrancou de seu corpo, e ele agarrou seu quadril, estocando-a com mais força e mais rápido. Izzy choramingou em seu beijo exigente, uma conflagração tomando conta dela. Sentia como se seu corpo fosse estilhaçado em mil pedaços. Brilhante e reluzente como as estrelas à meia-noite.

Seu mundo era surreal. Borrões de brilho. Sentidos amplificados a alturas extraordinárias. Aroma, som e toque. Lá estava a terra, dura em suas costas, o homem, possuindo-a e preenchendo-a, seu próprio corpo, tremendo e estremecendo sob ele.

O NOBRE GALANTEADOR

E então houve o jato quente de sua semente. Seu corpo enrijeceu. Zachary interrompeu o beijo e enterrou o rosto em sua garganta, gritando o rouco júbilo de seu próprio orgasmo.

Ela o segurou com força, dando um beijo em sua cabeça, seu corpo pulsando e seu coração batendo forte. Ele ainda estava dentro dela, e ambos estavam parcialmente encobertos pela roupagem da educação que haviam trajado antes em seus aposentos separados. Mas ele era dela agora, e ela era dele.

Enquanto seus corações disparavam em uníssono e eles se abraçavam, Izzy não podia negar que o momento parecia uma vitória.

CAPÍTULO 11

Zachary sentiu-se derrotado ao se encontrar no antigo escritório do pai com seus amigos naquela noite após o jantar. Greymoor e Wycombe eram dois de seus amigos mais próximos, e a conversa espirituosa deles geralmente o mantinha entretido e distraído, fosse qual for a inquietação que infectava sua alma sombria em qualquer ocasião. Mas nesta noite não. Essa noite foi decididamente diferente.

Porque ele havia tirado a virgindade de sua futura esposa na terra dura, ainda usando suas malditas calças e botas, com as bainhas da saia dela amassadas, amontoadas e erguidas até a cintura.

Ele era uma besta no cio.

Um animal.

Desprezível.

Deveria ter tido um mínimo de controle, alguma restrição no que dizia respeito à sua futura noiva. Em vez disso, ele ficou tão impressionado com a terna preocupação dela, sua fácil aceitação, sua compreensão. E sua paixão. Meu Deus, a paixão dela. Foi o suficiente para incendiá-lo, para deixá-lo selvagem, necessitado e desesperado.

— Anglesey?

Ele olhou de relance para seu copo de vinho do Porto intocado, uma relíquia que havia sido ressuscitada dos porões e coberta de poeira suficiente para fazê-lo suspeitar que havia pertencido a seu avô. O marquês e o duque o estavam observando, o último com um ar preocupado e o primeiro com um sorriso de escárnio.

— Perdoe-me. — Ele balançou a cabeça de leve. — Estava perdido em meus pensamentos.

— Arrependimentos? — Greymoor perguntou.

Dúzias deles.

Ele encontrou o olhar de seu amigo e levantou seu copo em uma dissimulando um brinde:

— Nenhum.

O marquês emitiu um bufo deselegante:

— Eu já lhe disse antes... — Aqui ele fez uma pausa e olhou na direção de Wycombe. — Cubra seus ouvidos, meu velho. — Ele se voltou para Zachary. — Já lhe disse que não precisa se casar com ela. Se você está com essa cara amarrada diante da perspectiva, por que se jogar do penhasco quando sabe que está prestes a ser despedaçado nas rochas lá embaixo?

— Essa é uma analogia muito ruim, Grey — Wycombe respondeu, claramente irritado por causa da irmã de sua esposa.

Mas é claro que ele estava. O duque era leal até o último fio de cabelo e, quando considerava alguém sua protegida, lutava até a morte por essa pessoa.

— Vou me casar com Lady Isolde — garantiu ele a Wycombe. — Se estou com a cara amarrada, é porque cheguei a uma propriedade que vem sendo negligenciada há anos, presidida por nada mais do que uma governanta de qualificações duvidosas e um mordomo nonagenário que não consegue ouvir nada do que eu digo a ele.

— Como você acha que eu me senti quando recebi uma propriedade em ruínas e dilapidada e uma montanha de dívidas? — Wycombe comentou, irônico. — Graças a Deus, também recebi minha adorável esposa. Sem ela, não tenho ideia de como teria sobrevivido.

O duque estava apaixonado por sua duquesa, o que era normal, apesar de surpreendente pelo casamento de conveniência que eles tinham inicialmente. Sua esposa trouxera consigo um belo dote, a mesma fortuna que Zachary poderia esperar de Izzy. No entanto, ele não estava na mesma posição que Wycombe estava, pois era um detetive da Scotland Yard que, de repente, foi empurrado para o papel de duque. Zachary vinha investindo em vários negócios da Greymoor e, à medida que a riqueza do marquês crescia, a dele também crescia. Uma maré de sorte, por assim dizer.

Não, não lhe faltava capital. E isso há anos. E ele não podia negar que havia sentido uma alegria imensurável ao saber que a riqueza que ele havia acumulado superava em muito a de seu irmão, o conde, que Beatrice escolhera em vez dele. Isso tornara seu sucesso muito mais doce.

A reivindicação fora a forma mais inebriante de vingança.

Faria tudo de novo da mesma forma, se fosse dada a chance. E, estando ele nessa posição em relação ao desastre que tinha sido seu relacionamento com Beatrice, ele via com uma nova apreciação a maneira como tudo tinha se encaixado. Tudo caminhara para que terminasse deste jeito. Ela havia lhe feito um favor ao se casar com Horatio, com toda a certeza.

122 **SCARLETT SCOTT**

— Imagino que tenha sido péssimo para você — disse Greymoor a Wycombe. — Nenhum homem em sã consciência quer herdar uma esposa ou uma dívida. Para ser justo, não consigo discernir qual seria o pior fardo.

— A esposa foi algo maravilhoso e de forma alguma um fardo — contrapôs Wycombe. — Na verdade, suspeito que eu era o fardo para ela. A dívida, entretanto... bem, se pudesse evitar essa parte, ficaria feliz em fazê-lo. Ainda assim, a vida toma rumos estranhos e difíceis. Mas sempre termina da melhor maneira. Já vi isso ocorrer várias vezes.

Por fim, Zachary tomou um gole de seu vinho do Porto. Estava muito bom. Doce, mas com um toque refinado. Provavelmente caro demais para qualquer conde de Anglesey que o tivesse adquirido muito antes dele. O preço não importava. O efeito que tinha em sua mente, no entanto, sim.

Ele decidiu, ali mesmo, que iria se embebedar completamente esta noite.

Era a única maneira de manter sua consciência tranquila em relação à maneira como ele havia sido devasso com sua noiva. O fato de Izzy ser inocente e de ser irmã da esposa de Wycombe não ajudava em nada. Toda vez que Zachary olhava para o amigo, uma pontada invisível de culpa despontava entre suas costelas.

Tomou mais um gole de vinho do Porto e se perguntou se não deveria procurar um uísque. Com certeza havia algum nesse poço decrépito, não? Quanto mais o diálogo se prolongava, mais ele se sentia o vilão por ter tirado a virgindade de Izzy em um monte de pedras e grama.

Deus, que canalha ele era.

Libertino experiente, uma ova. Apenas um jovenzinho inexperiente e um patife insensível teria feito o que você fez. Você nem sequer abriu o maldito espartilho dela, seu desgraçado. Qualquer um poderia tê-lo visto. E depois do que aconteceu na biblioteca...

Ele pinçou a ponte do nariz, admitindo internamente que merecia um soco no rosto.

— Você tem certeza de que por pior que as coisas sejam, sempre terminam bem, Wycombe? Queria ter me casado com Lady Isolde ontem e que se dane toda essa bobagem de casamento.

— Mantenha o curso — disse Wycombe com sagacidade.

— Corra, meu velho amigo — aconselhou Greymoor, levantando seu próprio copo antes de esvaziá-lo com um estremecimento. — Senhor, o vinho do Porto é doce demais para minha língua hoje em dia. Tem algo mais fortificante neste mausoléu?

— Ah, sim. A língua de Greymoor é sensível ao extremo — zombou

O NOBRE GALANTEADOR

Wycombe, sorrindo para amenizar sua provocação. — Devemos nos lembrar de como ele é delicado.

— Vou lhe mostrar quem é delicado aqui — rosnou o marquês. — Pelo visto estou sobrando nesse negócio maluco. Wycombe está obcecado por sua duquesa e Anglesey está se domesticando como uma boa ovelha inglesa. E, no entanto, tendo conhecido os infernos do matrimônio, não posso deixar de sentir algo por vocês dois, a não ser pena. Maldição. Onde está o uísque?

Onde, de fato?

Zachary bebeu o restante de seu vinho do Porto, tentando não fazer uma careta com a doçura do vinho em sua língua:

— Deve haver bebidas alcoólicas mais fortes em algum lugar.

Levantou-se e se dirigiu a um gabinete que ainda não havia aberto. O fato de estar enfurnado no escritório já era estranho o suficiente; ele ainda não tinha se dado ao trabalho de vasculhar o que havia ali. Era um cômodo que ele se lembrava de ser onde seu pai sempre ficara. E, depois dele, Horatio teria feito o mesmo, se ele estivesse lá. No entanto, se seu irmão esteve ou não em Barlowe Park após o casamento com Beatrice, ele ainda não sabia. Nada no estado da mansão sugeria que sim.

Zachary abriu o gabinete e não foi decepcionado.

— Uísque — ele declarou.

— Graças a Deus — Greymoor murmurou. — Temia ter de cavalgar até aquele vilarejo quase fantasmagórico para encontrar uma taverna.

Com a esmagadora sensação de derrota dissipada por um momento, Zachary levantou a garrafa triunfante, levando-a de volta para as poltronas onde seus amigos estavam sentados como se fosse um espólio de guerra.

E foi nesse momento que o som inegável de um tiro veio de algum lugar abaixo da escada.

Greymoor e Wycombe se levantaram em um instante, o semblante de Wycombe sério.

— Que diabos foi isso? — perguntou Greymoor.

— Um tiro sendo disparado — disse Wycombe.

Zachary praguejou:

— Vou investigar.

— Não irá sozinho — disse Wycombe. — Greymoor, cuide da segurança da casa enquanto Anglesey e eu vemos o que diabos está acontecendo.

— Eu vi um rato! — gritou Potter sem se arrepender, ainda segurando uma espingarda de cano duplo que parecia ter a mesma idade que ele.

Zachary suspirou ao olhar do mordomo para os danos na parede externa da copa.

— Dê-me a espingarda, por favor, Potter.

O mordomo franziu a testa sem se abalar, levando a mão ao ouvido:

— Hein?

— Sem dúvida, o barulho do disparo da arma não ajudou em nada — observou Wycombe. — Felizmente, ninguém ficou ferido.

— Será que peguei o maldito? — Potter quis saber.

Não havia sinal de roedor. Nem pelo, nem fezes, nem sangue, pelo o que Zachary conseguia ver. Nada além de um grande buraco na parede com rachaduras irradiando para fora e o reboco que havia caído no chão.

— Acredito que tudo o que você conseguiu matar foi a minha parede, Potter — disse ele.

Potter riu.

Que Deus o ajude. Aparentemente, além de ser deficiente auditivo, Potter era louco, completamente desvairado.

— Isso não era para ser cômico — informou ao mordomo com severidade, estendendo a mão. — A espingarda.

— O senhor terá de pedir ao cozinheiro se quer espinafre, meu senhor — anunciou Potter. — Não tenho como lhe dar.

— Deus do céu — ele murmurou.

— A espingarda — disse Wycombe em voz alta. — Entregue-a, por favor.

Ele ia ter de substituir Potter. Ou, no mínimo, esconder todas as armas. O que fazer em uma circunstância como essa?

— Como diabos vou matar os ratos se não tenho minha espingarda? — perguntou o mordomo.

— Você já usou esse método de erradicação de pragas no passado? — perguntou Zachary, sentindo-se mal.

Ele teria que fazer um tour pelos aposentos dos empregados, procurando por buracos de bala no reboco. A ideia fez com que uma vontade de rir surgisse em sua garganta. Essa era sua vida agora. Seus dias de solteiro despreocupado e imprudente já não existiam mais. Em seu lugar, havia responsabilidade, fardo e mordomos idosos e mentecaptos armados com espingardas.

— Hein? — Potter colocou a mão na orelha mais uma vez.

— Onde está o aparelho de escuta que Lorde Leydon fez para você? —perguntou Wycombe, parecendo um pouco exasperado.

— Escada? — Potter perguntou, parecendo perplexo.

— Escuta — disseram Zachary e Wycombe ao mesmo tempo.

Em alto e bom som.

O mordomo piscou os olhos:

— Não é preciso gritar. Guardei aquele dispositivo infernal em algum lugar.

Segurando a espingarda embaixo do braço, Potter começou a remexer nas prateleiras ao lado do dano que havia infligido à parede.

Wycombe entrou em ação, sem dúvida movido por seus muitos anos na Scotland Yard, dando um passo à frente e desarmando Potter enquanto ele estava distraído.

— Obrigado — disse o mordomo. — Estava ficando terrivelmente pesado.

— Sem dúvida, estava — retornou Wycombe em um tom mais suave. — Lorde Anglesey se certificará de que ela seja guardada em um local seguro para você.

Ele entregou a espingarda a Zachary, que silenciosamente jurou ver a arma trancada longe do alcance de seu mordomo.

— Em vez de atirar em qualquer camundongo perdido que você vir — ele começou a aconselhar o mordomo —, poderia tentar armadilhas no futuro. Ou veneno.

Qualquer uma das duas opções seria muito mais segura para todos os envolvidos.

Por fim, Potter ergueu dois funis de metal com um fio conectando-os:

— Aqui está a engenhoca. Agora, se ao menos eu pudesse me lembrar de como o conde me disse que eu deveria usá-la...

O pai de Izzy, que, além de conde, era um inventor excêntrico, havia generosamente criado o dispositivo para o uso de Potter, dizendo que havia lido sobre versões novas e aprimoradas que poderiam ser usadas escondidas nas próprias orelhas. Por enquanto, o conjunto rudimentar que Leydon havia criado era muito melhor do que a outra alternativa, que era gritar e torcer que Potter pudesse ouvi-los.

— Nas suas orelhas — sugeriu Zachary, seu tom seco.

Wycombe ajudou Potter a colocar a engenhoca em sua cabeça, com as extremidades estreitas das cornetas encaixadas no lugar.

— Pronto — disse o mordomo, sorrindo como se não tivesse acabado de atirar com uma espingarda centenária em um rato na despensa. — Se não devo usar a espingarda para o problema do rato, o que devo usar, meu senhor?

Primeiro, Zachary não estava convencido de que havia de fato um problema com ratos na despensa do mordomo. Se a audição de Potter era suspeita, como deveria ser sua visão? Em segundo lugar, ele já havia aconselhado o mordomo sobre o que deveria ser usado no lugar da arma.

— Armadilhas ou veneno — aconselhou Wycombe.

— Ou pergunte à governanta — sugeriu Zachary. — Tenho certeza de que tais assuntos devem ser tratados pela Sra. Beasley e não a você.

— É a Sra. Measly, na verdade — disse o mordomo, enfatizando o M incorreto que ele havia trocado por B no início do nome da Sra. Beasley.

A cabeça de Zachary estava começando a latejar.

— É claro — disse Wycombe, com um tom tão sério quanto sua fisionomia. — É claro que é.

— Não — ele se viu corrigindo os dois. — É Sra. Beasley com um B. Eu lhe asseguro.

— Como eu disse, meu senhor — disse Potter com um aceno de cabeça majestoso. — Sra. Measly.

Dessa vez, ele não se preocupou em tentar corrigir o mal-entendido do mordomo quanto ao sobrenome da Sra. Beasley.

Zachary precisaria esvaziar todo o estoque de uísque que havia descoberto depois dessa confusão. Estava cada vez mais parecendo que o dia de seu casamento não chegaria rápido o suficiente para preservar sua própria sanidade.

— Jamais vou querer um casamento — anunciou Corliss de seu lugar na beirada da cama de Criseyde.

Ela estava deitada de barriga para baixo, com os pés cruzados e as bainhas erguidas até os joelhos, em uma posição muito pouco feminina que a mãe delas teria desaprovado.

Por sorte, a mãe delas já estava deitada, deixando Izzy e suas irmãs reunidas no quarto de Criseyde para o tipo de conversa que não tinham tido desde o casamento de Ellie com o duque.

— Muita coisa para resolver, não é? — perguntou Criseyde. — Mas se for com o cavalheiro certo, podemos relevar qualquer coisa, creio eu.

Ela estava encostada nos braços de uma cadeira estofada perto da lareira, com Ellie ocupando a outra de forma muito mais elegante, com os membros cobertos e não pendurados no ar. Izzy, por sua vez, não estava sentada, e sim andando de um lado para o outro nos tapetes desgastados.

— O problema não é tanto o casamento, mas a situação de Barlowe Park — ela não pôde deixar de apontar.

— É de fato uma situação difícil. — Ellie estremeceu. — Não posso acreditar que o mordomo estava andando armado com uma espingarda, tentando matar ratos.

— O pobre coitado deveria estar descansando em um chalé em algum lugar — concordou Corliss.

— Zachary conversou com alguns dos outros criados e, aparentemente, Potter não tem família — disse Izzy. — É uma coisa terrível quando alguém começa a perder suas faculdades mentais e não tem ninguém para ajudar.

Ele a procurou após o tiro que chocou toda a casa, pois foi ouvido até no telhado. A explicação dele foi assustadora, mas ela entendeu o estrago que a idade pode causar em uma mente. Izzy recomendou que ele encorajasse Potter a se aposentar quando voltassem da lua de mel, e talvez ele pudesse ser examinado para evitar futuros... incidentes. Zachary concordou. A conversa foi curta, mas ela ficou satisfeita com o cuidado que ele demonstrou tanto com o criado idoso quanto com a opinião dela.

— Ele me lembra um pouco a tia-avó Mary — disse Criseyde.

A tia de sua mãe tinha ficado confusa na velhice, repetindo-se com frequência, confundindo Izzy e suas irmãs entre si e se comportando de uma maneira que horrorizava a pobre mamãe, apesar de seu amor pela mulher idosa que tinha passado o fim de sua vida em Talleyrand Park.

— Lembra sim — concordou ela com tristeza. — Receio que a mente dele só se deteriore ainda mais, como aconteceu com a dela.

Tia Mary tinha sido uma das favoritas na juventude de Izzy, e ver o reconhecimento se esvair devagar de seus olhos verdes astutos tinha sido doloroso. No final, ela sempre confundia Izzy com sua mãe quando ia ao quarto onde ela passara os últimos meses de sua vida, incapaz de sair da cama.

— Por sorte, tia Mary não sabia atirar com uma espingarda — disse Corliss, claramente tentando alegrar o clima pesado.

— Felizmente, Zachary confiscou a espingarda do Sr. Potter, portanto não haverá outro incidente desse tipo enquanto estivermos na residência — disse ela.

— Zachary? É assim? — perguntou Ellie, olhando para ela com um olhar astuto. — Certamente parece que você e o conde acertaram-se.

Ela não conseguiu conter o calor de suas bochechas diante da infeliz escolha de frase da irmã. Acertaram-se. Sim, de fato, eles haviam se acertado mais cedo naquela manhã. E no chão, no caso.

Ela quase riu ao pensar nisso, mas conteve sua bobeira por medo de que isso induzisse suas irmãs a lhe fazerem perguntas que ela não queria responder.

Em vez disso, ela deu de ombros:

— Ele será meu marido em poucos dias. Por que insistir na formalidade?

— Por quê, não é mesmo?

— Especialmente quando seu futuro marido é um libertino devasso — acrescentou Criseyde, sorrindo de propósito. — Ele provavelmente já a seduziu.

Seu rosto estava escaldante.

— Claro que sim — concordou Corliss, rindo. — Veja só como as bochechas dela ficaram vermelhas. Oh, Izzy. Precisa nos contar como foi.

— Não foi nada — ela negou, franzindo a testa para as duas. As gêmeas podiam ser realmente atrevidas quando queriam. — E isso não aconteceu. Não houve sedução.

— Você esteve notavelmente ausente por muito tempo esta manhã — disse Ellie, com um tom especulativo em sua voz. — E o conde também, agora que parei para pensar nisso. Onde vocês dois estavam?

— Eu estava no jardim — disse ela, o que não era uma mentira.

Ela havia estado no jardim.

Até que *não* esteve mais nele e, em vez disso, permitiu que Zachary a levasse por um percurso coberto de vegetação, literalmente um pedaço de mau caminho.

E cachoeiras.

Sim, havia a paisagem, que também era gloriosa. Ela se forçou a pensar no rio agora, nas gramas e pedras espalhadas ao longo da margem. Qualquer coisa para espantar o rubor revelador.

— Por horas?— perguntou Criseyde.

— Não foram horas — ela negou.

Ou será que foram? Na verdade, ela havia perdido a noção do tempo, pois aqueles momentos de paixão com Zachary poderiam ter durado uma vida inteira, de tanto que a comoveram.

O NOBRE GALANTEADOR

— Foram horas — rebateu Corliss, presunçosa.

— E como você saberia? — retrucou ela, perguntando-se por que havia se juntado às irmãs para essa conversa.

Ela deveria ter ido para a cama. Pelo menos, mesmo que não conseguisse dormir, ela não teria sido forçada a suportar os olhares astutos e as provocações das irmãs. Elas a conheciam muito bem, o que significava que suas tergiversações não as estavam enganando.

— Se realmente estava fazendo algo devasso com Lorde Anglesey esta manhã, seria bom evitar que a mamãe descobrisse — aconselhou Ellie com sua voz de irmã mais velha.

— Não é como se ela e papai não estivessem sendo devassos antes de se casarem — comentou Criseyde. — Ela sempre jurou que você nasceu prematura, Ellie, mas todos sabem que isso não é verdade.

Ellie deu um leve estremecimento:

— Prefiro não pensar em nada relacionado à mamãe, ao papai e à devassidão, por favor. O jantar estava delicioso e não quero jogá-lo no chão.

Corliss riu:

— Excelente argumento, querida irmã.

— Eu só quis dizer — Criseyde interrompeu — que, se Izzy estava rolando na grama com Anglesey o dia todo, mamãe não deveria desprezá-la quando seu próprio passado não é tão perfeito quanto ela quer que acreditemos quando se trata de nossas reputações.

Rolando na grama.

Sua irmã estava perigosamente perto da verdade.

— Já chega de falar de mim como se eu não estivesse no quarto — ela explodiu, precisando mudar de assunto antes que percebessem seu desconforto e começassem a fazer mais perguntas.

Ela ainda não estava pronta para confidenciar esses novos e estranhos sentimentos que tinha por Zachary a mais ninguém. Eram novos e desconhecidos demais, deixando um nó em sua barriga e seu coração em um estado perpétuo de incerteza. Izzy não estava propensa a dizer que era amor. Ao invés disso, nomeava-o como: luxúria, atração, respeito, talvez até mesmo alguma ternura...

— Por que está tão determinada a falar de outra coisa? — perguntou-lhe Corliss. — E por que suas bochechas estão ficando mais vermelhas a cada momento?

— Sim, Izzy — acrescentou Criseyde, sorrindo — diga-nos por quê.

Será que estava mesmo rolando na grama com Anglesey? Devo confessar que ele parece ser o tipo de cavalheiro que preferiria uma cama.

— Gêmeas — Ellie finalmente repreendeu suas irmãs mais novas. — Deixem a pobre Izzy em paz. Ela parece pronta para fugir da sala a qualquer momento.

Três pares de olhos estavam sobre ela, examinando-a. Izzy não sabia o que fazer, para onde olhar. Porque seu coração estava batendo forte no peito com a constatação.

Uma constatação indesejada.

Ela estava começando a gostar de Zachary. Profundamente.

Por mais que ela acreditasse que seu coração havia sido despedaçado por Arthur e que ela seria incapaz de sentir emoções ternas outra vez, o próprio Anglesey vinha provando-lhe a cada momento que ela estava errada.

— Izzy? — Ellie cutucou gentilmente.

O que ela poderia dizer?

Estou sob o risco de perder os restos machucados e remendados do meu coração para um libertino que tinha um encontro marcado com outra mulher na noite em que ocasionamos um escândalo que nos forçou a ter de nos casar.

De jeito nenhum deveria dizer isso.

E como isso poderia ser verdade? Como ela poderia ter se afeiçoado por um belo e cínico libertino que havia sido abandonado e traído? Assim como ela, ele não tinha um coração inteiro para dar. Ele não havia dito uma palavra sequer quanto a ter sentimentos ternos por Izzy. Sua conexão era apenas física.

— Izzy? — O rosto de Ellie apareceu diante dela agora, familiar e adorável, os olhos enuviados de preocupação enquanto ela pegava as mãos de Izzy nas suas. — Você parece muito chateada. Foi algo que dissemos?

Era tudo o que elas haviam dito e tudo o que ela *não* havia dito.

O dito e o não dito.

O passado e o presente colidindo de forma violenta no lugar onde seu coração já havia batido. Só que ele ainda estava lá, não estava? Seu coração só havia sido ferido metaforicamente. E, aparentemente, ele era mais resistente do que ela supunha.

— Estou perfeitamente bem. — Ela forçou os lábios que haviam ficado dormentes após essas revelações impressionantes. — No entanto, estou exausta.

E isso não era um exagero.

Depois do interlúdio matinal com Zachary, ela voltou para seu quarto,

O NOBRE GALANTEADOR

tomou um banho e tirou um longo cochilo. Nunca havia tido um sono tão profundo. Naquela noite, ela estava dolorida em lugares que não sabia que existiam e não queria nada mais do que encontrar sua cama e dormir. Não havia mais questionamentos, nem insinuações, nem mais olhares de suas irmãs para evitar.

— A preparação para um casamento tende a esgotar o vigor de uma pessoa — disse Ellie com simpatia, apertando as mãos dela antes de se retirar. — Então, por que não vai para o seu quarto, querida? Amanhã é outro dia.

— Espero que seja um dia em que o mordomo não saia matando ratos com uma espingarda na despensa — disse Corliss.

— Acho que vou lhes dar boa noite — disse Izzy, aproveitando o generoso convite de Ellie para sair do quarto. — Até o café da manhã, irmãs.

Ela fez uma reverência exagerada de cavalheiro e depois se despediu apressadamente. Como Ellie havia dito, amanhã seria outro dia, e ela poderia refletir mais sobre suas emoções inesperadas. Nesta noite, o que ela mais precisava era de solidão e descanso, exatamente nessa ordem. Percorrendo os corredores mal iluminados, ela virou em um canto e parou.

Um casal estava de pé, abraçado, no final do corredor. Beijando-se.

Sem querer se intrometer em um momento íntimo entre eles, ela fez uma pausa, prestes a dar meia-volta e encontrar um outro caminho para seus aposentos, quando algo chamou-lhe a atenção.

O cavalheiro era alto.

De cabelo dourado.

E a mulher estava usando roupas de luto.

Sim, o único lampião a gás no saguão dificultava a visão, mas ela já conhecia Zachary o suficiente para reconhecê-lo. E não havia como negar a pequena estatura e o vestido preto de bombazina da condessa viúva.

Enquanto Izzy observava, Zachary se desvencilhou do beijo, afastando Lady Anglesey. Por um momento, seu coração se alegrou. Mas, então, ele pegou a mão da viúva e a puxou para dentro de um quarto, com a porta se fechando atrás deles.

Tudo dentro dela congelou.

Estilhaçou.

Quebrou.

CAPÍTULO 12

Zachary acordou sentindo-se como se o ferreiro do diabo tivesse usado sua cabeça como bigorna. Começar o dia cheio de arrependimento e amargura não era uma novidade. No entanto, era um estado que ele desejava ter deixado no passado, onde pertencia.

Resmungando, levantou a bunda da cama e foi até a bacia e o jarro, jogando um pouco da água fria e limpa no rosto. Já fazia algum tempo que ele não bebia demais, a ponto de suas lembranças da noite anterior terem se tornado nebulosas e indistintas. Enquanto esfregava as bochechas, alguns trechos vagos surgiam em sua mente.

Ele havia tomado Izzy nas margens das cachoeirinhas, incapaz de se controlar.

Depois, presidiu o jantar.

E logo se escondeu no antigo escritório de seu pai com Greymoor e Wycombe.

Seguidos de vinho do Porto.

Uísque.

Um tiro.

— Deus do céu — murmurou ele, lembrando-se de Potter, da espingarda, dos ratos imaginários e do buraco na maldita parede da despensa que ele teria de contratar alguém para consertar.

O dia anterior tinha sido uma bagunça desesperadora.

Enquanto secava o rosto em uma toalha, outra lembrança o atingiu.

Beatrice no corredor, com lágrimas nos olhos enquanto lhe dizia que o amava, que sempre o amara. Quando ela lhe implorou para não prosseguir com o casamento com Izzy.

Ele fez uma pausa, vasculhando sua mente enevoada pela bebida para ter certeza de que não estava se lembrando de um sonho, e sim de uma realidade. Mas não, não era um sonho, ele percebeu ao se lembrar do que ela havia feito em seguida, colocou os braços em volta do pescoço dele e se ergueu na ponta dos pés para pressionar os lábios nos dele.

O NOBRE GALANTEADOR

Aquilo tinha sido real.

Pelo fogo do inferno!

Ele jogou água na boca, esfregando-a com mais força do que o necessário, até que ficasse dolorida. Depois, esfregou-a mais um pouco. Pegou o sabonete e passou-o furiosamente em seus lábios bem fechados.

Certa vez, o beijo que ela lhe dera, assim como aquelas palavras, teriam sido bem-vindos. Muito bem-vindos.

Mas ela estava oito anos atrasada, acrescida de uma decisão errada, e a maneira como ela o traíra jamais seria esquecida. Não tinha sido.

Ele a havia afastado dele na noite passada, afastando-se do beijo, e depois a puxou para dentro de seu quarto para que ninguém os visse falando ou ouvisse sua conversa acalorada. Não queria que qualquer indício de escândalo manchasse Izzy por causa de Beatrice. Havia dito a Beatrice que não havia futuro para eles, que ela havia virado as costas para isso quando escolheu Horatio em vez dele.

Beatrice havia lhe oferecido uma bela desculpa, disse que era jovem, tola e estivera apavorada, que seu pai a havia forçado a se casar com o futuro conde e não com o terceiro filho. No final, seus protestos, verdadeiros ou falsos, não importavam mais. Não era possível mudar o passado.

Ela havia feito sua escolha, e agora Zachary estava fazendo a dele. E a escolha dele era o futuro. Sua escolha foi a Izzy. Uma mulher ousada, original, excêntrica e apaixonada. Que amava com todo seu coração e não dava a mínima para o que os outros pensavam dela. Que usava alcachofras de seda, borlas, franjas, rosas e todo tipo de maluquice dependurada em seus vestidos e mantinha a cabeça erguida.

Beatrice era uma mulher que ele admirava, apesar dos eventos infelizes que transpassara entre eles.

Ele se esfregou mais, pensando em Izzy. Odiando a si mesmo por não ter afastado Beatrice com rapidez suficiente para evitar o beijo. Se ele não estivesse tão bêbado, teria agido de pronto. Mas a noite tinha sido um emaranhado de culpa pela maneira como ele havia tirado a inocência de Izzy na grama, o choque do disparo da espingarda de Potter e as consequências. Amigos, uísque, um mordomo louco, um casamento iminente e uma mulher de seu passado que continuava a assombrá-lo como um fantasma do qual ele nunca poderia se livrar...

O sabão penetrou sua boca e o gosto era horrível, mas ele considerou isso uma penitência. E também era bom remover todos os vestígios de

Beatrice de sua boca antes de encarar Izzy outra vez. Ele teria que ser sincero com ela, revelar o que havia acontecido com Beatrice. Embora não tivesse sido culpa dele, ele não quisesse o beijo dela e a tivesse afastado com toda a pressa, ainda assim tinha acontecido.

Continuava sendo uma traição.

Izzy merecia saber.

Ele só podia esperar que ela o perdoasse. Que ela entendesse que nada do que havia acontecido tinha sido sua intenção. E depois da maneira como Beatrice praticamente se jogou em sua cama na noite anterior, ele não podia negar que o que precisava era ter certeza de que ela não dividiria mais o teto com ele.

Zachary não tinha dúvidas de que o súbito desejo dela de reacender o caso era baseado no ciúme e na necessidade desesperada de garantir que pudesse continuar com a vida à qual estava acostumada. A Condessa de Anglesey, viúva, tinha direito a uma casa caindo aos pedaços e menos de duas mil libras por ano. Não era o suficiente para financiar sua vida na alta sociedade.

— Maldita seja ela — disse ele, sentindo o gosto amargo do sabão junto ao seu ressentimento.

Como ela ousava abandoná-lo anos atrás e tentar fazê-lo mudar de ideia agora, depois de todo esse tempo, quando ele era o conde e estava prestes a se casar com uma mulher que lhe convinha em todos os sentidos? Ele merecia mais do que Beatrice. Sempre mereceu. E Izzy definitivamente merecia mais do que um marido que a trairia com a mulher que o havia traído.

Beatrice teria de ir embora.

Imediatamente.

Para ontem.

Ele foi até a campainha e chamou seu valete.

— Parece muito abalada, querida. — Ellie franziu a testa para a valise que havia sido enchida a esmo com as anáguas e os espartilhos de Izzy, com partes deles saindo para fora em ângulos estranhos. — Ou Murdoch esqueceu-se de como arrumar uma valise ou você mesma jogou metade do seu enxoval aí dentro.

Ela passou a noite sem conseguir dormir, com a traição de Zachary dando um nó em seu interior. Sua miséria a fez vacilar entre as lágrimas e a fúria. Finalmente, ao amanhecer, ela desistiu de tentar dormir e começou a arrumar seus pertences em preparação para a manhã seguinte.

No momento em que Murdoch chegou a seus aposentos, ela pediu que sua criada chamasse sua irmã mais velha. Murdoch deu uma olhada em sua aparência — olhos vermelhos e inchados, com olheiras fundas e rosto pálido — e quase correu para cumprir suas ordens.

— *Estou* muito abalada — disse ela, irritantemente perto de se dissolver em um ataque de soluços outra vez. Desde quando ela ficara tão emotiva, melodramática e melancólica?

Essa pessoa não era Lady Isolde Collingwood, que sempre fora sensata, prática e calma — uma façanha e tanto, de fato, tendo em vista às excentricidades de sua família. Estava péssima e tudo graças ao somatório do que Arthur, primeiro, e Zachary, agora, haviam feito com ela.

— Poderia me dizer por quê? — Ellie se aventurou a se aproximar devagar, como se estivesse se aproximando de um animal perdido que pode morder ou correr à menor provocação. — Parecia bem-humorada ontem à noite quando nos separamos. O que pode ter acontecido enquanto estava dormindo?

O quê, de fato?

O choro a sufocou, impedindo-a de responder enquanto pensava em Zachary fazendo amor com a condessa viúva, demonstrando a ela a mesma paixão terna que ele havia demonstrado a Izzy no início do dia. Unindo seu corpo ao de outra, poucas horas depois de terem ficado juntos, depois de ele ter jurado ser um marido fiel. Essa traição, de certa forma, foi muito mais profunda do que a de Arthur. Ela e Arthur nunca tiveram intimidade.

— Izzy? — O rosto preocupado de Ellie estava diante dela. — Não vai dizer nada? Diga-me o que aconteceu para deixá-la tão chateada.

Ela inalou devagar, angariando forças para falar.

— Eu o vi.

— Viu quem, querida?

— Anglesey — disse ela, pois o nome dele em seus lábios parecia uma mentira agora, depois do que ela viu. — Ontem à noite, quando saí dos aposentos de Criseyde, eu o vi beijando a condessa viúva.

Ellie ofegou:

— O quê? Tem certeza? Com certeza deve estar enganada.

Ela balançou a cabeça:

— Não estou enganada. A condessa é a única senhora na residência que está vestida de luto pelo marido. E eu reconheceria a forma alta e o cabelo dourado de Anglesey em qualquer lugar. Eles estavam se beijando, Ellie, e então ele pegou a mão dela e a levou para um quarto.

Dizer as palavras em voz alta deu voz à traição. E embora ela tivesse suportado as últimas horas sem pensar em mais nada, o reconhecimento do que havia acontecido foi um golpe para ela.

— Ah, meu Deus — disse Ellie, baixinho, mordendo o lábio. — Isso parece realmente incriminador.

— Não posso me casar com ele agora — disse Izzy a Ellie, decidida. — Não depois do que vi.

— Se eu fosse você também pensaria assim. — Sua irmã apertou suas mãos. — Venha se sentar e vamos conversar.

É claro que Ellie estava calma. Era assim que Ellie era. Sua mente funcionava de maneira diferente da de Izzy e sempre funcionou. Ellie adorava ciências. Ela vinha trabalhando em invenções com o pai delas há anos. Iria querer analisar o assunto e fazer um plano.

Entretanto, Izzy não estava calma. Tampouco queria sentar-se e conversar serenamente sobre a sensação de ver o homem por quem ela havia começado a se apaixonar beijando outra mulher.

— Não — disse ela, sentindo o pânico se instalar. — Não preciso conversar sobre nada, Ellie. Preciso ir embora.

— Você não pode simplesmente ir embora — pontuou Ellie. — Seu casamento é daqui a alguns dias. Mamãe e papai vão se perguntar o que aconteceu. E os demais também. Já falou com Anglesey?

— Não falei. Não tenho nada a lhe dizer. — Só de pensar em ver o rosto bonito, mentiroso e enganador dele e sua maldita covinha, de ele chamá-la de querida ou tentar persuadi-la de que ela havia se enganado de alguma forma, fez com que ela tivesse vontade de vomitar.

— Precisa ao menos dar a ele a chance de explicar o que aconteceu — argumentou Ellie, com a testa franzida. — Reconheço que ele tem uma certa reputação, mas não posso acreditar que ele seja tão desprovido de moral a ponto de ter uma amante debaixo deste teto quando vai se casar com você dentro de alguns dias.

Ela também não teria acreditado, se não tivesse visto com seus próprios olhos.

— Não vejo como ele pode explicar, Ellie. A verdade não mente. —

O NOBRE GALANTEADOR

Ela suspirou, com o coração pesado. — Há um passado entre os dois. Ele já foi apaixonado por ela e pretendia se casar com ela, até que ela escolheu seu irmão em vez dele. Ele mesmo me contou. O que ele não me disse é que ainda está apaixonado pela condessa viúva.

— Ah, meu Deus. — O rosto de Ellie se abateu. — Isso realmente parece condenatório, especialmente junto ao que você testemunhou.

E a traição era muito pior do que sua irmã supunha. Ela não ousava revelar a extensão total de tudo o que havia acontecido entre ela e Anglesey. Era mortificante.

Como ela foi tola.

Pela segunda vez.

— Parece que sou péssima em escolher os cavalheiros pelos quais me apaixono — disse ela, miseravelmente consciente de como soava lamentável.

— Izzy, está dizendo que sente algo por Anglesey?

— Sim — admitiu ela, sua infelicidade não tinha limites. — Sinto. Então agora você entende, Ellie? É imperativo que eu vá embora imediatamente. Não posso suportar mais isso. Simplesmente não consigo.

As lágrimas começaram a cair com força, em um dilúvio incontrolável. Ellie a envolveu em um abraço reconfortante:

— Calma, querida. Wycombe e eu a levaremos daqui esta manhã, se é isso que deseja. Vou falar com a mamãe e o papai. Faremos o possível para abafar o escândalo.

Ela soluçou no ombro de seda da irmã, sabendo que provavelmente estava estragando o vestido, mas incapaz de conter o fluxo de sua miséria irreparável.

— Obrigada, Ellie.

Zachary nem sequer chegara à mesa do café da manhã quando foi surpreendido por um Wycombe de aparência sombria.

— Precisamos conversar, Barlowe.

Seu amigo o tinha chamado da maneira como costumava fazer antes, mas Zachary não se preocupou em corrigi-lo, pois estava muito mais preocupado em saber por que o duque parecia estar participando de um funeral:

— O que foi?

— Aqui não — disse Wycombe, ríspido. — Em um cômodo particular.

Maldição. A última vez que ele o tinha visto com um semblante de poucos amigos assim, tinha sido no dia em que ele pediu a Zachary que cuidasse da sua esposa porque uma mulher tinha sido assassinada.

— Por aqui — disse ele com um aceno de cabeça em direção a uma pequena sala que estava vazia.

Ele esperou até que a porta fosse fechada e estivessem sozinhos antes de tentar fazer uma piada.

— Potter não está atirando nas paredes de novo, não é? — perguntou, na esperança de aliviar o clima tenso.

— Que eu saiba, não.

Wycombe não se comoveu com seu humor:

— Minha esposa veio até mim esta manhã para me dizer que Lady Isolde mudou de ideia com relação ao casamento.

Ele piscou os olhos:

— Mudou de... Que diabos, Wycombe?

Com certeza ele havia ouvido mal o amigo. Quando ele se separou de Izzy na noite passada, após o evento com Potter, não havia nada de errado.

Mas Wycombe não fez nada para tranquilizá-lo, permanecendo de pé, impassível e severo, de guarda junto à porta.

— Izzy não quer se casar com você. Ela pediu a sua irmã e a mim que a levássemos à Mansão Brinton esta manhã, e eu concordei. Achei que você deveria saber.

— Espere um minuto, Wycombe. — Ele se levantou de repente, uma onda de raiva justa acendendo uma chama em seu interior. — Não pode sequestrar minha esposa.

O duque balançou a cabeça:

— Ela não é sua esposa, e não é sequestro se ela mesma pediu para ser retirada de Barlowe Park.

Pediu para ser retirada. Ele fez parecer que essa era uma prática bastante comum. Que todo santo dia uma mulher fazia amor com seu noivo em um dia e no dia seguinte decidia deixá-lo sem dizer uma palavra.

Seria por causa do que havia acontecido entre eles na cachoeirinha? Será que o ato de fazerem amor assustou-a?

— Preciso saber o motivo — disse ele. — Não vou permitir que ela fuja de mim sem uma explicação.

Diabos, depois de ontem, ela poderia estar carregando um filho dele.

O NOBRE GALANTEADOR

Seu estúpido, canalha estúpido. Por que não se controlou, exerceu a cautela e pelo menos se afastou antes de se entregar a ela como um jovem insensível com sua primeira mulher?

Ele pressionou os dedos nas têmporas em uma tentativa de afastar a ameaça de uma dor de cabeça esmagadora.

— Parece que Lady Isolde o viu nos braços da viúva Lady Anglesey — disse Wycombe, seu tom calmo. — Ontem à noite, bem tarde, no saguão. Ela diz que vocês dois se beijaram e depois o senhor levou a condessa para o seu quarto. Ela está compreensivelmente abalada com o que viu.

Maldição.

Tudo dentro dele parecia ter subitamente desabado.

Ela tinha visto Beatrice beijando-o no corredor. E ela o viu puxando-a com raiva para seu quarto para que ele pudesse ter certeza de que ninguém os veria sozinhos juntos.

Só que ele o tinha feito tarde demais. Porque a última pessoa em Barlowe Park que ele gostaria que visse os dois juntos já tinha visto.

E agora, ela o estava deixando.

— Eu posso explicar — disse ele com voz rouca.

— Deus do céu — murmurou Wycombe, balançando a cabeça, com repulsa evidente. — Esperava que ela estivesse enganada.

— Ela estava enganada na forma como interpretou o que viu. — Ele estremeceu ao perceber o quão tolo isso soou e o quão culpado ele devia parecer. — Deve me achar o maior cafajeste do mundo, mas posso lhe garantir que nada do que aconteceu entre mim e Beatrice foi de natureza romântica. Talvez da parte dela, mas não da minha.

Na verdade, ele acreditava que Beatrice estava com ciúmes e desesperada para cravar suas garras nele para que não fosse substituída como Condessa de Anglesey. O título era tudo o que ela sempre quisera. Nunca ele. Certamente não o amor dele.

— Não quero me meter nisso — disse Wycombe. — Isso é entre você e Lady Isolde.

— Não se ela se recusar a falar comigo. — Ele passou as mãos pelos cabelos, desesperado. — Não vou permitir que ela fuja de mim dessa maneira, Wycombe. Isso é um erro. Um mal-entendido.

— Receio que a decisão não seja sua — disse o amigo, intransigente. — É da dama. Estou apenas lhe dizendo isso em meu papel de marido da irmã dela. Ela está bem certa de que não falará com você e não deseja vê-lo.

— Mas você me conhece, inferno — ele rosnou, frustrado com esse lado diferente e frio de seu velho amigo que ele nunca tinha visto antes. — Você é meu amigo há mais tempo do que é marido da irmã dela.

— Isso é verdade — concordou Wycombe, com um pouco de sua severidade se esvaindo. — Mas também é verdade que conheço seu passado. Você é um Don Juan e não pode negar. No passado, não era fora do comum que você se deitasse com três mulheres diferentes ao mesmo tempo. Todas na mesma cama.

Suas orelhas ficaram quentes:

— Sim, é verdade que fiz algumas coisas em meu passado das quais me arrependo. Não sou um virgem inocente e não fingirei ser. Mas, pelo amor de Deus, Wycombe, eu jamais iria para a cama com a viúva de meu irmão. *Nunca,* muito menos quando estivermos sob o mesmo teto que minha futura esposa, com a família e os amigos reunidos para o maldito casamento.

Seu amigo suspirou, com um som pesado:

— Sei que não é um canalha sem coração. Mas também sei que você estava completamente embriagado na noite passada. Você admite que abraçou Lady Anglesey?

Ele rangeu os molares com tanta força que temeu que os dentes quebrassem ao tentar conter a raiva. Deveria ter expulsado Beatrice quando teve a chance assim que chegaram.

— Ela se jogou em cima de mim — ele esbravejou. — Eu estava com medo de que alguém nos visse e pensasse o pior. E, sim, eu bebi demais na noite passada, mas nunca estaria tão fora de mim a ponto de trair Izzy dessa maneira. Achei que me conhecia o suficiente para saber disso.

Wycombe fez-lhe o favor de parecer envergonhado:

— Perdoe-me. Minha esposa está muito abalada por causa da irmã, e não posso suportar vê-la sofrer. Prometi a Ellie que levaria Izzy para a Mansão Brinton e pretendo honrar minha palavra para com ela.

— Eu o perdoarei se me levar até ela antes de ir — disse ele, porque Izzy era tudo o que importava. O futuro deles estava por um fio muito fino prestes a se romper. — Leve-me até ela agora.

— Graças a Deus — disse Wycombe, parecendo aliviado. — Isso é exatamente o que esperava que dissesse. Caso contrário, minha querida esposa não ficaria satisfeita comigo.

— Maldito seja, Wycombe — rosnou ele —, isso foi algum tipo de teste?

Seu amigo balançou a cabeça:

O NOBRE GALANTEADOR

— Eu o amo como amigo e amo Izzy como irmã. Minha lealdade é para com vocês dois. Essa é uma posição muito precária para se estar, sabe?

Devia ser uma situação difícil, ficar preso entre o dever para com a família e a lealdade para com o amigo.

— Não duvido disso — Zachary admitiu, sua irritação se dissipando.

— Izzy está na carruagem há cerca de quinze minutos, esperando para partir. Vá até ela — insistiu Wycombe. — Vá até ela e explique tudo.

Zachary não perdeu um momento sequer e saiu correndo.

CAPÍTULO 13

Izzy estava na carruagem e ainda não era meio-dia.

Ellie fora um anjo enviado por Deus, como sempre.

Ela supervisionou enquanto o restante dos pertences de Izzy eram guardados. Falou com a família em nome de Izzy. Atenuou o horror da sua mãe e a indignação do seu pai. Sua irmã também se certificou de que ela pudesse fugir pela escada dos empregados e pelas cozinhas, com um véu sobre o chapéu, para que ninguém percebesse os sinais de seu sofrimento.

Izzy não queria que Zachary sofresse. Ela não queria um escândalo maior do que o que já estava enfrentando, já que teve dois noivados que nunca se concretizaram. Tudo o que ela queria era deixar Barlowe Park e tudo o que havia acontecido aqui no passado.

Junto com Arthur.

Ela havia aprendido a lição e não haveria mais mágoas em seu futuro.

Nunca mais deixaria um homem entrar em seu coração.

Tudo o que ela precisava era que Ellie e Wycombe se juntassem a ela para que pudessem começar a viagem até a estação de trem.

A porta da carruagem se abriu, deixando a luz do sol entrar na escuridão que ela havia criado ao fechar as cortinas das janelas da cabine. Ela piscou diante da claridade, depois ergueu a mão para se proteger da maior parte do brilho. Seus olhos sempre foram sensíveis ao sol, mas estavam ainda mais depois de todas as lágrimas que ela havia derramado recentemente.

A carruagem balançou quando o som de pés calçados batendo nas escadas chegou até ela. Wycombe estava entrando na carruagem antes de Ellie? Isso parecia um pouco estranho. Ela baixou a mão a tempo de perceber que não era o marido de sua irmã que havia entrado na carruagem.

Esse intruso tinha cabelo dourado, olhos azuis-escuros e uma boca que adorava contar mentiras sedosas.

Era Zachary.

Sua reação foi instintiva e veemente.

— Saia daqui! — gritou ela, esquecendo-se de se preocupar com quem poderia ouvir ou com o tipo de cena que eles estavam prestes a causar.

Toda a mágoa que a consumia desde o momento em que ela o viu beijando Lady Anglesey aumentou, incontrolável e selvagem. Ela queria atacá-lo com força. Fazê-lo sofrer como ela havia sofrido. Forçá-lo a admitir o que havia feito. Mas ela também queria que ele fosse embora. Fez tudo o que estava ao seu alcance para evitar esse encontro, e o fato de ele tê-la encontrado, apesar de seus esforços, era irritante.

Em vez de obedecê-la, ele se sentou no banco oposto ao dela.

— Não — disse ele, seu tom calmo, com a expressão mais séria que ela já tinha visto.

Não havia sinal de sua covinha, o que era muito bom. A característica era um lembrete de como a carne dela era fraca, de como era facilmente encantada por um belo canalha.

— Se o senhor não vai embora, eu vou — declarou ela, recolhendo as saias e pretendendo fugir da carruagem.

Iria a pé até a estação de trem se fosse necessário.

— Izzy, sente-se.

Ela o ignorou, passando por ele até que as mãos dele agarraram sua cintura e ele a puxou de volta para o assento. Izzy cravou as unhas nas mãos dele, quase ao delírio, tamanha sua necessidade de fugir:

— Me solte, seu bruto.

— Por favor, Izzy. Sente-se e ouça o que tenho a dizer.

— Como se atreve a entrar nesta carruagem e pensar em me dar ordens depois do que fez? — ela exigiu, sua fúria subindo como as águas de um rio inundado. — Como se atreve a sentar-se aqui e esperar que eu ouça uma única palavra que escorregue de sua língua mentirosa?

Uma língua que estivera na boca de Lady Anglesey na noite anterior. E talvez em outro lugar.

Ela queria vomitar. E gritar.

O que havia com ela para que sempre escolhesse o homem errado para entregar seu coração? Devia haver algum defeito inerente que a levava a tomar decisões terríveis. A depositar sua confiança onde deveria haver apenas suspeita. A baixar suas muralhas e deixá-los entrar.

— Eu sei o que você viu ontem à noite — disse ele, mantendo sua estranha serenidade, recusando-se a soltá-la.

Em vez disso, ele a estava segurando firme no assento como uma âncora.

144　　**SCARLETT SCOTT**

Maldito seja ele!

— Eu o vi beijando a viúva do seu irmão — ela acusou. — A mulher com quem você queria se casar. A mulher que você amava. E então eu o vi levando-a para o seu quarto. Foi isso que eu vi.

— Eu posso explicar.

— Não pode haver explicação para suas ações — ela retrucou. — Só existe a verdade. Existe o que aconteceu, que eu vi com meus próprios olhos. Nada do que você possa dizer mudará isso.

— Izzy, por favor, tente se acalmar — ele pediu. — Sei que isso parece uma traição para você, mas...

— *Parece*? — interrompeu ela, com a voz alta, estridente e cheia de emoção. — Sim, meu senhor. Parece uma traição ver seu noivo beijando outra mulher e acompanhando-a até seu quarto. Porque *é*.

— Neste caso, não é tão simples assim — ele rebateu. — Beatrice veio até mim ontem à noite, quando eu estava me retirando para o meu quarto para dormir. Você tem razão quando diz que ela me beijou. Seus olhos não a enganaram. Mas posso lhe garantir que não retribuí o beijo. Eu a afastei e, temendo que fôssemos vistos por alguém no corredor e as más-línguas espalhassem o ocorrido, causando-lhe um escândalo que você não merecia, eu a puxei para o meu quarto para que pudéssemos conversar.

— *Conversar* — repetiu ela com uma risada amarga. — Assim como *conversamos* ontem de manhã, quando você queria me mostrar as cachoeiri-nhas e acabou fazendo amor comigo? Peço-lhe, senhor, que me poupe das tentativas de explicações adicionais. Está apenas cavando um buraco maior para enterrar o pouco que restou da minha consideração por você.

— Sei que Penhurst a magoou muito — disse Anglesey, com o olhar fixo no dela, como se ela não tivesse acabado de dizer para ele ir para o dia-bo e deixá-la em paz. — Mas eu não sou ele. Prometi fazer um casamento entre nós dar certo. Ser um marido fiel a você. Estava falando sério quando fiz essa promessa, e ainda estou falando sério agora. O que aconteceu entre nós ontem foi especial, Izzy.

— Foi tão especial que você compartilhou o mesmo com Lady Angle-sey mais tarde naquela noite — disse ela, como se cogitar aquilo não lhe cortasse o coração como uma lâmina. — Não pense que me convencerá de sua bondade, meu senhor. Sua péssima reputação como sedutor imoral é bem conhecida. Afinal, essa foi a razão pela qual eu procurei fazer um escândalo com o senhor para começo de conversa, na esperança ilusória de

O NOBRE GALANTEADOR

que pudesse, de alguma forma, deixar Arthur com ciúmes. Eu não deveria ter esperado que você mudasse seus modos libertinos, e agora me dou conta disso. A culpa é minha por ter acreditado em você, mas não cometerei o mesmo erro outra vez. Já cometi muitos.

Ela estava grata por conseguir manter a compostura naquele momento, por sua capacidade de conter as lágrimas e não permitir que ele visse suas fraquezas. Se ele tivesse ido ao quarto dela antes, teria visto uma tola chorosa. Em vez disso, ela foi dura e incisiva em suas palavras. Esperava que elas tivessem penetrado em seu coração, que tivessem pelo menos um pequeno efeito sobre ele. Culpa, vergonha, o que quer que ele pudesse sentir por ter sido pego.

A mandíbula dele ficou tensa e ele a encarou em silêncio por um tempo desconfortável antes de responder às acusações dela:

— Nunca afirmei ser um santo, madame. Preciso lembrá-la do motivo da necessidade de nossas núpcias? A senhorita me agarrou em um baile quando estava com raiva.

— Eu lhe disse que não precisávamos nos casar — ela o lembrou com tensão, odiando o fato de ele ter apontado seus próprios pecados do passado. — Eu lhe dei sua liberdade, e você poderia tê-la escolhido. Deveria tê-la escolhido, se pretendia me usar e mentir para mim.

— Nunca usei você e nem menti para você. — Ele a soltou e esfregou a mão na mandíbula, parecendo ao mesmo tempo cansado, irritado e frustrado. — Cometi erros em meu passado. Muitos deles. Mas se eu quisesse transar com a viúva de meu irmão, não precisaria esperar até ter uma noiva, não é? Poderia ter feito isso meses atrás e nunca teria conhecido você no baile de Greymoor.

— Quisera Deus que você não tivesse me encontrado lá! — ela gritou, querendo alfinetá-lo. Fazer com que ele demonstrasse pelo menos uma pontinha de mágoa.

Ela sabia que estava se rebaixando. Mas ela nunca havia se sentido tão pequena, nem tão insignificante e indigna de amor.

— Estou começando a desejar o mesmo, milady — disse ele, seu tom áspero, com um lampejo de raiva no olhar. — Você me causou muitos problemas. Em todas as ocasiões, tentei fazer o que era certo, protegê-la e mantê-la a salvo de escândalos e danos. Estive dentro de você e, ainda assim, escolhe acreditar no pior de mim quando a verdade está bem diante do seu nariz.

A referência direta que ele fez à intimidade deles no dia anterior fez com que ela tivesse vontade de esbofeteá-lo. Ela havia confiado nele. Confiara não apenas seu corpo, mas sua inocência e seu coração a ele. E veja o que ele havia feito. Suas tentativas frívolas de explicação eram inacreditáveis.

— Você realmente espera que eu acredite que o abraço apaixonado que vi ontem à noite não foi recíproco? — ela perguntou a ele. — E que o motivo pelo qual você a levou para o seu quarto foi para conversar? Porque, se for assim, então você deve me achar a maior imbecil de toda a Inglaterra.

— Você certamente está se comportando como uma neste momento — ele disse.

Ela estremeceu, pois as palavras dele tiveram o impacto de um golpe físico:

— Saia daqui.

Mesmo assim, ele não se mexeu:

— Não vou sair.

— Eu não quero me casar com você — ela disse.

— O que você quer é irrelevante neste momento — disse ele sem rodeios. — Pode estar grávida de um filho meu. Se você acha por um momento que eu permitirei que me deixe enquanto minha filha ou meu filho estiver crescendo em seu ventre, então você é realmente a maior imbecil de toda a Inglaterra.

Ela sentiu um calafrio que não tinha nada a ver com o clima. Ela não havia pensado nas repercussões do que eles haviam feito juntos. Quase não houve tempo.

— Não estou grávida — ela negou.

Ela não poderia estar. Tinha sido apenas uma vez...

Anglesey balançou a cabeça:

— Não tem como ter certeza e não terá até que desçam suas regras. Nesse ínterim, não estou propenso a permitir que você ande pelo campo carregando meu herdeiro sem o benefício do casamento. Independentemente do que você pensa de mim, o que aconteceu entre nós nas cachoeirinhas torna nosso casamento inexorável.

Sua cabeça girou, tentando dar sentido ao que ele havia dito para encontrar uma saída:

— Mas ninguém mais sabe o que aconteceu. Se eu não estiver grávida, então não há necessidade de um casamento.

— Todos saberão — disse ele, seu tom calmo. — Porque eu vou contar a eles. Contarei a seu pai, sua mãe, seu irmão e suas irmãs. Contarei a

O NOBRE GALANTEADOR

Wycombe e Greymoor e até mesmo ao dragão de sua mãe. Vou me levantar na maldita sala de jantar e anunciar isso a todos na residência, e vou me certificar de gritar alto o suficiente para que Potter ouça também. Não pense que não o farei.

Ela engoliu em seco:

— Você nunca faria algo tão imprudente.

Ele ergueu uma sobrancelha:

— Não faria? Você está pronta para pensar o pior de mim quando lhe convém, mas não quando não convém. Hmm?

— Está tentando me forçar a ficar aqui e me casar com você? Por quê?

— Não estou lhe forçando, mas também não permitirei que me deixe assim — ele rebateu. — Admito que nunca deveria ter permitido que ela se aproximasse o suficiente para tomar liberdades indesejadas. Preciso pedir seu perdão por isso. Eu também deveria ter esperado para falar com ela até esta manhã, quando poderíamos ter conduzido nossa conversa em um cômodo mais apropriado. A culpa é minha por todos esses erros, mas posso lhe garantir que não aceitei as tentativas dela de algo mais. Eu lhe disse isso, e também lhe disse para nunca mais se atrever a me tratar com tamanha intimidade. Isso não passa de um mal-entendido.

— Não me pareceu um mal-entendido ontem à noite quando o vi beijando-a — disse ela com frieza. — Você pode explicar isso da maneira que quiser, meu senhor, mas isso não significa que eu tenha que aceitar ou acreditar em você. Não vou me prender a um homem em quem não posso confiar. Já sofri o suficiente.

— Este casamento não se trata apenas de nós dois, Izzy. Deixou de ser desde o momento em que envolvemos nossas famílias e amigos, fizemos todos os malditos anúncios e viajamos para Staffordshire. E, depois da manhã de ontem, pode haver mais uma adição à mistura. Você abandonaria seu próprio filho só para me irritar? — ele exigiu.

Ela tinha que admitir que a possibilidade de ter um filho dele era preocupante. Assustadora.

E o mais assustador era que a parte tola dela que havia começado a se apaixonar por ele não estava nem um pouco horrorizada com essa possibilidade. Pelo contrário, pensar nisso a encheu de calor. Um calor odiado e indesejado.

Também a deixou fraca. Suas defesas estavam desmoronando.

— Izzy — disse ele baixinho, com ternura, olhando para ela da mesma forma que havia feito ontem. Daquele jeito que nunca deixava de fazê-la se derreter. — Olhe para mim, Izzy. Você pode confiar em mim. Eu juro.

Ela não queria acreditar nele. Contudo e ao mesmo tempo, parte dela *queria* acreditar nele. Seu coração, no entanto, estava muito abalado. Ela desconfiava dele, de seus motivos, de suas palavras. Suspeitava do passado dele com a condessa viúva e estava muito mais preocupada agora que sabia, sem sombra de dúvida, que Lady Anglesey o queria para si.

— Fique — disse ele.

Seus argumentos tinham peso e legitimidade. Ela sabia o tempo todo que a partida causaria um escândalo terrível. Que sua recusa em continuar com o casamento faria com que as línguas corressem soltas. Céus, o motivo pelo qual ela estava se casando com ele, para começar, era para poupar Corliss e Criseyde de qualquer impacto negativo que suas ações teriam nelas. Ela estava pensando apenas em si mesma, em sua necessidade de se poupar de mais dor.

Mas Anglesey tinha razão. O dano que ela causaria era grande demais e, se de fato estivesse grávida, ela não gostaria que o bebê nascesse fora do casamento.

— Por favor, Izzy.

Ela fechou os olhos, mais cansada do que jamais se sentira em toda a sua vida:

— Muito bem. Eu ficarei.

— A senhora irá embora, madame — informou Zachary com frieza à Beatrice.

Depois de evitar por pouco que Izzy o deixasse antes do café da manhã, ele decidiu não perder tempo e remover definitivamente de sua vida a parasita que estava diante dele.

Beatrice ofegou, levando a mão ao coração como se ele a tivesse ferido, quando ele sabia melhor do que ninguém que não havia nada lá dentro além de uma casca oca.

— Você não pode estar falando sério.

— Posso e estou — ele rebateu, impassível. — A senhora foi longe demais na noite passada e não posso me dar ao luxo de permitir outro lapso como esse no futuro. É melhor para todos que deixe Barlowe Park. Só teve permissão para permanecer no local por causa da generosidade de Lady Isolde. No entanto, suas maquinações fizeram com que até minha futura esposa deixasse de ser tão compreensiva.

Isso era um eufemismo. Mas ele não queria que Beatrice soubesse que Izzy tinha visto quando ela o beijou na noite passada. Quanto menos ela soubesse, e quanto mais cedo desaparecesse de sua vista, melhor. Ela era uma presença venenosa, e agora ele mal conseguia conceber que um dia havia acreditado estar apaixonado por ela. Ela não era uma boa mulher. Sua única preocupação era com o título e consigo mesma.

Mas se ele achava que Beatrice partiria tranquilamente e com sua dignidade intacta, estava enganado. Ela se recusou a ir embora.

— Por favor, Zachary — disse ela, indo em direção a ele. — Eu lhe imploro, não me mande embora.

Ele ergueu a mão, sentindo-se enojado.

— Pare. Nada do que disser me fará mudar de ideia. Minha decisão já foi tomada.

— Quase me matou casar com Anglesey em vez de você, mas tive de fazer o que meu pai me pediu.

— Essas são explicações que poderiam ter sido dadas há muito tempo — ele lhe disse friamente —, quando importavam. Elas já não têm importância alguma para mim. E a senhora também não. A senhora é um fardo para mim, nada mais.

Ela se encolheu.

— Você é cruel.

— Estou apenas dizendo a verdade — ele corrigiu, com uma pontada de pena dela moderando sua raiva. — Oito anos são muito tempo, Beatrice. Poderia ter me explicado em qualquer momento, e talvez isso tivesse significado algo. O tempo para isso já passou há muito, e eu vou me casar com Lady Isolde em poucos dias. Vou me certificar de que você seja tratada da maneira com a qual se acostumou, como Horatio teria desejado, mas minha principal preocupação é minha esposa.

— Você não pode amá-la — disse Beatrice, com um tom incisivo que não estava presente antes. — Não acredito que a ame. Não da mesma forma que você me amou.

Ele balançou a cabeça:

— Eu acreditava estar apaixonado por você há muito tempo, mas estava errado. Você fez sua escolha, e agora eu estou fazendo a minha. A carruagem já está preparada e seus pertences foram embalados. Naturalmente, pagarei por sua viagem até a casa de viúva. A partir deste momento, não será mais bem-vinda em nenhuma das minhas casas.

Ela empalideceu:

— Quer me mandar para Anglesey?

A antiga casa de viúva, situada ao largo da costa, na Ilha de Anglesey, tinha sido a sede da família séculos atrás. Ele a teria mandado para mais longe se pudesse, mas isso teria que ser suficiente. Do jeito que estava, ela não teria recursos para permanecer em Londres, a menos que escolhesse viver da generosidade de um membro da família. Esse membro da família não seria mais ele.

— Sim — disse ele. — Desejo a você uma boa viagem, Beatrice.

— Mas Zachary... — protestou ela, desesperada em cada linha de seu semblante preocupado, enquanto o alcançava.

Ele se esquivou, evitando seu toque:

— Não há espaço para discussão, milady. Chegou a hora de a senhora partir.

Com uma reverência brusca, ele se virou e saiu.

Ele não podia desfazer o dano que já havia sido causado na noite passada, mas podia se certificar de que isso não aconteceria outra vez. Deveria ter mandado Beatrice para a ilha há muito tempo. Ao se afastar dela, ele sentiu uma luz em seu peito que não sentia há anos. As correntes do passado haviam sido cortadas e ele finalmente estava livre para seguir em frente com sua vida.

Livre de Beatrice e da dor que ela havia lhe causado.

Agora, tudo o que ele precisava fazer era convencer sua futura esposa de que era um homem de palavra e que era digno da mão e do coração dela.

Depois de chegar tão perigosamente perto de perdê-la, ele estava determinado a conquistar ambos.

O NOBRE GALANTEADOR

CAPÍTULO 14

Fazia um frio cortante e fora de época, como em seu coração. Para piorar a situação, a neblina que caía naquela manhã gelou Izzy até os ossos. Mas isso também não a impediu de sair do solar, vestida com botas resistentes e um vestido de caminhada mais prático, com um sobretudo bem fechado para mantê-la aquecida. A aba de seu chapéu mantinha a névoa longe de seus olhos, mas não havia como negar a desolação cinzenta da paisagem.

Combinava com o que ela sentia.

Pela terceira manhã consecutiva, decidiu evitar o café da manhã, por não querer se sujeitar a olhares curiosos. Quanto menos visse a todos, melhor. Quanto menos visse o conde, melhor também. E ela não o via muito ultimamente, o que a agradava.

Primeiro, alegara uma dor de cabeça e fazia suas refeições em seu quarto. Quando sua mãe enfim apareceu e exigiu que ela saísse, Izzy concordou. Mas ela tinha sido cuidadosa em seus movimentos, sempre se certificando de ter uma de suas irmãs ao seu lado. Se nunca estivesse sozinha, não haveria chance para Anglesey usar seu charme. E se ele não pudesse exercer seu charme, então ela poderia continuar endurecendo seu coração e permanecendo impermeável a ele, assim como deveria ter feito desde o momento em que concordou em se casar com ele.

Eles poderiam ter um casamento de conveniência, conforme o que fora planejado de início, e ela voltaria para Talleyrand Park com sua mãe no inverno, começaria a pintar aquarelas ou tricotar, e o conde poderia voltar a convencer as damas de Londres a irem para sua cama. Seria tudo perfeito. Ela nunca mais seria magoada. Nem pensaria nele.

Os pássaros passavam por cima de sua cabeça enquanto ela caminhava miseravelmente pela propriedade, sem rumo como seus pensamentos. Tudo o que ela sabia era que precisava fugir e caminhar, e não desejava repetir a visita ao jardim quando Anglesey a encontrou lá. Pois quando ele conseguiu beijá-la, ela perdeu todo o senso de racionalidade e razão.

Mesmo agora, ela temia não ser capaz de resistir a ele.

Era por isso que ela o estava evitando.

E por isso pretendia fugir dele no momento em que eles fossem realmente marido e mulher. Seu dever estaria cumprido e ela poderia voltar à vida que tivera antes de ser traída por Arthur e Anglesey.

O som de outras botas se aproximando a fez se virar.

Seu coração despencou.

— Izzy.

Ele era tão odiosamente bonito, e seu coração estúpido doeu ao vê-lo, vestido com calça e casaco de lã xadrez, seu chapéu em um ângulo vistoso. A lama salpicava suas botas de montaria, sugerindo que ele havia exercitado um dos cavalos dos estábulos de Barlowe Park recentemente. Ela nunca o tinha visto vestido com nada menos que perfeição elegante. A lama devia estar fresca, pois, caso contrário, seu valete as teria polido até ficarem brilhantes.

— Meu senhor — ela cumprimentou, sem se preocupar em esconder sua frustração.

Embora vários metros ainda os separassem, ele estava perto o suficiente para tentá-la. E maldito fosse aquele belo libertino, pois a inegável atração por ele que a atormentava estava mais forte do que nunca.

Ele beijou a condessa viúva, ela lembrou a si mesma.

Você não pode confiar nele.

Ele não é melhor do que Arthur, apesar de seus belos apelos que alegavam o contrário.

— Por que está caminhando sozinha? — perguntou ele com uma careta. — Eu teria ficado feliz em acompanhá-la.

Sim, ela não tinha dúvidas de que ele o faria. Zachary havia sido irritantemente solícito com ela nos dias que se seguiram à expulsão de Lady Anglesey de Barlowe Park. Fora paciente e gentil e lhe dava muita atenção. Era por isso que ela vinha se mantendo distante. Nenhuma mulher conseguiria manter suas defesas diante de uma investida de charme tão flagrante de um homem como o conde de Anglesey. Um sorriso dele, uma palavra agradável e o surgimento de sua covinha provavelmente bastariam para trazer uma mulher de volta do reino dos mortos.

Morta, sim. Ela deve se apegar a esse lembrete sombrio. Pois qualquer resquício patético de seu coração que Arthur não tivesse esmagado em pedaços, Anglesey havia conseguido transformar em pó. Ele estava frio e morto. Nada restava.

O NOBRE GALANTEADOR

— Estou caminhando sozinha porque quero ficar a sós — disse ela incisivamente, permanecendo onde estava, à beira de um bosque de carvalhos, que margeava os gramados malcuidados. — E ainda quero.

Ele deu um passo à frente:

— Esperava que pudéssemos...

Um estalo repentino e estrondoso engoliu o resto de suas palavras. Tudo pareceu acontecer com um torpor enlouquecedor e ao mesmo tempo. Algo passou zunindo por ela. Havia um rugido em seus ouvidos, o olhar de horror no rosto de Anglesey. Tudo no mundo parecia estranho e distante, quase como se ela estivesse assistindo a uma peça de teatro em vez de vivenciar o que acabara de acontecer.

Seus joelhos tremeram. Estava machucada. Seu braço havia sido atingido por alguma coisa, pensou ela. Ela se tocou ali, com a mão direita investigando a origem da dor enquanto Anglesey corria em sua direção. Encontrou algo quente e pegajoso entre as camadas de tecido rasgado.

Não era sangue.

Com certeza.

Poderia ser?

Ela abaixou a mão trêmula e descobriu que o líquido pegajoso e quente em seus dedos era de fato vermelho.

— Meu Deus — Anglesey estava dizendo. — Izzy!

Ele estava sobre ela, protegendo seu corpo com o dele, no que poderia ter sido um instante ou uma eternidade, enquanto ela permanecia presa à terra, o sangue escorrendo pelo braço agora em pingos constantes que rivalizavam com a precipitação. Como era estranho aquele sangue. Quão quente. Bem diferente do dia frio.

Mas por que ela estava sangrando?

Uma risada histérica escapou dela.

— Fique atrás de mim até que eu tenha certeza de que não há ninguém por perto — ordenou ele. — Pode fazer isso?

— Sim — ela concordou.

O que mais lhe restava fazer? Para onde ela iria? O que havia acontecido?

As perguntas passavam por sua mente enevoada, sem resposta. Durante todo o tempo, Anglesey manteve uma mão protetora sobre ela, segurando-a nas costas enquanto procurava nas árvores e na vegetação rasteira ao redor.

Quando estava aparentemente satisfeito com a busca que fez, ele se virou para ela, com o rosto coberto de preocupação:

— Você está sangrando.

Com a mão já ensanguentada, ela estendeu a mão para limpar a gota de sangue que escorria pelo pulso:

— Parece que sim.

— Fale comigo. Está sentindo muita dor, querida? — Ele tirou um lenço do casaco e o pressionou gentilmente no braço dela.

— Sim — declarou ela, pois seu braço estava queimando. Latejando.

— Deixe-me ver — disse ele, com a voz embargada pela preocupação. — Você se machucou em mais algum lugar?

Ela olhou para o sangue que escorria de sua mão, depois desviou o olhar, sentindo-se tonta. Em vez disso, olhou para os tufos de grama de outono, para as botas sujas de lama dele e para as bainhas úmidas do vestido dela. Mais sangue escorreu, fazendo cócegas nela e pingou na grama a seus pés.

Seu corpo balançou e ela sentiu-se ainda mais tonta com a visão, embora soubesse que, de alguma forma, havia sido ferida e que estava sangrando.

— Estou perfeitamente bem — disse ela, com a língua seca. — Mas gostaria de tomar um pouco de chá.

— Meu Deus, Izzy. Não vai tomar chá agora. Você levou um tiro.

— Um tiro? — repetiu ela, com a tontura a atingindo e os joelhos fraquejando.

Deus do céu.

Ela havia levado um *tiro*.

— Um tiro — repetiu Anglesey, mais sombrio do que ela jamais o ouvira. — Creio que por um caçador.

— Estou morta? — ela se perguntou em voz alta.

— Não, mas quem quer que seja o responsável por isso estará — rosnou ele, olhando em volta outra vez como se suspeitasse que um vilão invisível emergisse da vegetação rasteira antes de voltar seu olhar para ela.

Azul, tão azul, aqueles olhos, pensou ela. E com cílios longos e dourados. Parecia injusto que um homem tivesse cílios tão exuberantes. Principalmente esse homem, pois ela não devia gostar dele. Não gostava dele. Ou não confiava nele.

— Oh — ela conseguiu dizer, parecia cada vez mais difícil para ela conseguir pensar. Sua mente parecia um mingau, mole e esparramado. Um ensopado de desordem e confusão.

Ela deu uma risadinha de novo, mas não sabia bem por quê. Sentia um emaranhado de sensações. Sua pele estava fria. Estava chovendo mais ou era o sangue? Um calafrio a dominou.

O NOBRE GALANTEADOR

— Temos que levá-la de volta à casa principal, *cariad* — disse ele, com uma voz tão carinhosa que a tirou das profundezas de seus pensamentos. — Consegue andar?

— Claro que consigo — disse ela, dando um passo à frente e caindo em seu peito largo e adorável.

Os braços dele a envolveram, segurando-a com força, impedindo-a de cair. Ele era tão carinhoso, tão querido. Se ao menos ele não a tivesse traído.

— Meu cavalo está amarrado não muito longe daqui — disse Anglesey. — Eu a levarei até ele.

Antes que ela pudesse protestar, ele a pegou sem esforço em seus braços.

— Eu posso andar — protestou ela.

— Nesse estado, não pode não, *cariad*.

Cariad.

Ele a estava chamando de um jeito novo.

Um jeito que ele nunca havia chamado antes, era galês para querida. Mas é claro. Ele era de Anglesey e, embora a sede de sua família fosse aqui em Staffordshire, séculos atrás, ficava na Ilha de Anglesey. Enquanto andavam pela grama, com as longas pernas dele percorrendo a distância até o cavalo, como se Izzy não pesasse mais do que uma nuvem, ela se agarrou aos ombros dele e permitiu que seus pensamentos selvagens e desconexos corressem soltos. Se ela não soubesse o contrário, diria que ele se importava. Mas, provavelmente, uma mulher ser baleada diante dele não era lá algo corriqueiro.

Ao menos assim ela esperava.

E à medida que a dor em seu braço piorava, a ferida latejando com lembretes pulsantes e punitivos, ela se viu grata por ele ter interrompido sua caminhada solitária. Se ele não tivesse se deparado com ela, o que ela teria feito?

— Por que você me chamou assim? — perguntou ela, lutando para manter a lucidez.

— Segure o lenço em seu braço, se puder — ele instruiu de forma concisa, com o maxilar tenso e o olhar fixo no destino. — Está sangrando muito. Se puder fazer pressão, isso ajudará a estancar o fluxo.

Essa era a sensação de cócegas, o sangue escorrendo do corpo dela. A posição dela nos braços dele tornaria o caminho mais fácil, não é mesmo? Sim, claro que sim.

— Onde está o lenço? — questionou ela, perguntando-se como poderia achar o pedaço que não conseguia encontrar.

Sua visão estava se fechando, e o rugido em seus ouvidos se intensificava. Era como se sua percepção da realidade estivesse se esvaindo.

SCARLETT SCOTT

— Em sua mão — disse ele.

Ah.

E estava mesmo. Manchado de sangue para sempre, ela temia, enquanto abria o punho cerrado para revelar o tecido. O vermelho do sangue dela obliterou as iniciais dele. Z. B.

— Coloque o lenço em seu ferimento agora, Izzy. Faça isso.

Como ele era severo e autoritário. O formigamento que ela sentia nos joelhos se espalhou pelo resto de seu corpo e, assim, ela cumpriu a ordem dele, segurando gentilmente o lenço já manchado no local onde havia sido baleada. Como ela estava com frio. Um frio terrível. Um arrepio percorreu seu corpo.

— Estou com frio — admitiu ela, sua voz fraca.

Suas forças se esvaíam aos poucos. E talvez, com elas, sua vida.

Ela morreria? Ela achava que era possível. Afinal, ela havia sido baleada. Onde estava a bala? Alojada em algum lugar? Seria essa a razão dessa pressão interminável, desse peso em seu braço?

— Fique comigo, *cariad* — ele sussurrou. — Estamos quase chegando à minha montaria, e ela nos levará rápido de volta à casa principal.

— Cansada — disse ela, sentindo a língua fraca. Grande demais para sua boca. O céu acima dela tinha flashes de luz, mas a maior parte era escuridão. A névoa havia se transformado em uma garoa implacável, e seu vestido estava úmido. — Estou cansada, Zachary. E com frio. Muito f-frio.

Ela não deveria tê-lo chamado de *Zachary*. Uma parte obscura e rebelde de sua mente a alertou para isso. Ele havia se mostrado indigno de confiança. Ele a havia traído. E ela não deveria nunca mais permitir que ele voltasse a entrar em seu coração. O que significava que ela deveria chamá-lo pelo seu título. Por algo impessoal. De pouca intimidade.

Mas ela não conseguia firmar o desejo de mantê-lo afastado, porque se sentia muito fraca. Fisicamente agora, não emocionalmente. Era como se a perda de sangue estivesse afetando cada parte dela, drenando-a até que não restasse mais nada.

— Eu a aquecerei quando chegarmos à casa — disse ele, com a voz baixa, quente e reconfortante. Meliflua.

Ela queria acreditar naquela voz, naquelas palavras.

Queria acreditar nele.

Deveria?

Poderia?

O NOBRE GALANTEADOR

Ah, ela estava uma bagunça confusa e miserável. Seu braço dolorido não ajudava. Tampouco a perda de sangue, que, pelo lenço completamente encharcado, aumentava a cada momento. Seus dentes rangeram quando outro estremecimento a percorreu. Ela não se lembrava de ter sentido essa sensação de frio de gelar os ossos. Como se já estivesse morta.

— Chegamos, *cariad* — disse ele, com uma nota de triunfo em sua voz entrecortada. Sua respiração estava pesada. — Vou colocá-la na sela primeiro e depois vou atrás de você. Acha que tem força para se segurar com seu braço não ferido?

Força?

Seu braço não ferido parecia mole como um macarrão.

— Sim — ela mentiu.

Que escolha ela tinha, afinal? Ela poderia fazer qualquer coisa se fosse necessário, não poderia?

— Quando eu contar até três — disse Anglesey calmamente. — Um, dois, três.

No último número, ele a içou para cima. Em seu estado quase de transe, tudo o que ela podia fazer era agarrar-se à sela com o braço bom e manter-se firme. Mas ele estava lá, uma presença que acalmava, com as mãos nos joelhos dela, certificando-se de que ela não escorregasse para o chão.

— Firme? — ele perguntou.

O mais firme possível. Ela se agarrou à sela desesperadamente:

— Sim.

Em um piscar de olhos, ele estava atrás dela, com um braço forte em volta de sua cintura, segurando-a contra o peito. E então, o cavalo estava voando em movimento, levando-os pela terra úmida.

Em direção a casa.

Era estranho sentir-se assim. Provavelmente, era o delírio causado pela perda de sangue e o choque do que havia acontecido que a estava afetando. Ela estremeceu e se inclinou para o calor reconfortante e familiar de Anglesey.

Depois do que pareceu uma vida inteira, a mãe de Izzy entrou no salão, com um sorriso reservado:

— Finalmente tenho notícias. O médico me garantiu que ela está bem. O ferimento foi apenas de raspão e precisou de alguns pontos. Ela está descansando agora.

Um coro de agradecimento veio dos membros da família reunidos, incluindo Zachary. O pai e os irmãos de Izzy estavam todos fazendo uma vigília tensa com ele. Até Greymoor tinha vindo. Para segurar sua mão em seu momento de necessidade, o marquês havia dito na tentativa de tirar Zachary do estado fúnebre que se abateu sobre ele após o ferimento de Izzy. No entanto, nenhuma palavra tranquilizadora ou leviandade poderia diminuir a preocupação frenética que estava prendendo seu coração com uma garra desde o momento em que ele percebeu que ela estava ferida.

O alívio o atingiu no peito agora, mas ele ainda tinha tanta preocupação reprimida que não conseguia se impedir de andar de um lado para o outro no salão onde ele havia sido obrigado a esperar enquanto um médico desconhecido do campo atendia sua esposa.

Sua esposa? Céus.

Que deslize. Izzy ainda não era sua esposa, era? E, do jeito que as coisas estavam indo, o casamento deles não poderia acontecer tão cedo. Apenas alguns dias. Um punhado de dias até que ela fosse dele. Sua mente estava voando mais rápido do que seus pés. A menos que ela precisasse de tempo para se recuperar? *Inferno.* Ele queria que ela fosse dele *agora*. Ontem, maldição. Mas sim, a saúde, o bem-estar e a segurança dela eclipsavam qualquer outra necessidade.

Estranho como a última coisa que ele queria havia se tornado *tudo* o que ele queria. Tornou-se, em pouco tempo, *tudo* para ele.

Quando ele ouviu o tiro tão próximo, a necessidade desesperada de protegê-la o impulsionou. E quando ele viu o braço ensanguentado dela, ficou com raiva o suficiente para cometer um assassinato. E ainda estava. Graças a Deus, Wycombe estava trabalhando, reprisando seu papel de detetive da Scotland Yard para descobrir quem estava por trás do tiro perdido que ferira Izzy.

Mais assustador ainda foi a crença de Wycombe de que o tiro poderia ter sido intencional e que Izzy havia sido o alvo. Por quem e por qual motivo permanecia um mistério perturbador, assim como a identidade do atirador.

— Quando posso vê-la? — perguntou ele, sabendo muito bem o quanto era inadequado visitar sua noiva em seu quarto antes de se casarem e sem se importar com isso.

Ele mal conseguia se impedir de correr para o quarto dela e ver por

O NOBRE GALANTEADOR

si mesmo, impulsionado pela necessidade desesperada de segurar Izzy em seus braços e se assegurar de que ela estava, de fato, bem.

Felizmente, a família de Izzy era muito excêntrica e ninguém parecia muito horrorizado com o pedido dele.

— Posso levá-lo para vê-la agora, se quiser — ofereceu a Duquesa de Wycombe, olhando para a mãe em busca de permissão. — Mamãe?

— Céus — respondeu a Condessa de Leydon, finalmente parecendo estranhamente nervosa, depois de ter conseguido manter a calma durante toda a provação até então. — Não é como se uma visita acompanhada pudesse causar mais problemas do que um ferimento a bala, não é?

Desde o momento em que ele retornou à casa com Izzy sangrando e em estado de choque nos braços, a mãe dela assumiu o controle firme da situação, certificando-se calmamente de que o resto da casa não soubesse do drama que se desenrolava, ordenando que os criados trouxessem água e panos limpos para limpar o ferimento e ordenando que um dos cavalariços fosse até a vila e buscasse o médico. Zachary ficou aliviado com a maneira como ela assumiu o controle, pois ele não passava de um turbilhão de medo e preocupação. Mas agora que o imediatismo da necessidade de cuidar da filha, parecia que a perturbação causada pelo ferimento de Izzy estava tardiamente causando um impacto na dama augusta.

— Prometo me certificar de que Lorde Anglesey se comporte da melhor maneira possível — disse a duquesa à mãe.

Não seria nada bom para ele dizer que seu melhor comportamento ainda era o pior se comparado à maioria dos outros. Sabiamente, ele se conteve.

Em vez disso, ele disse a Lady Leydon:

— Só quero vê-la pessoalmente. Quando a vi pela última vez, ela estava em um estado angustiante.

— É uma sorte que você tenha encontrado minha irmã quando o fez — disse o Visconde Royston, relutante.

Desde a chegada do irmão de Izzy a Barlowe Park, suas interações com o lorde tinham sido tensas, mas educadas. Ele faria o mesmo no lugar do visconde. Se tivesse uma irmã, Zachary não teria ficado impressionado com o fato de um homem de sua reputação ter fugido de um baile com ela e tê-la mantido em sua casa na cidade. O elogio relutante parecia agora quase como uma oferta de paz.

Ele inclinou a cabeça.

— Sou grato por ter estado lá para ajudar. Se eu não estivesse...

Ele permitiu que aquele pensamento indesejado se perdesse, pois se recusava a pensar no que poderia ter acontecido com Izzy se ele não estivesse cavalgando e tivesse visto a figura familiar dela andando na trilha naquele dia. Será que ela teria encontrado o caminho de volta para o solar para pedir ajuda? E se não a tivesse visto, alguém a teria encontrado antes que ela tivesse perdido muito sangue ou calor corporal para salvá-la?

O fato de quase tê-la perdido hoje lhe mostrou, sem sombra de dúvida, o quanto ela significava para ele. O quanto ele a queria ao seu lado, em sua cama, em seus braços.

Em meu coração.

O pensamento inesperado o assustou.

— Você estava lá — disse a Duquesa de Wycombe gentilmente. — Isso é tudo o que importa agora. Estamos gratos por tê-la encontrado.

— Temos uma dívida de gratidão com você, Anglesey — concordou o pai de Izzy.

Assim como seu filho, o visconde, o conde de Leydon tinha suas ressalvas quanto a Zachary. Anglesey também teria se fosse ele, pelas mesmas razões pelas quais não encontrou falhas no ombro frio de Royston. Ele era provavelmente o pior pesadelo de um pai.

Ou tinha sido, quando era um libertino inconsequente.

Agora, ele era algo decididamente diferente.

— Não me deve nada — disse ele a Leydon. — É meu dever proteger sua filha. Contudo, queria poder tê-la protegido do que aconteceu. Teria sido acertado no lugar dela com prazer.

Como ele gostaria de ter feito isso. Ele preferiria levar um tiro do que vê-la sofrer por um momento sequer.

— Que romântico — suspirou uma das gêmeas, ele achava que era Criseyde, mas não tinha certeza.

— Para quem se importa com esse tipo de bobagem — resmungou a outra gêmea.

Embora ele tivesse dificuldade em distinguir as duas — uma distinção que só se tornou muito mais difícil graças ao fato de seus nomes começarem com um maldito C, as gêmeas certamente pareciam o oposto uma da outra em muitos aspectos. Criseyde parecia ser o raio de sol da dupla, enquanto Corliss era o luar. Pelo menos, era disso que ele se lembrava. Izzy não estava presente para que ele pudesse perguntar e, assim, esclarecer sua confusão.

— Venha. — A duquesa puxou seu braço de uma forma que decidida-

O NOBRE GALANTEADOR

mente uma duquesa não faria. — Vamos deixar todos e ver Izzy antes que ela esteja cansada demais para nossa intrusão.

Eles se retiraram da sala e se apressaram em ir para o quarto de hóspedes onde Izzy estava. Zachary não podia negar que se sentia satisfeito com a perspectiva de se juntar a essa família e se tornar parte dela. Tendo perdido os irmãos e os pais, não havia percebido o quanto ansiava pelas relações que começara a estabelecer. Era evidente que a própria Izzy adorava sua família e ele estava começando a entender o porquê.

Eles eram bondosos, embora excêntricos. Mas se importavam de verdade uns com os outros.

— Estou feliz por você ter convencido Izzy a ficar — disse a duquesa a ele, em voz baixa, enquanto subiam a escada juntos. — Confesso que tive algumas dúvidas quanto à sugestão de Hudson de interferirmos. Especialmente depois que Izzy me disse que o viu beijando a viúva Lady Anglesey.

Ah, e lá estava. A repreensão que ele tanto merecia, mas que, de alguma forma, havia evitado nos últimos dias. Mas viera em um momento lamentável. Seus pensamentos incipientes não encontravam uma resposta adequada.

— Se eu pudesse mudar o que aconteceu naquela noite, eu mudaria — ele foi direto ao dizer, e era a verdade. — Mas não posso fazer isso, Ellie. Eu não estava beijando a viúva do meu irmão. Foi o contrário, mas, de qualquer forma, nunca deveria ter acontecido. Se eu não estivesse tão bêbado, teria percebido de antemão o que ela pretendia e colocado um fim naquilo antes mesmo de começar. Da forma como tudo ocorreu, não estava em minhas plenas faculdades e, embora tenha recusado suas tentativas de prologar aquilo, não fiz o suficiente. Eu me arrependerei daquela noite até o dia de minha morte, assim como deste dia. Tudo o que quero fazer é proteger a Izzy e mantê-la a salvo de qualquer mal.

Para ser justo, ele também queria fazer outras coisas. Muitas delas, tanto para a Izzy quanto com ela. Mas ele podia, ocasionalmente, ser um homem honrado, por isso se conteve quanto ao resto.

— Se machucar minha irmã, inventarei um instrumento de tortura terrível que é eletrificado e com certeza será muito desagradável — avisou a duquesa em um tom alegre quando chegaram ao topo da escada. — Não diga que não lhe avisei.

A Duquesa de Wycombe era uma inventora inteligente, que no momento estava aperfeiçoando um utensílio de cozinha eletrificado. A ameaça dela tinha fundamento.

Ele inclinou a cabeça.

162 **SCARLETT SCOTT**

— Não tenho dúvidas de que o faria.

A duquesa suspirou:

— Ah, por que precisa ser tão conciliador? Assim fica muito difícil ficar irritada com você, principalmente depois da maneira como salvou Izzy hoje.

— Eu quase não a salvei — disse ele com severidade, pensando mais uma vez em como ela havia chegado perto da morte. A poucos centímetros. — Eu deveria ter estado ao lado dela, e teria estado se não fosse pelo que aconteceu antes.

— Você não pode culpá-la por estar com raiva e desconfiar de suas intenções — disse a duquesa quando se aproximaram da porta fechada do quarto de Izzy. — Eu vi a evidência de sua reputação com meus próprios olhos.

Ele estremeceu, pois sabia de que noite ela estava falando. Foi o dia em que ele descobriu que seus irmãos haviam se afogado naquele maldito iate e que ele se tornaria conde, desde que a esposa de Horatio não tivesse um herdeiro. Ele estava bêbado e amargo, bebendo demais e se divertindo com uma sala de foliões sem rosto e sem nome.

Um funeral bacanal que, de alguma forma, havia se transformado em uma orgia, e a duquesa estava lá com Wycombe para testemunhar tudo. Ele se arrependeu daquele dia, de todas as formas possíveis.

— Você me viu no meu pior momento, Ellie, e quero que saiba que não sou o homem que você viu naquele dia — disse ele. — Não finjo ser um santo, mas posso lhe prometer que tenho toda a intenção de ser um bom marido para Izzy. E se algum dia eu a machucar, serei o primeiro a lhe dizer para pegar seu dispositivo elétrico de tortura.

— Não suponha que não o farei — disse a duquesa calmamente, como se estivessem discutindo algo tão mundano quanto chá, antes de bater na porta.

A voz fraca do outro lado da porta foi tão bem-vinda quanto amada:

— Entre.

A duquesa abriu o trinco. A porta se abriu e lá, do outro lado do quarto, com o cabelo escuro caindo sobre seu rosto pálido e adorável, apoiada em uma pequena montanha de travesseiros, estava Izzy, finalmente.

Como um completo paspalho, ele atravessou a soleira da porta, desesperado para ver a mulher que amava.

Zachary estava ao lado da cama de Izzy antes de se dar conta de tudo.

Amava.

A mulher que ele amava.

Inferno.

Ele se afundou em uma poltrona quando seus joelhos cederam.

O NOBRE GALANTEADOR

CAPÍTULO 15

O braço de Izzy doía e o ferimento estava estranhamente apertado, mas Zachary e Ellie haviam se juntado a ela e, depois do turbilhão de ter sido baleada e, em seguida, ter sido medicada com láudano e tomado pontos, estava feliz por vê-los. Zachary segurava a mão dela, com o polegar fazendo movimentos lentos e reverentes na sua pele nua. Ellie estava sentada em uma cadeira ao lado dele, a mesma que havia sido ocupada por sua mãe enquanto o médico cuidava do ferimento de Izzy.

— Como está se sentindo? — Zachary perguntou, seus olhos percorrendo o corpo dela como se temesse que ela desaparecesse a qualquer momento.

— O melhor que se pode esperar. Meu braço está doendo e o láudano está me deixando cansada.

— Você nos deu um grande susto — disse a irmã. — É bom vê-la com boa aparência tão pouco tempo depois de...

— Ter levado um tiro? — Izzy terminou com uma tentativa de sorriso irônico que a fez estremecer. — Ou melhor, quase levar um tiro?

Os eventos da manhã ainda pareciam um pesadelo do qual ela acordaria em breve, aliviada por saber que nada disso havia acontecido. No entanto, a dor que irradiava de seu ferimento lhe dizia como isso era improvável.

— Graças a Deus a bala passou de raspão — disse Zachary, com o semblante mais sombrio que ela já tinha visto, enquanto levava a mão não ferida dela aos lábios para um beijo de adoração.

Ela se lembrou da noite na biblioteca aqui em Barlowe Park, quando ele a havia seduzido com tais beijos. Parecia ter sido há duas vidas, em vez de apenas alguns dias.

— Eu viverei.

Foi a escolha errada de palavras.

A expressão no rosto de Zachary lhe disse isso. A mandíbula dele se contraiu e ele segurou a mão dela com força. Quase doloroso. Mas a dureza não era para ela. Em vez disso, ela suspeitava, era pelas circunstâncias.

SCARLETT SCOTT

— Sinto muito que isso tenha acontecido com você, *cariad* — disse ele baixinho. — E acredite em mim quando lhe prometo que vou encontrar o homem responsável e garantir que ele pague por sua imprudência.

Lá estava aquela palavra outra vez. Não fora fruto de sua imaginação naquele momento, no borrão da viagem de volta ao solar. Ela queria dizer a ele para não fingir que se importava com ela, que a ilusão era desnecessária, mas a intensidade em seus olhos sugeria que ele de fato se importava.

Será que ela ousava confiar na emoção crua que via refletida naquelas profundezas azuis?

— Foi um acidente — disse ela. — Por favor, não saia em busca de vingança por minha causa.

— Agora você é minha protegida e pretendo fazer um trabalho melhor do que fiz até agora. — Seu tom, assim como sua expressão, era sombrio.

— É bom que o faça mesmo, Anglesey — disse Ellie, lembrando a Izzy que ela e Zachary não eram os únicos na sala.

Como era fácil esquecer todos os outros quando ele estava por perto. E ele tinha esse efeito sobre ela sem nem mesmo tentar. Era apenas a soma de sua presença, a força de seu olhar. Era simplesmente ele.

— Não preciso de proteção — disse ela fracamente, sentindo-se extraordinariamente cansada pela combinação do láudano e do choque. É provável que a perda de sangue também não tenha ajudado.

— Pelo o que posso ver, parece que precisa, sim — observou Ellie, com um tom de voz firme.

— Eu não deveria estar perambulando — disse ela. — A culpa é minha.

E se ela tivesse prestado mais atenção ao seu redor em vez de ficar ruminando sobre o homem que estava ao seu lado, talvez tivesse visto algo que a alertasse da presença de um caçador. Mas, em vez disso, ela estava se preocupando com a condessa viúva e com aquele beijo roubado. Ainda lhe doía o coração pensar no que havia testemunhado.

No entanto, a contrição de Zachary parecia genuína. Assim como todas as interações dele com ela, desde os beijos até a maneira como ele foi em seu socorro mais cedo. Ele estava calmo e sob controle, mantendo o pânico dela afastado enquanto os levava de volta ao solar. Quando sua mãe trocou de lugar com ele ao lado da cama, ela relutou em vê-lo partir.

— A culpa foi minha — ele a corrigiu agora, com uma dureza se infiltrando em seu barítono que ela estava começando a reconhecer. — Não deveria tê-la trazido para esta maldita propriedade. Desde o momento em que chegamos até agora, não houve nada além de um desastre após o outro.

O NOBRE GALANTEADOR

— A calamidade tem um jeito de seguir a família Collingwood — disse Ellie com leveza.

Izzy não podia negar a verdade nisso. O caos parecia segui-los perpetuamente, gostassem ou não.

— Devemos deixá-la descansar — acrescentou a irmã. — Depois de tudo o que passou, precisa de um sono adequado.

Dormir parecia algo muito bom a se fazer naquele momento. No entanto, ela não tinha certeza se conseguiria fazê-lo com o braço latejando e a letargia causada pelo láudano.

— Queria conversar com sua irmã antes de ir embora — disse Zachary a Ellie.

— A sós, eu suspeito — disse sua irmã com astúcia, olhando de Izzy para o conde. — Muito bem, pode ficar à vontade. Mas não mais do que cinco minutos. Ela precisa descansar.

Zachary assentiu, com o olhar fixo em Izzy:

— É claro. O bem-estar dela é minha maior preocupação.

Como ele derretia seu coração quando a olhava dessa forma.

Ellie se levantou e se inclinou sobre ela, depositando um beijo fraternal em sua bochecha:

— Amo você, irmã. Nunca mais me dê um susto como esse, por favor.

Ela abriu um sorriso fraco:

— Vou me esforçar para não fazer isso. Tenho a sensação de que, depois de hoje, esgotei toda a boa sorte que eu poderia ter tido.

— De fato. — Ellie se voltou para Zachary. — Comporte-se, meu senhor — ela o advertiu severamente.

Ele sorriu, sem tirar os olhos de Izzy:

— Sabe que isso é impossível para mim, querida Ellie. Mas prometo tentar.

— Você não tem jeito — disse ela, seu tom frio, e então saiu da sala.

Izzy observou a silhueta da irmã se afastando. Quando a porta se fechou com um clique, ela se voltou para o homem que, em poucos dias, seria seu marido.

Ela se mexeu na cama para ficar mais confortável e depois estremeceu com a dor que o movimento lhe causou.

Ele estava de pé, com seus braços fortes ao redor dela:

— Aqui, deixe-me ajudá-la.

Gentilmente, ele ajudou a posicioná-la de modo que os travesseiros apoiassem o braço ferido em um ângulo mais confortável. O cheiro e o

166   **SCARLETT SCOTT**

calor dele a envolveram. O cuidado que ele estava demonstrando com ela quebrou a muralha de gelo que ela havia reconstruído em torno de seu coração machucado e maltratado. Mas ela não o deixaria entrar com a mesma facilidade de antes.

— Obrigada — disse ela. — Parece que conseguiu voltar às boas graças de minha irmã.

Ele permaneceu por perto, afastando com ternura uma mecha de cabelo da bochecha dela:

— Mas não às suas, eu temo.

— Não — concordou ela, igualmente sombria. — Mas isso não significa que eu não esteja grata por seu resgate hoje.

— Não é sua gratidão que eu quero. — A mão dele permaneceu, segurando a mandíbula dela e acariciando-a com o mais suave dos toques.

Como era bom ser tocada por ele, permitir que o calor dele se infiltrasse nela, aceitar aquela carícia, tão desejada. Uma onda de emoção, a primeira desde a dor ardente da bala naquela manhã, a atingiu. Como ela tinha sorte por estar aqui, neste momento. Por estar viva.

— O que quer de mim, senão minha gratidão? — ela ousou perguntar.

— Tudo, *cariad*. — Ele se inclinou para mais perto, pressionando um beijo de leve em sua bochecha. — Tudo o que você tem para dar.

Ela queria abraçá-lo, apertá-lo com força. Mas também queria mantê-lo longe de si. Para ter certeza de que ele nunca mais teria a chance de machucá-la. Sua mão pairou sozinha até o antebraço dele, grande e musculoso sob o casaco. Não era de se admirar que ele a tivesse ajudado com tanta facilidade antes. Como ele ganhou essa força? Seu físico não era o de um lorde mimado, e sim o de um homem que se vangloriava do esforço físico.

— E se eu não tiver mais nada para dar? — perguntou ela, sentindo-se quebrada, e não apenas por causa de seu ferimento.

Sentia-se despedaçada e machucada por toda parte.

Especialmente em seu coração.

— O que quer que tenha para dar, aceitarei de bom grado. — A voz dele era baixa e profunda, o olhar inabalável. — Se não tiver como, não me dê nada, então. Poderia tê-la perdido hoje.

— Ainda estou aqui — ela disse a ele, sentindo uma pontada de lágrimas diante da emoção avassaladora em seus olhos.

Ela poderia ter morrido esta manhã, sim.

Se ela tivesse dado um passo para a esquerda ou para a direita.

O NOBRE GALANTEADOR

Se a bala tivesse ricocheteado em alguma outra coisa...

A lista das possibilidades era interminável, e que constatação bizarra era esta: ter de reconhecer sua própria mortalidade. Muitas vezes, ela passava cada dia sem pensar na morte, aquela sombra inevitável. Achava que tinha toda uma vida pela frente.

O dia de hoje provou o quanto ela estivera errada. O quanto era mortal. Mostrou a ela que a diferença entre a vida e a morte era de apenas alguns centímetros. E como as divisões entre amor, raiva e dor eram pouco diferentes.

— Estou muito grato por você estar aqui — ele sussurrou, antes de beijar a outra bochecha dela com tanta reverência quanto a primeira. — Preciso de você, *cariad*. Sabe disso, não sabe? — O hálito dele estava quente na orelha dela, uma promessa, uma marca. — Preciso de você em minha vida, ao meu lado, como minha esposa. Eu não tinha percebido o quanto até que me vi diante da possibilidade de quase perdê-la pela segunda vez e de uma forma muito mais permanente.

A admissão dele a deixou tonta.

Ou talvez fosse o efeito combinado do láudano, do ferimento e da perda de sangue.

Ou tudo isso.

Ela se agarrou ao braço dele, soltando um soluço que não sabia que estava contendo. O medo que ela havia reprimido, o choque, a preocupação e a dor.

— Você foi tão corajosa hoje — disse ele, acariciando a bochecha dela com movimentos firmes e reconfortantes.

Ela não se lembrava de ter se sentido mais bem cuidada. Mais querida.

Proteja seu coração, sua tola, advertiu-se severamente.

Sim, ela precisava fazer isso. Mas talvez outro dia. Hoje, estar nos braços desse homem era uma sensação extraordinariamente boa, segura e... maravilhosa. Ela se agarrou a essa sensação e a ele.

Até que sua irmã voltou a aparecer na porta:

— Venha, Anglesey. Minha irmã precisa descansar para se recuperar.

Ela soltou Zachary devagar, a decepção a percorrendo. Mas Ellie estava certa. Suas pálpebras estavam ficando pesadas. E ela realmente precisava descansar.

— Durma bem — disse ele em um tom baixo, antes de beijar a têmpora dela. — Virei ver como está mais tarde.

Ao vê-lo partir, ela se sentiu estranhamente desamparada. Apenas seu orgulho a impediu de chamá-lo, pedindo-lhe que ficasse. Ela precisava se agarrar àquela reserva teimosa. Precisava manter seu coração protegido e endurecido contra ele a todo custo.

Wycombe o encontrou no corredor, onde Zachary mantinha uma vigilância impaciente de Izzy.

— Uma palavrinha — disse o amigo, com uma cara péssima.

— Céus — ele murmurou, esfregando a mandíbula. — Da última vez que quis falar comigo, foi para me dizer que minha noiva tinha a intenção de me deixar e que não se casaria mais comigo. Por favor, diga-me que não tem um relatório semelhante.

— Eu não tenho um relatório semelhante — disse Wycombe.

Sempre com um senso de humor seco, seu velho amigo.

— Você tem respostas para mim — ele supôs.

— Essa é uma discussão que deve ser feita em um local onde tenhamos a garantia de privacidade — rebateu o duque.

Ele praguejou outra vez:

— Siga-me.

Havia um quarto de hóspedes não utilizado, com uma lareira que não estava em condições de ser acesa, duas portas abaixo. Depois de quase uma semana aqui, ele estava finalmente se familiarizando com todos os corredores, cômodos e cantos de Barlowe Park.

Esse cômodo havia sido considerado inadequado pela mãe de Izzy, e ele entendia o motivo. Os revestimentos de parede desbotados, através dos quais as rachaduras no reboco criavam um rastro preocupante, os cercavam, os móveis ainda cobertos, o carpete gasto. Para Zachary, era estranho pensar em como ele se lembrava de Barlowe Park quando era um rapaz que correra por estes corredores, comparado ao estado de degradação no qual fora deixado ficar.

Isso o fez lembrar que ele ainda precisava descobrir por que Horatio o havia menosprezado. Por que o lugar havia sido deixado para mofar e apodrecer.

A porta se fechou e ele olhou para o amigo:

— Então?

— O mordomo — disse Wycombe rapidamente, franzindo a testa.

— O que houve com Potter agora? — perguntou ele. — Por favor, diga-me que ele não está tentando acabar com mais roedores.

— Quisera eu fosse tão simples assim. — Wycombe suspirou. — O administrador da propriedade jura que viu Potter hoje de manhã enquanto fazia uma de suas rondas habituais. Ele disse que o mordomo estava perambulando perto da área onde Izzy foi baleada, carregando um bacamarte e murmurando para si mesmo sobre atirar em galos silvestres.

Maldição.

Zachary olhou para o amigo, tentando entender o relatório de Wycombe:

— Potter — ele repetiu. — O administrador o viu, você diz? Qual é o nome do sujeito? Admito ter permitido que o secretário de Horatio revisasse seus relatórios em meu nome.

Era verdade, ele não tinha sido preparado para administrar propriedades, nem o título e todas as responsabilidades atreladas a ele. Não era para ter sido conde, afinal. Tampouco desejara ser.

— Seu nome é Ridgely, creio eu — Wycombe o informou.

Zachary estremeceu com a pontada de culpa que lhe dizia que essa era uma informação que ele deveria saber. Aparentemente, ter ido para a cama com mais do que seu quinhão de damas em Londres e ter se ocupado com investimentos não o havia preparado para administrar as propriedades e os deveres de sua família.

— Ridgely — repetiu ele, tentando se lembrar do rosto do sujeito e não encontrando nada. — Parece correto, creio eu. No entanto, duvido que haja algum galo silvestre aqui em Barlowe Park. Se Potter falava de caça, ele devia estar pensando nas antigas caçadas de galos silvestres que meu pai costumava fazer em Anglesey. Isso foi há alguns anos. Décadas, até.

— É possível — admitiu o amigo. — No entanto, também falei com Potter, e ele nega veementemente que tenha saído de casa esta manhã. A governanta, Sra. Beasley, me confirmou que viu Potter na casa várias vezes e que conversou com ele a respeito da prataria que seria colocada à mesa no jantar desta noite.

— Raios — ele murmurou, passando pelo amigo até a janela e esfregando as têmporas latejantes enquanto olhava para os jardins desleixados lá embaixo. — Se Potter é o responsável pelo tiro que feriu Izzy, então preciso agir o quanto antes e encontrar um chalé para ele em algum lugar da vila, onde não corra o risco de cometer um assassinato sem querer.

E se Potter estivesse de fato vagando pelo campo, confuso e acreditando estar em uma caçada de galos silvestres, então Zachary era o culpado pelo que havia acontecido.

170

— Não estou convencido de que Potter seja responsável pelo tiro que foi disparado — disse Wycombe. — De fato, se eu fosse um homem de apostas, apostaria que ele não é. Achei o comportamento do administrador bastante peculiar. Ele me procurou imediatamente para me contar o que tinha visto, o que significa que ou ele está ansioso para ajudar ou algo muito mais nefasto por trás disso.

Ele confiava cegamente no julgamento de seu amigo. Como o Inspetor Chefe Hudson Stone, que fora anteriormente, antes de herdar inesperadamente o título, Wycombe havia conseguido chegar à sua posição por meio de sua perspicaz habilidade para resolver casos e de seu brilhantismo como detetive. No entanto, mesmo assim, a perspectiva de que seu administrador sem rosto tivesse atirado acidentalmente em Izzy em vez do mordomo idoso e confuso que recentemente estivera tentando matar ratos na despensa parecia implausível.

— Suspeita do administrador? — ele repetiu. — Como?

— Sua ânsia de transmitir a informação, por exemplo — disse Wycombe. — Seu conhecimento de onde Izzy estava andando quando foi ferida é outro motivo de preocupação. Não há nada que sugira que ele teria motivos para saber para onde Izzy tinha ido esta manhã ou por quê, e ainda assim o administrador foi claro ao dizer que tinha visto Potter no campo norte, onde o incidente ocorreu.

— Talvez seja porque, de fato, foi lá que ele viu Potter — apontou Zachary. — Talvez, como você disse, ele só quisesse ajudar. Nós dois sabemos que Potter não está lá em plenas faculdades mentais, caso contrário ele não tentaria matar ratos imaginários com uma espingarda.

— Isso faz parte do dilema — rebateu Wycombe. — Tendo em vista os acontecimentos recentes, a idade e a enfermidade geral do mordomo, ele é um alvo fácil para se culpar. Também notei que Ridgely estava relutante em me olhar nos olhos enquanto discutia os detalhes de seu suposto avistamento de Potter. Em minha experiência, isso é um sinal de dissimulação.

Zachary passou os dedos pelo cabelo, remoendo as palavras do amigo:

— Se o administrador está mentindo em relação a ter visto Potter esta manhã, por que o faria?

— Talvez porque Ridgely seja, na verdade, o responsável pelo tiro que feriu Lady Isolde — sugeriu o duque, com um tom tão ameaçador quanto seu semblante.

Seu sangue gelou.

O NOBRE GALANTEADOR

— Se ele for, farei picadinho dele com minhas próprias mãos.

— Acalme sua sede de sangue — advertiu seu amigo. — Nada é certo ainda. Só queria lhe contar o que soube até agora e ver o que sabe do seu administrador.

— Nada. — Ele não conseguiu esconder a amargura em sua voz. — Não sei absolutamente nada. Que é o que eu sei dessa maldita propriedade, sobre ser um conde e também sobre me tornar um marido.

Ele estava ferrado.

E ele continuava fazendo tudo errado.

Horatio provavelmente estava rindo dele do além, pois ele certamente havia feito um trabalho admirável para provar que era, de fato, o canalha imprudente, descuidado e irresponsável que seu irmão mais velho o acusara de ser.

— Conheço a sensação — disse Wycombe, dando-lhe um tapinha nas costas em sinal de solidariedade. — Eu não tinha nenhuma expectativa de me tornar um maldito duque. Era a última coisa que eu queria. Herdei uma propriedade cheia de dívidas e deixei de viver em um simples quarto de solteiro, sem responsabilidades, para morar no campo com uma montanha de obrigações, entre elas a de ser marido. Mas estou aprendendo. Minha esposa tem sido uma dádiva de Deus e não tenho dúvidas de que a sua também será.

Izzy seria, sem dúvida. Ela era tudo o que ele jamais cogitou querer ou precisar, mas agora que a havia encontrado, ela era tão essencial quanto a luz do sol. Contudo, ele não estava disposto a admitir algo tão sentimental para o amigo.

— E é por isso que estou determinado a fazer tudo o que estiver ao meu alcance para protegê-la — disse ele.

Wycombe assentiu com a cabeça:

— Entendo. Recomendo que comecemos nos certificando de que Potter não tem mais nenhuma arma escondida e, depois, precisamos investigar o seu administrador.

Ele iria investigar.

Iria até o maldito centro da terra até descobrir tudo o que havia para saber de Ridgely.

172   **SCARLETT SCOTT**

CAPÍTULO 16

Assim como nos dias anteriores de convalescença, Zachary chegou ao quarto enquanto a mãe de Izzy tirava seu cochilo da tarde de sempre no quarto dela. As adversidades de se vestir com um ferimento em cicatrização impossibilitaram Izzy de usar qualquer coisa que não fosse um vestido folgado, mantendo-a confinada em seu quarto. Finalmente, porém, o ferimento estava cicatrizando bem o suficiente para que ela pudesse se vestir outra vez. O médico acabara de lhe dar sua aprovação.

Izzy atendeu à batida na porta de seu quarto, apesar de suspeitar que Zachary estivesse do outro lado.

Ou talvez *por causa* disso.

Ela não podia negar que a visão dele no corredor, com seu charme em pleno vigor, aquela covinha maliciosa à mostra, o cabelo dourado brilhando à luz do sol e um livro enfiado debaixo do braço, desencadeou o desejo que ela nunca conseguiu banir na presença dele.

— Meu senhor — ela o cumprimentou cheia de formalidade, conforme vinha fazendo.

Parte de agarrar-se às suas defesas significava que ela não podia se dar ao luxo de relaxar tão facilmente na presença dele.

E eles iam se casar.

Amanhã.

Para ajudar na recuperação dela, eles haviam decidido adiar a cerimônia por uma semana. Mas até mesmo esse adiamento passara rápido.

Depois disso, ela não tinha dúvidas de que sua capacidade de mantê-lo a uma distância confortável seria ainda mais complicada, se não impossível.

— Como está se sentindo? — perguntou ele, solícito.

— Bem. Por que está aqui, Anglesey?

— Para lhe fazer companhia, *cariad*. — O olhar dele estava fixo no dela. — Acaso não posso visitar minha esposa?

Seria errado da parte dela saborear o som do barítono deliciosamente profundo dele usando essa palavra para descrevê-la? É provável que sim. Mas sua força de vontade era fraca, e ela era tola e péssima em escolher um homem para amar que não esmagasse seu pobre coração em pedaços.

— Ainda não estamos casados — ela foi rápida em apontar.

— Uma mera formalidade.

— Minha mãe ficaria muito descontente se o encontrasse em meu quarto comigo.

Ele deu uma piscadela:

— Prometo não contar a ela.

— Você certamente tem resposta para tudo, não tem?

Todas as respostas e o magnetismo que nunca deixou de atraí-la para ele. Ela queria sentir aqueles braços fortes envolvendo-a, aqueles lábios sensuais tomando os seus. Pela primeira vez desde aquela noite terrível em que ela o havia visto com a condessa viúva, seu corpo vibrava de desejo por ele outra vez. Isso também era perigoso.

O sorriso dele desapareceu e seu semblante ficou sério:

— Nem todas as respostas. Pelo menos, não as respostas para as perguntas mais importantes.

— E quais seriam?

— Como reconquistar sua confiança. — O olhar dele era sincero e caloroso, fulminante no dela com uma intensidade que a fazia arder. — Como ganhar seu amor.

Amor?

Era a primeira vez que ele mencionava a palavra, pelo menos em relação a ela. Ouvi-la agora, vinda daqueles lábios pecaminosos, enquanto ele estava parado, tão serenamente bonito à porta dela, fez com que seu estômago se revirasse em uma estranha onda de prazer.

Ela umedeceu os lábios que ficaram secos de repente:

— Por que deseja essas respostas, meu senhor?

Ele inclinou a cabeça, analisando-a:

— Você me chamava de Zachary antes. Não voltará a fazê-lo?

Zachary.

O nome estava na ponta de sua língua.

Como ela gostaria dizer esse nome outra vez, dar a ele o que ele queria, render-se.

Mas Zachary era o homem por quem ela havia se apaixonado. O homem que havia feito amor com ela ao lado das cachoeirinhas, que a havia adorado na biblioteca. Ele era o homem que já havia conquistado seu coração, e ela não ousava revelar nada disso a ele. Ou chamá-lo por seu nome de batismo. Fazer isso parecia íntimo demais. Além disso, ele não havia respondido à pergunta dela, havia? Em vez disso, ele contornou-a habilmente, voltando sua pergunta para ela.

— Talvez — disse ela em vez de capitular, antes de ceder ao lhe dar espaço suficiente para que pudesse entrar em seu quarto. — Suponho que seja melhor que entre. Quanto mais tempo ficar aqui, maior será a probabilidade de alguém vê-lo.

— Não acho que o escândalo possa ser maior do que os que já fizemos — disse ele, mas atravessou a porta mesmo assim.

Ao fazê-lo, ele trouxe consigo um leve aroma de seu perfume, cítrico e almiscarado, junto à frescura persistente do ar livre. Ela se perguntou se ele estivera cavalgando. Para onde ele tinha ido. E então disse a si mesma que isso não importava. Ela não precisava se preocupar com os detalhes do dia dele.

Ela fechou a porta e se virou devagar para ele. Seu ferimento ainda lhe causava dor quando ela se movia com muita pressa repentina. Principalmente durante o sono. Mas, felizmente, não havia infeccionado e ela estava se sentindo muito melhor.

Curada por fora, se não por dentro.

— Eu lhe disse, quando esteve aqui comigo ontem, que eu não precisava de companhia — ela o lembrou com rispidez, achando melhor mantê-lo nervoso. — Sua, especificamente.

— E eu lhe disse que voltaria independentemente de sua recusa — lembrou ele, com um tom alegre.

Ela tinha de admitir que ele parecia ter uma paciência infinita com relação a ela. Izzy não sabia ao certo se era o esforço dele para amenizar seus pecados com a condessa viúva ou se a fonte era a piedade pelo ferimento dela. O curativo estava escondido sob a manga larga do roupão, mas a lembrança estava lá. Ela viu o olhar dele deslizar para o braço dela mais de uma vez.

— Você é um homem teimoso, meu senhor — disse ela, sem a censura que talvez devesse ter acrescentado.

— Verá que sou teimoso quando mais importa — disse ele, acenando com a cabeça para o par de cadeiras ao lado da lareira. — Vamos nos sentar?

Ela o olhou com cautela:

O NOBRE GALANTEADOR

— Qual é sua intenção?

— Ora, arrebatá-la por completo, apesar de seu recente ferimento a bala — disse ele, irônico. — Não se importará nem um pouco, não é?

— Sua Senhoria tem senso de humor — disse ela, tentando manter o sorriso relutante nos lábios.

Ele já a havia cortejado uma vez, ela lembrou a si mesma com severidade. E veja onde a confiança que ela depositou nele a levou.

— É um de meus muitos talentos.— Ele sorriu, e a covinha voltou.

Ela sentiu uma pontada em seu coração:

— Não tenho dúvidas de que a maioria deles envolve encantar qualquer coisa de saia — respondeu ela com acidez.

Ele estremeceu e ela se arrependeu da escolha de palavras. Mas era tarde demais.

Elas já haviam sido ditas e agora pendiam entre eles, um pesado rolo de corda no qual ela havia se enredado.

— Só quero encantar uma mulher agora — disse ele, seu tom calmo —, e estou olhando para ela.

Izzy sentiu-se mal diante da calma declaração dele. Ela não deveria ter sido tão cruel. Não era de seu feitio.

— Perdoe-me — disse ela. — Eu me excedi. Não tive a intenção de sugerir...

— Teve sim — ele a interrompeu. — Mas não posso mentir. Você não está errada a respeito do homem que eu era antes. O homem que me tornei, entretanto, é diferente agora.

— Quero acreditar nisso. No entanto, você também é o homem que vi beijando outra mulher e depois acompanhando-a até o seu quarto. A mesma mulher que declarou ter amado um dia.

Talvez tenha sido errado da parte dela usar suas confidências contra ele, como fez na carruagem. Mas ela estava com raiva naquela ocasião e estava desesperada agora. O cuidado carinhoso que ele demonstrara por ela quando estava ferida havia acendido um fogo em seu coração estúpido que se recusava a ser apagado.

— Se decidir se apegar às suas falsas crenças e à sua raiva, não posso impedi-la — disse ele com frieza. — Tudo o que posso fazer é continuar a provar que cada palavra que digo é verdadeira.

— Não creio que possa fazê-lo — disse ela, atacando-o com sua mágoa.

Como ela odiava a lembrança dos lábios dele nos de Lady Anglesey.

SCARLETT SCOTT

Como ela detestava a ideia de que ele havia amado a outra mulher anos atrás. Talvez ainda a amasse, apesar de seus protestos em contrário. Ele era um devasso dedicado quando Izzy tropeçou no salão do baile de Greymoor e em seu mundo de sombras e sedução. Sua reputação era inegável.

— Sua falta de fé em mim não fará com que meus votos sejam menos verdadeiros quando eu os fizer — ele disse a ela, com a voz baixa e áspera que a remetia a veludo e uísque.

Votos.

Amanhã.

Por um momento, ela ficou muito tonta, e ela não sabia ao certo por quê. Seria a lembrança de suas núpcias iminentes?

Ela deve ter balançado, pois ele estava ao seu lado em um instante, com o braço deslizando em torno de sua cintura e ancorando-a em seu corpo grande e quente.

— O que foi, *cariad*? Qual o problema? — perguntou ele, toda a raiva em seu tom, substituída por preocupação.

Preocupação com *ela*.

Mesmo depois de ela ter tentado feri-lo com suas palavras.

— Fiquei tonta por um momento — ela admitiu. — Mas já passou. Pode me soltar.

— Creio que não hei de fazê-lo, não — ele negou com severidade. — Venha, deixe-me guiá-la até a cadeira para que possa se sentar e descansar. Ficou tempo demais em pé.

Ela teria protestado, mas ele já estava em ação, guiando-a pelos tapetes até as poltronas que pareciam ser de meados do século passado, pelo menos. Barlowe Park era uma curiosa mistura de velho e dilapidado, sua antiga grandeza era inegável, mas perdera o brilho pela falta de cuidados que claramente havia sofrido por algum tempo.

Mas ela não estava pensando tanto em Barlowe Park e em suas complexidades, mas sim no homem ao seu lado enquanto a via acomodada confortavelmente em uma cadeira. Ele era dotado de tantas facetas; às vezes, ele era o libertino experiente, o sedutor devasso, o galanteador hábil, mas também o cuidador carinhoso, o amante paciente. Se ao menos ela soubesse em qual de suas muitas facetas ela deveria confiar mais.

Em *nenhuma*, disse seu orgulho ferido e o medo que nunca deixou de agarrar seu coração de forma implacável.

— Tem certeza de que estará bem o suficiente para que o casamento

O NOBRE GALANTEADOR

seja realizado amanhã? — perguntou ele, franzindo a testa enquanto tirava uma mecha de cabelo da bochecha dela. — Parece que estou criando o hábito de fazer isso — acrescentou ele, com o olhar fixo no dela em uma carícia própria.

— Eu fui amaldiçoada com cabelos ondulados, e eles não gostam de ser dominados. — Ela mal conseguiu evitar esfregar a bochecha na mão dele, como um gato.

Por que ela desejava tanto o toque desse homem, mesmo ciente do que fazia?

— Eu não diria que é uma maldição — comentou ele, indo até a cadeira ao lado da dela e se sentando. — Seu cabelo é lindo. Penso nisso com frequência.

Lá estava ele: o galanteador.

E ela era suscetível a esta faceta dele. Terrivelmente suscetível. Tão suscetível quanto havia sido desde o momento em que, de forma tão imprudente e bêbada, se jogou nos braços dele com sua ideia louca de que poderia, de alguma forma, causar um escândalo e deixar Arthur com ciúmes.

— Obrigada. Sempre me desesperei com a cor — disse ela, na esperança de estragar o momento. — É muito escura.

— Pois eu gosto, nem marrom nem preto, mas um belo mistério entre ambos. Devo dizer que é acaju, por falta de uma descrição melhor, com um leve brilho avermelhado à luz do sol.

De alguma forma, ele fez com que o cabelo que ela sempre lamentou no espelho parecesse bonito. E lá estava ele mais uma vez, seduzindo-a com seu charme e sua prática de cortejar.

Eu não irei ceder.

Não irei ceder.

Mas amanhã, ela seria sua esposa. Como resistir a ele quando ele teria todo o direito de habitar o quarto dela, a cama dela, quando o corpo dela seria dele?

— Meu cabelo não tem nada de extraordinário. Está apenas tentando me conquistar com lisonjas. — Suas palavras surgiram com uma aspereza que ela não pretendia, mas não havia como voltar atrás agora.

— Estou lhe dizendo a verdade, *cariad*. Não tenho porque lisonjeá-la. Creio que já passamos muito disso.

Seu coração acelerou. Suas bochechas estavam quentes. Ela ficou dobrando as pregas da saia de seda de seu vestido. Ao contrário das roupas que costumava usar, ele era calmo, simples e sem adornos.

— Nada de alcachofras? — perguntou ele, brincalhão, rompendo o silêncio, como se tivesse lido os pensamentos dela.

— Estranhamente, não estou me sentindo bem depois que uma bala passou de raspão pelo meu braço no outro dia — ela brincou rapidamente.

— Perder sangue e ter de levar pontos tem um jeito de amortecer o desejo de escolher seus chapéus com cuidado.

— Céus. Mas é claro. Principalmente porque chapelaria se refere aos acessórios de cabeça de uma dama e não aos seus vestidos.— O sorriso provocador que ele lhe deu a fez derreter.

Ela não conseguiu conter o riso antes que ele saísse de seus lábios, embora tenha pressionado um dedo neles para contê-lo:

— Eu quis dizer roupas no geral, seu miserável.

A covinha voltou a aparecer.

Seu coração aprovou. E outras partes também. O desejo era uma sensação bem-vinda, lembrando-a de como era afortunada por estar viva, mesmo que a necessidade tivesse encontrado sua fonte no homem que havia roubado seu coração e depois o partido sumariamente.

— Eu sabia o que você queria dizer — disse ele baixinho. — Não pude resistir à provocação, na esperança de que isso diminuísse sua irritação. Não se engane, você é tão gloriosa de se ver em sua raiva quanto em seu prazer, mas eu preferiria muito mais ser a fonte do último em sua vida do que do primeiro.

Prazer.

Ah, ele havia lhe dado isso.

Tinha lhe apresentado sensações que ela não sabia que existiam.

E seu coração bobo estava acelerado agora, como os cascos de sua montaria voando sobre a terra no dia em que ele foi resgatá-la.

Eu não irei ceder, ela lembrou a si mesma outra vez.

Não irei ceder.

E, no entanto, como ela poderia resistir?

Há não muito tempo, se alguém tivesse lhe dito que ele iria *querer* se casar e ser um marido fiel, que se apaixonaria, que daria seu coração tão completamente como fez com Lady Isolde Collingwood, ele teria rido na cara dessa pessoa. E depois teria rido mais um pouco. Se essa pessoa fosse um homem, ele provavelmente teria lhe dado uma surra pelo ultraje.

No entanto, aqui estava ele, pacientemente cortejando a mulher com quem se casaria em menos de um dia. A mulher que vestia orgulhosamente alguns dos vestidos mais horríveis que ele já havia visto e cujo coração havia sido ferido e machucado, cuja família era tão excêntrica quanto convidativa e atenciosa. A mulher que o havia beijado bêbada em um baile quando ele estava determinado a desfrutar de um encontro com outra pessoa e que, em vez disso, havia mudado seu mundo.

A mulher que ele *amava*.

Ele não iria perdê-la. Isso, ele jurou. Ele quase a perdera duas vezes. Não haveria chance para uma terceira.

— Gloriosa — ela estava dizendo a ele agora, como se a palavra em relação a si mesma fosse ridícula. — De fato, meu senhor. Não precisa me encher com suas artimanhas. Sei muito bem que não sou nem um pouco gloriosa. O senhor mesmo lembrou-me de como sou péssima em escolher vestidos, afinal, e como sou péssima em beijar.

Ele estremeceu ao lembrar-se de suas malditas palavras estúpidas. Se pudesse ter mordido a língua naquele momento, ele o teria feito. Teria mordido até que o sangue enchesse sua boca, e nunca teria dito tais porcarias para ela.

— Fui um grosseirão imperdoável naquele dia — disse ele, falando com fervor. — Terei prazer em passar o resto da minha vida redimindo-me por minha estupidez.

— Como? — ela quis saber, com os lábios franzidos.

Deus o ajude, mas o desejo de beijá-la era mais forte do que sua necessidade de respirar. Ele a desejava tanto que chegava a ser uma exigência, que fazia cócegas sob sua pele, levando-o a cada hora de cada dia, impulsionando-o até o momento em que ela se tornaria sua de verdade. Será que ele respiraria melhor amanhã, sabendo que ela era sua esposa? Ele duvidava. Ele não teria paz até que pudesse convencê-la de que ela estava errada sobre as conclusões que havia tirado depois de vê-lo no corredor naquela noite com Beatrice.

Ele segurou o volume de poesia que trouxera consigo, que havia tirado de uma das prateleiras da biblioteca:

— Começarei lendo um poema para você.

180 **SCARLETT SCOTT**

— Um poema?

Ela não parecia impressionada, e no lugar dela ele tampouco estaria. Ele não se lembrava de ter lido poesia para uma dama para cortejá-la. Mas, por outro lado, a última dama que ele havia cortejado foi Beatrice, e isso tinha sido há muito tempo. Ele não conseguia mais se lembrar do que havia feito e, mesmo que conseguisse, não queria insultar Izzy repetindo o que havia feito antes com outra.

— Não me julgue ainda — ele aconselhou. — Ainda não o ouviu.

— Nunca gostei de poesia.

Ele não se intimidou.

— Este é um volume adorável. Eu mesmo o selecionei. — Ele o abriu e passou para os primeiros versos antes que ela pudesse argumentar mais, lendo em voz alta. — O título do primeiro poema é *Sobre o Amor*. Vamos ver do que se trata, podemos?

— Não precisamos — ela se opôs fracamente.

— Pois vamos — ele determinou, ignorando-a e prosseguindo com uma voz robusta, como ele imaginava que toda poesia deveria ser lida. — *Que tumescência suave e inchada é aquela bela emoção, que se eleva como a essência grossa da devoção de um homem, quando atinge a gruta coberta de musgo do covil de sua amante e ele mergulha profundamente na moita macia de pelos...* Maldição. É um livro obsceno.

Também não era um livro particularmente novo. Uma rápida olhada no frontispício revelou que havia sido publicado duas décadas antes, o que significava que devia ter pertencido a seu pai. *Maldição, de fato.*

Izzy deu uma risadinha.

— Ah, meu Deus.

— E é um livro terrível e obsceno, não é? — ele murmurou.

Lá se foram suas tentativas de cortejá-la. Ele estragara tudo. Zachary fechou o livro.

— Não se deu ao trabalho de examinar o conteúdo antes de escolhê-lo? — ela quis saber.

— Não — ele admitiu. — Estava mais preocupado em encontrar uma desculpa para ficar com você outra vez do que com o material do livro.

— Devo admitir que estou bastante curiosa quanto ao restante do poema.

Sua voz era suavemente provocadora. Talvez a poesia travessa não tenha sido um erro, afinal. O gelo havia derretido de seus olhos verdes e vívidos. O ar entre eles ficou subitamente pesado com o reconhecimento de tudo o que havia acontecido entre eles.

O NOBRE GALANTEADOR

A saudade o atingiu.

— Senti sua falta, *cariad* — ele se viu confessando.

O sorriso que curvava os lábios dela desapareceu devagar:

— Eu não fui a lugar algum.

— Senti falta dessa tranquilidade entre nós — ele elaborou. — Não gosto de estar em desacordo. Será que não podemos dar uma trégua?

Os lábios exuberantes dela se separaram:

— Achei que já tivéssemos feito isso.

Ele colocou o livro de lado em uma pequena mesa e se inclinou para frente, apoiando as mãos nos joelhos.

— Quero a antiga Izzy de volta. Aquela que se jogou em meus braços e me beijou no meio de um baile.

Um leve rubor tomou conta de suas bochechas, pintando-as de um belo rosa.

— Aquela Izzy tinha bebido champanhe demais. Ela foi imprudente, insensata e completamente tola.

— Ela era ousada e atrevida — ele rebateu.

— Eu nunca deveria ter feito o que fiz. Se não tivesse feito, não estaríamos aqui agora, presos em um casamento.

Presos.

Ele franziu a testa, não gostando da palavra:

— É assim que você se sente? De verdade?

— Não sei como devo me sentir agora — disse ela, baixinho.

Zachary se moveu, agindo por instinto, ajoelhando-se diante dela nos tapetes e tomando suas mãos nas dele. Elas eram frias, suaves, macias e delicadas. Ela não se afastou, e isso o agradou. Ele entendia muito bem a reticência dela depois de ter testemunhado Beatrice beijando-o. E ele estava disposto a lhe dar o tempo que ela precisava, mas também não estava disposto a deixar de fazer tudo o que estivesse ao seu alcance para derrubar o muro que ela havia erguido entre eles.

— Volte a ser como naquela noite — ele insistiu, beijando os nós dos dedos primeiro da mão esquerda e depois da direita, tomando cuidado para não machucar o braço ferido com um movimento apressado.

Em breve, ele estaria colocando o anel no dedo dela. Reivindicando-a como sua para sempre. A ideia o fez sentir uma onda de pura satisfação acompanhada de desejo animal. Ele era uma fera, e não podia negar isso.

— Como? — perguntou ela. — Eu não posso simplesmente esquecer, Anglesey.

E ela ainda se recusava a chamá-lo de Zachary.

Sua mandíbula se cerrou:

— Não estou pedindo que esqueça. Mas viva o momento comigo. Dê-me essa chance, Izzy. Dê-nos essa chance.

Deixe-me amar você.

Era o que ele queria dizer, mas aquelas palavras ainda eram muito novas. Muito estranhas e assustadoras. E ele não queria pressioná-la mais do que já havia feito.

Ela emitiu um som suave, e ele não sabia dizer se era necessidade ou frustração, mas considerou isso um bom sinal. Pelo menos ela não estava indiferente. Ele beijou os nós dos dedos dela outra vez.

— Você está determinado a fazer minhas defesas ruírem — disse ela.

— Estou. — Ele não mentiria. — E como estou me saindo?

Ele beijou o pulso de seu braço não machucado, onde sabia que encontraria um doce traço de seu perfume e foi recompensado com um pequeno arrepio de prazer que a percorreu.

— Anglesey.

Havia um protesto em sua voz.

Ele não estava gostando nada disso. Estava ciente do ferimento dela, é claro. Mas isso não o impedia de querer egoisticamente que ela se permitisse ficar vulnerável a ele de novo, como antes. Depois de sentir um gostinho de como poderia ser a união deles, ele queria mais.

— Você vai continuar a me negar? — Ele voltou a beijar as pontas dos dedos dela, em vez de continuar a subir pela curva do antebraço, como teria preferido. — Não vai me chamar pelo meu nome?

— Está tentando me distrair? — perguntou ela, sem calor.

Havia uma qualidade sem fôlego na voz dela que o agradou muito. Ele pensou em progresso. Até que enfim.

— Está funcionando? — ele provocou, esforçando-se para manter o clima leve.

Quanto menos oportunidade ela tivesse de pensar em todos os motivos pelos quais não ousava confiar nele, melhor. Ele não podia esquecer que aquele maldito do Arthur Penhurst a havia machucado primeiro. Agora cabia a Zachary curar as cicatrizes que Arthur havia deixado, junto com as poucas que ele mesmo havia conseguido deixar. E ele curaria todas elas, independentemente do que isso exigisse dele.

— Talvez um pouco — ela reconheceu, parecendo relutante enquanto

O NOBRE GALANTEADOR

seu olhar o percorria, aquecendo-o como um toque. — Pretende ficar de joelhos durante toda a sua visita?

— Eu poderia, se você quiser. — A promessa o abandonou rapidamente, o tipo de sedução facilmente pronunciada que ele teria usado em outra pessoa. Mas essa não era outra, essa era a mulher que estava prestes a se tornar sua esposa. A mulher que ele amava. — Devo rastejar mais um pouco? — acrescentou ele para esquecer a lembrança da vida que levava antes de ela entrar no salão Greymoor.

— Acho que você já rastejou o suficiente — ela admitiu, recompensando-o com um pequeno sorriso que iluminou seu lindo rosto.

Finalmente, uma demonstração genuína de emoção que não era desagrado ou censura. Foi bom ver a cor restaurada às suas bochechas. Naquele primeiro dia após o ferimento, ela estava terrivelmente pálida. Ele estava muito grato por ela estar se recuperando bem e por seu ferimento não ter sido mais sério. Ou algo muito, muito pior. Mais uma razão para que ele trabalhasse com Wycombe para resolver o mistério daquele maldito tiro.

Mas ele não queria perturbá-la com suas suspeitas ou causar-lhe algum medo indevido. Era melhor manter o assunto só entre eles e trabalharem para resolver suas diferenças.

— Não tenho certeza se algum dia poderei rastejar o suficiente por tudo o que aconteceu — admitiu ele com ironia. — Desde o início, parece que fiz tudo errado.

— Eu também. — Ela mordeu o lábio, examinando o olhar dele. — E, no entanto, aqui estamos nós.

— Aqui estamos — ele concordou, sua frustração aumentando. Ele tinha que, de alguma forma, fazer com que eles superassem esse impasse, ou o casamento deles começaria com amargura e arrependimento. — Amanhã, seremos marido e mulher.

A finalidade dessa decisão, do que seus votos significariam, encheu-o de um profundo senso de justiça. Ele a amava. Com o tempo, ele esperava que ela pudesse aprender a superar seus medos e os sentimentos que um dia tivera por Penhurst.

— Izzy? — A voz familiar, acompanhada de uma batida na porta, interrompeu abruptamente o momento.

Com um sobressalto de culpa, Izzy tirou as mãos das dele:

— Deve ser Ellie.

Ele se levantou e pegou o livro obsceno, colocando-o debaixo do braço para que a duquesa não o visse:

— Deixe-a entrar — disse ele. — Eu deveria ir.

— Sim — concordou Izzy, voltando a franzir a testa para ele. — Deveria, meu senhor. O senhor já se demorou demais. Se minha mãe o encontrar aqui, nunca mais ouvirei o fim de seu descontentamento.

Mais um dia.

Mais um dia até que essas interrupções não os separassem mais.

Mais um dia até que ela fosse *dele*.

— Pode entrar, duquesa — ele chamou. — Já estava de saída. — Em uma voz mais baixa, apenas para que Izzy escutasse, disse: — até amanhã, *cariad*.

Já era tarde da noite, e Zachary ia se casar pela manhã. Deveria estar dormindo. Mas, em vez disso, junto de Greymoor e Wycombe, ele estava se debruçando sobre os livros contábeis. Anos e anos de livros que ele havia solicitado ao administrador de Barlowe Park, Ridgely. Anos de linhas bem escritas, adições e subtrações. Registros de tudo, desde a produção agrícola até os pagamentos anuais das criadas.

— O que exatamente estamos procurando? — Greymoor perguntou do outro lado da sala, onde estava sentado com um conhaque com água com gás e um dos exercícios desde que Ridgely havia assumido o cargo de administrador. — Sabe que eu adoro números, mas todos eles estão começando a se misturar e a me dar a maior dor de cabeça do mundo.

— Qualquer coisa suspeita — respondeu, seu tom calmo, certo de que, se continuassem procurando com afinco e por tempo suficiente, encontrariam. A evidência de que Ridgely vinha roubando o irmão — e Barlowe Park — há anos.

— Suspeito que, se um roubo prolongado tivesse ocorrido, teria de envolver aluguéis — disse Wycombe.

— Se esse for o caso, precisaremos dos registros que eram mantidos antes de Ridgely se tornar o administrador de Barlowe Park — ressaltou.

— Não tenho certeza se esses registros são tão antigos.

— Hmm — disse Wycombe, acariciando sua mandíbula enquanto consultava as páginas diante dele. — No passado, também vi ladrões espertos usando erros sutis para esconder seus ganhos ilícitos. A troca de números, por exemplo, em que a substituição de um número menor pode permitir que ele oculte um pequeno roubo, que pode se acumular com o tempo. No entanto, não consigo encontrar nenhuma evidência disso nesse livro de registro em particular.

— Nem no meu — concordou Greymoor, erguendo o copo em uma saudação simulada. — No entanto, a falta disso pode ser mais atribuída ao meu consumo de bebidas alcoólicas esta noite do que às habilidades de fraude do seu administrador.

Maldição. Aquilo era uma perda de tempo. Ele estava determinado a obter respostas antes do casamento, mas os últimos dias tinham sido uma rodada frustrante de pistas aparentemente promissoras que não levaram a lugar algum.

— Ainda não confio no desgraçado — ele murmurou, folheando outra página de relatórios bem anotados. — Sua maneira de agir com Wycombe foi muito estranha e, quando eu mesmo o interroguei, também me pareceu que estava mentindo. Estou cada vez mais convencido de que ele é o culpado pelo tiro que feriu Izzy.

Mas uma pergunta importante continuava sem resposta. Por quê? Ele ainda não havia chegado a uma resposta plausível para essa pergunta. Ainda assim, sabia que ela estava lá. Só precisava encontrá-la.

— Lembre-me — disse Greymoor enquanto folheava uma página do livro de registro em seu colo —, por que acha que seu administrador sairia por aí atirando como um fora da lei no oeste selvagem.

— Foi apenas um tiro — ele apontou. — E foi Wycombe que chamou minha atenção para o administrador. Antes disso, eu nem sequer havia conversado com o sujeito.

Wycombe encolheu os ombros:

— O que posso dizer? Uma parte de mim nunca deixará de ser um detetive. Faz parte de quem eu sou. Depois que Lady Isolde foi ferida, interroguei todos os criados do solar. O administrador foi a única pessoa que afirmou ter certeza, sem dúvida, de que tinha visto o mordomo com uma arma, dizendo que ia caçar galos silvestres.

— Há galos silvestres em Staffordshire? — perguntou Greymoor. — Não pensei que houvesse.

— Não mais — disse Zachary. — O que significa que, se Potter estava de fato andando com uma arma, como Ridgely afirmou, ele confundiu Barlowe Park com nossa propriedade em Anglesey, onde meu pai costumava organizar grupos de caça aos galos silvestres. E se ele estava confuso, era mais provável que saísse disparando sua arma sem se importar com as pessoas ao seu redor. Já sabemos que ele não escuta muito bem e, mesmo com o dispositivo que Lorde Leydon criou para ajudá-lo, ele provavelmente não saberia que não estava sozinho no momento em que disparou o tiro.

— Então você tem sua resposta. — Greymoor tomou outro gole saudável de sua bebida. — Entendo sua afeição pelo velho, mas se ele anda por aí armado, é hora de você aceitar a verdade. Da próxima vez, ele pode não apenas machucar sua futura esposa.

— Nós nos certificamos de que Potter não tinha outra arma de fogo — disse Wycombe, com a cabeça ainda inclinada sobre o livro de registro. — E é aí que reside parte da suspeita adicional. Não conseguimos localizar o bacamarte que Ridgely supostamente viu Potter carregando.

O administrador havia sugerido que talvez o mordomo idoso tivesse deixado cair a arma em sua confusão após ela ter sido descarregada. Uma solução que Zachary achou um pouco propícia demais. Foi então que passou a achar o administrador suspeito, e não lhe parecia estar errado em fazê-lo; confiava implicitamente na intuição de Wycombe, e tudo o que tinha visto até então confirmava as preocupações do amigo.

— Não podemos esquecer que Ridgely levou dois malditos dias para me fornecer os registros que solicitei — acrescentou Zachary, ainda incomodado com a maneira descarada com que o administrador o havia levado a insistir em sua ordem.

Sem dúvida, essa era a última maneira que ele queria passar a noite antes de seu casamento.

Mas tinha de ser feito.

— Acha que o administrador estava tentando atirar em Lady Isolde? — Greymoor perguntou, deixando toda a sua perplexidade transparecer.

— Não consigo pensar em nenhuma razão para que ele desejasse machucá-la — disse Zachary com severidade. — Quando a bala atingiu Izzy, no entanto, eu estava caminhando em direção a ela. É possível que Ridgely estivesse tentando atirar em mim, mas errou, ferindo minha noiva. Ao ver o que havia feito, ele fugiu e foi rápido em colocar a culpa de seu erro em Potter.

O marquês assentiu com a cabeça:

— Sem dúvida essa pode ser uma explicação plausível. No entanto, por que seu administrador desejaria atirar em você? Confesso que estou perdido.

— Encontrei um conjunto de cartas que meu irmão enviou a Potter

O NOBRE GALANTEADOR

— explicou Zachary, seu tom sombrio, o nó de apreensão em seu peito ficando mais apertado ao se lembrar da descoberta que fizera por acaso. — Nelas, Horatio expressava preocupação com o administrador. Na última que enviou, meu irmão pediu a Potter que fizesse um relatório da administração de Barlowe Park por Ridgely e sugeriu que havia discrepâncias entre os relatórios que o administrador vinha enviando e as finanças da propriedade.

Esse monte de cartas repentinas, quase desesperadas, foram datadas próximo à época da morte de seus irmãos.

Zachary ficou surpreso ao ver a péssima caligrafia de seu irmão mais velho. Fazia muito tempo que não via nada com a letra de Horatio. Seu irmão sempre fora apressado e ríspido em todas as suas missivas, com uma caligrafia pouco legível. Ele não era do tipo que se interessava por profundidade em sua comunicação. As cartas para Potter provaram que pouca coisa havia mudado nos anos que se passaram.

— Já lhe ocorreu que você pode não só ter um mordomo que não está em plenas faculdades mentais, nonagenário, correndo para atirar em alvos imaginários, como *também* um administrador ladrão? — Greymoor fez uma pequena brincadeira.

— Deixe que Grey pense em coisas diabólicas — disse Wycombe, sem qualquer calor.

— Suponho que seja possível — admitiu Zachary com relutância.

— Improvável — acrescentou o duque.

— E desde quando é um maldito especialista? — perguntou Greymoor. — O senhor é um duque, não um inspetor-chefe da Scotland Yard.

— Rá — disse Wycombe. — Rapaz esperto.

Zachary chegou ao final de uma página e a virou, passando a mão no rosto com um suspiro:

— Céus, está ficando tarde e estou morto de cansaço. Talvez todos nós devêssemos apenas...

Suas palavras se arrastaram quando seus olhos se fixaram em algo peculiar na página do livro contábil diante dele. Os aluguéis que ele estava vendo tinham números transpostos. Um oito onde deveria estar um seis. Um nove no lugar de um três. Ele estava vendo os mesmos registros há tanto tempo que todos eles começaram a se misturar em um borrão sem esperança. Mas diante dele, na página, ele subitamente viu as mudanças nos números semelhantes. Os fundos recebidos haviam sido alterados para que parecessem menores. Não cada item, mas o suficiente.

Ele folheou mais algumas páginas para confirmar que estava realmente vendo a evidência diante dele e não apenas imaginando, olhando para uma ilusão esperançosa.

— O que é isso? — Wycombe perguntou, seus instintos de detetive da Scotland Yard mais uma vez voltando à vida. — Encontrou alguma coisa, não foi?

— Discrepâncias — relatou Zachary, com a justificativa enchendo seu peito com uma sensação oca de expectativa. — Os aluguéis foram deturpados.

E, de uma maneira tão sutil e inteligente que ele não havia percebido até que sua mente distraída tivesse se concentrado em um único registro e o tivesse lido com atenção. Agora que havia encontrado a chave para as impressionantes deturpações de Ridgely, ele podia vê-las com facilidade. Era como se sua mente as tivesse corrigido inicialmente, passando direto pelos erros que haviam sido inseridos.

Ele folheou o restante do livro de registro diante de si e não parou até chegar à primeira página daquele ano. Três anos antes. E seu coração se afundou nos carpetes desgastados que cobriam o chão. Se Ridgely estava usando erros pequenos e difíceis de discernir para roubar fundos de Barlowe Park nos últimos três anos, o que mais ele havia feito? E quando suas fraudes começaram?

— Raios — murmurou Greymoor. — Quer dizer que vocês dois estão certos? — Ele bebeu o último gole de seu conhaque e água com gás, pontuando sua pergunta à maneira Greymoor de ser.

— Não posso ver isso de outra forma — confirmou Zachary, sombrio. — Ele tomou o cuidado de garantir que as quantias que estava guardando para si mesmo fossem pequenas, do tipo que passaria despercebido por algum tempo antes de ser descoberto.

Ele folheou o final de seu livro de registro e seus olhos se fixaram em outro item. *Jardineiro-chefe*. Os jardins de Barlowe Park estavam cheios de ervas daninhas. Os caminhos tinham raízes crescendo através deles e eram quase intransitáveis para uma senhora de saias. O Barlowe Park de sua juventude, em contraste, era impecável. A falta de cuidado evidente em todos os lugares agora não poderia ter sido apenas o resultado de um ano. Pelo contrário, era coisa de muito mais tempo. Cinco anos ou mais. Enquanto isso, o livro de registro que ele estava examinando era o mais recente, do último ano.

— Se houve um jardineiro-chefe empregado aqui no último ano, comerei minhas próprias botas — ele rosnou. — E, no entanto, aqui está ele,

O NOBRE GALANTEADOR

bem registrado, um Sr. Robert Jones, sendo pago até o último... — Ele deixou que suas palavras se perdessem enquanto olhava para o registro mais recente no livro contábil. — Até o mês passado.

Wycombe ficou de pé, juntando-se a Zachary na escrivaninha, colocando o livro de registro que estava examinando ao lado do seu. — Diga-me os números suspeitos.

— Os aluguéis desta parte — disse ele, passando o dedo pela página. — E este aqui. Esta parte também...

— Puta merda — xingou Wycombe, baixinho. — Ao comparar, são aluguéis diferentes neste trecho, mas o mesmo padrão. Números repetidamente transfixados, e mais um salário de jardineiro-chefe. Um Sr. Winston Smith.

Os livros de registro que Wycombe examinava eram de três anos atrás.

— Suponho que isso signifique que devo trazer o meu também — Greymoor resmungou, levantando-se e obedientemente trazendo o livro com ele, batendo-o na mesa com os outros. — Aqui está.

Zachary folheou as páginas, encontrando o mesmo padrão. Números habilmente trocados. Mais um jardineiro-chefe, desta vez um Sr. Neil Roberts. Ele estaria disposto a apostar seu bem mais valioso que esse nome não existia, assim como todos os outros. Que não havia um maldito jardineiro sendo pago aqui em Barlowe Park desde talvez sua última visita.

— O que temos diante de nós é a prova de que Ridgely tem roubado a propriedade nos últimos anos — disse Zachary com severidade, com o olhar fixo na caligrafia elegante, na perfeição da formação das letras em justaposição aos enganos e pecados que elas escondiam. — Os livros contábeis não mentem.

— Então você tem um ladrão — constatou Greymoor. — Há de querer mandar esse desgraçado embora, é claro.

A prova estava diante dele. Ridgely era de fato um ladrão.

Mas o que mais ele era, e por quê? Algo dizia a Zachary que estava apenas começando a descobrir a verdade a respeito do administrador e o que ele havia feito. Uma coisa estava clara. Ele precisava tirar o homem de Barlowe Park imediatamente.

— Vou mandá-lo embora — concordou — o quanto antes. Mas não se esqueça de que amanhã é o dia do meu casamento.

Ele com toda a certeza não se esqueceria.

Nunca imaginou que aguardaria esse momento com ansiedade, mas se viu contando as horas, os minutos.

— Mande-o embora depois da cerimônia — Greymoor aconselhou com um ar de generosidade benevolente, que só poderia ser alcançado em virtude do excesso de conhaque e água com gás. — Depois, pode sair em lua de mel e esquecer que o desgraçado existe.

— Permita-me tratar do assunto — sugeriu Wycombe, sua voz baixa e séria. — As evidências são claras e, por ora, não temos noção se esse tal de Ridgely é perigoso ou não. Vou envolver a polícia local depois que você e Lady Isolde partirem amanhã para a lua de mel e cuidarei para que ele seja levado à justiça.

— Não posso esperar que faça isso — negou ele, sentindo-se culpado com a ideia de sair para a lua de mel e deixar o amigo para trás para resolver a questão do administrador ladrão para ele.

— Não está esperando nada — respondeu Wycombe com gentileza. — Estou oferecendo. Amanhã seremos uma família. Irmãos. Familiares cuidam uns dos outros.

Irmãos. Família.

Zachary não estava preparado para a emoção que sentiu ao ouvir a palavra, a conexão. Ele havia perdido Horatio e Philip muito antes de suas mortes, e não podia negar que a ausência havia deixado um buraco em sua vida.

— Eu ficaria eternamente em dívida com você — disse ele, roucamente, com a emoção à flor da pele.

— Bobagem — o duque se esquivou com tranquilidade. — Minha oferta é egoísta. Sinto falta da Scotland Yard. Ver esse ladrão maldito ser levado à justiça me dará um gostinho dos velhos tempos. Além disso, seu casamento e sua lua de mel são importantes demais para que se distraia com um assunto que posso resolver facilmente para você.

Ele assentiu com a cabeça, pois Wycombe não estava errado. Seu casamento e sua lua de mel eram muito mais importantes.

Casamento. Inferno e maldição.

Ele, que havia jurado nos últimos oito anos nunca ser pego na armadilha do pároco, estava prestes a ter uma esposa.

Mas sua esposa era Izzy.

Seu amor.

Ele exalou devagar:

— Tem certeza, meu velho amigo?

Seu amigo lhe deu um sorriso tranquilizador:

— Concentre-se em sua esposa e em fazê-la feliz. Deixe que cuido do resto.

O NOBRE GALANTEADOR

CAPÍTULO 17

Izzy levantou-se na manhã do dia do casamento da mesma forma que em muitos dos dias que o antecederam: com medo.

Medo este que se manifestou em um aperto no peito, um nó no estômago. Que a perseguiu com a precisão de uma fera caçando sua presa desavisada.

Enquanto ela se vestia com todas as roupas íntimas cuidadosamente bordadas que foram escolhidas para esse dia. Ao colocar o vestido que havia encomendado em Londres, em vez de Paris, devido à pressa de suas núpcias iminentes. Quando Murdoch fez uma série de tranças em seu cabelo e depois as enrolou no topo da cabeça, enfeitando o penteado com flores. E continuou quando o véu de renda foi preso no lugar. Colocando as pulseiras no braço e um colar no pescoço. Ainda estava lá ao enfiar os ganchos de seus brincos em seus lóbulos.

E depois, quando Izzy ficou diante do espelho em seu quarto de hóspedes, vendo-se não apenas como Izzy, mas como uma noiva. Como uma mulher que em breve se tornaria a nova Condessa de Anglesey.

O medo permaneceu enquanto ela caminhava pelo corredor estreito da capela de Barlowe Park em direção ao homem que seria seu marido em questão de minutos.

E ainda não se dissipara quando ela recitou seus votos enquanto fitava o olhar azul profundo dele.

A cerimônia em si, assim como o café da manhã de casamento que se seguiu, passou em uma névoa turva para Izzy. Houve uma série de brindes. Parabéns de todas as maneiras e de todos os convidados. Havia comida que ela não sentia vontade de comer chegando diante dela em pratos delicados. Vinho. O último, ela bebeu com cuidado, sabendo que não queria exagerar já que estava de estômago vazio.

Durante todo o tempo, Anglesey permaneceu uma presença calma ao seu lado.

Mais de uma vez, ela se viu observando-o, admirando o forte corte de sua mandíbula, aqueles lábios pecaminosamente esculpidos. Observando seus dedos longos, a protuberância masculina de seu pomo-de-adão, a largura de seus ombros. Ele estava muito bem vestido esta manhã, como de costume, e era sem dúvida o homem mais bonito do cômodo. Em qualquer cômodo. Todas as mulheres solteiras que ela conhecia teriam orgulho de chamá-lo de marido, de reivindicá-lo como seu.

Como era estranho encarar um dia com o qual ela havia sonhado por tanto tempo, com um homem diferente daquele que ela havia imaginado tantas vezes ao seu lado. Durante anos, ela acreditou que se casaria com Arthur e que eles viveriam felizes para sempre. Mas isso era uma mentira, e ele havia demonstrado não ser quem ela pensara.

Agora, enquanto a carruagem balançava ao se aproximar de Barlowe Park, levando-os na direção oposta, ela não pôde deixar de se lembrar da maneira como os dedos de seu novo marido encontraram os dela em um aperto suave sob a mesa, afastando um pouco do pavor. O toque dele tinha sido quente e reconfortante, uma lembrança da conexão que tinham compartilhado antes de ser cortada tão abruptamente.

Sim, ainda parecia impossível, mesmo com a presença perigosamente masculina ao lado dela, com a coxa da calça dele tocando suas saias, o cheiro dele se infiltrando no transporte. Almíscar, frutas cítricas e pecado.

Casada.

Ela estava *casada*.

E não apenas casada, mas também a esposa do grande e intrigante libertino ao seu lado.

A Condessa de Anglesey.

Impossível, mas inegavelmente verdadeiro.

— Você está quieta — observou ele, o ronco de sua voz grossa rompendo o silêncio que havia se instalado entre eles desde o momento em que ele se juntou a ela.

Ela não queria olhar para ele agora, encontrar seu olhar e ser forçada a reconhecer sua proximidade ou a tentação que essa proximidade trazia consigo. Em vez disso, ela manteve o rosto voltado para a janela, onde a paisagem passava em um borrão de verdes, marrons e azuis.

— Estou cansada — ela respondeu com sinceridade.

— Esta manhã pareceu uma eternidade.

A declaração direta dele a pegou de surpresa e a fez se virar para ele.

Um erro, pois aquele olhar de um azul intenso fulminava o dela, e ela não tinha onde se esconder, nenhum meio de fingir distração.

O NOBRE GALANTEADOR

Ela engoliu em seco:

— Mais como duas eternidades.

Zachary assentiu com a cabeça, a intensidade repentina em seu semblante a fez querer desviar o olhar.

— Está linda como sempre, *cariad*.

Ele estava sendo carinhoso outra vez.

O coração dela não conseguiu suportar.

— E você está lindo como sempre — ela reconheceu, sua voz soando frágil. Sua capacidade de resistir a ele, quando seu charme estava em pleno vigor, era inexistente.

— Que belo par somos. Casados há menos de meio dia e já franzindo a testa um para o outro a caminho da lua de mel.

Lua de mel. Sim, talvez esse fosse outro motivo para seu desânimo. Ela estava prestes a passar uma semana com ele na propriedade do Marquês de Greymoor. Quando Anglesey lhe fez a sugestão, muito antes de ela tê-lo visto beijando a condessa viúva, Izzy concordou. Ela não queria ir para o exterior. Tampouco desejava uma lua de mel prolongada. O marquês, que era terrivelmente rico graças a seus muitos investimentos e, aparentemente, uma espécie de parceiro de negócios de Anglesey, havia reformado Haines Court, colocado eletricidade em tudo.

— Acaso eu deveria estar feliz? — perguntou ela, com um tom mais agudo do que pretendia.

— Acaso tem motivos para estar infeliz? — ele rebateu. — Além do que você acredita ter visto, eu lhe dei motivos para ser infeliz? Dei-lhe algum motivo para duvidar de mim quando lhe digo que farei o máximo para ser o marido que você merece?

Ainda assim, ela não conseguia desviar o olhar, por mais que desejasse. Ele estava tão concentrado nela que seus lábios se curvavam com um toque de raiva reprimida. Ou talvez frustração. Ela pensou em todos os lugares em que aquela boca havia estado em seu corpo e suas bochechas ficaram quentes.

— Não — ela admitiu, seu tom agora calmo. — Não deu.

Mas isso não significava que seu coração não estivesse muito inseguro em relação a ele. Tendo sido tão completamente machucada uma vez, ela não desejava se submeter voluntariamente à mesma dor avassaladora. Ela sabia o que tinha visto. Sabia o que o próprio Anglesey havia lhe contado quanto aos seus sentimentos passados pela condessa viúva.

E Lady Anglesey era uma mulher inegavelmente atraente. De cabelos claros, elegante e bonita. Izzy, por outro lado, tinha cabelos escuros e sem graça, indomáveis e ondulados, e seu corpo era curvilíneo demais.

— Pretende continuar a me castigar durante toda a nossa lua de mel? — perguntou ele em seguida. — Se for assim, talvez devêssemos simplesmente dar meia-volta e voltar para o lugar de onde viemos.

A tentação estava lá, dizendo a ela para concordar. Sugerir que voltassem para Barlowe Park, onde ela estava cercada por sua família. Mas seu orgulho continuava forte. Ela não tinha certeza se queria confessar o quanto a perspectiva de passar uma semana sozinha com ele a enchia de medo.

Nada além deles dois e dos competentes criados de Greymoor.

Sem interrupções.

Sem convidados.

Nenhum casamento para distraí-los.

Nem mesmo o decoro para mantê-los separados.

— E então, madame? — ele exigiu, com uma voz curta e ríspida. Não era grosseira, mas carregava uma ponta de algo severo. — Vamos voltar para Barlowe Park e deixar de lado nossas tentativas de lua de mel? Diga o que quer e eu farei com que a carruagem dê meia-volta.

Diga que sim, disse seu coração desconfiado.

Diga não, disse seu orgulho.

No final, o orgulho venceu.

— Não — disse ela apressadamente. — Não volte. Vamos começar com a lua de mel, meu senhor.

Haveria perguntas que ela não queria responder de sua família se eles voltassem. E ela também não queria que ele a achasse vulnerável ao seu charme, independentemente do quanto ela se sentisse atraída por ele.

— Porque quer a lua de mel ou porque seu orgulho não lhe permite dizer o contrário? — ele perguntou, seu olhar analítico.

Como se já soubesse a verdade.

Ela inclinou o queixo para cima em uma demonstração de desafio:

— Porque eu quero a lua de mel. Depois da última semana, um pouco de silêncio longe da agitação deve ser restaurador.

— Prove, então.

As palavras na voz grossa dele fizeram com que um prazer quente percorresse sua espinha, à medida que surgiam em sua mente maneiras de provar seu desejo de ter uma lua de mel. Ela afastou esses pensamentos com determinação implacável.

O NOBRE GALANTEADOR

— Prove — ela repetiu, tentando parecer o mais distante e indiferente possível. Não era uma tarefa fácil quando ele a olhava como fazia agora, com as pálpebras semicerradas, o magnetismo inegável que ele exalava mais forte do que nunca.

Era assim que ele olhava para as outras mulheres que conquistara? Se assim fosse, ela poderia muito bem entender a capitulação delas. Ela estava derretendo por dentro, todas as paredes de gelo que havia construído se transformando em nada mais do que poças.

— Sim — disse ele calmamente, mexendo no brinco dela ao dizer as palavras. — Se quer uma lua de mel, então prove. Trate-me com algo mais do que uma indiferença fria. Sou seu marido agora, Izzy.

Ele não a havia tocado; as pontas de seus dedos nem sequer roçaram sua pele e, no entanto, ela estava nervosa como se ele a tivesse tocado. O desejo no ar ficou subitamente denso e pesado. Cada parte dela estava clamando por essa conexão. Pelo raspar sedoso da carícia dele em sua garganta. E depois mais abaixo.

Ela queria que ele deslizasse as mãos por dentro de seu espartilho, acariciasse seus seios. O desejo que ela sentia por ele a surpreendia e a confundia. Eles não tinham nem um dia de casados e ela já estava se deixando levar.

Izzy se agarrou à lã cinza da saia de seu traje de viagem, que era muito mais discreto do que ela estava acostumada a usar, com o único sinal de seu senso de moda no espartilho vermelho brilhante oculto sob a jaqueta elegante. Pelo menos seu ferimento estava curado o suficiente para que ela pudesse se vestir adequadamente.

— Estou ciente de que você é meu marido, meu senhor. A cerimônia de casamento desta manhã foi difícil de passar despercebida.

Ele desamarrou a fita do chapéu que o mantinha no lugar e, em seguida, o tirou da cabeça dela, antes de colocá-lo gentilmente no banco em frente a eles.

— Pronto. Agora, pelo menos, posso ver seu rosto sem todas aquelas flores secas, fitas e penas bobas.

O chapéu dela talvez estivesse um pouco cheio demais, mas ele certamente estava se dando o luxo de tratá-la com intimidade. Ela supôs que esse era um direito dele. Sua irritação aumentou, e ela ficou consternada ao perceber que não era contra a remoção do chapéu que ela protestava, ou contra a denúncia dos enfeites, mas sim contra a contínua negação do toque. Ela o desejava.

A semana que se aproximava seria terrível. Como ela poderia resistir a ele?

— Você já sabe como é o meu rosto, Anglesey. — Ela franziu a testa para ele, sentindo-se mais inquieta do que nunca.

Por fim, ele lhe deu o que ela queria, um simples toque de seus dedos na bochecha dela. O toque a fez sentir uma descarga elétrica.

— Sim — ele concordou. — Eu sei.

Seu olhar era assustadoramente carinhoso. Ela não sabia o que fazer com as mãos, então permaneceu rígida e imóvel, segurando as saias, com o braço ferido ainda sensível.

— Se vou ficar sem meu chapéu, então é justo que você tire o seu — disse ela, em parte porque queria continuar a distraí-lo de seu pedido para que ela lhe mostrasse que queria a lua de mel. E também porque todo aquele cabelo dourado escondido sob o elegante chapéu preto era realmente uma pena.

Ele pegou a aba de seu chapéu com os dedos longos e o retirou, jogando-o sem o mesmo cuidado que tivera com o dela. Caiu em pé ao lado do dela.

Ela olhou para os chapéus, achando-os bastante simbólicos.

— Feliz agora? — ele perguntou, chamando a atenção dela de volta para ele.

O sorriso em seus lábios fez com que um leve sinal de sua covinha aparecesse. Ele estava recém-barbeado, com o cabelo caindo sobre a testa em uma simetria devassa.

Eu o amo, pensou ela de repente.

Amo esse homem, apesar de todas as razões pelas quais não deveria.

E se houvesse motivos para amá-lo? Ele já havia lhe dado alguns, não havia?

Seu coração batia mais rápido do que os cascos dos cavalos à frente da carruagem que passavam pelo chão frio de Staffordshire.

— Eu poderia estar mais feliz.

— Diga-me como. O que posso fazer para agradá-la?

Embora ele não estivesse seduzindo-a, a referência a agradá-la em seu barítono profundo fez com que ela sentisse uma onda de desejo. Ele a havia agradado muito bem em outras ocasiões. Seu corpo vibrou com a lembrança.

— Minha cabeça está doendo — ela mentiu. — Talvez um pouco de silêncio possa ajudar.

Sim, se ao menos ele parasse de falar, parasse de encará-la tanto, parasse

O NOBRE GALANTEADOR

de fazê-la arder daquela forma que só ele conseguia, como se ela fosse pegar fogo se o tocasse, então ela seria feliz. Então, ela poderia resistir a ele por mais um minuto, mais uma hora e, se tivesse sorte, mais um dia. Esse homem ia partir seu coração de novo.

E mais outra vez.

E então de novo.

— Perdoe-me, *cariad* — disse ele, com contrição em sua voz. — O médico disse que seu ferimento cicatrizou bem, mas não a considerava recuperada por completo. Deseja tirar um cochilo? Encoste-se em meu ombro e feche os olhos.

Encostar-se nele? Isso exigiria que ela se aproximasse mais. E chegar mais perto dele significaria a ruína total e absoluta. Também seria necessário tocá-lo, o que era realmente perigoso para a capacidade dela de resistir a ele.

Ele é seu marido agora. Você pode muito bem se render.

— Não vou morder, se é isso que você teme — ele provocou.

A covinha apareceu.

Ela passou a língua pelos lábios, que estavam bem secos:

— Não quero tirar um cochilo.

— A viagem até Haines Court será longa se você insistir em ser tão distante, *cariad*.

Cariad.

Aquele sorriso.

O toque leve dele, percorrendo a mandíbula dela agora, como se ele estivesse gravando o formato do rosto dela na memória.

Era demais.

O último fio de sua determinação em mantê-lo à distância se rompeu.

Ela se moveu, com uma rapidez que fez com que o ferimento que estava se recuperando doesse. Mas ela o fez mesmo assim, porque *não* podia deixar de fazê-lo. Ela tinha que ter os lábios dele nos dela. Precisava beijá-lo. Izzy inclinou seu corpo em direção ao dele, segurou o rosto do amado e aproximou sua boca da dela.

Até.

Que.

Enfim.

Izzy o estava beijando, com lábios exigentes, carnudos e quentes, muito quentes. Com um gemido de aprovação, ele envolveu-a com os braços, aproximando-a mais, mas tomando cuidado para não esbarrar no seu braço machucado. Esse era o momento pelo qual ele estava esperando, o desespero no beijo dela era suficiente para amenizar a dor do beijo frio que haviam compartilhado mais cedo na capela. Ele a pegou no colo, segurando-a, determinado a não soltá-la agora que havia conseguido essa pequena vitória.

Ela estava aqui, em seus braços, e agora era sua esposa.

Sua em todos os sentidos.

Ele a beijou de volta, segurando firme as rédeas da necessidade que havia suprimido tão cruelmente desde aquela noite terrível em que ela o viu com Beatrice. *Devagar*, ele lembrou a si mesmo. Ele não queria assustá-la com a força de seu desejo. *Corteje-a aos poucos.*

Relutante, ele abriu os lábios dela com os seus, sua língua escorregando para as profundezas aveludadas. Sentiu o gosto do vinho que ela havia bebido hesitantemente no café da manhã do casamento, doce e inebriante.

Ela emitiu um som rouco de desejo, com a mão ainda na bochecha dele, quente e sem luvas. Beijou-o com mais força, como se sua vida dependesse disso. Esse beijo era tudo o que ele estava esperando, uma bênção. A resposta de seu corpo foi instantânea.

Ele estava dolorosamente duro sob o peso delicioso da forma dela, agora com um vestido de viagem de lã cinza-claro em vez da etérea seda prateada que ela havia usado na cerimônia. Não se via nem uma alcachofra na roupa dela, e ele não sabia se deveria ficar decepcionado ou aliviado com essa omissão. Ele se perguntou se ela poderia sentir o pau dele através de todas as camadas de saias. Se ele deveria mudá-la de posição para diminuir a obviedade de seu desejo.

Mas antes que ele pudesse agir de qualquer maneira, ela se afastou do beijo, com a respiração tão acelerada quanto a dele, os olhos de esmeralda brilhantes e vívidos de paixão.

— Por que você me chama assim?

Ele piscou, tentando apagar um pouco do rugido em seus ouvidos, o fogo de sua cabeça. Para dar sentido às palavras dela quando tudo dentro dele era uma ladainha interminável de necessidade crua e inabalável. Demorou um pouco até perceber a que ela estava se referindo. *Cariad.*

O NOBRE GALANTEADOR

— Prefere outra coisa? — perguntou ele. — Querida? Esposa?

— Você não respondeu à minha pergunta.

Inferno.

Estava cedo demais para revelações.

— Porque você é importante para mim — ele disse, uma resposta vaga o suficiente para a pergunta dela. — Como deveria ser.

Porque você é meu amor, ele poderia ter dito. Mas, maldição, ele só havia dito palavras de amor uma vez, e elas haviam sido dadas às pressas a uma mulher que não as merecia. A uma mulher que o havia traído posteriormente. Ele queria fazer isso direito, seu casamento com Izzy. Ele ficou surpreso com o quanto.

— Eu quero acreditar em você — disse Izzy, parecendo dividida.

— Então acredite em mim. É muito simples. — Ele virou a cabeça, beijando a palma enluvada da mão dela.

— Eu gostaria que fosse.

— É, se você assim permitir — ele rebateu, pois podia ser tão teimoso quanto ela. E essa era uma batalha que ele estava determinado a vencer.

Ela desviou o olhar, concentrando-se na janela e na paisagem que passava devagar.

— Meu senhor, por favor.

— Zachary — ele corrigiu. — Diga.

Ela suspirou:

— Zachary.

Ele deveria ter ficado satisfeito com a rendição dela, mas ela ainda estava olhando pela maldita janela, como se lá fosse encontrar a resposta para todos os problemas deles. Ela não encontraria, e Zachary a queria aqui, naquele momento, com ele.

— Olhe para mim, Izzy. — Ele esperou até que ela encontrasse e sustentasse seu olhar antes de continuar. — Acredite em mim. Você diz que quer essa lua de mel, o que significa que, de alguma forma, você deve me querer.

— Querer você não é o problema — disse ela baixinho. — O problema é confiar em você.

Foi um golpe que ele não queria, um lembrete dos obstáculos que eles enfrentavam. Obstáculos que ele havia tão estupidamente ajudado a criar. Se ao menos ele não tivesse se embriagado naquela noite. Se ao menos ele não tivesse parado para falar com Beatrice. Se ao menos ele a tivesse mandado embora de Barlowe Park e de sua vida imediatamente após a morte

SCARLETT SCOTT

de Horatio, em vez de permitir que ela permanecesse com sua presença desastrosa. Mas ele não o fez. Não se pode mudar o passado. Só lhe restava moldar o futuro.

Ele se inclinou para ela, beijando-lhe o rosto, inalando o aroma irresistível de seu perfume.

— Já disse isso antes e vou dizer de novo: não sou Penhurst. Não vou abandoná-la por outra.

— Eu acreditava que ele também não faria isso, e veja onde isso me deixou — disse ela, com um leve tom de amargura na voz que aumentou a ira dele.

Que Arthur Penhurst vá para o diabo que o carregue.

— Sim — disse ele, em vez de ceder ao ciúme que provavelmente o assombraria para sempre no que se referia ao outro homem. — Veja onde ele a deixou, *aqui,* em meus braços. Nesta carruagem comigo. Minha esposa em vez da dela. Não posso dizer sinceramente que lamento isso. Gosto de tê-la aqui comigo, Izzy. Preciso de você aqui. É aqui o seu lugar.

Ela mordeu o lábio, considerando-o, com o semblante pensativo. Incerta.

— Se não acredita em mim, então vou lhe mostrar.— Ele inclinou a cabeça, com uma posição que exigia pouco movimento, e tomou os lábios dela.

A resposta dela foi instantânea, um suspiro que ele sorveu, essa vitória, tão pequena quanto as outras anteriores, atiçando as chamas. Dessa vez, ele a beijou devagar, sem pressa, fazendo amor com sua boca da mesma forma que desejava fazer amor com seu corpo. Uma única vez na grama, perto da cachoeirinha, não tinha sido suficiente.

Mas ele não se enganou. Ele estava embriagado de desejo por ela. Não importava quantas vezes ele fizesse amor com ela, nunca seria o suficiente. E talvez se ele pudesse lembrá-la de todas as formas como seus corpos funcionavam tão bem juntos... Se ele a trouxesse de volta ao prazer selvagem que eles haviam compartilhado, seria mais fácil ela esquecer o passado não tão distante.

Ele tirou os lábios dos dela, beijando sua garganta, onde a pele era delicada e suave acima da gola alta do traje de viagem e macia, tão macia. Beijou até o ponto em que a pulsação dela batia em um rápido staccato aos lábios dele. Ela não ficou indiferente. Nunca havia sido. Seu corpo o desejava tanto quanto o dele desejava o dela. O problema era sua mente, que lhe dizia para resisti-lo.

Havia uma vantagem em ter passado os últimos oito anos de sua vida

O NOBRE GALANTEADOR

dedicados a façanhas sexuais. Ele sabia como seduzir uma mulher. Ocorreu-lhe que talvez estivesse vendo a questão com Izzy sob a perspectiva errada. Seu amor por ela não o impedia de cortejá-la. Ela era diferente das mulheres que ele conhecera antes dela, sim. Ela era especial. *Amada*. Mas a linguagem mais forte de todas continuava sendo o desejo.

No momento, esse parecia ser o único caminho para o coração dela.

Ele abriu a boca e chupou gentilmente o pescoço dela, gratificado pelo suspiro ofegante, pela forma como os dedos dela se apertaram em seus ombros, prendendo-o a ela. Pela forma como a cabeça dela se inclinou para trás, dando-lhe mais acesso. Ele aproveitou a vantagem, soltando o fecho da gola dela e retirando as duas pontas da jaqueta elegante para revelar o espartilho por baixo. Era de um carmim brilhante, em forte contraste com o cinza de suas saias. Aqui estava ela, sua querida ousada e resplandecente.

No entanto, o decote também era modesto demais, negando-lhe acesso ao que ele mais queria: mais de Izzy. Felizmente, ele sabia bem como tirar o vestido de uma mulher. Ele fez um trabalho rápido com mais ganchos e encaixes ocultos, abrindo o corset para revelar a pele macia. Os seios dela se erguiam altos e fartos, presos pelo corset, derramando-se sobre a chemise. Seu pau se contraiu com a apresentação. Deus, ela era adorável.

Adorável e *dele*.

Ele voltou a colocar seus lábios nela, beijando o local onde a garganta e o ombro dela se encontravam, depois a cavidade na base da garganta, onde um colar estava aninhado, antes escondido por suas roupas. Ouro e esmeralda para combinar com seus olhos. Mas nenhuma pedra preciosa poderia se comparar à vitalidade e ao brilho de seu olhar. O metal estava quente, e por um instante sentiu inveja daquele colar, aninhado tão perto da pele dela.

Zachary inspirou fundo, trazendo o perfume dela para seus pulmões, saboreando-o. Ele havia esperado por isso, para tê-la mais uma vez em seus braços. E estava determinado a aproveitar aquela dádiva. Queria fazê-la arder por ele da mesma forma que ele por ela.

Ele agarrou a borda com babados da chemise dela e a puxou para baixo. Outro puxão no espartilho e seus seios se espalharam por cima, nus e gloriosos. Com mamilos rosados, que já estavam duro feito pedra à sua espera.

Anglesey abaixou a cabeça e levou um botãozinho duro à boca, chupando com força.

Ela gemeu, seu toque se deslocou dos ombros para a cabeça dele, com os dedos passando por seus cabelos. Encorajado pela resposta dela, ele levou o outro mamilo à boca, depois o prendeu entre os dentes e o puxou de leve. Izzy era extremamente sensível naquele ponto em particular, e ele adorava.

De fato ele a amava.

Ele beijou o inchaço macio de seu seio:

— Você é tão linda.

E ele estava perdendo o controle rápido. Ele precisava senti-la. Estar dentro dela.

Mas você está em uma maldita carruagem, e este é o dia do seu casamento.

Sim, ele era uma fera. Um pecador ímpio. Agora que ele a tinha onde queria, como poderia parar? A resposta era clara. Ele não podia.

A mão dele se enroscou nas saias de lã cinza dela, erguendo-as. A palma da mão de Zachary roçou a curva feminina de uma panturrilha coberta por meias. Por cima de suas calças, passando pela proeminência óssea de seu joelho. *Céus*, até os joelhos dela o deixavam louco. Ele jurou beijá-los quando estivessem em uma cama e ele tivesse tempo e oportunidade para adorá-la adequadamente. Ele passou a língua sobre um mamilo inchado enquanto sua mão percorria a protuberância do quadril dela. As pernas dela se abriram para ele, e ela se mexeu, trazendo o traseiro contra o pau duro dele sem a obstrução da *crinolette*.

Maldição.

Ele ia gozar dentro da calça se não tomasse cuidado, tamanho o seu desespero por ela.

Zachary lambeu círculos ao redor dos mamilos dela, torturando os dois. Ela respondeu arqueando as costas e puxando seu cabelo, incentivando-o a continuar. Perversamente, quanto mais ela o desejava, mais devagar ele queria prosseguir, prolongando cada sensação até o zênite mais delicioso.

Seus dedos logo encontraram a fenda da calçola de Izzy. Mergulharam em seu interior e encontraram o centro dela. Ela estava quente e escorregadia. E molhada.

Ele roçou um leve toque sobre o clitóris, pintando-o com o orvalho dela, enquanto esfregava a bochecha em seu seio.

— Essa sua boceta linda está pingando de tão molhada, amor. Diga-me que seu lugar não é aqui comigo. Diga-me que não quer isso.

Talvez ele estivesse sendo injusto. Ela estava se contorcendo em seus braços agora, com um rubor nas bochechas. Angariando todo o seu autocontrole, ele brincou com ela, mantendo o toque entre suas pernas suave e lento.

O NOBRE GALANTEADOR

Levando-a ao limite e, ainda assim, negando-lhe a liberação que ela tão claramente desejava.

— Eu... — Ela se arqueou contra a mão dele, buscando mais. — Sabe que não posso.

— Por quê? — Ele deslizou o dedo pela fenda dela, tocando levemente sua entrada. — Diga-me por que não pode.

— Oh. — A palavra lhe saiu como um gemido.

Ele soprou seu mamilo.

— Anglesey — disse ela.

— Zachary. — Ele chupou. — Chame-me de Zachary e eu lhe darei o que você quer.

O que ela queria era gozar. Ele sabia. Ela sabia. O cheiro almiscarado do desejo dela se espalhou pela carruagem, junto com os sons úmidos dos dedos dele trabalhando em sua carne necessitada.

Ela mordeu o lábio, continuando a negá-lo.

— Esposa teimosa — ele murmurou, desenhando círculos leves sobre a boceta dela, evitando completamente a pérola. — Dê-me o que eu quero, e eu lhe darei o que você precisa. Uma troca justa.

— Dificilmente será justa — ela rangeu os dentes enquanto se esfregava nele. — Por favor.

Ele queria fazer coisas ímpias, safadas e selvagens com ela. Transar com ela de mil maneiras diferentes. Enterrar seu pau tão fundo dentro dela que ela jamais esqueceria a sensação dele, enchendo-a e retesando-a, levando-a ao clímax. Tirar de sua mente todos os resquícios de Arthur Penhurst e arrancar de seu coração qualquer amor remanescente que ela nutrisse por aquele imbecil que não a merecia.

Zachary nunca havia tido tanta vontade de possuir completamente uma mulher em sua vida. A intensidade de seu desejo por Izzy quase o assustou. Ele nunca teria imaginado que o fato de se apaixonar tornaria o prazer carnal muito mais intenso.

Mas foi o que aconteceu.

— Meu nome em seus lábios — disse ele, passando os dedos sobre a boceta pulsante dela e, ao mesmo tempo, usando o polegar para estimular o clitóris. — Esse é o preço que eu exijo para fazê-la gozar.

Ela ofegou, os quadris se inclinando para cima, seu corpo reconhecendo o que o resto dela não reconhecia.

— Está sendo vulgar.

— Estou sendo sincero. — Ele tirou a mão de baixo das saias dela, mostrando-lhe a umidade do desejo em seus dedos. — Um de nós precisa ser, *cariad*. Veja o quanto você me deseja. Você está ofegante por mim agora. Admita. Você me quer.

Ela permaneceu em silêncio, claramente presa em uma batalha furiosa consigo mesma.

Sem tirar os olhos dos de Izzy, ele lambeu a lubrificação dela da sua mão e, Deus, como o gosto era bom. Ele mal podia esperar para lambê-la outra vez.

— Posso sentir o quanto você precisa de mim. Como sua doce boceta está desesperada por mim. Você me quer dentro de você, não é? Quer que eu a foda.

De repente, ele estava determinado a vencer essa batalha particular entre eles. Para forçá-la a admitir o quanto ela o desejava desesperadamente. Fazer com que ela admitisse que o desejava tanto quanto ele a desejava.

Os seios dela subiam e desciam com suas respirações cada vez mais irregulares. Ela era como uma deusa pecaminosa esparramada no colo dele, com o espartilho aberto para revelar toda aquela pele irresistível. A mão dele mergulhou sob as saias dela mais uma vez, encontrando-a mais molhada do que antes.

— Zachary — ele insistiu, abaixando a cabeça e chupando delicadamente um dos mamilos. — Diga meu nome. Diga que me quer.

Devagar, ele a provocou, acariciando sua pérola carnuda sem adicionar a pressão que ele sabia que ela precisava. Ele nunca havia transado em uma carruagem antes, o que era bastante surpreendente, considerando que ele já havia feito aquilo em quase todos os outros lugares. Mas ele estava disposto a fazer dessa a primeira vez. Arrebatá-la aqui e agora e dar a ambos o que precisavam.

— Sabe o que eu adoro em sua boceta? — ele insistiu quando ela ainda o negava obstinadamente. — Adoro o gosto dela. Adoro como ela fica molhada para mim. Adoro lambê-la até você gozar em minha língua. Mas, acima de tudo, adoro estar enterrado dentro de você, onde é o meu lugar.

Ela gemeu, com um som que exalava necessidade.

Que bom. Ele estava chegando a algum lugar. E já não era sem tempo, porque se ele continuasse assim, bastaria que a carruagem passasse por um buraco na estrada para que ele mesmo gozasse.

— Meu lugar é dentro de você. Aqui. — Ele traçou a fenda dela, o

O NOBRE GALANTEADOR

dedo indicador abrindo as dobras para pressioná-la. — Dê a nós dois o que queremos, *cariad*. Diga meu nome.

Ela soltou um grito abafado enquanto mexia os quadris, empurrando-se contra ele em um esforço para puxar seu dedo mais fundo. Mas ele a negou, recuando para brincar com sua pérola mais uma vez.

— Zachary — exclamou ela. — Pronto, satisfeito agora?

— Ainda não. — Ele afundou o dedo lá dentro, deleitando-se com a forma como ela se agarrou a ele no mesmo instante, os músculos se contraindo em um aperto que ele mal podia esperar para sentir em torno de seu pau. — Eu poderia estar mais satisfeito. Mas isso terá que servir por enquanto, não é? — Ele acariciou o clitóris dela com o polegar e acrescentou um segundo dedo.

Gentilmente, ele sugou os seios dela e começou um ritmo constante, bombeando para dentro e para fora dela até que ela se movesse com ele, mexendo os quadris para ajudá-lo. Quando sentiu que ela estava a ponto de gozar, ele se retirou, sua própria necessidade eclipsando tudo o mais. Ele a colocou no colo e depois, com a mão trêmula, desabotoou a calça. Seu membro pulou para fora, duro, grosso e cheio de tesão, seu autocontrole já vazando pela ponta.

Ela o surpreendeu ao pegá-lo com a mão, com os dedos se fechando em torno do da base do seu pau e apertando-o com força. A respiração sibilou de seus pulmões enquanto ele lutava para não se masturbar na mão dela e gozar em suas luvas elegantes.

— Monte em mim, amor — ele a instruiu. — Preciso estar dentro de você agora.

— Sim — disse ela, sua aquiescência quase o fazendo gozar. — Mostre-me como.

Ele a guiou de modo que ela ficasse de frente para ele, com as pernas ladeando seus quadris. O caimento pesado das saias dela era um problema, mas ele era muito engenhoso. Em um instante, ele as colocou sobre os cotovelos dela e a estava guiando para a posição, com o delicioso calor da boceta dela pairando sobre seu pau dolorido.

Agarrando seus ombros, ela se afundou nele, ainda tomando cuidado com seu braço machucado. Ele se guiou até a entrada dela. *Ah, maldição, agora sim.* Eles se moveram como um só, e ele finalmente estava dentro dela, deleitando-se com seu calor escorregadio. Era bom. Muito bom. Melhor, até mesmo, do que a primeira vez que estiveram juntos. Porque agora o corpo dela estava acostumado ao dele e o recebia com facilidade.

Ela se remexeu nele e fez um som de puro desejo.

Ele estava delirando de necessidade.

— Sim, *cariad*. Assim — ele elogiou. — Tome. Tome o que você quiser. Tome o seu prazer.

Ela não precisou de mais estímulos. Izzy começou um ritmo hesitante no início e depois mais rápido. Mais forte. Ela fazia o pau dele entrar e sair de sua boceta, cavalgando-o tão maravilhosamente que ele teve de fechar os olhos por um momento e contar de cem para trás para não gozar aqui e agora, antes que ela atingisse o ápice.

Os seios dela balançavam em seu rosto enquanto ela o agarrava avidamente, e o que havia para fazer a não ser se deliciar com os mamilos dela? Ele chupou, lambeu e mordeu cada pedacinho de pele que conseguiu encontrar. E então deslizou a mão até o ponto em que seus corpos se uniam, encontrando a pérola dela. Dessa vez, ele lhe deu o que já sabia que ela gostava. Com firmeza e rapidez, ele esfregou o botão inchado até ela emitir um grito agudo de prazer, com os quadris inclinados para frente, buscando mais.

Era tudo o que ela precisava, depois de tanto tempo sem fazerem sexo, para se perder.

— Zachary — disse ela novamente, sem fôlego, e então sua boceta se prendeu a ele enquanto sua liberação estremecia. Ela se contorceu em cima dele, mudando instintivamente de posição para que ele ficasse o mais fundo possível.

Lar.

Essa era a sensação de estar em casa. Izzy. Seu amor. Sua esposa. Ela. Apenas *ela*, envolvendo-o com seu calor, banhando-o com sua liberação. Seus corpos em uníssono, conectados no sentido mais elementar.

Esses foram os últimos pensamentos fugazes e coerentes que ele conseguiu elaborar enquanto as ondas do orgasmo dela destruíam o que restava de seu autocontrole. Segurando a cintura dela com uma das mãos, ele continuou a se ocupar do clitóris com a outra, beliscando-o levemente em um esforço para arrancar dela cada pedacinho de êxtase. Ele queria seu nome novamente. O nome dele nos lábios dela.

Os olhos dela estavam fechados, a cabeça inclinada para trás, a mandíbula frouxa, enquanto ela flutuava pelas ondas de seu prazer. Mas isso não era suficiente. Ele precisava de mais.

— Olhe para mim — ele rosnou. — Abra seus olhos.

O NOBRE GALANTEADOR

Ela fez o que ele pediu, seus cílios escuros se ergueram para revelar o verde intenso de seu olhar. Suas pupilas eram largas, como discos de obsidiana, prova da paixão que eles haviam compartilhado.

— Vou gozar dentro de você agora — disse ele, seu autocontrole desmoronando quando ele disse as palavras em voz alta, mal conseguindo conter um gemido de tortura erótica. — Vou enchê-la com minha semente.

— Sim — ela sussurrou, remexendo-se nele, a palavra quase um gemido.

— Meu nome — ele teve a presença de espírito de ordenar, aumentando a pressão na pérola dela. — Diga-o quando eu gozar em você. Eu sou seu marido.

— Ah. — Os olhos dela se fecharam, e ele sentiu as paredes dela se apertarem em torno dele novamente enquanto outro espasmo de liberação a dominava. — Zachary.

— Sim, meu amor. — Ele aprovou. Aprovou tanto que enterrou o rosto entre os belos seios dela e empurrou os quadris para cima, inclinando-a para que ele fosse ainda mais fundo, e se perdeu dentro dela.

A adrenalina de seu ápice o pegou de surpresa quando ele se esvaziou dentro dela. E ainda assim, ele continuou a foder. Estocando e remexendo-a em seu pau, determinado a arrancar cada gota de sua semente, a se esvaziar completamente dentro dela. E ele se esvaziou, com uma ferocidade que deixou seus ouvidos zumbindo enquanto ele respirava ofegante, agarrado a essa mulher que amava.

À sua esposa.

— Minha — ele disse a ela, a única palavra coerente que conseguiu pronunciar.

Era primitivo e grosseiro, e ele reconheceu isso enquanto a última gota de sua semente se derramava dele, mas o sentimento era inegável. Eles estavam casados. Ela era dele, agora e para sempre. Assim como ele era dela.

Mas ele havia sido dela desde o momento em que ela o beijara no salão de Greymoor.

Izzy desabou contra ele, com o coração batendo tão forte que ele podia sentir as batidas, a respiração dela tão acelerada quanto a dele. E, enfim, ele era um homem feliz.

CAPÍTULO 18

Quando Izzy chegou à mesa do café da manhã, Anglesey — seu marido, *Zachary* — já esperava por ela. Ele a cumprimentou com um sorriso deslumbrante e uma reverência cortês que a fez se sentir como se estivessem em um baile cercado por centenas de olhos atentos, em vez de estarem sozinhos em uma sala com um aparador carregado de alimentos deliciosos e cheirosos.

— Está incrivelmente linda esta manhã, *cariad* — ele cumprimentou, pegando a mão dela e levando-a aos lábios para um beijo demorado.

A parte cínica dela disse que aquilo não passava de um atuação. Afinal de contas, ele era um libertino experiente. Sabia muito bem como cortejar uma mulher e, desde o momento em que entraram na carruagem no dia anterior até o momento em que ele lhe deu um doce beijo de boa-noite, depois de chegarem ao destino, ele definitivamente a estava cortejando. Seduzindo-a, também.

Suas bochechas se aqueceram ao se lembrar da paixão inesperada que se deu entre eles no caminho para Haines Court. Ela não tinha a intenção de se render a ele, é claro. Mas o conde de Anglesey era um homem impossível de negar quando realmente deixava transparecer todo o seu charme. Ele havia se armado bem. Sabia exatamente o que dizer, como beijá-la com ternura, como acariciá-la com devassidão. Como fazê-la ficar mole feito um pudim em suas mãos habilidosas. Mas ela ainda não estava pronta para entregar seu coração, embora pudesse ter entregado seu corpo em um momento de vulnerabilidade tola.

— Você também está muito bonito — admitiu ela, a contragosto.

É claro que ele estava. Quando foi que ele esteve algo menos do que surpreendentemente masculino, impecavelmente elegante e totalmente belo? Nunca que ela tivesse visto, isso era certo. Ela não acreditava que ele fosse capaz de nada menos do que a perfeição, como qualquer deus que descesse brevemente para presentear os mortais com sua rara presença.

Contudo, assim como os deuses, ele tinha uma fraqueza gritante. A dele era o fato de ser um Don Juan. Ele havia amado outra mulher. Sabia como seduzir. E já havia feito isso muitas vezes antes dela. Ela não ousava acreditar que seria a última.

— Como você dormiu? — ele perguntou em seguida, com um tom solícito e educado.

Se ela não soubesse que ele havia dito palavras tão vulgares e obscenas como as que proferiu na carruagem ontem, dificilmente acreditaria que ele fosse capaz disso agora.

— Bem, obrigada. — Uma mentira miserável. Ela passou a noite se revirando sozinha em uma cama que parecia perfeitamente aceitável, sendo sua mente a causa da perturbação e não os confortos materiais. — E você?

— Poderia ter dormido melhor — disse ele, dando outro beijo na parte superior da mão dela sem se preocupar em elaborar. — Vamos? Estou com fome o suficiente para comer minhas malditas botas e grosseiro a ponto de reconhecer ao dizê-lo em voz alta.

A confissão inesperada dele arrancou-lhe uma risada:

— Você realmente está com tamanha fome? — Ela olhou para o couro polido de suas botas Balmoral bem-amarradas. — Creio que precisem de um pouco de sal, pelo menos.

— Talvez um molho de acompanhamento — concordou com sagacidade. — Ao meu ver sem dúvida ficarão secas demais. Bechamel, o que acha?

Ela soltou outra gargalhada antes de conter o riso.

O que era aquilo?

Primeiro, ela havia permitido que ele fizesse amor com ela na carruagem a caminho da lua de mel, e agora estava cedendo ao riso? Ele era realmente um homem perigoso.

— Eu recomendaria um molho velouté — sugeriu ela de qualquer forma, acompanhando as brincadeiras leves dele.

E então se amaldiçoou por ser uma tola.

— Pare com isso, *cariad*.

Ela piscou ao ouvir a instrução dele, emitida em um tom suave, quase carinhoso.

— Parar o quê?

— De pensar. — Gentilmente, ele bateu na têmpora dela com o dedo indicador. — Posso ver seu cérebro inteligente girando, criando todos os tipos de razões pelas quais você não deve desfrutar de um momento de leveza comigo.

Com que facilidade ele sabia no que ela estava pensando. Ela era tão transparente assim ou ele simplesmente a conhecia tão bem? De qualquer forma, a resposta à pergunta foi muito desconcertante.

Ela franziu a testa.

— Não estava pensando em nada disso.

Uma mentira, é claro.

Mas seu orgulho permaneceu forte e teimoso. Ela não lhe daria a satisfação de reconhecer que ele estava certo.

— Hmm — disse ele, um zumbido descompromissado que a incomodou quando ele colocou a mão dela na dobra do braço e a levou até o aparador. — Se assim o diz, minha querida.

Como ele estava calmo e educado esta manhã, como era gentil e cortês. Ao vê-lo agora, um verdadeiro cavalheiro, nunca se saberia que o libertino devasso se escondia sob sua fachada. Nem sinal do sedutor pecaminoso ali.

Ela não tinha certeza se estava decepcionada ou aliviada.

Aliviada, decidiu com severidade, e voltou sua atenção para o café da manhã que os aguardava. Salsichas, bacon, ovos pochê com caldo, presunto e torradas aguardavam seu deleite. Seu estômago roncou de forma muito desagradável. Após a chegada da noite do dia anterior, ela havia recusado o jantar e se retirado, muito desconcertada pela maneira apressada com que havia baixado suas defesas durante a viagem de carruagem. A refeição não realizada estava se anunciando.

— Devo servir o café da manhã para você? — perguntou ele, seu tom de quem achou graça.

É provável que ele tenha ouvido o barulho.

Ela queria ficar irritada com ele, mas ele estava sorrindo, e sua covinha estava de volta. Maldito seja o homem.

— Sou mais do que capaz de encher um prato sozinha — disse ela com frieza, e pegou um prato.

Tudo tinha um cheiro maravilhoso. Mas é claro que sim. Assim como o Marquês de Greymoor não havia poupado gastos na reforma de Haines Court — eletricidade, banhos quentes em banheiros interligados, tapetes luxuosos, pinturas de valor inestimável enfeitando as paredes — seu chef também era impressionante.

Ela fez suas seleções, ciente da proximidade do marido enquanto ele colocava uma porção generosa de bacon em seu prato. Não havia lacaios na sala de café da manhã. A ausência de criados para servir de plateia a deixava nervosa. Izzy terminou de se servir com pressa e se sentou.

O NOBRE GALANTEADOR

Zachary não ficou muito atrás, terminando de se servir e então colocando seu prato ao lado do dela na mesa.

— Há uma cadeira à minha frente — ela apontou, ficando mais apreensiva. — Não precisa se sentar tão perto.

— Mas quero ficar perto de você — ele rebateu baixinho, sentando-se.

Ela também o queria perto. E esse era o grande problema.

— Já que insiste — ela resmungou com relutância.

— Eu insisto. — Ele sorriu.

Maldita covinha dele.

Maldito *ele* todo.

Ela dirigiu o olhar para o prato e começou a consumir a deliciosa variedade que tinha diante de si, fazendo o máximo para ignorar a presença de Zachary. Não era uma tarefa fácil quando o cheiro dele a provocava e ela se viu observando as mãos dele trabalhando e se lembrando de todos os prazeres que aquelas mãos haviam lhe proporcionado ontem. Todos os prazeres que elas poderiam lhe proporcionar outra vez, se ela permitisse.

— Gostaria de cavalgar esta manhã? Greymoor tem um estábulo excelente.

A pergunta dele a tirou de seus pensamentos.

— Não tenho grande apreço por cavalgar.

Uma queda terrível de uma égua em sua juventude a havia curado desse desejo. Ela quase quebrara o pescoço. Não era que ela tivesse medo de cavalgar; papai a incentivou a continuar e vencer o medo, e ela o fez. Apenas preferia não cavalgar, se tivesse escolha. E esse era o último passatempo que ela desejava fazer naquela manhã.

— Não notei isso em você — disse ele calmamente, tomando um gole de seu café.

— Há muita coisa que não sabe ao meu respeito. — Ela não conseguiu esconder uma pontada de amargura em sua voz.

Mantê-lo à distância seria muito mais fácil se houvesse tensão entre eles.

— Felizmente, tenho uma vida inteira para aprender isso — brincou ele, imperturbável.

Por que ele tinha que ser tão calmo, tão educado, tão charmoso?

Tão bonito?

E por que ela tinha de desejá-lo tão desesperadamente, mesmo depois de ele tê-la traído?

Porque você tem uma predileção acentuada por escolher os homens errados. Homens que irão traí-la e partir seu coração.

Sim, era esse o motivo, e seria bom que ela se lembrasse disso.

— Se quiser cavalgar, pode fazê-lo — sugeriu ela.

— Não sem você. O objetivo de uma lua de mel é passar um tempo com a esposa, *cariad*. — Sua voz era calma. Íntima. — Entre outras coisas.

Ah, o libertino devasso.

Ela sabia o que ele queria dizer com *outras coisas*.

E seu corpo também sabia. Duas simples palavras, e ela já estava se derretendo por ele. Ansiando por seu toque, seu beijo.

— É claro — ela conseguiu dizer, irritada consigo mesma pela falta de ar em sua voz e pela dor familiar que já havia começado entre suas coxas.

— Greymoor me disse que há várias ruínas romanas aqui em Haines Court — disse ele em seguida. — Talvez queira explorá-las.

Isso despertou-lhe o interesse, pois seu antigo amor por história e antiguidades, antes desencorajado por Arthur por ser considerado impróprio, nunca a abandonou de verdade.

— Ruínas? Aqui? É claro que eu adoraria vê-las.

Ele fez uma pausa no ato de cortar um pedaço de salsicha e olhou para ela, sorrindo:

— Ah, enfim encontrei algo que agrada a minha esposa, além do meu pau.

Ela estava no meio de uma golada de seu chocolate quente quando ele disse a última frase, e o choque a fez engasgar. O resultado foi um jato de líquido decididamente deselegante de sua boca, diretamente na mesa. Uma fina névoa de chocolate se espalhou sobre as toalhas da mesa e uma linha marrom escorreu por seu queixo.

Izzy se esforçou para não engasgar enquanto pegava um guardanapo e limpava o rosto freneticamente.

— Eu a choquei, querida? — ele disse, casualmente. — Me perdoe.

É claro que ele a havia chocado. Acabara de dizer a palavra *pau* no meio do café da manhã. Ela olhou em volta freneticamente, certificando-se de que nenhum lacaio havia se juntado a eles discretamente. Felizmente, a porta da sala de café da manhã permanecia fechada e eles ainda estavam sozinhos.

— Você... — ela gaguejou, tentando absorver o respingo de chocolate que manchava a toalha da mesa. — Você é incorrigível.

— Eu me orgulho disso. — Ele tomou outro gole de seu café, impenitente. — Mas ao menos não sou chato. Imagine se tivesse se casado com um marido que fosse um sujeito chato, que não soubesse como agradá-la com seu pau nem fosse ousado o suficiente para dizer a palavra em voz alta na mesa do café da manhã.

O NOBRE GALANTEADOR

Seu sangue-frio era irritante. Enquanto isso, sua pulsação estava acelerada. E, para sua vergonha, ela estava cheia de pensamentos pecaminosos. Pensamentos de como ele estava grosso e duro em sua mão ontem. Sobre como ela desejava não estar usando luvas para poder sentir o calor suave da carne dele em sua palma.

— Pare de dizer essa palavra, por favor — disse ela fracamente, enquanto limpava freneticamente a toalha da mesa.

— Que palavra? — ele perguntou agradavelmente. — Pau?

— Sim — ela sibilou. — Essa palavra.

— Sabia que, quando você fica envergonhada, suas bochechas ficam com um tom de rosa maravilhoso? E você mordisca o seu delicioso lábio inferior.

Ele achava o lábio inferior dela delicioso?

Maldição, ela estava mordiscando-o, não estava? Ela parou imediatamente, endireitando a coluna.

— Prefere que eu use uma palavra diferente? — Ele lhe deu um sorriso atrevido. — Pinto, talvez? Ou falo?

As bochechas dela ficaram ainda mais quentes, e aquela covinha miserável dele simplesmente não ia embora. Continuava lá, provocando-a.

— Nenhuma delas, por favor — disse ela, ríspida. — Isso não é uma conversa adequada para a mesa do café da manhã.

— Quem disse? — ele perguntou, com leveza em seu tom.

Ele estava se divertindo com o desconcerto dela, o patife.

— Ora, todos — exclamou ela —, como você bem sabe. Nunca desde que me conheço por gente, participei de um café da manhã, ou de um almoço, jantar ou ceia, aliás, durante o qual uma conversa educada tenha sido a respeito... *daquilo*.

— Como chamar um pau?

Ele era pior do que insuportável! Ele a estava provocando. Atormentando-a. Deixando-a toda excitada. Fazendo-a pensar em beijá-lo novamente, em fazer amor na carruagem. Fazendo-a desejá-lo.

— Foi por isso que dispensou os lacaios? — ela rebateu. — Para que pudesse me fazer corar?

— Não, fiz isso porque queria ficar sozinho com você. Mas agora que vejo como é adorável quando está desconcertada, vou criar o hábito de dispensar os criados e fazer o possível para chocá-la de agora em diante.

A maneira como ele a olhava, seu olhar caloroso e quase afetuoso, se ela ousasse pensar nisso, tornava difícil para ela continuar irritada. Ele parecia mais despreocupado do que ela se lembrava, quase infantil.

Feliz.

Mas por quê? Porque estavam casados? Porque ela havia cedido e ele vencido na carruagem ontem e estava mais uma vez a dominando com habilidade mesmo agora?

— Isso é injusto de sua parte.

Ele arqueou uma sobrancelha dourada:

— Quem disse que eu sou um homem justo?

— Ninguém.

Mas, agora que ela ponderava àquela questão, tinha que admitir que ele havia se mostrado notavelmente justo até agora. Ela tinha sido tola e imprudente naquela noite no baile, quando o beijou, e ele aceitou a situação com naturalidade, oferecendo-se para casar com ela. Ele também tinha sido paciente. Gentil. Exceto por aquela noite terrível em que ela o viu beijando Lady Anglesey, ela não tinha queixas sobre a conduta dele.

— Ao menos não foi enganada. — O olhar dele baixou para a boca dela. — Tem uma mancha de chocolate no seu queixo, *cariad*.

Ah, que bobagem, ela estava sentada aqui discutindo com ele com chocolate no rosto. Depois de ter cuspido um bocado em toda a mesa. Que dupla eles eram. Com delicadeza, ela limpou o queixo com o guardanapo:

— Saiu?

— Não. — Um sorriso divertido curvou seus lábios sensuais. — Aqui, deixe-me ajudá-la.

Os dedos dele se fecharam sobre os dela antes que ela pudesse protestar, quentes e gentis. Ela queria se afastar, mas não queria que ele pensasse que ela estava tão afetada por um simples toque. O que, naturalmente, ela estava.

Como um só, esfregaram um ponto em seu queixo.

— Melhor? — perguntou ela, tentando não se contorcer sob a intensidade do olhar dele.

— Melhor — disse ele.

Mas os dedos dele permaneceram perto dos lábios dela, roçando-os e fazendo um fogo puro e absoluto atravessá-la. Definitivamente, isso *não* era melhor. Ele a estava tocando. Enfraquecendo ainda mais suas defesas.

— Obrigada — ela forçou-se a dizer, tentando ao máximo parecer impassível, quando, por dentro, estava derretendo.

— Por nada. — Ele retirou o toque e voltou ao seu café da manhã.

Mas o peso do momento permaneceu, persistindo no calor que ele havia deixado, na batida do coração dela, no desejo que a preenchia.

O NOBRE GALANTEADOR

Se ela não conseguia passar por um café da manhã sem se encantar com ele, como conseguiria passar por essa lua de mel e além dela?

Izzy olhou da bicicleta de dois assentos que os aguardava na entrada de Haines Court para ele:

— Uma bicicleta?

Zachary estremeceu com a falta de entusiasmo dela.

— Infelizmente, as ruínas não estão tão perto quanto eu esperava. Descobri isso depois de consultar o cavalariço-chefe. Felizmente, porém, Greymoor recebeu há pouco tempo esta beleza de Londres. Achei que poderíamos ir com ela até as ruínas. Juntos.

— Nunca andei de bicicleta — disse ela, franzindo a testa para ele por baixo do chapéu.

Ela vinha fazendo muito isso desde que se tornara sua esposa. Franzir o cenho. Ele teria que se esforçar mais para fazê-la sorrir. Para diminuir sua resistência. Para garantir sua felicidade. Iria encantá-la até que ela mesma tirasse suas calçolas até o fim da lua de mel. Zachary jurou para si mesmo.

— Hoje é um excelente dia para tentar, não acha? — Ele deu uma olhada no céu, que estava excepcionalmente agradável, sem nenhuma nuvem à vista e nenhum sinal de chuva no futuro iminente.

O sol estava brilhando, dando ao ar um excesso de calor que não havia ocorrido no dia anterior.

— Não estou vestida para um evento como esse — disse ela, com um tom hesitante.

Ele olhou para o vestido de passeio dela, feito de veludo azul e seda verde, enfeitado com borlas e uma *crinolette* elaborada. Era verdade que ele não havia levado em conta a preferência dela por roupas espalhafatosas quando decidiu usar a bicicleta como solução para o fato de ela não gostar de andar a cavalo.

— Talvez seja necessário trocar de roupa — ele concordou, pensando que as saias enormes provavelmente ficariam presas nas rodas e rasgariam.

— E se eu cair? — ela quis saber em seguida. — Parece perigoso.

— Eu já andei de bicicleta. As rodas traseiras nos manterão firmes — ele a tranquilizou.

Ela estava mordiscando o lábio mais uma vez, e ele mal conseguiu conter a vontade de beijá-la. Depois do clamor do casamento em Barlowe Park, ficar a sós com ela, embora sempre houvesse criados por perto, era revigorante.

— Não sei, não, Zachary.

Izzy havia usado seu nome de batismo. A constatação o agradou. Pelo menos ela não estava reerguendo todas as suas paredes.

Ela suspirou:

— Vou ver se tenho algo mais adequado para vestir.

— Eu ficaria mais do que feliz em ajudá-la a se despir — ele não resistiu a oferecer.

Ah, ter Izzy nua e em sua cama. Em qualquer cama, aliás. Todos os interlúdios que tiveram até agora não foram planejados e foram selvagens. A biblioteca, a cachoeirinha, a carruagem. Ele mal podia esperar para poder ir bem devagar, para adorá-la como ela merecia.

— Algo me diz que o processo será muito mais eficiente sem sua ajuda — disse ela, seu tom seco.

Ela estava quase o provocando. Mais progresso.

— Vá em frente, então — ele insistiu. — Seu corcel lhe aguarda, oh, rainha.

Ele foi recompensado com a contração dos lábios dela, sugerindo que ela estava reprimindo uma risada por conta de suas travessuras. Excelente. Talvez sua total falta de educação no café da manhã tenha ajudado. Ela se despediu e ele disse a si mesmo que não admiraria o balanço de seus quadris quando ela voltasse para o solar, mas acabou como mentiroso ao observá-la até que sumisse de vista.

Depois, ele se ocupou andando de um lado para o outro. Qualquer coisa para manter aquela pontada de desejo à distância. Ele não queria arrebatá-la em uma velha pilha de pedras romanas, pelo amor de Deus. Depois do que pareceu uma eternidade, ela finalmente voltou, roubando-lhe o fôlego ao se aproximar dele com saias divididas que deixavam pouco à imaginação quando se tratava de suas pernas bem torneadas.

Maldição.

Ele passou do pé esquerdo para o direito. E então tentou focar em pensamentos que nunca deixavam de amolecer seu pau. Bebês pássaros. Filhotes de cachorro. Gatinhos. Um monte de esterco de cavalo.

Vamos lá, rapaz. Desça já.

Ele limpou a garganta quando ela se aproximou, sentindo-se repentinamente como um apaixonado espiando sua primeira mulher:

O NOBRE GALANTEADOR

217

— Deveria ter imaginado que você tinha um traje assim em seu repertório. Só fico triste por não ter alcachofras, franjas ou algum tipo de flora e fauna.

Zachary estava provocando-a outra vez. Ela se vestia de forma ostensiva, mas ele já a conhecia bem o suficiente para entender que seus vestidos ousados e atrevidos combinavam com ela.

— Posso voltar e pedir à criada da minha senhora para costurar algumas lindas borlas, se preferir — disse ela, seu tom brincalhão.

Ele não tinha dúvidas de que as bochechas dela estavam coradas por causa do retorno apressado ao quarto e da troca de roupa. Mais uma vez, ele teve de reprimir a vontade de beijá-la até que ficassem sem fôlego.

— Suponho que isso seja suficiente — disse ele —, caso contrário, nunca estaremos a caminho das ruínas. Venha, deixe-me ajudá-la a subir no assento.

Ainda olhando para a bicicleta com um ar de desconfiança, ela aceitou o braço dele e permitiu que ele a ajudasse a subir no banco dianteiro da bicicleta. Ele se demorou um pouco, certificando-se de que ela estava confortavelmente acomodada, deixando suas mãos em sua cintura.

— O guidão fica aqui e aqui — disse ele, guiando as mãos dela com luvas para os locais apropriados.

Ajudar a esposa a subir na maldita bicicleta não deveria ser erótico, mas, embora sua mente estivesse ciente desse fato, o resto de Zachary não estava. A proximidade dela, a luz do sol que os aquecia, o leve aroma do perfume dela na brisa e a sensação da cintura dela, curvada e adorável, enquanto ele a segurava ali, as mãos pequenas dela nas suas, o olhar dela nele, observando... Tudo no momento se juntou para fazer com que a fome dele por ela voltasse com um furor interminável.

Ele já havia andado de bicicleta antes. *Inferno*, até mesmo em uma bicicleta de assento duplo com sua amante do momento, depois de consumir uma garrafa de vinho do Porto. Ele havia andado pelo Hyde Park, bêbado e rindo, atraindo os olhares escandalizados das pessoas elegantes, e tinha conseguido não cair ou quebrar algo. Mas ele nunca havia andado de bicicleta de pau duro.

— Firme? — perguntou a Izzy, amaldiçoando a si mesmo pela saliva espessa em sua garganta. E em outros lugares também.

— Sim — disse ela, com a voz rouca e o olhar fixo nos lábios dele. — Sim, acho que sim. Obrigada.

Raios, ele ia beijá-la.

Ele *precisava* beijá-la.

Zachary ergueu a mão para acariciar o rosto dela, desejando não estar usando luvas para poder sentir a irresistível pele sedosa dela. Abaixou a cabeça. E ali, no cascalho da entrada da Haines Court, onde qualquer criado que passasse por uma janela ou qualquer cavalariço nos estábulos poderia ver, ele beijou sua esposa. Bem, agora ele podia, não podia? Certamente o casamento proporcionava alguns luxos a um homem.

Ele a beijou, sentindo o gosto do chocolate doce de sua bebida matinal em seus lábios. Beijou-a e esqueceu-se de se importar com qualquer outra coisa. Havia apenas Zachary e Izzy, marido e mulher, apenas a conexão de suas bocas, o entrelaçamento de suas línguas, a mistura de suas respirações. Ela o beijou de volta, com seu ardor evidente no suspiro de prazer que deu, na intensidade de sua resposta.

Porém, ele não podia fazer amor com ela aqui, no meio de tudo. Essa não era sua intenção. Cortejar e seduzir eram dois conjuntos diferentes de habilidades, mesmo que o objetivo final fosse o mesmo. E ele estava cortejando com a intenção de conquistar o coração de Izzy. Com pesar, ele levantou a cabeça, rompeu o beijo, com o coração batendo forte e o pau mais duro do que nunca.

Muito bem pensado, seu burro. Beije-a até ficar sem fôlego e depois tente domar seu pau furioso.

Ele deu um passo para trás, desejando poder se ajustar discretamente em suas calças.

Bebês pássaros com os bicos abertos para comer a minhoca que mamãe trouxe. Gatinhos cochilando à luz do sol. Filhotes de cachorro brincando.

— Pronto — disse ele estupidamente, e alto demais, ajeitando o casaco e se afastando dela, para que não perdesse todo o bom senso, sanidade e tentasse beijá-la de novo.

O método de distração não estava funcionando enquanto ele caminhava rigidamente para a parte de trás da bicicleta de dois assentos, onde estaria seu banco.

Cheiro de um celeiro. Uma picada de abelha. Vovó.

Ah, finalmente, alívio. Ele nunca havia gostado da mãe de seu pai, que era uma mulher cruel e insensível. Ela havia lhe dado uma surra por ter derramado um pote de tinta em suas saias quando ele não tinha mais do que cinco anos. A coisa mais gentil que ela já lhe disse foi que ele tinha as orelhas grandes demais da mãe.

O NOBRE GALANTEADOR

Pelo menos ela havia se mostrado útil à sua maneira.

Com um sorriso sombrio, ele se sentou atrás de Izzy, decidindo que conseguira uma pequena vantagem. Ele ficaria olhando para a linda silhueta dela durante toda a percurso. Colocou as solas das botas nos seus devidos lugares, segurou as alças com firmeza e começou a impulsioná-los para a frente.

Lá se foram eles, descendo o caminho.

CAPÍTULO 19

Izzy estava sentada em um cobertor estendido diante da lareira que crepitava alegremente em seu quarto de hóspedes, com uma das mãos apoiada no chão atrás de si, as saias esvoaçando ao seu redor, o tecido do vestido lhe dando um apoio adicional enquanto ela observava Zachary abrir a cesta que continha o almoço.

O tempo havia se tornado horrível, sombrio e frio. Logo após o café da manhã, começou a chover. O almoço de piquenique que haviam planejado se tornou impossível. Até que, por um capricho, Zachary sugeriu que fizessem o piquenique mesmo assim.

Um piquenique dentro de casa é tão bom quanto lá fora, ele tentou convencê-la. Como uma rosa se chamada por qualquer outro nome e todos esses disparates.

O jeito com que ele ria de si e o humor fácil dele a encantaram. Persuadiram-na.

E agora, aqui estavam eles.

Na metade da lua de mel, fazendo um piquenique no chão. E, embora houvesse um tempo — talvez até mesmo na primeira vez em que chegaram a Haines Court — em que ela não se sentiria à vontade com ele invadindo seu território, ela havia se acostumado a compartilhar espaços, toques e beijos com ele. Todos eram bem-vindos.

Talvez fosse o vinho que ele havia servido para ela, cuja primeira taça ela já havia bebido. Ela certamente se sentia aquecida, relaxada e em paz. Mas estava começando a suspeitar que era apenas Zachary deixando seu coração e sua mente à vontade. Nos últimos dias, ele havia se dedicado a ser um companheiro. Perguntando a ela sobre si mesma, ouvindo quando ela falava.

Ele parecia realmente interessado nela. Em seus pensamentos e opiniões, em suas esperanças e desejos, em seus gostos e desgostos, de uma forma que Arthur nunca havia feito. Foi só agora que ela começou a perceber como a diferença entre os dois homens era marcante, além da física. As cartas de Arthur para ela eram repletas dele mesmo. Sua importância, suas futuras aspirações políticas, seus pensamentos e opiniões. Quando eles se encontravam pessoalmente, em vez de recorrerem a cartas, o discurso dele não era muito diferente. Todas as conversas giravam em torno de seu assunto favorito: ele mesmo.

Ela não havia percebido o quanto ele era presunçoso. Mas passar um tempo com Zachary, sozinha e sem restrições, sem o peso de um casamento pairando sobre suas cabeças e sem a obstrução de outras pessoas, abriu seus olhos. Sua paixão juvenil por Arthur Penhurst a havia deixado deslumbrada com ele, e o amor que ela acreditava ter por ele não passava de admiração de uma garota que nunca havia sido colocada à prova. Na primeira prova, uma rica herdeira americana com muito mais a oferecer ao politicamente ambicioso Arthur do que Izzy com a reputação de sua excêntrica família, bastou. Ele a abandonou.

E agora ela estava grata por sua falta de fé.

Se ela tivesse se casado com ele e se tornado a Sra. Arthur Penhurst, ela não tinha dúvidas de que seria irremediavelmente infeliz. Presa a um marido que só falava e se preocupava consigo mesmo. Um marido que colocava suas próprias necessidades e esperanças em primeiro lugar, que a desencorajava de seguir seus anseios.

Ela se lembrou de suas exatas palavras. *Como minha esposa, seria indecoroso se decidisse publicar artigos acadêmicos, milady. É claro que sabe disso.*

Ele ficara decepcionado com ela naquele dia, e sua censura havia sido dolorosa. Ela guardou o artigo, onde provavelmente ainda permanecia, em uma caixa esquecida em algum lugar nos sótãos do Talleyrand Park.

— Há algo errado?

A voz preocupada de Zachary atravessou seus pensamentos tumultuados.

Ela piscou os olhos, percebendo que ele já havia esvaziado todo o conteúdo da cesta de piquenique enquanto ela estava sonhando acordada.

— Claro que não. Por que pergunta?

— Porque você ficou olhando para o fogo nos últimos cinco minutos, franzindo a testa, enquanto eu desempacotava a cesta — explicou ele gentilmente.

A manta estava cheia de pratos, uma garrafa de vinho, um prato de queijo, uma porção de presunto, uma de embutido de frango, alguns pedaços grossos de pão, algumas geleias e doces e frutas frescas do extenso e moderno laranjal de Haines Court. O jardim de inverno era totalmente aquecido e equipado com iluminação elétrica e água encanada, além de um dispositivo engenhoso que regava a vegetação por conta própria. Um aspersor, como era chamado. Seu pai ficaria impressionado, assim como Ellie. Ela precisava contar a eles tudo e pedir a Greymoor que convide sua família para ir lá.

Izzy mordeu o lábio inferior, não querendo dizer ao marido que estava pensando no homem com quem um dia quis se casar:

— O fogo é adorável.

— Ou, e provavelmente a resposta mais correta para a pergunta, não quer me dizer no que estava pensando — ele adivinhou.

Com precisão.

Raios.

— Zachary — ela começou, na esperança de dissuadi-lo de prosseguir com o assunto.

— Se quiser esconder isso de mim, a escolha é sua — continuou ele, servindo-se de uma taça de vinho com uma graça fácil que ela não pôde deixar de admirar. — Você tem direito aos seus próprios pensamentos, à sua privacidade.

Ele estava sendo gentil e compreensivo.

Mais uma vez.

Como havia feito desde o momento em que chegaram. Era desconcertante. Encantador. E, ela não mentiria, um pouco frustrante.

Porque, além do momento de paixão selvagem na carruagem e de alguns beijos e toques prolongados, o marido não havia feito mais nenhuma tentativa de ir para a cama com ela. E embora parte dela estivesse grata pela paciência dele, outra parte dela — a Izzy devassa, luxuriosa e pecaminosa — desejava que ele deixasse de ser tão carinhoso e perfeito e simplesmente fizesse amor com ela outra vez.

— Estava pensando em Arthur — ela deixou escapar, querendo ser sincera. Precisando ser.

Esconder a verdade dele parecia errado.

A expressão dele mudou, sua mandíbula ficou tensa, sua postura se alterou. A tranquilidade relaxada desapareceu de seu corpo. E ela se arrependeu instantaneamente de ter dito a ele que estava pensando em seu antigo noivo. Porque parecia completamente diferente do que era.

— Entendo — disse ele com rigidez.

— Não, não entende. — Ela se inclinou para a frente, dobrando as pernas para o lado para ficar em uma posição alerta e ereta. Essa conversa

O NOBRE GALANTEADOR

era importante. Não seria bom parecer à vontade. — O que eu quis dizer, e o que eu deveria ter dito, é que eu estava pensando em como ele é diferente de você.

Seu esforço para melhorar a situação foi recebido com um olhar pouco impressionado.

Ele levantou uma sobrancelha:

— De fato.

— Ele era um fanfarrão presunçoso — ela se apressou em explicar. — Ele nunca perguntava de mim. Todas as cartas que ele me escrevia eram preenchidas apenas com ele falando de si mesmo. O que ele queria para o futuro dele, o que achava da situação do mundo, quem ele conheceu, no que acreditava. Ele nunca perguntou sobre mim. Nem uma única vez. Mesmo quando estávamos juntos, porque sei que a comunicação através de missivas é bem diferente de falar pessoalmente, ele não parecia interessado em nada além de si mesmo. Só que eu não tinha percebido isso até agora.

— É claro que ele estava — disse o marido calmamente, acomodando-se em uma posição casual que parecia elegante, mesmo que ele estivesse sentado tão informalmente quanto ela no chão de seu quarto. — Se ele tivesse sido menos do que um arrogante vaidoso, ele seria seu marido agora, em vez de mim. Agradeço a ele todos os dias por sua estupidez.

— Agradece?

Ele não tirou os olhos dos dela, inabalável:

— É claro que sim, *cariad*. Como pode duvidar disso? Não consegue sentir no fundo de seu coração o quanto você significa para mim?

Ela estava começando a achar que sim.

Izzy mordeu o lábio, lutando para encontrar uma resposta que não a deixasse mais vulnerável do que já estava.

— Deveríamos comer — disse ele, poupando-a de uma resposta.

Como se ele não tivesse acabado de dizer algo que a abalou profundamente, independente de sua determinação em permanecer distante e proteger seu coração.

No entanto, ela assentiu com a cabeça, grata pela distração.

— Sim. Devemos.

Ele começou a encher um prato com porções generosas de vários alimentos.

— A chuva e o frio são lamentáveis, mas não posso dizer que me importo de sentar aqui diante de uma fogueira em vez de ficar do lado de fora no chão irregular.

— É aconchegante — concordou ela.

E íntimo.

E havia uma cama logo atrás dela, dominando a parede oposta. Ela tentou esquecer sua existência. Pensar nela como nada mais do que uma peça de mobília pouco inspiradora, nada diferente de uma cadeira, uma mesa ou um divã. Afinal, ele havia provado a ela que uma cama não era necessária para fazer amor, mesmo que fosse lá que ela sempre supusesse que isso ocorria exclusivamente até que ele lhe mostrasse o quanto ela estava errada.

— Aqui está, minha querida. — Ele lhe ofereceu o prato que havia terminado de encher.

— Obrigada. — Ela o aceitou, seus dedos se tocaram. Hoje, não havia luvas para manter a pele dela afastada da dele, e o contato fez uma descarga elétrica percorrê-la, junto de uma onda de desejo.

Izzy colocou o prato no colo e se distraiu tomando outro gole do vinho enquanto Zachary repetia seus esforços. Quando terminou, com seu prato também cheio de comida, ele ergueu o copo para ela em um brinde.

— À minha adorável esposa — disse ele baixinho, com o semblante sincero e genuíno.

A ternura no olhar dele tirou o fôlego dela.

Ela também ergueu a taça:

— Ao meu belo marido.

Marido.

Aquele título ainda parecia surreal. Saber que eles estavam casados. Que ele era dela e ela era dele. Surreal, mas... bom. Não havia como negar; essa lua de mel os havia aproximado ainda mais. Ela achava cada vez mais difícil fortificar suas defesas.

— Estava pensando que amanhã poderíamos investigar a gruta — disse ele no silêncio que se instalou. — Greymoor mandou refazê-la e está muito orgulhoso do produto final. Talvez até um mergulho na piscina, pois sei que ela é aquecida. O que acha?

Eles já haviam passado algum tempo nas ruínas romanas — paredes cuidadosamente erguidas e ainda no lugar depois de séculos — e visitado o laranjal. Andaram de barco no lago artificial, caminharam pelos extensos jardins e passaram um bom tempo andando de bicicleta juntos. Mas nadar? Em uma piscina? Sozinha com o homem irresistível à sua frente?

Como ela resistiria a ele?

O NOBRE GALANTEADOR

E, mais importante, será que ela queria?

— Parece ótimo — disse ela, apesar de suas dúvidas.

— Excelente. — Zachary bebeu mais um gole de vinho, observando-a por baixo das pálpebras abaixadas de uma forma que fez florescer uma consciência mais acalorada. — Espero tê-la mantido devidamente entretida durante nossa lua de mel.

Adequadamente entretida. Não havia nenhuma insinuação em seu tom ou em suas palavras, mas elas ainda traziam à mente ideias pecaminosas. Quanto mais tempo ela passava em sua presença, mais ela o desejava.

— Você me entreteve muito bem. — Claro que sim. Mas não da maneira que a parte mais devassa dela teria desejado. — Eu não esperava que faríamos tanta coisa.

Tanta coisa menos amor.

Ela reprimiu o pensamento indigno. Era isso que ela queria, não era? Mantê-lo à distância, para manter seu orgulho. Certamente, a falta de intimidade só a ajudaria em suas tentativas de protegê-la de abrir seu coração para ele mais uma vez. Não é?

Claro que sim. Ela deveria estar feliz. Ela *estava* feliz. Quem precisava fazer amor em uma lua de mel? Ela é que não.

— Sinto um pouco de decepção — disse ele, chamando a atenção dela para os lábios dele enquanto levantava a taça de vinho. — Está descontente de alguma forma?

Sim.

— Não. — Ela deu uma mordida no pão.

Como tudo o que ela havia consumido durante sua estadia em Haines Court, estava delicioso. Macio, saboroso e ainda quente, pois tinha acabado de ser assado. Se ela não tomasse cuidado, sua criada teria que abrir as costuras de seus vestidos antes de sair daqui.

— Está franzindo a testa outra vez. — O olhar dela se voltou para o dele, o azul brilhante marcante como sempre. — Tornei minha missão acabar com todas essas carrancas e substituí-las por sorrisos e risadas.

Por que ele tinha que ser tão observador? Tão sensível? Tão carinhoso? Tão diabolicamente bonito?

Tão impossível de resistir?

— Não percebi que estava franzindo a testa — disse ela, pensando em como sua conversa havia se tornado rasa. Como ela se esforçava para não falar de nada íntimo.

Mais vinho. Izzy simplesmente precisava de mais vinho. Ela terminou sua segunda taça, com um calor suave a percorrendo. Zachary inclinou a garrafa, enchendo a taça outra vez para ela.

— Estou deixando-a nervosa, *cariad*?

Sua pergunta dita em tom baixo forçou o olhar dela a encontrar o dele de novo:

— Por que acha isso?

— Porque você fica olhando para a cama atrás de mim, franzindo a testa, mordiscando o lábio e virando a taça. — Ele levantou o joelho, colocando o braço sobre ele em uma pose descuidada. — Não precisa temer que eu a arrebate. Planejei um piquenique, não uma sedução.

— Eu não me importaria se fosse isso que tivesse planejado — ela deixou escapar, e então teve vontade de dar um tapa em si mesma, mas agora era tarde demais.

As palavras já haviam sido ditas. E elas pairavam no ar entre eles agora.

A expressão dele mudou, tornando-se mais alerta. Intensa:

— Está dizendo que teria preferido uma sedução a um piquenique?

— Eu... — Ela balançou a cabeça, sentindo-se tola, confusa e ridiculamente carente. — Eu não deveria tê-lo dito.

— Deveria sim.— Ele se levantou em um movimento rápido e gracioso, oferecendo-lhe a mão. — Ah, se deveria.

Ela o encarou por um momento, sem pestanejar, sabendo que tudo mudaria se ela aceitasse, porque não se tratava apenas de uma união física bruta, como havia sido o amor deles na carruagem, uma rendição à paixão que flamejava entre eles. Dessa vez seria diferente. Mas seu corpo parecia ter vontade própria. De repente, a mão dela estava na dele e ele a estava puxando para se levantar.

Ele a levou para longe do cobertor, onde ela evitou por pouco pisar em um prato de embutidos e em um pote de geleia. Até o centro da sala, onde ele os parou.

— Tenho feito o possível para ir devagar com você. — Seus dedos se apertaram nos dela. — Para lhe dar o tempo necessário para aprender a confiar em mim outra vez. Mas se você não me disser para parar, vou tirá-la desse vestido e colocá-la nessa cama, e vou fazer amor com você até o maldito sol nascer amanhã de manhã.

Ela deveria fazer o que ele disse. Negá-lo. Negar o que ambos queriam.

Deveria continuar protegendo seu coração e mantendo-o à distância. Era mais seguro assim. Dessa maneira ele jamais poderia machucá-la de novo.

O NOBRE GALANTEADOR

Se ao menos o desejo que pulsava dentro dela pudesse ser domado. Se ao menos pudesse ser controlado, esquecido, para nunca mais voltar. Mas ela o queria tanto que chegava a doer, a carne entre suas coxas estava molhada e necessitada, e ela o queria dentro dela mais uma vez. Preenchendo-a. Transando com ela. Palavras devassas, pensamentos pecaminosos. Eles choviam dentro dela como uma cachoeira, incontroláveis.

Diga a ele para parar. Diga as palavras, sua tola.

— Beije-me — disse ela em vez disso. — Quero você, Zachary.

Eles caíram na cama sem se dar ao trabalho de puxar a colcha, um emaranhado de membros nus e corpos cheios de desejo. Suas roupas e peças íntimas haviam sido tiradas às pressas e estavam espalhadas pelo quarto em uma bagunça só. O piquenique do almoço permanecia espalhado no chão, mal tocado. Do lado de fora, a chuva batia nas janelas e, do lado de dentro, o fogo crepitava na lareira e logo precisaria de mais lenha.

Mas ele não dava a mínima.

Não se importava com nada além da mulher em seus braços e da necessidade de estar dentro dela.

Ela não havia lhe dito para parar, graças a Deus. Em vez disso, ela havia lhe dito para beijá-la. Disse-lhe que o queria. A distância educada entre eles havia desaparecido no momento em que a boca dele encontrou a dela.

Ele a beijou agora, profundamente, com voracidade, mostrando a ela sua necessidade desesperada. O quanto ele também a queria. O quanto ele a *amava*. A língua dela se moveu contra a dele, e seu sabor era doce como sempre. Irresistível. Enigmático.

Delicioso.

Ele não queria parar de beijá-la.

Por sorte ela estava igualmente ávida por ele, com as unhas raspando em suas costas enquanto o abraçava, os lábios respondendo, os ruídos guturais de seu prazer erótico ecoando no silêncio do quarto e deixando o pau dele ainda mais duro. Ele já estava acomodado entre as pernas dela, com o pau pulsando contra seu calor exuberante e úmido. Uma pequena mudança no posicionamento deles e ele estaria dentro dela.

Mas ele teve de lembrar a si mesmo, como sempre fazia quando se tratava de Izzy, que precisava ir devagar. Essa era a primeira vez que ele estava fazendo amor com a esposa no conforto de uma cama. Embora as outras ocasiões tivessem sido igualmente apaixonadas, havia um senso maior de urgência. Agora, não havia necessidade de pressa ou medo de ser pego. Eles tinham todo o tempo do mundo para desfrutarem um do outro.

E ele queria aproveitar.

Pretendia fazer desse dia um dia que nenhum dos dois esqueceria.

Ela se contorceu contra ele, remexendo os quadris enquanto buscava mais e suas línguas deslizavam sinuosamente juntas. Ele se moveu de modo que seu pau ficasse pressionado contra o quadril dela, um lugar muito mais seguro, com muito menos tentação de deslizar até o fim antes que o resto dele estivesse pronto.

O beijo se tornou mais profundo, mais úmido, mais carnal. Ele tocou o seio dela com a palma da mão, encontrando o mamilo duro com o polegar e esfregando círculos lentos nele, puxando-o para enchê-la ainda mais de desejo enquanto ela se arqueava em seu toque. Sem nunca deixar os lábios dela, ele acariciou sua barriga macia, sua curva feminina, absorvendo seu calor, até chegar à fenda.

Seus dedos mergulharam dentro dela. Ela estava incrivelmente molhada e quente. Escorregadia, pingando e pronta para ele. Ele gemeu quando encontrou o botão inchado do clitóris dela e o percorreu. Os quadris se moveram e ela gritou, se derretendo com uma facilidade que sugeria que ela estava tão cheia de desejo por ele quanto ele por ela. Ele a tocou com mais força, espalmando a palma da mão sobre a protuberância de seu sexo para aumentar o prazer dela. Ele engoliu os gritos gemidos dela com a boca, seu próprio desejo subindo a alturas vertiginosas.

Isso.

Era isso o que ele queria, o que desejava. O corpo dela sob o seu, suas curvas suaves embalando-o em todos os lugares certos, desmoronando com o prazer que ele lhe proporcionava. Mas como ele era guloso em relação a ela, queria tudo isso e muito mais. Um orgasmo não era suficiente. Ele tinha de tê-la em sua língua.

Quando os últimos estremecimentos de sua excitação terminaram, ele afastou a boca da dela, deixando uma trilha de beijos desde a mandíbula, descendo pela garganta, passando pelos seios e pela barriga, até chegar ao clitóris. Alisando as palmas das mãos sobre a parte interna das coxas macias, chupou e depois passou a língua nela em lambidas leves e rápidas.

O NOBRE GALANTEADOR

— Você tem um gosto tão bom — ele murmurou, adorando a riqueza almiscarada dela em sua língua, o cheiro inebriante do desejo dela o envolvendo. — Melhor do que mel.

A única resposta dela foi abrir mais as pernas, enquanto apoiava os pés no colchão e se arqueava em direção ao rosto dele. Ele acariciou os quadris dela e lambeu sua fenda, para só depois enterrar a língua em sua boceta.

Ela gemeu e, assim encorajado, ele a fodeu com a língua. Ele estava embriagado com ela, com seu sabor, com a selvageria de sua necessidade enquanto ela se contorcia e se remexia sob ele. A boceta escorregadia dela alimentava sua própria luxúria, impulsionando seu desejo até que ele se tornasse um homem indomável, estimulado pelo desejo de fazê-la gozar o máximo de vezes possível antes que o dia terminasse.

Ele levantou a cabeça, hipnotizado por um momento pela visão gloriosa dela, rosada, molhada e aberta para ele, como o desabrochar de uma flor.

— Você tem uma bela boceta. Adoro vê-la assim, molhada e pronta para mim.

Como se estivesse emocionada com as palavras vulgares dele, ela ergueu os quadris da cama, implorando sem palavras por mais.

O desejo de ouvi-la admitir isso era forte.

Ele abaixou a cabeça e soprou uma corrente de ar quente na pérola inchada dela:

— Diga-me o que quer de mim, *cariad*. Diga-me o que quer que eu faça com essa sua linda boceta.

— Por favor — foi tudo o que ela disse, a voz embargada pelo desejo.

Mas isso não era o que ele queria, o que ele precisava. Ele queria palavras pecaminosas em seus lábios recatados. Queria que ela dissesse coisas vulgares e obscenas.

Os quadris dela se remexeram de novo, movendo-se na direção dele. Com ternura, ele pressionou um beijo casto em seu clitóris.

— Quero ouvi-la dizer. Devo chupar sua pérola? Quer que eu a foda com meus dedos enquanto a lambo? — Ele a beijou outra vez, se deliciando com o tremor dela sob ele. — Diga-me, e eu lhe darei o que precisa.

— Sim — ela sibilou, segurando os seios e rolando os mamilos entre os polegares e os indicadores, arqueando as costas. — Faça isso. Faça tudo.

Deus, a visão dela, aqueles seios cheios e macios à mostra, aqueles mamilos rosados e duros implorando por mais. Suas mãos delicadas enquanto ela se dava prazer. E isso lhe deu uma ideia.

SCARLETT SCOTT

— Toque-se — ele disse a ela. — Sinta como está quente e molhada.

Quando ela hesitou, ele pegou sua mão e a guiou gentilmente pelo seu corpo. Juntos, eles acariciaram sua pérola, usando os dedos dela.

— Oh — disse ela, com os olhos arregalados.

Quando ela queria se retirar, ele a segurou, dando a ambos uma lição de prazer e contenção.

— Mais para baixo — disse ele, e então guiou o dedo dela até a entrada, pressionando até que o indicador desaparecesse dentro dela.

Maldição. Ele teve que morder o lábio com força para conter a necessidade de tomá-la. Como era possível que ele estivesse mais desesperado para arrebatá-la do que da última vez? Que o fato de tê-la só o fazia desejá-la e precisar dela ainda mais? O amor era uma fera estranha.

— Qual é a sensação? — perguntou ele, sabendo o que ela estava sentindo agora, o calor que se esparramava dela, a suavidade de seus sucos, o aperto de seus músculos internos.

— Diferente — disse ela, sem fôlego. — Devasso.

— Muito devasso — concordou ele, muito satisfeito. — Quer que eu lhe foda, não quer?

— Sim. — Ela soltou um gemido frustrado. — Por favor, Zachary.

Sendo misericordioso com ambos, ele retirou a mão dela e, em seguida, cobriu sua boceta com a boca. Enquanto chupava sua pérola, ele enfiou um dedo dentro dela até a junta. Depois acrescentou um segundo. Ela inclinou os quadris para cima para recebê-lo, levando-o mais fundo. Ele entrou e saiu dela, iniciando um ritmo rápido e firme, não demonstrando nenhuma piedade ao alternar entre chupadas fortes e mordiscadas, seguidas de uma lambida.

Em um grito agudo, ela se enrijeceu e se contorceu embaixo dele enquanto outro orgasmo a percorria. Ele foi implacável, permanecendo com ela, chupando seu clitóris pulsante e enfiando os dedos dentro dela até que os espasmos diminuíssem e ela relaxasse, mole e saciada na cama.

Ele parou por um momento para recuperar o fôlego e o autocontrole. Toda vez que fazia amor com Izzy era como se fosse a primeira vez. Ele já havia conhecido outras antes dela, já havia vivido a vida descarada de um libertino e, ainda assim, a intensidade da conexão profunda entre eles e a magnitude de seus sentimentos por ela o deixavam lisonjeado e abalado. Nunca lhe ocorreu que um dia sentiria algo tão forte por outra pessoa. Não imaginara que fosse possível.

O NOBRE GALANTEADOR

Zachary se acomodou entre as coxas de Izzy e abaixou seu corpo até o dela, ardendo em necessidade. Ele se apoiou em um braço e sugou os seios dela enquanto segurava o pau, passando a ponta entre as dobras escorregadias e se cobrindo com o orvalho dela. Ela voltou à vida, envolvendo as pernas ao redor dos quadris dele e prendendo-o no lugar.

Essa era a sensação do paraíso, essa proximidade, à beira da felicidade, a mulher que ele amava embaixo dele, pele com pele. Ele não imaginava que os Campos Elísios. pudessem ser melhor do que a Izzy enrolada nele, com seu corpo acolhendo-o docemente. Ele beijou cada parte dela que pôde encontrar. A curva do seio, a inclinação do ombro, a delicada protuberância do esterno, a carne rosada, nova e cicatrizada do machucado, a garganta, onde o pulso batia com uma pressa excitada. Mais alto, encontrando sua orelha, sua têmpora, sua bochecha.

— *Cariad* — ele murmurou, sentindo-se reverente. — Você é tão linda. Mal posso acreditar que você é minha esposa.

Beijo, beijo, beijo ao longo de sua bochecha, até o canto de seus lábios. E depois um beijo mais profundo quando ele tomou sua boca, alimentando-a com o sabor de seu desejo em sua língua. Agarrando-o a si, ela gemeu e movimentou os quadris, incentivando-o. Como ele a amava. Deus, como ele a amava. Justamente quando ele achava impossível amá-la mais, outro dia se passava e seus sentimentos por ela se tornavam mais intensos, mais profundos. Ele tinha muita sorte de tê-la encontrado da forma como a encontrou, um golpe de sorte que, a princípio, parecia muito pouco auspicioso.

— Quero você dentro de mim — ela sussurrou. — Entre, meu amor.

Meu amor.

As palavras ressoaram, e um ardor o percorreu. *Inferno*, ele estava pegando fogo. Ela pode tê-las dito em um ímpeto de paixão. Talvez não significassem nada. Ele se preocuparia com isso mais tarde. Agora, ele precisava tê-la.

Ele guiou seu pau até a boceta dela e a penetrou. Eles suspiraram juntos com o quanto aquilo parecia tão certo, ela enrolada nele, quente e molhada, ele a preenchendo, alargando-a para acomodar seu comprimento. *Perfeição*. Começaram um ritmo juntos que rapidamente se tornou frenético, seus lábios se encontrando em um beijo interminável. Ele se perdeu, tudo em uma corrida louca de sensações, os mamilos duros dela raspando seu peito, a língua dela deslizando molhada contra a dele, os gritos suaves dela enchendo seus ouvidos, a constrição da boceta dela em seu pau enquanto ela o levava ainda mais fundo...

Seus encontros anteriores tinham sido gentis e carinhosos. Mas agora, ela não era mais a virgem inexperiente, e sua ferida estava bem cicatrizada. Ele precisava dela com força e rapidez, e sentia que ela precisava dele da mesma forma. Rompendo o beijo, ele se ajoelhou e se retirou completamente dela, sem fôlego e com muita força.

— Zachary? — A expressão de perplexidade dela fez o coração dele se apertar no peito. — Qual o problema?

— Nenhum — ele disse. — Há uma maneira de aumentar o prazer de nós dois.

Sem esperar pela resposta dela, ele guiou primeiro a perna direita, de modo que a panturrilha ficasse encostada em seu peito, com o tornozelo sobre seu ombro, e depois a esquerda na mesma posição. Sem precisar segurar o pau, ele empurrou e mergulhou dentro dela mais uma vez.

— Oh — ela ofegou.

— Oh — repetiu ele, sorrindo enquanto se abaixava, flexionando o corpo dela enquanto estocava mais uma vez. — Maldição, como você é gostosa. Mais do que gostosa. — Ele se retirou quase por completo, depois empurrou os quadris para frente, penetrando fundo mais uma vez. — Perfeito. Meu Deus, *cariad*. Nunca imaginei que pudesse ser assim.

— Nem eu — ela murmurou, depois soltou um pequeno gemido ofegante que o fez se mover mais rápido e com mais força, a necessidade de se mover e foder finalmente obscurecendo todo o resto.

Com os olhos fixos nos dela, ele entrou e saiu do delicioso calor de sua boceta. Ele podia sentir que ela estava prestes a gozar novamente, por isso mudou de posição, até ficar em um ângulo em que, a cada estocada, ele roçava em seu clitóris retesado. Ela se movia com ele, buscando, com as unhas arrastando para cima e para baixo em suas costas. Ele esperava que ela estivesse deixando sua marca. Queria ter a evidência da entrega dela em sua pele. Queria transar com ela e transar com ela e transar com ela até que os dois estivessem sem sentidos e esgotados, caindo exaustos na cama. Fodê-la na cama até o próximo século.

Isso não seria suficiente.

Nada jamais seria.

Mas ele ia tentar, com certeza.

Mais uma estocada e ela se apertou contra ele, os tremores de sua liberação o agarraram com tanta força que ela quase empurrou o pau dele para fora de sua boceta. Ela gritou descontroladamente, quase um berro. O tipo

O NOBRE GALANTEADOR

233

de grito que, sem dúvida, assustaria os criados. E ele pouco se importava. Estava orgulhoso daquele grito, da entrega sensual dela. Do prazer que sentiam juntos.

Ele se aproximou mais, estocou mais rápido, os quadris arremetendo em movimentos rápidos e superficiais. Deslizando através de sua pele escorregadia. Maldição, ele não aguentava mais. Estava quase...

— Izzy — ele gritou o nome dela, inclinando a cabeça para trás, enquanto se remexia contra ela, com o pau enterrado bem fundo, a boceta dela o agarrando como uma luva.

Ele gozou. Encheu-a com sua semente. Sentiu o jorro quente dela saindo dele e, em seguida, envolvendo seu pau enquanto ele continuava a estocar, deixando até a última gota dentro dela. Quando enfim não aguentava mais, com seu pau latejante alojado dentro dela, seu coração trovejando loucamente em seu peito, ele se manteve imóvel, deixando seus corpos unidos, saboreando a proximidade.

Na esperança de que a união deles tivesse significado tanto para ela quanto para ele.

CAPÍTULO 20

— Conte-me outra vez por que Artolo foi contra suas intenções de fazer pesquisa histórica.

Izzy torceu o nariz para o apelido ofensivo de Zachary para Arthur e tentou reprimir a vontade de rir.

— Você é malvado — disse ela, sem irritação. — Maldade sua chamá-lo assim.

— Não foi gentil da parte dele desencorajar uma mulher inteligente de fazer bom uso de sua mente sagaz — rebateu o marido, baixinho, enquanto massageava o dorso do pé dela com os polegares sob a água da banheira. — Tampouco foi gentil da parte dele trocá-la por uma fortuna americana. E, no entanto, ele o fez. Pode acreditar, *cariad*, há nomes muito piores que posso pensar para chamá-lo. Estou demonstrando comedimento notável.

Ela não podia negar que gostava de vê-lo sendo protetor no que se tratava a ela:

— Suponho que devo agradecê-lo por seu comedimento, neste caso.

Ele abriu devagar um sorriso, sem interromper a massagem.

— Pode me agradecer como quiser.

— Obrigada — ela disse apenas, sabendo muito bem o que ele estava sugerindo.

— Não era bem isso que eu tinha em mente — ele rebateu, segurando o tornozelo dela com delicadeza e puxando-a em sua direção na enorme banheira.

Ela foi de bom grado e montou no colo dele como se estivesse acostumada a se divertir nua em uma banheira com o marido todos os dias. Na verdade, essa era a primeira vez que tomavam banho juntos. Ainda assim, ela não podia negar que ele estava fazendo com que ela se sentisse muito à vontade com ele. Essa intimidade era nova para ela.

Assim como o fato de confiar nele.

Desde o dia anterior, eles estavam passando o tempo todo na cama. As chuvas e o frio intenso continuavam, o que lhes dava a desculpa perfeita para permanecerem dentro de casa e se ocuparem com outras distrações além de ciclos e ruínas romanas. Eles nem sequer se deram ao trabalho de ir até a gruta para nadar, mas Izzy não se importou.

Não havia outro lugar em que ela preferisse estar a não ser ali e agora, no colo do marido.

Haviam chegado a um acordo tácito que, durante a lua de mel, as complicações do passado estavam, por enquanto, suspensas. Em vez disso, estavam aproveitando o tempo que tinham juntos, deixando as mágoas e os medos para trás. Talvez até mesmo abandonando-os para sempre.

Ela passou os braços em volta do pescoço dele, satisfeita com a ausência de desconforto no braço ferido, e o beijou profundamente:

— É isso que você prefere, meu senhor?

— Sem "meu senhor" — ele rosnou, com as mãos na cintura dela, depois as deslizou molhadas e escorregadias pelas suas costas nuas. — E você não respondeu à minha pergunta quanto ao porquê de aquele cretino ter lhe dito para não seguir suas paixões.

Izzy suspirou, não queria pensar em Arthur agora. Talvez nunca mais.

— Ele tem grandes aspirações políticas. Tinha medo de que ter uma esposa que publicasse artigos acadêmicos fosse indecoroso e não lhe cairia bem.

— Em outras palavras, ele era um palerma — concluiu Zachary, seu tom sério.

Ela não conseguiu conter o riso diante da franqueza dele.

— Sim.

— Quero mais — disse ele, com a expressão atenta, as mãos ainda percorrendo devagar a espinha dela, subindo e descendo.

— Mais do quê?

— Sua risada. — Ele beijou o canto dos lábios dela. — Seus sorrisos.

Ele estava tornando tão difícil não amá-lo.

Não que tivesse deixado de amá-lo, é claro. Os sentimentos sempre estiveram lá, fervilhando sob a superfície de cada momento. Mas tinha sido muito mais fácil controlar esse amor, escondê-lo e mantê-lo longe de seus pensamentos, quando ela estava se agarrando à raiva. Quando seu ressentimento e medo mantiveram o amor tão firmemente afastado.

— Você me faz sorrir — admitiu ela, baixinho, subitamente consciente do erotismo inerente à posição deles.

Os seios dela estavam esmagados contra o peito dele, e o pau grosso dele estava cutucando a barriga macia. Ela se perguntou se seria possível fazer amor na banheira.

SCARLETT SCOTT

— Fico feliz, *cariad*. — Uma das mãos dele pousou no quadril dela, ancorando-se ali, enquanto a outra subiu mais, até que os dedos dele estavam enterrados no cabelo à nuca dela. — Meu objetivo é sempre fazê-la feliz.

E fez. A lua de mel deles, até então, tinha sido uma série idílica de dias passados conhecendo melhor um ao outro, beijando-se até ficarem sem fôlego, fazendo amor e comendo comidas deliciosas, de mãos dadas e compartilhando olhares calorosos e felicidade.

— Devo entender que você não se oporia se eu quisesse voltar aos meus estudos um dia? Se quisesse estudar ou escrever sobre assuntos acadêmicos, você me desencorajaria? — ela perguntou, achando que já sabia a resposta, mas precisando da confirmação nas palavras dele.

Ele não poderia ser mais diferente de Arthur. E ela ficou grata por isso.

— Céus, de jeito nenhum. — Ele procurou o olhar dela com o seu. — Felizmente, ao contrário de seu antigo noivo, eu tenho o bom senso de entender que uma mulher com uma mente inteligente é algo que deve ser celebrado, em vez de escondido e minado.

— Talvez eu o faça, então, quando voltarmos a Londres. — A ideia de voltar a seus antigos interesses, há muito tempo enterrados pelo desacordo de Arthur, encheu-a de uma sensação de revigoramento.

A sensação de que ela estava no caminho certo.

De que tudo havia acontecido por um motivo. Um bom motivo.

Mas ele estava apaixonado pela esposa de seu irmão. Você não deve se esquecer disso. Ou o beijo que você viu, e o que mais possa ter acontecido entre eles.

Lá vinha sua consciência, tentando estragar tudo mais uma vez.

— Por que a carranca? — ele perguntou, pressionando um beijo na testa dela, como se quisesse suavizar o sulco de seu descontentamento. — A perspectiva não lhe agrada?

— Claro que sim. — Ela fechou os olhos por um instante, tentando se recompor. — Estava pensando em outra coisa por um momento.

— Não nele, espero. — Seus lábios sensuais se contorceram em uma careta de desaprovação.

Ele nunca poupou palavras ao mencionar Arthur ou sua aversão ao antigo noivo dela.

— Estava apenas pensando no que acontecerá quando essa lua de mel chegar ao fim, o que, é claro, deve acontecer — ela se esquivou. — E vai acabar, em breve. Só nos resta um dia.

— Nada precisa mudar entre nós — disse ele com firmeza —, se é esse seu medo.

O NOBRE GALANTEADOR

Era parte de seu medo, sim. Haines Court era um refúgio do qual ela nunca queria sair, porque quando estava aqui com ele, podia esquecer tudo o que acontecera.

— E quanto a Lady Anglesey? — ela não pôde deixar de perguntar, curvando o lábio.

— Você é Lady Anglesey agora — disse ele incisivamente, acariciando-lhe a face. — E você é a única Lady Anglesey com a qual me preocupo.

Ela não tinha a intenção de iniciar essa conversa ali, naquele momento, no banho. Parecia muito pesada. E, no entanto, agora que o assunto havia sido abordado, não podia conter a necessidade de continuar.

— Você a amou uma vez — ela o lembrou, odiando o fato. O ciúme se instalou dentro dela, para sua vergonha.

— Eu *achava* que a amava — ele corrigiu, com um tom severo, o polegar se movendo devagar, acariciando a maçã do rosto dela em movimentos constantes e repetidos. — Mas eu estava errado. Porque o que eu sinto por você é muito mais forte. Muito mais profundo e intenso.

Ela se aquietou, examinando o semblante dele:

— O que você sente por mim?

Ele assentiu com a cabeça, segurando a bochecha dela com a mão úmida e quente:

— Eu me apaixonei por você.

Apaixonado.

Por *ela*.

Seu coração insensato deu um salto.

— Por mim? — ela quase gritou.

Ele permaneceu solene, a provocação e o charme não estavam mais lá.

— Você, *cariad*. Somente, para sempre, sempre você.

Ela o encarou, sem palavras, com lágrimas inesperadas em seus olhos. Será que ela ousava acreditar nele? Ousaria confiar nele? O caráter definitivo de tudo aquilo a emocionou.

— Amo você, Izzy — ele repetiu. — Não precisa retribuir meu amor. Mas preciso que saiba disso. Não há outra mulher para mim. Não existe desde o momento em que nos conhecemos no baile de Greymoor, e nunca existirá. Só existe você, minha esposa, meu amor, minha vida.

— Mas você é um libertino — protestou ela. — Um galanteador.

Provavelmente, essas eram palavras que ele já havia dito antes. Declarações que ele havia usado com outras. Só que… esses pensamentos pareciam uma traição. Ele havia provado ser gentil e atencioso, carinhoso e amável. E, caso ela ousasse pensar nisso, digno de confiança.

— Eu sou seu homem — disse ele, baixinho. — Seu marido. Tudo o que eu era antes mudou quando você me beijou. Soube disso instintivamente. Só não entendia como ou por quê.

As paredes que cercavam seu coração ainda estavam no lugar. Desmoronando e caindo, era verdade. Restava muito pouco. Ela queria acreditar nele e ficou chocada ao perceber o quanto isso era desesperador. Queria retribuir as palavras. Retribuir o amor dele.

Ela poderia?

Deveria?

— Tenho medo — ela confessou.

— Medo de quê? — Ele beijou suas bochechas, e ela ficou envergonhada ao perceber que estava chorando, as lágrimas escorrendo silenciosamente de seus olhos e as gotas caindo. Ele as pegou com os lábios, como se pudesse conter a tristeza dela. Tornar seu coração completo outra vez.

— Diga-me, *cariad*. Somos um só agora, você e eu. Para sempre unidos. Deixe-me tranquilizar seu coração.

— Tenho medo de me permitir amar você. — Ela sustentou o olhar dele, orgulhosa demais para desviar os olhos.

Uma mecha úmida de cabelo dourado havia caído sobre a testa dele em um ângulo extravagante, e ela a afastou com ternura, sentindo-se conectada a ele de uma nova maneira. O amor que ela estava fazendo o máximo para conter estava se libertando. Batendo em seu coração. Surgindo através dela como o sol iluminando os céus após dias de escuridão e chuva.

Ele segurou a mão dela com ternura, levando-a até o peito nu, e a colocou no coração.

— Não tenha medo, *cariad*. Meu coração pertence a você, e sempre pertencerá. Está sentindo que ele bate por você?

Ela sentiu as batidas firmes e reconfortantes:

— Sinto.

— Ele é seu. Eu sou seu. — Ele a beijou, seus lábios não passaram de um sussurro sobre os dela antes de terminar. — Eu amo você, doce Izzy. Amo sua inteligência, sua ousadia, sua paixão, seu amor por sua família.

Era demais. *Ele* era demais. Seu coração estava maravilhado, transbordando de esperança e amor, montes e montes dele.

— Oh, Zachary. — Ela o beijou, vencida pelas palavras dele, pelo

O NOBRE GALANTEADOR

239

amor inegável que via brilhar em seus olhos. Beijou-o sem a habilidade gentil que ele havia demonstrado. Beijou-o com força, quase dolorosamente, com seus dentes afiados cortando seu lábio em seu furor.

Mas ele não pareceu intimidado pelo ardor desajeitado dela. Ele emitiu um som baixo de satisfação e entrelaçou os dedos nos cabelos dela, inclinando a cabeça para que pudesse aprofundar o beijo e assumir o controle. Ele lambeu sua boca, com a língua deslizando contra a dela, e sentiu o gosto da fruta laranja que eles haviam dado de comer um ao outro na cama. Doce, luxuoso e sedutor.

Sua necessidade por ele era igualmente repentina e feroz. Ela se moveu contra ele, buscando alívio e encontrando o comprimento rígido de seu pau. Sem vergonha, ela se inclinou para frente, beijando-o até que ambos ficaram sem fôlego.

Ele foi o primeiro a romper o beijo, com a boca na garganta dela:

— Preciso estar dentro de você.

— Sim — disse ela em um suspiro de puro prazer, quando sua pérola roçou pela cabeça do pau dele. — Também quero.

— Mas não nessa maldita banheira. — Ele a beijou outra vez, se demorando. — Quero você na cama, onde posso fazer amor com você como merece.

Com relutância, ela se desvencilhou dele e se levantou, pingando, da banheira perfumada. Ele também se levantou, e ela não negou a si mesma o prazer de admirar o físico masculino quando ele saiu da banheira primeiro, antes de se virar e estender a mão para ela. Cada parte dele era lindamente formada, suas costas eram largas, seus braços bem musculosos e fortes, suas pernas longas e magras. Seu traseiro era firme e bem formado, e ela descobriu que adorava agarrá-lo quando ele estava bem dentro dela. Seu pau também era lindo. Seu peito era largo e bem delineado.

— Milady gosta do que vê? — ele provocou.

As bochechas dela ficaram quentes quando ela colocou a mão na dele, aceitando sua ajuda na banheira:

— Muito.

Ela queria adorá-lo como ele fazia com ela. Beijar cada centímetro de seu corpo. Mostrar a ele o quanto suas palavras de amor tinham sido importantes para ela. O quanto *ele* era importante para ela.

Eles estavam em um tapete grosso e generoso que havia sido colocado sobre o piso ladrilhado elaborado para evitar que os pés molhados escorregassem. Sem tirar os olhos dos de Zachary, ela se ajoelhou diante dele, determinada a lhe dar prazer.

— Deixe-me mostrar-lhe o quanto — disse ela, e então o levou à boca.

— Não precisa — disse ele em um gemido, mas suas mãos percorriam os cabelos dela enquanto ele negava.

Ela deixou o pau dele escorregar da boca, lambendo a fenda na ponta, onde uma gota de sua semente havia se formado.

— Eu quero.

Ela agarrou a base do pau com a mão esquerda e o colocou entre os lábios, acariciando-o e chupando-o ao mesmo tempo. Ele a recompensou com um impulso sutil dos quadris e outro gemido. Ela adorava tê-lo à sua mercê dessa maneira, adorava-o em sua boca, o sabor salgado e almiscarado dele em sua língua.

— Ah, Izzy. — Sua voz era baixa e carregada de desejo. — Adoro vê-la me levar em sua linda boca. Gosta de chupar meu pau, não gosta?

— Mmm — concordou ela, levando-o mais fundo, olhando para cima para encontrá-lo observando-a com os olhos entreabertos. Ela o deixou escorregar de sua boca e lambeu o comprimento duro. — Eu gosto.

Ela também gostava desse lado dele, o lado obsceno e devasso. Adorava suas palavras pecaminosas e seus comandos maliciosos. Ele a fazia se sentir desejada.

Amada.

E ela queria que ele sentisse o mesmo. Porque ela também o amava e o desejava. Muito. Demais. A ferocidade de suas emoções por ele a assustava.

Izzy chupou a cabeça do pau dele e depois o circundou com a língua, sem desviar o olhar do dele.

— Toque-se enquanto me chupa — ele ordenou. — Faça-se gozar.

Sua ordem sensual fez sua pérola pulsar. Fazendo o que ele pediu, ela afastou os joelhos, levou o pau dele até a garganta e, ao mesmo tempo, provocou o botão dolorido com os dedos. Um giro sobre ele e ela gemeu ao redor do pau dele. Os sentidos dela estavam extraordinariamente aguçados, sintonizados com cada som, toque e aroma. A respiração dele era alta e entrecortada, juntando-se aos sons úmidos dos lábios dela no pau dele e ao toque dela em seu próprio sexo. O cheiro de sexo enchia o ar, almiscarado e inebriante, misturando-se com as notas florais e cítricas da banheira que eles ainda não haviam esvaziado. Ela estava inchada, dolorida e escorregadia.

Precisando dele.

Perdendo o controle.

O NOBRE GALANTEADOR

A combinação de dar prazer a ele e a si mesma era quase insuportavelmente erótica. Seus dedos ficaram mais rápidos à medida que ela aumentava a pressão, levando-a ao limite. Durante todo o tempo, ela continuou chupando e lambendo o pau dele, trabalhando a base com a mão livre. Ela gemia em torno do pau grosso, satisfeita com os gemidos baixos que saíam dele, com o aperto da mão dele que agarrava o cabelo dela, com as estocadas rítmicas dos quadris dele enquanto ele buscava mais. Ela sentiu quando ele estava quase lá.

Contudo, no segundo em que ela estava prestes a gozar, ele se afastou gentilmente, dando um passo para trás e estendendo a mão para ela outra vez:

— Venha para a cama comigo, *cariad*. Preciso estar dentro de sua boceta quando eu gozar, não na sua boca.

Ela se levantou, com o maxilar cansado, os lábios escorregadios com uma mistura dele e de sua própria saliva, o corpo ainda úmido do banho, os cabelos caindo em ondas molhadas pelas costas. Ela permitiu que ele a levasse do banheiro e atravessasse o quarto adjacente até a cama, que ainda estava amarrotada e desfeita depois das brincadeiras da manhã.

Caíram juntos nela, um emaranhado de membros, corpos entrelaçados, bocas unidas. O beijo dele era descaradamente carnal, a língua dele se contorcendo contra a dela. Ela se perguntou se ele podia sentir o gosto de si mesmo, e a ideia provocou uma dor devassa no fundo de sua boceta, onde ela ansiava que ele a preenchesse.

Ele deixou beijos pela sua garganta até os seios, deixando chamas em seu rastro, antes de se agarrar ao mamilo, chupando e lambendo. Os dedos dele abriram as dobras dela, espalhando a umidade sobre a pérola, mas negando-lhe a pressão que ela desejava. Ele chupou o outro mamilo e depois beijou a cavidade entre os seios dela.

— Fique de bruços, amor.

A orientação com delicadeza dele a deixou curiosa, mas ela obedeceu, mudando de posição para ficar deitada de bruços, virando-se para olhá-lo de soslaio:

— Assim?

— Isso. — O ressoar do barítono satisfeito dele provocou um formigamento na sua espinha, que ele acompanhou com uma carícia, como se estivesse a par dos pensamentos íntimos dela. — Assim mesmo.

Em seguida, ele acariciou a anca dela, com a mão quente e grande, e beijou a sua lombar, depois o ombro, dando-lhe uma mordida de leve.

O hálito dele era quente na pele dela, a boca dele a seduzia por onde quer que passasse. Ela se contorceu contra o colchão, sua necessidade de libertação aumentando a cada beijo que ele dava, a cada passagem sedutora das mãos dele em sua carne necessitada. Mas ele estava se demorando, brincando com ela, fazendo-a esperar.

— Zachary — ela gemeu quando ele beijou a parte de trás de sua coxa, tentadoramente perto de seu núcleo. — Por favor.

Ele afastou suas pernas, e ela sentiu o ar frio em sua boceta quando foi exposta a ele por trás.

— Paciência, *cariad*. — Ele acariciou o traseiro nu dela com as duas mãos, abrindo as nádegas, abrindo-a para ele em todos os sentidos. E então ele a recompensou com um beijo em sua boceta, com sua língua invadindo-a, mergulhando fundo.

Arfando, ela arqueou as costas e se ergueu nos antebraços, tentando se aproximar. Precisando de mais. Seus mamilos estavam duros e famintos, e cada movimento deles contra a roupa de cama incitava ainda mais sua necessidade já desesperada. O movimento lhe causou uma pontada de dor no ferimento, mas ela o ignorou, pois seu desejo superava tudo.

— Coloque seus joelhos para baixo, amor. — Ele a guiou até que ela ficasse em uma posição nova e estranha, com o corpo inclinado de modo que o bumbum ficasse para cima, as pernas abertas. Ele encheu suas costas de beijos, mordiscou gentilmente uma de suas nádegas e então segurou seus quadris com firmeza. — Está pronta para mim?

— Sim — disse ela, quase choramingando, tão frenética era sua necessidade.

Ele se colocou entre as pernas dela e, por fim, estava onde ela queria, com o pau exercendo uma pressão bem-vinda na entrada dela. Bastou uma única estocada para que ele ficasse bem dentro dela. Tão fundo que ela gritou com o doce alívio.

— Ah, *cariad*. Tão quente e molhada para mim. — Ele beijou seu ombro e começou a penetrar e sair dela com golpes duros e determinados que a fizeram gritar contra a roupa de cama, agarrando-a com os punhos e voltando a penetrá-la loucamente para encontrá-la quando ela se movia querendo mais. — Eu te amo.

— Eu também amo você — ela admitiu, gemendo enquanto ele fazia amor com ela com uma precisão gloriosa, encontrando um lugar dentro dela que era tão deliciosamente sensível, que seu ápice chegou sem aviso.

O NOBRE GALANTEADOR

Seu corpo se retesou, ondas de êxtase a percorrendo. Ele se moveu mais rápido, segurando os quadris dela com mais força, buscando sua própria liberação.

— Diga de novo — ordenou ele, entrando e saindo dela com tanta força que ela deslizou pela cama.

— Eu te amo. — A declaração surgiu com um gemido de desejo impotente enquanto ela tinha espasmos e se apertava em seu pau.

Ele remexeu os quadris e, com um gemido, derramou-se dentro dela. A umidade quente de sua semente foi bombeada para dentro dela repetidas vezes. Saciada, com o coração aos pulos, ela caiu no colchão, com o peso amado dele seguindo-a, prendendo-a ali, o coração dele martelando nas suas costas.

Ele beijou a orelha dela, com a respiração quente na sua bochecha.

Permaneceram assim, com os corpos entrelaçados, ele ainda dentro dela, seu pau pulsante ainda enterrado fundo.

— Eu devo estar lhe esmagando — ele murmurou, parecendo tão satisfeito quanto ela.

— Não — disse ela, estendendo a mão para impedi-lo de sair dali. — Gosto desta sensação.

Ele beijou sua garganta, permanecendo como ela havia pedido em vez de se afastar:

— É verdade aquilo que disse? Que você me ama?

Ela engoliu aquela mesma velha onda de medo, a preocupação de que ele a enganasse, de que fosse um canalha charmoso dizendo o que ela queria ouvir, de que ele a trairia outra vez um dia. Ela era mais forte do que aquela dor antiga. Tinha de ser, se quisesse que seguissem em frente. Se quisesse que o casamento deles desse certo.

— É verdade — disse ela. — Eu amo você.

— Prometo que não se arrependerá de abrir seu coração para mim, meu amor. — Ele beijou sua bochecha, com um tom reverente.

Ela esperava que ele estivesse certo. Deus, como ela esperava. Porque ela não achava que seu coração pudesse suportar outro golpe.

Como ele detestava que a lua de mel deles estivesse chegando ao fim. Seu único consolo era o fato de que, naquela manhã, enfim chegara a notícia de Barlowe Park e Wycombe informara que Ridgely havia sido preso, pois seus flagrantes roubos da propriedade ao longo dos anos em que foi empregado foram provas suficientes. Um problema resolvido, mas ainda restavam muitos outros. No entanto, ele os enfrentaria um dia de cada vez.

A chuva havia por fim diminuído no último dia que eles teriam juntos em Haines Court, e o sol já havia dissipado o frio o suficiente para que, à tarde, Zachary e Izzy pudessem dar uma volta pelos jardins. Haviam passado dois dias inteiros em seus respectivos quartos, fazendo amor, tomando banho, comendo doces e bebendo vinho.

Foi a melhor semana de sua vida.

Ele esperava que fosse o prenúncio das semanas, meses e anos de sua vida juntos. Que o vínculo deles só se fortaleceria e se aprofundaria com o tempo, e que as incursões que ele havia feito com ela durante a lua de mel permaneceriam abertas. Retornar a Barlowe Park e à sua interminável necessidade de melhorias pairava sobre ele feito uma nuvem sombria. Zachary não conseguia afastar a sensação de que, quando retomassem, a magia que parecia ter se instalado entre eles durante a lua de mel inevitavelmente desapareceria.

— Está pensativo — observou Izzy, as botas dela fazendo barulho ao caminhar no cascalho da calçada ao lado dele, enquanto um pássaro perdido sobrevoava o local.

— Eu me arrependo de ter planejado essa lua de mel para durar apenas uma semana — ele respondeu com um tom alegre, em vez de dar voz à miríade de preocupações que o assolavam. — Poderia ter ficado aqui com você pela próxima década, pelo menos.

— Suspeito que isso tenha muito mais a ver com a inteligente reforma de Greymoor de Haines Court do que comigo — disse ela, com um tom zombeteiro.

Aquilo era uma novidade entre eles, suas brincadeiras, sua camaradagem. Ele adorou o clima descomplicado que se instalara entre eles, pois toda a tensão havia se dissipado. Sem preocupações, sem medos, sem ninguém para intervir e causar problemas. Por um tempo encantador, eles puderam simplesmente se concentrar um no outro, em seu casamento, em fortalecer seu relacionamento.

E, com o passar da lua de mel, em fazer amor.

O NOBRE GALANTEADOR

Ele estava embriagado por ela. Apaixonado. Tão feliz que chegava a lhe dar medo.

— Não vou mentir — ele admitiu, cobrindo com a mão dele a que estava acomodada na curva de seu cotovelo. — Os banheiros, com aquelas banheiras generosas importadas da cidade de Nova York, são um sonho. Vou insistir para que Greymoor nos ajude com Barlowe Park. É quase inacreditável o que ele fez com esse antigo local em ruínas. Dito isso, no entanto, meu verdadeiro prazer nesta lua de mel foi você, *cariad*, como bem sabe. Eu poderia estar dormindo em uma maldita caverna e, desde que você estivesse comigo, eu seria um homem feliz.

— Uma caverna, você diz? — Ela franziu o nariz, contemplando as palavras dele. — E se houvesse morcegos na caverna?

— Eu os enfrentaria.

— E se a caverna fosse fria?

— Você poderia me aquecer. — Ele sorriu. — Posso pensar em várias maneiras em que poderia fazê-lo.

Sua provocação lhe rendeu um sorriso:

— Disso não tenho dúvidas. E se você tivesse que dormir nas pedras?

— Desde que você estivesse lá comigo, não me importaria em me deitar na terra. — Ele levou a mão dela aos lábios para um beijo reverente. — Posso suportar qualquer coisa com você ao meu lado.

Céus, quando foi que ele ficou tão piegas? Há de ter sido quando ele perdeu seu coração para a bela mulher ao seu lado. E quando ele a fez sua esposa.

— Sempre sabe o que dizer, Zachary. — A leveza desapareceu, seu semblante ficou sério.

— Ah, mas está se esquecendo de todas as coisas erradas que eu disse ao longo do caminho — ele a lembrou com um sorriso autodepreciativo. — Há algumas declarações lamentáveis no meio da confusão. Você pode achar isso impossível de acreditar, mas às vezes eu posso ser um idiota.

— Nunca. — Seus lábios se contraíram. — Então estamos empatados, pois há algumas coisas que eu disse no passado que eu gostaria de não ter dito também.

Pararam no meio dos extensos jardins de pedra que Greymoor havia encomendado, tinham até mesmo penhascos artificiais. Seus arredores eram inegavelmente gloriosos, mas nada se comparava à própria Izzy. Ela estava vestida com suas cores ousadas habituais, dessa vez uma lã brilhante listrada de amarelo e carmim, com borlas, rendas e enfeites adornando a impressionante *crinolette* rodada e saias. Por cima dessa confecção brilhante, ela vestiu um casaco de chinchila. Seus cabelos escuros estavam artisticamente arrumados sob um chapéu vistoso enfeitado com penas tingidas de amarelo e carmim combinando e um cacho de cerejas artificiais. A escolha das roupas dela não o incomodava mais; ao contrário, ele agora a celebrava como a ela. Suas escolhas extravagantes eram parte do que a tornava tão especial. Ela se destacava em meio às cores neutras das rochas e aos verdes das samambaias que brotavam entre suas colocações inteligentes.

— O que acha de esquecermos nossos velhos arrependimentos e seguirmos juntos em direção ao futuro? — perguntou ele.

Não faz muito tempo, ele teria acreditado que essa sugestão teria sido recebida com uma negação resoluta. Ela estava se apegando às suas dúvidas e à sua raiva, mantendo-o à distância. Mas o tempo que passaram em Haines Court havia mudado muitas coisas. Ele estava muito feliz por Greymoor ter feito a sugestão, quando ficou claro que Zachary não tinha intenção de evitar o casamento, apesar da sugestão do amigo de que ele corresse o mais rápido que pudesse na direção oposta. Ele suspeitava que esse lugar sempre teria um pouco de magia para ele e Izzy.

Ainda assim, ele não havia abordado o tema do que aconteceria quando eles voltassem à realidade e deixassem sua utopia para trás. Apesar de terem falado de amor e de terem passado os últimos dias nos braços um do outro, ele não sabia ao certo o que esperar dela em Barlowe Park. Ao se prepararem para partir, ele se viu desesperadamente precisando saber.

— Estou disposta a esquecer o que aconteceu antes — disse ela, baixinho. — Quero que nosso casamento dê certo. Quero que sejamos felizes.

Graças a Deus.

Zachary não percebeu que estava prendendo a respiração, aguardando as palavras dela, até que conseguiu respirar outra vez, o peito doendo com o esforço de suprimir a necessidade de oxigênio. Fechou os olhos por um instante, pois sua reação a essa retirada final e completa de suas defesas foi mais forte do que ele antecipara. Ele se sentiu como se estivesse cambaleando. Um pouco tonto, ou talvez extasiado. Ou simplesmente tão aliviado. Tinha certeza de que poderia escalar os malditos penhascos artificiais com uma única mão e ficar no topo deles, vitorioso como um saqueador.

Porém, ele não fez nada disso.

Em vez disso, beijou a esposa, tomando o cuidado de evitar que os acessórios de cabeça de ambos ficassem desalinhados. Não foi um feito fácil,

O NOBRE GALANTEADOR

dada a largura da aba do chapéu dela hoje, que ele supôs ser devido ao fato de as cerejas precisarem de um lugar plano para se aninharem. A resposta dela foi instantânea, um suspiro ofegante que ele alegremente reivindicou como seu, com os braços dela envolvendo o pescoço dele. Ele a beijou porque não se cansava de beijá-la. Beijou-a e lhe disse sem palavras o quanto ela significava para ele. Beijou-a até que ambos ficassem sem fôlego.

E, então, como outras partes dele já ansiavam por mais, ele abruptamente levantou a cabeça mais uma vez, encerrando o beijo:

— Também quero que sejamos felizes, *cariad* — disse ele com firmeza. — Eu sei que podemos ser.

Beatrice já fora tirada da vida de ambos. Doravante, ela poderia se comunicar com ele por carta. Ele não queria vê-la nunca mais depois da dor que ela lhe causara. Se ele tivesse perdido Izzy por causa dela...

Não. Ele não pensaria nisso agora. Não pensaria em Beatrice ou no passado ou em qualquer sofrimento.

Porque Izzy estava aqui em seus braços, olhando para ele com os olhos ardentes de amor, os lábios inchados pelo beijo. Um orgulho feroz e possessivo o invadiu. Como era incrível o fato de eles terem se encontrado. Ele faria tudo o que estivesse ao seu alcance para garantir que ela nunca se arrependesse de ter confiado seu coração a ele.

— Você já me fez feliz, meu amor — disse ela baixinho.

Maldição.

Como ele poderia responder? Ela era sua ruína. Ele achava que seu coração estava morto e frio, incapaz de amar. Acreditava que jamais se casaria, muito menos que desejaria uma esposa, que a amaria como amava Izzy. Estava muito, muito errado.

Engoliu um nó na garganta dada a emoção crescente, uma gratidão fervorosa invadindo-o:

— E você me fez mais feliz do que eu jamais ousei acreditar que poderia ser. Não sei o que diabos eu fiz para merecê-la, mas serei eternamente grato por você ter entrado naquele salão azul quando entrou.

— Beije-me outra vez — ordenou sua bela esposa.

E Zachary obedeceu, como o sujeito prestativo que era.

CAPÍTULO 21

Não havia retornado a Barlowe Park nem por duas horas e tudo já estava um Deus nos acuda.

Com um suspiro sofrido, Zachary pressionou as pontas dos dedos em suas têmporas latejantes.

— Tem alguma ideia de onde Potter possa ser encontrado, Sra. Beasley? — ele perguntou à governanta.

Depois do idílio de sua lua de mel em Haines Court com Izzy, retornar a Barlowe Park, mal administrada e abandonada, foi um bom lembrete de que nem tudo estava bem em seu mundo e que havia muito trabalho a ser feito se ele pretendia restaurar a antiga glória da sede da família. Não só não havia eletricidade, água encanada e aquecida ou banheiros convenientes, como também havia uma série de itens antigos, quebrados, desgastados e surrados, além de jardins e caminhos cobertos de erva-daninhas que precisavam de sua atenção. Céus, havia até um vazamento no telhado. E uma das criadas do salão havia fugido com um lacaio.

— Receio que ainda não tenha visto o Sr. Potter hoje, meu senhor — respondeu sua governanta. — Mas quanto ao caso da copeira que foi encontrada atrás dos estábulos com um dos cavalariços, o que o senhor recomenda? Devo levar o assunto à senhora? É uma situação lamentável e delicada, o senhor entende, e sem precedentes. Pelo menos quando Mary fugiu com Roger, ela teve o bom senso de se divertir em outro lugar...

Ele pigarreou de leve, interrompendo o fluxo interminável das palavras dela.

— Resolva a questão como achar melhor, Sra. Beasley. Confio em seu julgamento.

Na verdade, ele não tinha certeza se confiava. A Sra. Beasley era terrivelmente jovem para uma governanta e ele duvidava que ela tivesse a experiência necessária para administrar uma casa daquele tamanho. Mas, assim como a lista interminável de outras questões que exigiam sua atenção, isso teria de esperar.

— É claro, meu senhor — disse ela. — O senhor pode encontrar o Sr. Potter na despensa do mordomo. Ele prefere passar a maior parte do tempo lá, agora que enfim acabamos com os ratos com os quais ele vinha se preocupando.

— Sem o uso de uma espingarda, espero? — ele disse, irônico.

— O Sr. Potter finalmente cedeu e permitiu que eu colocasse um pouco de veneno nas áreas problemáticas — disse a Sra. Beasley. — Ele, no entanto, ainda insiste em me chamar de Sra. Measly. Vou chamá-lo em seu nome, meu senhor.

Claro que sim. Zachary reprimiu uma risada.

Embora Wycombe tivesse felizmente lidado com Ridgely, estava dolorosamente claro que Zachary precisava passar muito tempo aqui em Barlowe Park, reaprendendo sobre a propriedade, as pessoas e consertando tudo o que Horatio havia deixado apodrecer. E, embora passasse a maior parte do tempo em Londres há anos, ele não podia negar que a ideia de passar um tempo no campo em Staffordshire com Izzy muito lhe apetecia.

— Obrigado, Sra. Beasley. — Ele acenou com a cabeça para ela. — Por favor, leve-o para o escritório. Farei o possível para persuadir Potter da pronúncia correta do seu sobrenome. Enquanto isso, se Lady Anglesey estiver me procurando, por favor, diga a ela onde me encontrar. E se tiver mais perguntas sobre a administração dos assuntos domésticos, procure-a.

Ele e Izzy haviam conversado sobre o desejo dela tomar à frente como senhora de Barlowe Park, e ele estava grato por ela estar ansiosa pelo desafio assustador. Quando ele explicou o motivo do triste estado de degradação da propriedade — a saber, a má administração de seu irmão e o roubo flagrante de Ridgely —, ela ficou chocada e ansiosa para ajudá-lo a corrigir todos os erros cometidos ao longo dos anos.

— Sim, meu senhor — disse a Sra. Beasley, fazendo uma reverência. — Terei o maior prazer em consultar Lady Anglesey sobre o restante de minhas preocupações.

Havia mais? Pobre Izzy. Era melhor que ela descansasse para ter energia suficiente para lidar com os muitos problemas que a aguardavam. Depois dos rigores da viagem, ela havia se retirado para seu quarto para tirar um cochilo na chegada deles. E depois de sua segunda sessão de amor na carruagem, ele não tinha dúvidas de que ela precisava dormir um pouco. Ele teve que conter o sorriso de satisfação ao se despedir da governanta. Apesar dos enormes desafios da restauração de Barlowe Park que o aguardavam,

SCARLETT SCOTT

Zachary tinha muito a agradecer. Não menos importante era o fato de ter uma esposa que era tão deliciosamente insaciável quanto ele.

Mas agora não era hora de pensar em fazer amor, para que ele não se sentisse tentado a procurar Izzy em seus aposentos e induzi-la a mais devassidão. Ele precisava falar diretamente com Potter, para decidir uma situação que lhe fosse favorável, pois era evidente que um homem de sua idade não poderia mais ser sobrecarregado com todas as tarefas inerentes à função de mordomo.

Ele foi até seu escritório — que era outro cômodo que precisava desesperadamente de uma reforma — e Potter logo se juntou a ele. Felizmente, não havia nenhuma espingarda ou bacamarte à vista quando o mordomo se aventurou a entrar na sala. Seus cabelos brancos estavam bem penteados, mas ele se apoiava pesadamente em uma bengala, com um maço do que pareciam ser cartas enfiadas debaixo do braço.

— Meu senhor — o mordomo o cumprimentou com uma reverência séria. — Perdoe-me. Não tinha me dado conta que o senhor havia retornado, ou estaria no meu devido lugar para dar as boas-vindas ao senhor e à condessa.

— Não precisa se preocupar — disse ele, enunciando com cuidado ao notar que o mordomo não estava usando seu dispositivo para ajudá-lo a ouvir melhor. — Queria falar com o senhor a respeito de sua posição aqui.

O mordomo franziu a testa:

— O senhor quer falar comigo sobre a oposição de um kiwi?

Céus.

— Sobre sua posição aqui — ele repetiu mais alto. — Seu serviço em Barlowe Park é muito apreciado, mas talvez seja hora de se aposentar, dado o fato que já tem certa idade. Gostaria de garantir que tenha tudo o que precisa para tornar sua vida o mais confortável possível.

— Barlowe Park é a minha vida, meu senhor — rebateu o mordomo. — Ser o mordomo aqui é uma honra.

É claro. Ele deveria saber que Potter reagiria assim.

— Talvez possa treinar um dos lacaios — sugeriu ele em seguida.

— Talvez — Potter admitiu a contragosto. — O vigor de nossas gerações mais jovens infelizmente deixa muito a desejar. Duvido que consiga encontrar alguém que valha a pena.

— Encontrar empregados confiáveis e leais é de fato difícil — concordou com Potter, esperando poder persuadir o mordomo. — É por isso que confio em seu julgamento sem ressalvas. Ninguém conhece Barlowe Park melhor do que o senhor.

Potter inclinou a cabeça, ainda se apoiando pesadamente em sua bengala:

— O senhor deseja que eu vá embora por causa do Sr. Ridgely? Se sim, eu entenderei. Eu deveria saber que ele estava fazendo mau uso dos fundos, e me arrependerei de não ter feito a descoberta até o dia de minha morte.

— Nem mesmo meu irmão percebeu — Zachary tranquilizou o mordomo. — Nem mesmo depois de muitos anos.

— Houve muita coisa que Sua Senhoria não notou. — Sério, Potter retirou a pilha de cartas, que havia sido amarrada com uma fita, e a estendeu para Zachary. — Eu deveria ter lhe contado antes, e teria contado, se soubesse o que o Sr. Ridgely vinha aprontando. Do contrário, achei que não era da minha conta.

Ele pegou as cartas, reconhecendo instantaneamente que a caligrafia era de Beatrice. Mas a saudação na primeira carta o fez parar.

Meu querido Robert.

Depois, havia a data. 1881. As missivas tinham cinco anos. E quem diabos era Robert?

— Eu as encontrei há algum tempo — disse Potter, franzindo a testa. — Um ano atrás, creio eu. Ou talvez há mais tempo. Três? O Sr. Ridgely as esqueceu aqui.

— Obrigado — disse ele roucamente, com uma sensação estranha se apoderando dele, o peso do pavor e algo mais também.

— Os segredos de sua família estão seguros comigo, meu senhor — acrescentou Potter. — Por favor, meu senhor. Eu lhe peço… deixe um velho ficar aqui por mais algum tempo. Prometo que não causarei mais problemas, se é isso que o senhor teme.

Inferno. Como ele poderia negar a Potter, um homem que havia vivido toda a sua vida aqui na propriedade, subindo na hierarquia até ocupar a posição mais alta?

— Sempre será bem-vindo aqui — assegurou o mordomo. — Barlowe Park é sua casa tanto quanto é a minha.

— Obrigado, meu senhor — disse Potter, com lágrimas brilhando nos olhos e uma escorregando pela bochecha antes que ele a afastasse com as costas de uma mão trêmula. — O senhor não vai se arrepender.

Ele ficou surpreso ao sentir lágrimas queimando em seus próprios olhos e se forçou a não ceder à emoção. Ele não percebera o quanto

Barlowe Park e sua posição como mordomo eram importantes para Potter. Contanto que não houvesse mais nenhum tiroteio por causa de ratos na despensa do mordomo, qual seria o mal em permitir que ele continuasse no cargo, só por mais um tempo?

— Isso é tudo por enquanto, Potter — disse ele gentilmente. — Pode ir.

— Posso ouvir o quê? — perguntou o mordomo, parecendo perplexo.

Raios, ele se esqueceu de gritar daquela vez.

— Pode ir — disse ele, elevando o tom de voz. — Obrigado.

Potter fez outra reverência e se retirou devagar, deixando Zachary sozinho com as cartas que havia entregado. Com um pavor que embrulhou seu estômago, ele desamarrou a fita que prendia as cartas e desdobrou a missiva por cima.

Quando terminou de ler a pilha, ficou claro para ele que a viúva de seu irmão estava tendo um caso com ninguém menos que o Sr. Robert Ridgely, o antigo administrador de Barlowe Park. Beatrice estava envolvida em um romance secreto com o administrador há anos. Mas isso não era tudo o que as cartas revelavam.

De repente, o tiro que havia ferido Izzy ganhou um significado novo e assustador.

Ele precisava encontrá-la.

Embora estivesse cansada da viagem de volta a Barlowe Park e tivesse a intenção de tirar um cochilo, Izzy foi atormentada por uma dor de cabeça que impossibilitou o sono. Na esperança de que um pouco de ar fresco fosse restaurador, ela decidiu caminhar pela trilha que Zachary lhe mostrara no dia em que a levara à cachoeirinha. O ar estava muito frio, mas ela não se importou.

Seu casaco de pele mantinha o frio afastado enquanto ela percorria o caminho com cuidado, descendo até o lugar encantador onde haviam feito amor pela primeira vez. Era estranho pensar no quanto mudou entre aquela época e agora, pensou ela enquanto admirava as cachoeiras borbulhantes.

Sua lua de mel a deixara mais feliz do que ela jamais ousara sonhar. E, embora tivessem voltado para uma propriedade que precisava desesperadamente de cuidados, voltaram como marido e mulher que se amavam, e ela não duvidava que pudessem vencer qualquer desafio que estava por vir.

Era quase bom demais para ser verdade, essa virada que sua vida havia tomado.

— Pare.

A voz feminina, raivosa e amarga, que se elevava com o barulho da água, a deixou chocada. Em um suspiro, ela se virou para encontrar a viúva Condessa de Anglesey, segurando uma pistola apontada bem para o coração de Izzy.

— Minha senhora, o que está fazendo aqui? — perguntou ela, o medo a percorrendo.

Zachary a havia mandado embora, não havia? Ela esperava nunca mais ver a outra mulher. E agora, impossivelmente, assustadoramente, aqui estava ela, no caminho para as cachoeirinhas, onde ninguém mais poderia vê-las, segurando uma arma mortal.

— Não está claro? — perguntou a outra mulher friamente. — Vim aqui para matá-la.

Sua boca ficou seca, o coração disparou. *Meu Deus*, o que ela poderia fazer? Ela tinha que fugir de alguma forma. Encontrar ajuda. Se salvar.

— Você deve estar louca — disse ela, com a mente girando em torno de possibilidades.

Ela poderia tentar passar por Lady Anglesey, mas havia a possibilidade de a outra mulher cumprir sua ameaça e atirar nela. Ela poderia gritar, mas isso também poderia incitar a outra mulher a atirar.

— Não estou nem um pouco louca. — O sorriso de Lady Anglesey era gélido, seus olhos sem brilho. — Nada mais justo depois do que aconteceu. Nós finalmente íamos ser felizes.

— Você e Zachary? — Izzy se esforçou para entender as divagações da outra mulher. — Certamente sabe que ele nunca poderia ter se casado legalmente com a senhora.

Era contra a lei um homem se casar com a esposa de seu irmão falecido.

— Ele não — zombou a condessa viúva. — Nunca quis me casar com ele, não de verdade. Eu só o estava usando para conseguir o que queria. Estou falando do meu Robert.

— Robert? — Izzy estava mais confusa do que nunca, o que era bom, porque ela sabia que quanto mais tempo ela encorajasse Lady Anglesey a falar, mais oportunidade ela teria de se distrair e talvez de se salvar. — Quem é Robert?

254 **SCARLETT SCOTT**

— O homem que eu amo — disse Lady Anglesey. — O homem que sempre amei. Aquele com quem meu pai me impediu de casar e o homem que seu marido colocou na cadeia.

Foi então que Izzy entendeu. Será que a condessa estava falando do administrador que estava roubando fundos de Barlowe Park?

— O administrador — disse ela, dando um passo hesitante para trás no caminho, esperando que pudesse se afastar da mulher. Talvez se arriscasse e corresse para a mata fechada para escapar.

— Você o conhece. — A mão da condessa tremeu, seus olhos se estreitaram. — Não se mova, ou atirarei em você agora, bem aqui onde você está.

Atirar nela agora ou depois, qual era a diferença? Izzy ficou imóvel, com a mente trabalhando freneticamente, tentando encontrar outra maneira de se salvar.

— Sei que ele estava roubando Barlowe Park — disse ela, na esperança de continuar a distrair a condessa. — É por isso que ele foi preso.

— Ele estava apenas pegando o que lhe era devido — rebateu a condessa. — Anglesey lhe pagou uma ninharia durante todos esses anos. Mal dava para viver. Nós estávamos indo para a América juntos, sabia? Quase tínhamos fundos suficientes. E, de repente, seu marido decidiu que queria se casar e morar em Barlowe Park.

Ela ficou chocada. Esse tempo todo, a condessa estivera apaixonada pelo administrador de Barlowe Park. Mas parecia haver muitas coisas nessa história que ela não a contara ainda, e ela sabia que, se quisesse aumentar sua chance de escapar, teria de manter a condessa falando.

— Se amava tanto o seu Robert, então por que quis se casar com Zachary? Por que acabou se casando com o irmão dele? — ela perguntou.

— Minha família não é rica, e meu pai deixou claro que eu precisava me casar bem. Fui proibida de me casar com Robert. Os tolos se apaixonam com facilidade. Não foi preciso muito para que Zachary me notasse, e foi preciso ainda menos esforço para chamar a atenção de seu irmão. Além disso, se eu fosse condessa, poderia ajudar Robert. Fui eu que convenci meu marido a trazer Robert como administrador aqui. Depois do rompimento entre meu marido e Zachary, Anglesey decidiu fechar Barlowe Park e nunca mais voltar. Foi tudo muito conveniente. Até que ele morreu.

Foi diabólico.

Ela deu mais um passo em retirada, pensando que poderia causar outra distração, além de falar.

O NOBRE GALANTEADOR

— Mas se não sentia nada pelo meu marido, por que o beijou naquela noite?

— Há uma maneira de fazer com que um homem faça o que você quer.

Izzy sentiu o gosto de bile na boca. A condessa era ainda mais manipuladora e ainda mais maligna do que ela imaginara:

— Estava tentando seduzi-lo. Por quê?

— Porque Robert temia que fôssemos flagrados, com Anglesey na residência e dando a entender que pretendia morar aqui com você. Então, está vendo? Tudo isso é culpa *sua*, sua meretriz. Robert precisava de mais tempo para juntar o dinheiro necessário para irmos juntos para os Estados Unidos. Zachary estava desesperadamente apaixonado por mim quando me casei com o irmão dele. Sabe disso, não sabe? — A condessa lhe deu um sorriso satisfeito e malicioso. — Queria lembrá-lo do que ele sentia por mim.

— Queria usá-lo — concluiu Izzy, dando outro passo lento para trás.

— Eu queria controlá-lo. Fazer isso é assustadoramente fácil. Ele sempre pensou com as calças em vez de com o cérebro.

O rancor da condessa em relação a Zachary deu um nó em sua barriga.

— Como ousa insultá-lo? — ela exigiu, pensando que, se esse fosse o seu fim, ela iria alegremente defender o homem que amava. — Ele se importava com você, e você o manipulou, traiu e se casou com o irmão dele. Ele é um homem bom, com um coração que confia nos outros, e a senhora se aproveitou disso e usou-o para seu próprio benefício.

— Ele é um devasso — esbravejou a condessa. — Mas pensando bem, a senhora também é, não é, *milady*? Vi o quanto você é depravada naquela noite na biblioteca. Vocês dois se merecem. E se ele não tivesse mandado Robert para a prisão e tentado me deixar para definhar naquela ilha no fim do mundo, vocês poderiam ter vivido felizes para sempre. Mas agora, você tem que pagar.

— Izzy!

O grito desesperado de Zachary pegou Izzy de surpresa quando ele apareceu correndo no início da trilha. Mas ela não estava sozinha. A condessa deu um solavanco e se virou em direção ao som da voz dele, mas, ao fazer isso, seu pé ficou preso em uma das raízes que cruzavam o caminho. Izzy não pôde fazer nada além de observar, horrorizada, a outra mulher tropeçar e cair na cachoeira, batendo a cabeça em uma das rochas duras que se projetavam do riacho e afundando na água em um turbilhão de saias de lã.

Ele correu até ela, tomando-a em seus braços, e nunca um abraço havia sido tão bem-vindo. Ela se agarrou a ele, tremendo.

— Ela... ela ia atirar em mim — ela conseguiu superar o medo que obstruía sua garganta. — Mas ela caiu no rio e bateu a cabeça em uma pedra. Temos que ajudá-la.

— Céus. — Ele depositou um beijo na testa dela e depois se virou para onde o corpo imóvel de Lady Anglesey estava sendo arrastado pela correnteza. Ela estava de bruços na água, com os braços estendidos, pois a pistola havia se perdido na queda. — Ela vai cair nas cataratas antes que eu possa alcançá-la. E se há alguém no mundo que não merece ajuda, é a mulher que estava prestes a assassiná-la.

— Temos que tentar, Zachary. — Ela pegou a mão dele e o puxou pela trilha.

Juntos, eles desceram a colina correndo, alcançando a área plana abaixo ao mesmo tempo em que a forma de Lady Anglesey voltava à superfície.

— Fique aqui — ordenou Zachary com severidade.

Ele entrou no rio, e o coração de Izzy se apertou enquanto ela observava, impotente, da margem. Quando o rio estava muito fundo e ele começou a nadar, enfim alcançou a condessa e a puxou de volta para a margem.

Juntos, eles retiraram seu corpo encharcado do rio.

Mas era tarde demais, exatamente como Zachary havia previsto. A condessa estava pálida e sem vida.

— Ela está morta — disse ele em voz baixa.

Izzy começou a chorar. Lágrimas de alívio, de gratidão, de tristeza. Soluços incontroláveis brotaram do fundo de seu coração e ela não conseguiu contê-los, pois a magnitude do que acabara de acontecer a atingiu com força.

— Calma, *cariad*. — Zachary a abraçou outra vez, com o casaco encharcado, frio e molhado. — Acabou. Você está segura e ela nunca mais poderá machucá-la.

— Ela nunca mais poderá machucar nenhum de nós — disse Izzy, com os dentes batendo devido ao choque e ao frio.

— Venha — disse ele, pegando a mão dela com a sua. — Vamos para casa.

O NOBRE GALANTEADOR

CAPÍTULO 22

Uma semana depois

As luzes de centenas de velas piscavam, brilhando nas paredes revestidas de conchas e refletindo na piscina no centro da gruta de Haines Court. A água jorrava na piscina em dois riachos e o teto era um templo abobadado de corais, moluscos e quartzo. Conchas adornavam os arcos e o efeito não poderia ser descrito como outra coisa senão majestoso, como se estivessem vivendo em outro mundo presidido por duas cachoeiras e uma estátua de Poseidon. Mas, apesar da glória inegável da gruta georgiana, havia uma visão que rivalizava e eclipsava em muito a beleza natural em exibição.

No meio da piscina rasa, com o cabelo escuros como a meia-noite caindo em camadas pelas costas, estava sua amada esposa. Seus ombros macios apareciam por baixo e, abaixo da linha da água, seu traseiro perfeito em forma de coração era uma pálida tentação, juntamente com suas pernas curvilíneas.

Ele era muito afortunado por tê-la aqui com ele. De ser seu marido.

Por um momento, o horror indescritível da loucura de Beatrice fez com que o coração dele se apertasse com força dentro do peito, enquanto tudo voltava à tona. Ao conversar com Robert Ridgely após a morte dela, Zachary soube que Beatrice havia sido a responsável pelo tiro que feriu Izzy e que Ridgely havia tentado jogar a culpa em Potter, um bode expiatório conveniente devido à sua idade avançada e aos seus momentos de confusão. Em vez de partir para Anglesey, como Zachary havia exigido, ela fora para a estação de trem e, de lá, encontrara o amante, que a levara em segredo para a casa do administrador em Barlowe Park, onde permanecera.

A verdade sórdida foi revelada por completo por um Ridgely arrependido. Quinta filha de um visconde que já estava lutando para manter sua propriedade longe da penúria, Beatrice havia se apaixonado pelo administrador de seu pai, e ele por ela. O casamento era, naturalmente, impossível. Seu pai não só não teria tolerado um casamento, como também teria deserdado Beatrice e demitido Ridgely. Em vez disso, Beatrice resolveu se casar com qualquer um e se jogou na primeira vítima inocente que encontrou. No caso, foi Zachary.

Mas ela não parou nele; quando Horatio, o herdeiro, demonstrou interesse nela, ela rapidamente se tornou sua noiva, sabendo que seu poder de ajudar o amante só aumentaria se ela fosse a condessa e não a esposa de um mero terceiro filho. Durante o casamento com Horatio, Beatrice continuou a se encontrar com o amante com frequência e, juntos, planejaram que ele fosse contratado em Barlowe Park.

Esse foi apenas o início de suas maquinações. De acordo com Ridgely, ela o incentivou a iniciar um desvio gradual e constante de fundos da propriedade para seus cofres particulares. Beatrice havia se acostumado a um estilo de vida confortável como Condessa de Anglesey e, tendo nascido em uma família de pouca riqueza, ela havia determinado que precisaria de milhares de libras se ela e Ridgely fugissem juntos para a América, como haviam planejado. Os roubos ocorreram devagar, em pequenas quantias que não seriam detectadas. O plano deles exigia tempo.

No entanto, as mortes abruptas de Horatio e Philip deixaram Beatrice com mais problemas. Quando Zachary herdou tudo e começou a demonstrar interesse em Barlowe Park, Beatrice entrou em pânico e avisou Ridgely. Eles decidiram partir dentro de um ano em vez de esperar por mais tempo e fundos para sobreviverem. No entanto, Zachary mais uma vez frustrou seus planos quando decidiu se casar com Izzy em Barlowe Park. Beatrice, então, decidiu fazer tudo para que o casamento dele com Izzy não acontecesse, tentando matá-la.

Duas vezes.

— Zachary?

A voz suave e preocupada de sua esposa o trouxe de volta ao presente com uma sacudida. A água aquecida batia em sua pele enquanto ele se juntava a ela, envolvendo seus braços em torno da sua cintura e puxando-a contra si. Ela se acomodou em seu peito com um suspiro de contentamento feliz, aninhando as nádegas contra o pau que despertava rapidamente. Gratidão, amor e desejo o atingiram em igual medida quando ele abaixou a cabeça e beijou a garganta sedosa dela.

— Estou aqui, amor.

— É deslumbrante, não é? — perguntou ela, com a voz abafada, como se temesse acordar o austero Poseidon que pairava sobre eles e ele os lançasse no fundo do mar.

O NOBRE GALANTEADOR

— Não é nem de longe tão bonito quanto você, *cariad*. — Ele acariciou a garganta dela. — Nada pode se comparar à minha deusa esposa.

Ela se virou em seus braços até ficar de frente para ele, com os braços enlaçados em seu pescoço:

— Não sou uma deusa. Não sou imortal.

Ele reprimiu um estremecimento diante das palavras dela, pois elas inevitavelmente traziam consigo a lembrança de como eram verdadeiras. Ele esteve perigosamente perto de perdê-la para sempre na cachoeirinha. Se ele tivesse chegado alguns minutos depois para encontrá-la, se não tivesse distraído Beatrice chamando Izzy, se ela não tivesse caído e batido a cabeça, se ela não tivesse se demorado em sua vingança, gabando-se para Izzy do que tinha feito... As possibilidades eram infinitas. E qualquer uma delas seria a diferença entre Izzy ter sido tirada dele naquele dia ou estar aqui com ele agora.

Zachary abaixou a cabeça, tomado por uma onda de gratidão por ela estar aqui. Por estar segura e amada em seus braços. Por Beatrice nunca mais poder lhe fazer mal.

— Perdoe-me, meu amor — disse Izzy baixinho, segurando a bochecha dele, com o olhar verde-musgo brilhando para ele. — Não queria lembrá-lo do que aconteceu.

A culpa não era dela. Não havia uma hora que passasse sem que ele pensasse no que quase aconteceu. De tudo o que ele quase perdeu.

— Suspeito que tudo me fará lembrar do que aconteceu por algum tempo — disse ele com severidade. — Mas não me importo, pois isso aumenta meu apreço por você. Nunca quero me esquecer do quanto devo ser grato por ter você ou nosso amor.

— Sinto o mesmo. Quando penso no que poderia ter acontecido, como poderíamos ter sido nós a morrer naquele dia em vez dela... — Um arrepio percorreu o corpo de Izzy quando ela deixou suas palavras inacabadas.

— Não pense nisso — ele insistiu gentilmente, pressionando os lábios nos dela para um beijo lento e dolorosamente doce.

Com os lábios, ele disse a ela o quão sortudo ele era por estar vivo, aqui nesta piscina, como marido dela, com ela em seus braços. A vida poderia ser injusta e cheia de lutas, com mentirosos, manipuladores e pessoas cruéis que usavam e abusavam dos que estavam ao seu redor. Poderia ser cheia de perigos, doenças, dor e morte. Mas a vida também era uma dádiva. Uma promessa. E o amor...

SCARLETT SCOTT

Bem, pelo amor valia a pena enfrentar tudo — e derrotar — as misérias de todo o resto.

Ele interrompeu o beijo, ainda segurando-a perto de si, um abraço que continha muito mais afeto do que desejo. Uma celebração de suas vidas e amores, seu triunfo sobre o mal. — Pense apenas no bem — disse ele. — Nesta noite. Em nós.

— Nós — repetiu Izzy baixinho, dando-lhe o tipo de sorriso que nunca deixava de atingi-lo diretamente no coração. — Gostei dessas palavras.

Ele esfregou a ponte do nariz contra o dela:

— Eu também, *cariad*.

— Somos realmente afortunados por termos família e amigos que também nos amam — ela murmurou. — A maneira como Greymoor, Wycombe, meus irmãos e meus pais nos receberam em Barlowe Park foi reconfortante.

Ele a beijou outra vez, se demorando mais.

— Suspeito que Grey queria na verdade passar um tempo com a Sra. Beasley.

Não lhe passou despercebido, no furor dos dias que se seguiram à morte de Beatrice, quando a família e os amigos deles chegaram a Barlowe Park e assumiram a frente da situação desastrosa, a maneira como Grey olhou para a Sra. Beasley. Havia algo ali, improvável ou não. Ele não teve a presença de espírito para discutir o assunto com seu velho amigo, mas teria que lembrá-lo de todas as razões pelas quais era uma péssima ideia tentar tirar proveito das criadas de um amigo.

— Sra. Beasley? — Izzy repetiu, com as sobrancelhas franzidas. — Acha que Greymoor tem um interesse romântico por ela? Ela é jovem e bonita.

— Jovem demais para ser uma governanta — ele concordou. — E eu temo que o interesse dele não seja totalmente romântico. Ou cavalheiresco.

— Ah, meu Deus — Izzy se preocupou, mordiscando o lábio inferior. — Você não acha que ele causará algum problema para ela enquanto estiver na residência, acha?

— Ele é honrado — Zachary tranquilizou a esposa.

Pelo menos, acho que é, pensou ele, sabiamente guardando a última frase para si.

No entanto, não queria pensar mal de seu amigo, pois tinha sido por insistência de Grey que eles tinham voltado para uma lua de mel prolongada em Haines Court. E ele estava muito feliz por isso. Afastar-se dos horrores do que havia acontecido tinha sido sábio.

O NOBRE GALANTEADOR

— Confio em seu julgamento — disse Izzy, erguendo-se na ponta dos pés para encostar a boca na dele.

O deslizar sedoso dos seios dela contra o peito dele o fez esquecer brevemente o significado da palavra julgamento. Quando o beijo terminou, os dois estavam sem fôlego.

— Não acredito que perdemos a gruta em nossa primeira estadia — ele comentou baixinho, tentando não arrebatá-la ali no meio da piscina. — Se eu soubesse como ela é linda à noite, iluminada com velas como esta, eu a teria trazido aqui todas as noites só para admirá-la assim, nua e gloriosa na água.

— Não sou gloriosa. — Ela torceu o nariz. — Sou apenas uma dama cujas habilidades de beijar, ou a falta delas, rivalizam com seu péssimo gosto em vestidos.

Ele reconheceu o que havia dito a ela naquele dia lamentável. Como poderia não reconhecer? Se ao menos ele pudesse dar a si mesmo um rápido chute no traseiro.

— Maldição — ele murmurou. — Nunca me deixará esquecer essas palavras, não é?

— Nunca — ela concordou alegremente, sorrindo para ele sem se arrepender.

— Eu adoro seus vestidos — disse ele, arrependido.

— Mmm. — Ela beijou sua bochecha. — Fico feliz.

— E eu adoro como você beija.

Ela aproximou sua boca da dele, beijando-o profundamente e deixando-o verdadeiramente sem fôlego antes de se afastar, com um sorriso largo e satisfeito.

— Melhor assim. Afinal, é meu marido.

— E amo você — acrescentou ele, beijando os lábios sorridentes dela. — Eu a amo mais do que é possível expressar com palavras, e mais do que jamais pensei ser possível. Eu a amo e não a mereço. Nunca mereci. Mas não vou mentir. Estou muito feliz por Artolo Penhurst não saber o diamante que ele tinha.

— Sabe que o nome dele é Arthur — ela apontou.

— E foi o que eu disse. — Ele sorriu de volta para ela, sem se desculpar.

— Oh. — O olhar dela se dirigiu à boca dele. — Há essa maldita covinha que o torna tão irresistível.

Ele sabia que tinha uma covinha, mas, pelo que se lembrava, era a primeira vez que ela lhe contava o efeito que tinha nela. — Agora que conheço seus poderes, vou me certificar de usá-los em todas as oportunidades possíveis.

262 **SCARLETT SCOTT**

— Homem perverso — disse ela, séria.

— E orgulhoso disso — ele concordou. — Devo provar o quanto posso ser perverso?

— Antes tarde do que nunca.

Ainda sorrindo, ele abaixou a cabeça e tomou os lábios dela com os seus.

O NOBRE GALANTEADOR

EPÍLOGO

Agonia.
Pura.
Horrível.
De revirar o estômago.
Agonia.

Foi assim que Izzy acordou, com uma sensação horrível na barriga, que ela reconheceu como a mesma que sentiu na manhã seguinte ao baile de Greymoor, quando havia bebido champanhe demais e acordado na casa de Zachary, em um quarto desconhecido, sua vida prestes a mudar para sempre.

— Estou morrendo — gemeu ela, da mesma forma que havia feito naquela manhã, segurando um travesseiro no rosto para tentar se distrair da náusea que se agitava em suas entranhas.

— Espero que não, *cariad*. Preciso demais de você para deixá-la ir agora. — O travesseiro foi arrancado de seu rosto, e o semblante preocupado, mas incrivelmente belo, de seu marido pairou sobre ela. — Ou nunca.

Céus, ele era adorável de se ver, mesmo quando ela estava em seu estado mais miserável, prestes a vomitar o conteúdo de seu estômago no recipiente mais próximo disponível. Ou em cima de si mesma, o que viesse primeiro.

— Penico — ela conseguiu dizer. — Por favor.

Ele estendeu a bacia de porcelana para ela:

— Aqui — ela prontamente expeliu tudo o que comera ali —... está, meu amor.

Isso foi simplesmente terrível. Seu estômago se remexeu mais uma vez, mas não havia mais nada. Apenas sua humilhação para se afogar enquanto ela voltava a si.

— Perdoe-me — disse ela fracamente.

— Não há nada para perdoar. — Ele lhe ofereceu um lenço e depois enxugou sua testa com outro que havia sido mergulhado em água fria com aroma de lavanda. — Está carregando nosso bebê. É normal.

Ele havia se mostrado notavelmente firme quando ela percebeu que estava grávida. Embora ainda estivesse nos estágios iniciais de seu confinamento, ela se viu atormentada por surtos de náusea matinal recentemente e, embora seus episódios invariavelmente a deixassem se sentindo terrivelmente nojenta, Zachary sempre foi uma presença calma ao seu lado. A essa altura, já tinham estabelecido uma rotina.

Ele retirou o penico, cobrindo-o e levando-o discretamente para o corredor, onde uma camareira cuidaria dele, e então voltou para o lado dela.

— O que devo trazer para você esta manhã? — perguntou ele, solícito. — Chá? Torradas? Algum creme dental?

— Você é sempre tão calmo — ela o elogiou, grata pela insistência dele em permanecer ao seu lado e cuidar dela, em vez de deixar a tarefa para um criado, como alguns maridos fariam. — Sabe exatamente o que fazer e dizer.

— Um de meus muitos talentos. — Ele abriu aquele sorriso que sempre derretia o coração dela. — Entre outros. Vários envolvem minha língua. Outros, meu pau.

A vulgaridade dele arrancou uma risada dela:

— Creio que esses eu já conheço.

A covinha que nunca deixava de derretê-la era um acréscimo proeminente em sua boca lindamente esculpida.

— Isso me faz lembrar da manhã em que nos conhecemos. Você se lembra?

— Como posso me esquecer? — Ela riu, depois pressionou a mão em seu estômago rebelde, desejando que ele se acalmasse. Você disse algo como: *Nunca vi ninguém chamar o Hugo com tanto vigor.*

— Em minha defesa, não era todo dia que uma dama me abordava em um baile, me enchia de beijos bêbada de tanto champanhe e depois adormecia no chão — disse ele.

— Senhor. — Ela se encolheu. — E então você se *casou* comigo depois disso. O que estava pensando, meu amor?

— Você estava roncando — acrescentou ele, aparentemente para completar.

Ela fez uma careta:

— Ugh.

— Mas, para responder à sua pergunta, eu estava pensando — ele fez uma pausa para se inclinar sobre ela e depositar um beijo de adoração em

O NOBRE GALANTEADOR

sua testa — que você era a mulher mais original que eu já havia conhecido na vida. Ousada, corajosa e descarada. E que eu não me importaria de comprometê-la totalmente e torná-la minha.

— Você não se importaria — repetiu ela, levantando uma sobrancelha. — Isso não soa como um rapaz apaixonado.

— Você estava apaixonada por outro homem na época — ele a lembrou.

— Eu fui tola — ela resmungou.

— E você cheirava a champanhe azedo e vômito — continuou ele.

Meu Deus. Foi um milagre ele querer se casar com ela. E pensar que ela se considerava a Collingwood menos excêntrica...

— Eu não estava muito bem — ela rebateu, embora soubesse que não era uma defesa muito boa. Ela estava péssima por causa de todo aquele champanhe maldito que havia tomado em um esforço para abafar os pensamentos do homem que a havia abandonado.

— Como está agora, embora por um motivo diferente e muito mais feliz. — Ele se acomodou na cama ao lado dela e pegou as mãos dela para levá-las aos lábios e dar uma série de beijos reverentes. — Essa é a verdadeira beleza do amor, não é? Podemos nos ver em nossos piores momentos, mas nada diminui ou altera nosso amor um pelo outro. Esses são os nossos votos, não são? Para o bem ou para o mal, para a riqueza ou para a pobreza, na saúde e na doença, amar, cuidar e obedecer.

— Até que a morte nos separe — concordou ela, com o estômago abençoadamente se sentindo como se estivesse se resolvido.

Alguns dias, ela acordava com uma náusea terrível. Em outros, acordava com a necessidade de um penico. De acordo com Ellie, que estava à sua frente na aventura de gerar um filho, ela logo passaria por esses dias e poderia esperar por menos desconforto até chegar aos estágios finais, e seu incômodo passaria a ser causado por sua circunferência e não pela necessidade de chamar o Hugo. Era uma troca que Izzy não estava convencida de que apreciaria, mas haveria tempo para essa avaliação mais tarde.

Quando sua barriga estivesse grande e redonda com o filho ou filha deles. *O filho ou filha deles.*

Sua mão se aproximou da barriga, fazendo uma carícia suave, mais para a pequena vida dentro dela do que para si mesma. Era quase impossível acreditar que esse mal-estar matinal resultaria em um bebê daqui a alguns meses.

— Não vamos falar de morte, pois nós dois já tivemos nossa cota

266   **SCARLETT SCOTT**

disso — disse seu marido, com a mão cobrindo a dela. — Em vez disso, vamos falar da vida. *Desta* vida. A que criamos juntos.

— Sim. Temos muito pelo que esperar. — Muitas noites sem dormir, se o que Ellie lhe contou fosse verdade.

Mas também, amor.

Muito amor.

Ela pensou em sua querida sobrinha Margaret, e seu coração, oh. Seu coração transbordou.

— Meu Deus, sim. Temos muito pelo que esperar — concordou Zachary, seu olhar tão terno quanto seu tom. — Tudo, de fato. Mas, por enquanto, a pergunta da manhã é: chá, torrada ou creme dental?

— Creme dental — ela decidiu, aceitando a ajuda dele ao sair da cama, estremecendo com o gosto amargo do jantar da noite passada em sua boca. — Sem dúvida, creme dental.

Sua esposa estava plena e completamente em posse de seu coração, agora e para sempre. Foi por isso que, quando Zachary se sentou em frente a ela na mesa do café da manhã, lendo a notícia de que seu ex-noivo não se casaria mais com a herdeira americana, a Srta. Alice Harcourt, Zachary ficou sem fôlego. Foi também por isso que um punho invisível apertou aquele órgão sensível feito um torno. E foi pelo mesmo motivo que ele congelou, amassando o papel e fazendo com que ela percebesse sua angústia.

— Há algo errado, meu amor?

Ele abaixou o papel diante de sua voz doce, a preocupação tão evidente, e olhou para ela. Como sempre, ela estava adorável feito um anjo esta manhã. Com um vestido matinal de cores fortes e ousadas, com todos os tipos de ornamentação, a barriga inchada e redonda mal se escondia em meio ao turbilhão de enfeites.

— Há novidades — ele lhe disse, sem se preocupar em evitar o assunto.

— Aaah? — Ela franziu o cenho. — Algo ruim?

Céus, ele esperava que não. Ele sabia que não. Ele sabia que o amor de Izzy por ele era profundo e irrefutável. Mas ele não podia negar que uma parte dele permanecia vulnerável quando se tratava dos antigos sentimentos dela pelo Sr. Arthur Penhurst, um babaca sem coração e noivo traidor.

— Parece que o Sr. Artolo Penhurst e sua noiva, a Srta. Alice Harcourt, da cidade de Nova York, tomaram a decisão de não se casar — disse ele, deliberadamente recorrendo ao seu apelido ofensivo para Penhurst. Era por isso que ele amaldiçoava o maldito. Ele nunca merecera Izzy. Não merecia nem mesmo a maldita lama nas botas dela.

— Arthur e sua herdeira não vão se casar, afinal? — Izzy não pareceu preocupada, continuando a cortar o café da manhã em porções razoáveis.

— De fato. — Ele se sentiu mal e terrivelmente descontente consigo mesmo por sua vulnerabilidade.

— Rá! Bravo, Srta. Harcourt. — Sua esposa sorriu para ele. — Espero que ela tenha percebido que ele é um falastrão presunçoso e tenha mudado de ideia.

— Você não se arrepende? — perguntou ele, precisando saber.

— Se me arrependo? — Ela franziu a testa. — Sobre Arthur e a Srta. Harcourt? Claro que não. Só posso elogiá-la por ter visto o verdadeiro homem por trás de sua fachada muito antes do que eu.

— Eu quis dizer — ele se forçou a dizer — quanto a você e eu. Sei que amava Penhurst, e agora ele está livre mais uma vez.

— Eu *achava* que o amava — corrigiu ela, levantando-se da cadeira. — Na verdade, eu estava apaixonada por uma ideia que criei dele. Em minhas fantasias juvenis, eu o imaginava um homem totalmente diferente do que ele era. — Em um instante, ela estava diante dele, colocando o traseiro sobre a mesa do café da manhã, com sua enorme *crinolette* batendo em alguns talheres e copos. — Ah, querido.

Não havia assistentes nesse café da manhã, nem criados para ouvir.

Zachary estava gostando do rumo que a conversa estava tomando. Tanto quanto gostava de ver sua esposa, linda e ousada em seu audacioso vestido matinal, com a barriga pesada e cheia de seu filho. Ele empurrou o braço direito para a frente e, em seguida, se virou para a direita, fazendo com que seu prato de café da manhã, a xícara de café cheia, os utensílios e o guardanapo voassem para o chão.

Eles ainda não haviam substituído os tapetes da sala de café da manhã no Barlowe Park, então por que não? Esse cômodo, como tantos outros, precisava ser reformado. E, como todos os outros cômodos, fariam isso eventualmente.

— Ah, meu Deus — repetiu ele, olhando para o café da manhã entornado antes de voltar o olhar para sua gloriosa esposa. — Parece que fiz uma bagunça.

SCARLETT SCOTT

Ela sorriu de volta para ele, sem ser afetada pelo desastre que ele havia criado.

— Podemos muito bem aproveitar ao máximo a bagunça, não concorda, meu amor?

Ah, e se concordava.

Ele se levantou, com a cadeira se revirando em sua pressa:

— Sim.

Zachary aproximou sua boca da dela. Seus lábios se uniram, as línguas se entrelaçando. Ele aprofundou o beijo e entrou nas saias dela, precisando estar mais perto. As pernas dela se abriram, dando espaço para recebê-lo. Mas o peso de suas saias permaneceu. Pegando a seda com os punhos, ele puxou e levantou até que o volume do pesado vestido estivesse em volta da cintura dela, apoiado na mesa. Em seguida, ele a ergueu até que seu traseiro ficasse mais firme sobre a mesa.

— Eu amo você — disse ela em um suspiro de prazer enquanto a mão dele se movia entre as pernas dela, encontrando a fenda da calçola.

Ele acariciou seus cachos macios e depois foi mais fundo, mergulhando em sua boceta lisa e elegante e reprimindo uma onda furiosa de necessidade.

— Amo você, *cariad*.

— E sempre escolherei você — acrescentou ela, de alguma forma sabendo o que ele precisava ouvir. — Você é tudo o que eu preciso, tudo o que eu quero, tudo o que amo.

Ele gemeu, beijando-a, suas bocas se movendo juntas, famintas e carnais.

— Preciso de você agora.

— Está bem — sussurrou ela, com as coxas se abrindo ainda mais.

Ele deu um passo à frente, encontrando furiosamente a abertura de sua calça e a abrindo. Uma respiração, um momento, e ele se libertou. No momento seguinte, ele se guiou até o centro quente e úmido dela e a penetrou. Em um gemido suave, ela prendeu as pernas em volta da cintura dele, puxando-o para mais perto.

Mais fundo.

Perfeita.

Era isso que ela era.

Ele iniciou um ritmo, e ela o acompanhou a cada movimento. Apoiando as mãos na mesa para se firmar, ele a penetrou com mais força e rapidez. E, dessa vez, os dois atingiram o ápice quase em uníssono. As paredes dela se apertaram contra ele quando ele se enterrou nela, explodindo quando um calor branco o queimou e estrelas escuras salpicaram sua visão sob a força da semente dele.

O NOBRE GALANTEADOR

— Maldição — ele conseguiu dizer, caindo contra ela, lembrando-se tardiamente da carnificina do café da manhã deles, espalhada pelo chão. — O que acha que devemos dizer a Potter e aos lacaios?

— Que vimos um rato? — ela sugeriu com um sorriso malicioso.

Rindo, ele tomou os lábios dela com os seus e a beijou ferozmente, com todo o amor e gratidão que transbordavam em seu coração de pecador.

OBRIGADA por ler a história de Izzy e Zachary! Espero que você tenha adorado a jornada deles rumo ao felizes para sempre, enquanto curavam os corações feridos um do outro.

Continue lendo para ver um trecho bônus de *O Marquês Milionário*, o Livro Três da série *Lordes inesperados*, que apresenta a misteriosa governanta Sra. Beasley, um marquês milionário, deliciosamente bonito e que enriqueceu sozinho, e uma proposta muito indecente.

Por favor, considere deixar uma avaliação sincera de *O nobre galanteador*. Ficarei muito grata pelas resenhas.

O MARQUÊS MILIONÁRIO

Lordes Inesperados - Livro três

Um homem de negócios implacável. Um cínico de coração gelado. Um libertino que não acredita no amor.

O Marquês de Greymoor já teve muitos títulos em sua vida, mas não há nenhum que ele despreze mais do que aquele que inesperadamente herdou quando era jovem. Chame-o como quiser, Grey nunca se encaixou nos moldes da sociedade. Em vez disso, ele está determinado a viver de acordo com suas próprias regras. É por isso que, quando uma misteriosa e adorável governanta atrai sua atenção, ele lhe faz a oferta de sua vida: um mês de pecado com ele em troca de uma boa fortuna.

Secretamente escandalosa. Misteriosa mulher solitária. Tudo menos uma dama.

O passado sombrio garantiu que Francesca Marsden se tornasse familiarizada com segredos, mentiras, e em viver uma vida que passava em um piscar de olhos. Enquanto se disfarçar como a viúva Mrs. Beasley a ajudou a se tornar governanta em uma propriedade rural abandonada, ela nunca esperou ser notada. Sem dúvida, ela não esperava que um marquês arrojado lhe fizesse uma proposta que ela não poderia recusar.

Quando Grey tem sua enigmática governanta exatamente onde ele a quer, a paixão que arde entre eles vai além de suas mais loucas imaginações. Apesar de não estar em seus planos, seu coração gelado começa a se derreter pela mulher que ele resolveu proteger. Mas Francesca prometeu apenas um mês, e isso é tudo o que ela pode dar, mesmo quando seus sentimentos por Grey crescem. Com seus segredos que podem trazer perigo e ruína se aproximando assustadoramente, ela precisa fazer uma escolha dolorosa. Mas agora que ele a encontrou Grey não está disposto a deixá-la ir. Ele lutará para proteger a mulher que ama.

Mesmo que isso signifique que ele precisa salvá-la de si mesma.

SCARLETT SCOTT

CAPÍTULO 1

O roedor olhava para ela com olhos vidrados.

Objetivamente, ela poderia dizer que era uma criaturinha de aparência doce, com bigodes delicados, nariz minúsculo e orelhas adoráveis. No entanto, esse camundongo em particular estava pendurado pela cauda na extremidade dos dedos limpos de Emily Barber.

E ele estava sem dúvida morto.

— Mais um, Sra. Beasley. O que devo fazer com ele? — anunciou Emily, uma das criadas recém-contratadas do vilarejo, e um tipo de garota bastante rústica, mesmo sendo doce e diligente.

Francesca se viu conversando brevemente com o pobre roedor que havia partido. Um momento de tristeza, mesmo que o pequeno demônio estivesse fazendo a cozinheira passar mal e deixando fazendo sua presença indesejada ser notada na forma de pequenos excrementos pretos em todos os lugares por onde passava.

— Sra. Beasley? — repetiu a garota, aproximando o corpo, como se agitá-lo na forma de uma bandeira fosse resolver seu dilema.

A criatura começou a cheirar mal.

O estômago de Francesca se rebelou, e ela foi forçada a pegar um lenço e pressioná-lo contra a boca, para que não vomitasse.

— Leve-o para Will — disse ela, com a voz abafada pelo lenço, enquanto dava um passo para trás. — Ou Jack. Qualquer um dos lacaios serve.

— Sim, Sra. Beasley — disse Emily, gentilmente levando o rato para outro lugar.

O estômago de Francesca deu outro salto violento quando uma onda de náusea a atingiu mais uma vez. E, sem mais nem menos, ela se lembrou de outra coisa. Algo muito mais sinistro do que um simples rato. Algo que ela estava se esforçando ao máximo — aqui na região selvagem de Staffordshire — para esquecer.

O mundo parecia se inclinar ao seu redor, as paredes brancas girando na periferia de sua visão.

Ar!

Ela precisava de ar.

Não iria se humilhar vomitando no corredor do lado de fora da copa do mordomo.

Tentando conter os restos do café da manhã, ela correu pelo corredor e depois subiu as escadas que sabia que a levariam ao laranjal. Ela subiu dois degraus de cada vez, sem se importar se seus colegas domésticos a veriam ou não. Sua necessidade era tão grande que ela só conseguia pensar em fugir. O frescor da flora recém-crescida no cômodo cercado por janelas de chumbo acenava como um maná, juntamente com o ar que não cheirava a morte.

Ainda prendendo a respiração, ela subiu as escadas e entrou no laranjal, rezando para que nenhum dos convidados a tivesse visto. Finalmente, nesse refúgio silencioso, ela voltou a respirar, aspirando o ar que cheirava a terra recém-queimada. Seus pulmões doíam e seus olhos ardiam com as lágrimas. Ela se inclinou, acometida por uma nova onda de tontura, à medida que velhas lembranças que ela pensava estarem enterradas há muito tempo voltaram.

Aqui não, era tudo o que ela conseguia pensar.

Agora não.

E então o rangido das portas se abriu atrás dela, alertando-a para outra presença. Mais um item para acrescentar à sua lista interminável de tarefas. Ela teria que mandar Will passar óleo nas dobradiças. Ela se endireitou e tentou se recompor.

— Sra. Beasley?

A voz profunda e masculina a fez se virar, com o choque e algo mais que ela não queria reconhecer fazendo sua barriga revirar.

Ela se curvou em uma reverência.

— Lorde Greymoor. Em que posso ajudar?

O marquês a analisou, com uma expressão atenta:

— Há algo errado? Você parecia estar angustiada quando veio correndo para cá.

Ele não deveria tê-la visto, nem quando ela entrou correndo no laranjal, nem de forma alguma. Ela era uma criada. Não era da classe desse homem deslumbrantemente bonito. Não perambulava por salas de visitas e bibliotecas, e, sim, no esconderijo subterrâneo. Servia a um propósito, e esse propósito era decididamente não se permitir sentir nada pelo homem à sua frente. Nem ter seu pulso acelerado. Nem a consciência em um lugar proibido.

Nada.

Ela piscou os olhos, achando a preocupação dele... curiosa. E preocupante. Ela gostava demais disso. E, desde o momento em que ele havia visitado Barlowe Park pela primeira vez, há algumas semanas, para o casamento de seu patrão, o conde de Anglesey, Francesca passou a gostar demais do marquês. Ele era o tipo de homem que toda mulher sabia instintivamente que era perigoso para sua virtude.

Felizmente, Francesca tinha muito pouco disso, e ela era uma governanta, abaixo da consideração de um marquês.

— É claro que não há nada de errado, meu senhor — mentiu ela, reunindo o mesmo sorriso suave com o qual contava para não chamar atenção indevida para si mesma. De acordo com o livro que ela havia lido sobre o assunto, o dever da governanta era ser o mais discreta possível, tão intrínseca a um cômodo quanto os revestimentos das paredes. — Obrigada por sua preocupação.

Será que ela viu essa preocupação refletida nos olhos castanhos escuros dele? Ou era um indício de interesse masculino? De qualquer forma, isso não deveria preocupá-la. Ela precisava desse cargo e não podia se dar ao luxo de colocá-lo em risco, nem de dar a seus empregadores qualquer motivo para duvidar de sua capacidade de administrar a casa com tranquilidade.

— Hmm — disse ele, com um zumbido descompromissado que sugeria que ele não acreditava nela.

O fato de ele acreditar ou não nela era irrelevante.

De repente, o laranjal se tornou sufocante. Seria o calor quente que irradiava da fornalha na extremidade oposta da sala com cúpula de vidro? Ou seria o gotejamento da luz do sol do final do outono que vinha de cima? Ou, pior ainda, seria apenas a presença de Lorde Greymoor, que era alto, de ombros largos, magro e forte, um convite ao pecado como ela nunca tinha visto?

Ela tinha que se livrar dessa situação.

Dessa tentação inaceitável.

— Se não há nada que o senhor queira, meu senhor, então preciso cuidar de meus deveres — disse ela com firmeza. — Com licença.

Ela fez outra reverência, passou rápido por ele e fugiu.

O NOBRE GALANTEADOR

— Espere, Sra. Beasley. — A voz de Greymoor, sedutora, a perseguiu, detendo-a. — Não vá embora ainda.

Quer mais? Leia *O marquês milionário*!

SOBRE A AUTORA

Scarlett Scott, autora best-seller do *USA Today* e da Amazon, escreve romances Vitorianos e da Era da Regência com heroínas fortes e inteligentes e heróis masculinos dominadores e sensuais. Ela mora na Pensilvânia e em Maryland com seu marido canadense, gêmeos idênticos adoráveis e dois cães.

Viciada em literatura e nerd assumida, adora ler qualquer coisa, mas principalmente romances, poesia e versos em inglês antigo. Saiba sempre das novidades em seu site http://www.scarlettscottauthor.com/. Ouvir os leitores sempre alegra o seu dia.

A The Gift Box é uma editora brasileira, com publicações de autores nacionais e estrangeiros, que surgiu no mercado em janeiro de 2018. Nossos livros estão sempre entre os mais vendidos da Amazon e já receberam diversos destaques em blogs literários e na própria Amazon.

Somos uma empresa jovem, cheia de energia e paixão pela literatura de romance e queremos incentivar cada vez mais a leitura e o crescimento de nossos autores e parceiros.

Acompanhe a The Gift Box nas redes sociais para ficar por dentro de todas as novidades.

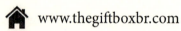 www.thegiftboxbr.com

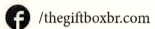 /thegiftboxbr.com

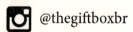 @thegiftboxbr

 @GiftBoxEditora